KB094463

디어 마이
Dear My Friend
프렌드

3

무소 장편소설

디어 마이
Dear My friend
프렌드

3

위즈덤하우스

차례

1. Their Own Emotion

그 후 내 일상은 평범하게 흘러갔다.

과일청을 만들었고, 가게에 나갔고, 가끔은 차 모임에 나가면서 영애들과의 사교활동을 이어나갔다.

내가 자비에르와 데이트하는 모습을 아무도 보지 못한 것인지 보고도 모른 척한 것인지는 모르겠지만 – 전자일 가능성이 큰 게, 후자의 경우 그네들이 나를 가만히 내버려 둘리 없었으니까 – 영애들이 내게 자비에르에 대해 물어오는 일은 없었고, 나는 그렇게 그날의 키스를 잊은 채 아무렇지 않게 생활하는 것처럼 보였다.

"아가씨, 손님이 오셨는데요."

그러던 어느 날, 뜻밖의 손님이 찾아왔다.

제조실 안에서 과일청 제조대 위를 깨끗이 정리하던 나는 의아한 얼굴로 하녀에게 물었다.

"손님?"

올 사람이 없는데, 누구지?

"지금 밖에서 기다리고 계셔요. 나가보시겠어요?"

"응. 잠시만."

나는 앞에 두르고 있던 에이프런을 벗은 다음 옷걸이에 걸어둔 다음에야 제조실 바깥으로 나갔다.

그리고 바깥에서 기다리고 있던 '손님'을 마주하자마자 그제야 모든 것을 이해하겠다는 얼굴로 그를 맞아들였다.

"아, 공작 전하."

클로드였다.

나는 빠르게 그가 얼마 전 자비에르와의 데이트에서 임대료 문제로 조만간 가게에 방문하겠다고 말한 것을 기억해내고선 방긋 웃었다.

"언제 연락 주실지 기다리고 있었어요. 하지만 연락도 주시지 않고 이렇게 곧바로 오실 줄은 몰랐는데. 제가 자리를 비웠다면 어쩌시려고요."

"외부 일정이 끝나고 잠깐 짬이 나 온 것이라서요. 자리에 안 계시거나 시간이 여의치 않으셨다면 그냥 돌아갈 작정도 하고 있었습니다."

"아니에요. 다행스럽게도 지금은 그 둘 다 아니라……. 잘 오셨습니다."

"감사합니다, 영애. 그보다……."

클로드가 갑자기 은근하게 목소리를 낮추며 내게 물어왔다.

"정말 절 기다리고 계셨습니까?"

나는 질문의 의도를 이해하지 못해 잠깐 대답하지 못했다가, 잠시 후에 입을 열었다.

"네, 그럼요."

인사치레처럼 한 말인데, 혹시 다른 의미로 받아들인 걸까? 조심스럽게 다른 가능성을 열어두고 있는데, 클로드의 목소리가 다시 들려왔다.

"그렇다면 늦은 셈이로군요. 그날 이후로 시간이 꽤 흘렀으니까요."

그 말에 나는 낮게 웃으며 대꾸했다.

"기껏해야 닷새도 안 되는 시간이었는걸요. 공작 전하의 일정을 고려하면 이 정도도 빠르다고 생각했습니다, 전."

"절 너무 바쁜 사람으로 생각하고 계시네요."

"당연하지요. 황태자 전하와 더불어 요나스 안에서 가장 바쁜 청년들 중 한 분이시니까요."

그 말과 함께 나는 입꼬리만 살짝 끌어올려 웃었고, 그 모습을 클로드가 빤히 바라보았다.

잠시간의 그 시선에 부담을 느낀 내가 왜 그렇게 보느냐고 물어보려던 찰나, 나는 그의 시선이 얼굴보다는 목 쪽으로 가 있다는 사실을 알고선 나도 모르게 목 주위를 매만졌다.

"못 보던 것이네요."

정확히는, 목걸이를 만지작거렸다는 표현이 더 맞을 것이다. 나는 머쓱하게 웃으며 고개를 끄덕였다.

"어울리나요?"

지금 내 목에 걸린 것은, 다름 아닌 며칠 전 자비에르가 노점에서 사주었던 금화 반지로 만든 목걸이였다.

반지가 너무나도 내 취향이었던 탓에 마음 같아서라면 항상 손가락에 끼우고 다니고 싶었지만, 어쨌든 사람 입으로 들어갈 음식을 만드는 사람으로서 위생을 고려한다면 그럴 수는 없었다.

결국 대안으로 선택한 것은 금색 체인에 반지를 걸어 목걸이로 만드는 것이었다. 그것도 나름 분위기가 났기 때문에 나는 만족하고 있었다.

"물론입니다, 레이디 마리스텔라. 하지만 뭔가 독특하군요. 요즘 영애들 사이에서는 이런 것이 유행인가요?"

"아뇨. 그냥 단순히 제 취향이랍니다. 자이킹족이 백 년 전 사용했다는 금화로 만든 반지래요. 전 이런 고풍스러운 느낌이 나는 것이 좋아요."

"확실히 영애의 고아한 분위기에 잘 어울리기는 합니다."

그가 인정한다는 듯 엷게 미소 띤 얼굴로 고개를 끄덕였다.

"그런데 그런 걸 어디서 구하셨나요?"

"아, 지난번에 황태자 전하께서……."

거기까지 말하다 말고 나는 자연스럽게, 아주 자연스럽게 입을 다물 수밖에 없었다. 클로드의 표정이 단박에 굳어졌기 때문이었다. 그건 말하는 누구라도 어쩔 수 없이 입을 다물게 만드는 얼굴이었다.

"황태자 전하께서 선물하신 것입니까?"

"비……슷합니다. 제가 값을 치를 것을 극구 말리시면서 대신 내셨으니까요."

"그랬군요."

걱정한 것과 달리 클로드는 잔잔한 반응을 보여주었고, 초반 보여주었던 예민함은 거기에서 멈추는 듯했다. 심지어는 내게 나긋한 목소리로 이렇게까지 말하는 것이었다.

"공작저에 영애께서 좋아하실 만한 액세서리가 아주 많답니다. 혹시라도 그런 쪽으로 관심이 많으시다면 언제든 공작저로 방문해 주십시오, 레이디 마리스텔라. 영애에게만큼은 늘 열려 있으니까요."

"아."

지난번 자비에르에게 들었던 말과 비슷한 내용에 나도 모르게 바스스 웃음 지었다. 그 모습을 본 클로드가 내게 물어왔다.

"왜 그러십니까?"

"……아무것도 아닙니다. 신경 써주셔서 감사드려요, 전하."

사실대로 말했다가는 또 기분 나빠할 게 뻔해서, 나는 모두의 평화를 위해 거짓말을 택했다.

"일단은 좀 앉으시는 게 좋겠어요. 손님을 너무 세워두었네요. 엘비스, 레몬차를 좀 내와 줘."

"네, 아가씨."

"이쪽으로 앉으세요, 전하."

나는 가장 가까운 테이블 앞에 그를 앉혔고, 클로드는 어쩐지 아까보다 가라앉은 듯한 얼굴로 내게 물었다.

"그래서…… 그날은 조심히 들어가셨습니까?"

예상치 못한 질문이긴 했지만, 나는 머뭇거림 없이 대답을 내뱉었다.

"네, 전하."

그날로부터 시간이 어느 정도 지난 탓도 있었고, 또 같은 질문에 처음 답하는 게 아닌 상황이라 비교적 아무렇지 않게 반응할 수 있었던 것이다.

나는 잔잔한 미소를 입가에 띤 채 대답을 이어나갔다.

"전 그날 정말 놀랐어요. 그곳에서 전하와 마주칠 줄은 정말 예상조차 못 했거든요."

"저희 둘이 운명이긴 한가 봅니다."

그렇게 말하면서 클로드는 씩 웃어 보였고, 그때 하녀인 엘비스가 우리 쪽으로 레몬차 두 잔을 가져왔다.

그리고 그것을 테이블 위에 내려놓으려던 찰나였다.

"아!"

바로 그 순간, 엘비스의 손이 미끄러지면서 두 개의 찻잔 중 하나가 옆으로 넘어졌다. 동시에, 찻잔 안에 들어 있던 뜨거운 찻물이 클로드가 있는 쪽으로 쏟아졌다.

깜짝 놀란 내가 당황한 목소리로 클로드를 불렀다.

"전하!"

"……윽."

"괜찮으세요?"

"죄, 죄송합니다! 죄송합니다!"

찻물이 하필 클로드가 있는 쪽으로 거의 쏟아지는 바람에 그가 입고 있던 바지가 뜨거운 레몬 찻물로 거의 젖어 들어간 상태였다. 그러니 아마 그의 무릎 위 허벅지 피부에까지 뜨거운 물이 침투했을 가능성이 매우 높을 것이다.

엘비스는 자신이 클로드처럼 높은 신분의 사람에게 상해를 입혔다는 사실에 사색이 되어 손이 발이 되도록 빌었고, 응급처치가 시급하다고 생각한 나는 그녀에게 서둘러 차가운 물과 얼음을 가져오라고 했다. 그리고 다른 하녀에게는 서둘러 의사를 부르라고 지시를 내렸다.

"전하, 괜찮으세요?"

나는 재빨리 품 안에서 손수건을 꺼내 들었다. 급한 대로 손수건을 바지 위에 대고 찻물을 흡수시키기 위해 노력했지만, 차가 워낙 뜨거웠기 때문에 혹시라도 피부에 상처를 낼까 봐 함부로 문지르지도 못했다. 내가 잔뜩 당황한 얼굴을 한 채 손수건을 그의 무릎 위에 대고 꾹 누르고 있자, 그 모습을 바라보던 클로드는 나를 안심시키려는 듯 태연하게 말했다.

"괜찮습니다, 영애. 별로 아프지도 않은걸요."

말도 안 되는 소리. 내가 눈살을 작게 찌푸렸다.

"그럴 리가요, 전하. 화상이 얼마나 고통스러운 건데요."

그 말을 끝내고 곧바로, 나는 울먹이는 목소리로 그에게 사과했다.

"죄송합니다, 전하. 감히 이런 실례를……."

"영애께서 저지르신 일도 아닌걸요. 그리고 실수였으니까요."

"제 하녀의 실수가 곧 제 실수니까요. 정말 죄송합니다. 일단 의사를 불렀으니 금방 도착할 겁니다."

그때 뒤쪽에서 다급한 하녀의 목소리가 들려왔다.

"아가씨, 얼음과 물을 가져왔어요!"

"전하, 잠시만 실례하겠습니다."

나는 그렇게 말한 다음 하녀에게서 받아든 차가운 물을 그의 무릎 위로 잔뜩 부었다. 순식간에 가게 안이 물바다가 되었지만 개의치 않았다.

다른 하녀가 눈치껏 대걸레를 가져와 물로 흥건해진 바닥을 닦기 시작했고, 나는 계속해서 차가운 물을 무릎 위에 부었다.

"일단 열을 식히는 게 중요하니까요. 꽤 차가우시겠지만…… 조금만 버텨주세요."

나는 다시 그의 무릎 위로 냉수를 쏟아부었고, 이따금씩 위쪽에서 낮게 클로드의 신음이 들려왔다. 그러다 문득 그가 치료가 끝나고 갈아입을 드로즈와 바지가 없다는 사실을 깨닫고선 클로드를 불렀다.

"전하."

"……네."

클로드가 고통으로 살짝 눈살을 찌푸린 채 대답했고, 나는 진지한 목소리로 그에게 물었다.

"실례지만 드로즈 치수가 어떻게 되시나요?"

"……네?"

클로드가 당황한 게 분명한 목소리로 되묻자, 나 역시 자연스럽게 당황한 목소리로 다시 물었다.

"네?"

"제 드로즈 치수는 왜……."

"젖으셨을 것 같아서요. 아닌가요? 아, 바지 치수도 같이 알려주세요."

"아……."

내 말에 클로드가 살짝 붉어진 얼굴로 사이즈를 읊었다. 나는 얼른 쪽지에 클로드가 말한 치수를 휘갈겨 적고 하녀에게 건넸다.

"엘비스, 이 치수대로 드로즈와 바지를 좀 사다 줘. 값은 상관하지 말고, 가장 비싼 것으로."

"네, 아가씨."

지시를 내린 후에는 다시 클로드의 무릎 위로 찬물을 부어내렸고, 어느 정도 바지가 완전히 식었다는 판단이 설 때가 되어서야 그곳에 얼음주머니를 가져다 댔다. 그러다가 무심코 불만스러운 목소리로 중얼거렸다.

"의사가 늦네요."

"영애의 응급처치도 훌륭한걸요."

"전 의사가 아니에요. 응급처치는 한계가 있지요."

나는 한숨 섞인 목소리로 덧붙였다.

"빨리 약을 바르지 않으면 흉터가 남을지도 몰라요. 그래서는 안 되지요."

아직 장가도 못 간 총각 혼삿길 막을 일 있나. 내 중얼거림에 클로드가 낮게 웃었다. 아무래도 고통이 이제 어느 정도 사라진 듯했다. 그 사실에 묘하게 안심하고 있는데, 클로드가 내게 말을 걸어왔다.

"이런 건 어디에서 배우셨습니까?"

"뭘요?"

"응급처치 말입니다."

"학…… 아니, 책에서요."

학교에서 배웠다고는 말할 수가 없어서, 나는 재빨리 말을 바꾸었다. 내 말을 들은 클로드가 흥미롭다는 얼굴로 대꾸했다.

"책을 즐겨 읽으시나 보군요."

"세상만사 모든 이치가 다 거기에 있답니다."

약간 애늙은이 같은 말을 하면서 나는 쿡쿡 웃었고, 클로드는 그런 나를 묘한 눈빛으로 바라보면서 물어왔다.

"황태자 전하께서 영애를 좋아하고 계십니다."

그러다 갑자기 나온 이야기에, 내 얼굴이 예상치 못하게 굳어졌다. 하지만 곧 차분한 얼굴로 돌아와 클로드를 쳐다보았다.

클로드의 얼굴은 더 이상 웃고 있지 않았다.

"알고 계셨던 겁니까?"

"……제가 알고 있다고 생각하셔서 말씀하신 것, 아닌가요?"

"어째서 그렇게 생각하셨나요?"

클로드가 묘한 눈빛으로 나를 바라보며 말을 이었다.

"제가 황태자 전하의 동의 없이 멋대로 영애께 그분의 본심을 말씀드리는 것일 수도 있는데 말입니다."

"공작 전하께서는 그럴 분이 아니시니까."

나는 담담하게 말을 이었다.

"그래서요. 남의 이야기, 함부로 하시는 분 아니잖아요."

"이제껏 제가 했던 황태자 전하의 험담을 다 들으셨는데도 그렇게 말씀하시는 건가요."

"늘 중요한 이야기는 제게 하신 적이 없으시지요. 어째서 두 분 사이가 나빠지셨고, 어째서 지금의 관계를 유지하고 계시는지, 말씀해주신 적은 없으시잖아요."

"……"

그게 사실이었다. 정작 중요한 이야기를 그가 먼저 꺼낸 적은 단 한 번도 없었다. 클로드가 내게 해주었던 이야기는 늘 피상적인 것. 중요하지 않은 것. 핵심이 아닌 것.

자비에르 역시 클로드와 관련한 이야기는 말을 아끼는 편이었기 때문에, 나는 당연하게도 두 사람 사이의 관계에 대해 정확히, 제대로 알 턱이 없었다.

그건 책에서조차 자세히 언급하지 않고 있었으니까.

원작에서도 두 사람이 갈등 관계에 있었다는 사실을 고려하면 꽤 황당하고 우스운 사실이긴 했지만.

"정확한 이야기가 듣고 싶으신 겁니까?"

"아뇨. 원치 않으신다면 굳이 듣고 싶지는 않습니다. 두 분의 문제를 쌍방의 동의 없이 함부로 알고 싶지 않아요."

내가 가만히 고개를 저으며 상황을 원점으로 돌렸다.

"제가 말씀드리고 싶은 건 그런 게 아니에요. 그간의 정황을 볼 때, 전하께서 제가 그 사실을 안다는 확신 없이 제게 그런 비밀 같은 이야기를 하지는 않으실 거라고 생각했습니다."

"……."

"알고 계셨죠? 전하께서 제게 고백하셨다는 사실 말이에요."

"네."

그가 덤덤한 목소리로 대답했다.

"알고 있었습니다."

"……."

그 말을 듣고 나는 순간적으로 입을 다물었다. 알고 있음에도 떠보듯 내게 물은 것이 화나서 그런 것은 아니었다.

그냥 그 순간에 할 말이 없었다. 그뿐이었다. 뭐라고 말해야 할지도 모르겠고.

"전하를 좋아하십니까?"

대신 클로드가 내게 물어왔고, 나는 살짝 눈시울이 붉어진 채로 클로드를 올려다보았다. 그가 나를 보는 눈빛이 평소와 다르다는 것이 느껴졌다.

"……그걸 왜 물어보세요?"

"궁금해서요."

"왜 궁금하신데요?"

"……."

잠시 침묵이 돌았고, 나는 그에게서 시선을 거두지 않았다. 클로드 역시 그러는 바람에 우리는 자연스럽게 시선을 공유하는 상황이 되어버렸다. 그 분위기가 며칠 전 자비에르와 공유했던 그것과는 사뭇 달라서, 나는 묘한 감정에 휩싸였다.

"……영애가 황태자 전하와 가까워지는 것이 싫습니다."

"어째서요?"

가슴이 쿵쿵 뛰었다. 이 정도라면, 이 정도라면 이미 내 추측은 기정사실이 되어버렸다고 해도 무방했다.

그렇다고 하더라도 섣불리 결론 내리고 싶지는 않아서, 최대한 그의 대답을 진심으로 이끌어내고, 또 이끌어 낼 생각이었다.

"어째서 제가 황태자 전하와 가까워지는 것이 싫으신가요?"

"지난번에도 말씀드렸듯, 전하께서는 음험한 분이십니다. 영애의 마음을 다치게 할 것입니다. 영애를 고뇌하게 만들 겁니다."

"……황태자 전하께서요?"

"네. 그분은…… 지킬 게 많으신 분이시니까요."

"그럼에도 불구하고 만약 제가 황태자 전하를 좋아한다면, 그때는 어쩌하실 건가요?"

"그때는……."

클로드가 입술을 짓이기는 모습이 내 눈에 똑바로 들어왔고, 그 모습에 나 역시도 무의식적으로 입술을 짓이겼다.

"영애의 마음을 돌리기 위해 최선을 다할 겁니다."

"어째서 절 그렇게까지 생각하시는 건지."

나는 그를 똑바로 바라보며 물어보았다.

"어째서 저를 그렇게까지 걱정하시는 건지."

왜 자꾸만 내게 그런 말을 하는 건지.

그런 식으로 나를 걱정하고 염려하는 것인지.

"여쭤봐도 될까요?"

"그건……."

"아가씨!"

그때 하녀가 나를 부르는 소리가 들려왔고, 우리의 시선은 자연스럽게 목소리가 들려오는 쪽으로 향했다.

하녀는 문 앞에서 의사와 함께 서 있었다.

중요한 순간에 대화가 끊기는 바람에, 나는 머뭇거리면서도 일단은 치료가 먼저라는 판단에 자리에서 일어났다.

"와주셔서 감사합니다. 에스클리프 공작 전하께서 뜨거운 찻물에 화상을 입으셨어요."

나는 차분하게 전후 상황을 설명했다.

"일단 급하게 응급처치는 했습니다. 냉수를 화상 부위 위로 붓고 얼음찜질을 했어요. 그걸 감안해서 치료해 주셨으면 합니다."

"네, 알겠습니다."

곧바로 의사가 클로드를 진찰하기 위해 날카로운 것으로 그의 바지를 찢었고, 나는 가게 문을 닫은 다음 창문의 커튼까지 내렸다.

이따금씩 뒤에서 낮게 들려오는 클로드의 신음을 들으면서, 그를 등지고 서 있던 나는 아까의 일로 고뇌 어린 표정을 지었다.

'무슨 대답을 하려고 했을까.'

클로드가 나를 이성으로서 좋아하고 있다면, 내가 오래전부터 추측해온 클로드의 마음이 정말이라면, 지금 이러는 것이 이해가 갔다.

'하지만 친구라서 그렇다는 변명도 이해가 안 가는 건 아니지……'

그래서 나는 머뭇거릴 수밖에 없었다. 자비에르는 머뭇거리면서도 제 속을 다 드러내 보이는 쪽이었지만, 클로드는 아니었다.

허허실실 자신을 다 드러내 보이는 듯하면서, 항상 중요하고 결정적인 순간에는 모든 것을 꽁꽁 감추었다.

그러니 나로서도 그의 마음을 추측하는 데는 조심스러울 수밖에.

괜한 말로 지금까지의 관계에 금이 가게 할 수는 없었으니까.

'어렵구나.'

내가 속으로 한숨을 폭 쉬며 손톱을 매만졌고, 그러는 사이 뒤쪽에서 의사의 목소리가 들려왔다.

"치료가 끝났습니다, 영애."

그 말에 나는 곧바로 뒤를 돌았고, 그 순간 드로즈를 입은 채 바지를 다치지 않은 한쪽 다리에만 걸친 클로드와 눈이 마주쳤다.

당연하지만 미처 예상하지는 못했던 상황에 내 얼굴은 빨개졌다. 나는 최대한 당황하지 않은 척 굴며 의사와 클로드에게로 다가갔다.

"치료는 잘 끝난 건가요?"

"그렇습니다, 영애. 영애께서 응급처치를 잘 해주신 덕에 흉터가 그리 크지는 않을 겁니다. 그리고 아마 시간이 오래 지나면 다 사라질 것이고요."

"감사합니다."

내가 안도의 한숨과 함께 의사에게 금고의 돈을 내밀었다. 그는 흉터를 없애기 위해서는 꾸준히 약을 발라 주어야 한다면서, 약의 재료가 되는 것들을 꼼꼼히 종이에 적어주고 나서야 가게를 떠났다.

의사가 완전히 가게 문턱을 나선 뒤에, 나는 다시 한번 안도의 한숨을 내쉬면서 다시 클로드에게로 시선을 주었다.

"……."

"……."

하지만 그 순간 곧바로 눈이 마주쳤고, 이유 모를 부끄러움에 나도 모르게 시선을 피해버렸다. 그러다 잠시 후에 이건 아니다 싶어 다시 클로드와 시선을 마주했다.

"그……."

나는 머뭇거리며 입을 열었다.

"아까 하던 이야기는…… 나중에 하시고, 일단은 회복에 힘쓰시는 게 좋겠어요."

일단 그 상태로는 어떤 이야기를 해도 머릿속으로 들어오지 않을 것 같았다. 그건 본인도 동의하는지 클로드 역시 지친 표정으로 고개를 끄덕였다.

"아직 약이 다 마르지 않았으니 곧바로 바지를 입으시면 안 됩니다. 제조실 옆에 작은 방이 하나 있으니 그곳에서 잠시 주무시다 가시지요."

"이래저래 실례가 많게 되었습니다."

한숨 섞인 목소리에 나는 그렇게 말하지 말라는 듯 고개를 저었다.

"실례라뇨. 처음 잘못은 분명 저희 쪽에서 했는데요."

그런 내 모습을 묘한 시선으로 바라보던 클로드가 이내 엷게 웃으며 자리에서 일어났고, 나는 그를 제조실 옆 작은 방으로 안내한 다음 침대 위에 눕히며 물었다.

"혹시 이 시간 이후로 바쁜 일정이 있으세요?"

"……아뇨. 없습니다."

잠깐 뜸을 들이다 클로드가 답했고, 잠시 후에 그가 내게 물었다.

"그건…… 왜 물으시는 건가요?"

"혹시라도 바쁜 일정이 있으셨다면 깨워드리려고 그랬죠. 없으시면 일단 주무세요. 전 오랫동안 이곳에 있을 예정이라서."

나는 마지막으로 빙긋 미소 지어 보인 다음 뒤를 돌았다.

그리고 방 바깥으로 나가려고 하는데, 뒤쪽에서 낮은 목소리가 나를 불러 세웠다.

"레이디 마리스텔라."

"……네?"

나는 자연스럽게 뒤를 돌았다. 클로드가 누워 있는 채로 고개만 살짝 들어 올려 나를 가만히 응시하고 있었다.

"아까 드린 말씀, 진심입니다."

"……."

"영애가 황태자 전하와 더 이상 가까워지지 않기를 바랍니다."

그 남자와 입술까지 맞부딪혔다고 말한다면 당신은 어떤 반응을 보일까. 나도 모르게 손끝을 꾹 말아 쥐었다.

"그 이야기는…… 다음에 해요."

"……영애."

"지금은 공작 전하의 회복이 우선입니다. 지금 하기에는 부적절한 이야기 같네요."

"……."

"푹 쉬십시오, 전하."

나는 그 말만 남기고선 클로드가 있는 방을 나섰다.

쿵. 작은 소리와 함께 문이 닫혔고, 그와 나 사이에 가로막힌 벽 덕분에 나는 그제야 내 감정을 온전히 내보일 수 있게 되었다.

"하아……."

작고 깊은 한숨 소리가 고요한 조제실 안에 가득 울려 퍼졌다.

내가 제조실에 누워 있는 클로드의 존재를 다시 인식하기 시작한 것은, 가게가 거의 문을 닫기 직전이었다.

가게는 꼭 6시가 되면 문 닫을 준비를 시작했는데, 나는 하녀들이 제조실을 청소하고 남은 과일청을 정리하는 사이 조심스럽게 클로드가 자고 있는 방의 문을 열었다.

끼익.

작게 문 열리는 소리와 함께 나는 그 안으로 들어갔다. 입구에서부터 새근새근 잠든 숨소리가 들려왔고, 그건 클로드가 지금 아주 깊게 잠들었다는 증거였다.

조심스럽게 그가 잠든 침대로 다가가 살펴보니, 피곤했는지 아주 깊게 잠든 게 티가 났다. 나는 침대 맡에 앉아 잠든 클로드의 얼굴을 빤히 쳐다보았다.

조금의 흐트러짐도 없는 반듯한 얼굴은 누구의 시선이라도 끌기에 충분했다. 현대에 태어났더라면 필시 탑배우가 되었을 얼굴.

"……."

이 남자는 나를 좋아하고 있을까?

이건 꽤 오랫동안 고민해왔던 문제였다. 과연 클로드는 나를 좋아하는가. 아니면 우리 사이의 감정은 단순한 우정인가.

'참 사람 헷갈리게 한단 말이지.'

나는 깊어진 눈빛으로 클로드를 가만히 바라보았다.

굳게 눈이 감긴 얼굴은 작게 숨을 들이쉬고 내뱉으며 수면에 집중하고 있었다.

"전하."

조용히 그를 불렀지만, 여전히 클로드는 눈을 감고 있는 상태였다. 나는 다시 한번 그를 불렀다.

"전하."

"……."

"일어나세요. 곧 가게 문 닫을 시간입니다."

그래도 클로드는 일어날 기미를 보이지 않았다. 나는 어떻게 해야 할지 고민하다가, 결국 비장하게 마음을 먹고 그를 깨우기로 결심했다.

"전하. 일어나세요, 전하."

"음……."

그제야 클로드는 몸을 뒤척이며 소리를 냈고, 나는 내심 기뻐하며 그가 눈을 뜨기를 기다렸다.

"……아."

그러다 어느 순간 클로드가 눈을 천천히 떠올렸고, 나는 빙긋 미소 지으며 그에게 잘 잤느냐고 물어보려고 했다. 하지만 바로 그 순간, 클로드의 입에서 나온 한 마디에 내 모든 말문이 막혔다.

"……어머니?"

"……."

전혀 예상치 못한 한 마디에 내 몸은 완전히 얼어붙었다.

순식간에 당황한 얼굴이 되어버린 내가 속으로 중얼거렸다.

'어머니?'

클로드의 어머니가 3년 전 죽었다고 언젠가 차 모임에서 들은 기억이 났다.

그가 잠결에 나를 그의 어머니로 오인하기라도 한 걸까?

"어머니……."

그때 다시 한번 클로드가 중얼거리는 소리가 들렸고, 나는 그에게 사실을 말해주기 위해 입을 열었지만…….

"아……!"

아무래도 단단히 오인한 게 틀림없는지 클로드가 나를 그가 있는 쪽으로 끌어당겼다.

힘은 또 어찌나 센지, 버틴다고 버틸 힘이 아니었다.

"언제 오셨습니까."

그게 내게 하는 말이 아니라는 건 전후 상황으로 충분히 짐작 가능했다. 내가 당황한 얼굴로 그를 불렀다.

"저, 전하."

하지만 상대에게서는 답이 없었다. 아마 다시 잠이 들었는지, 그는 나를 곰 인형처럼 꼭 껴안고 다시 깊게 잠든 숨소리만 냈다.

이런, 미치겠네.

"전하, 이것 좀 놔주실……."

나는 어떻게든 클로드의 품 안에서 빠져나가기 위해 안간힘을 썼지만, 잠이 든 게 맞는지 의심스러울 정도로 클로드의 힘은 상당했다. 결국 몇 번을 빠져나가려고 애쓰던 나는 이윽고 부질없음을 느끼고 모든 움직임을 멈추었다. 이쯤 되면 포기하는 것밖에는 답이 없었다.

"……휴."

나는 대놓고 한숨을 내쉬며 다시 잠이 든 클로드의 얼굴을 빤히 쳐다보았다. 어제와 비슷한 상황에 데자뷔라도 느껴야 할 판이었다.

'이러다 하녀들이라도 안으로 들어오면 세상 부끄러울 텐데.'

별의별 시선으로 우리 둘을 쳐다볼 것이다. 물론 벨플레어 저택에 소속된 충성스러운 하녀들이니만큼 밖에 나가 이상한 이야기를 하고 다닐 염려는 없겠으나, 그걸 차치한다고 하더라도 정말로 민망할 상황이 아닐 수 없었다.

나는 난감한 얼굴로 꽤 오랫동안 고민을 계속했지만, 그렇다고 해서 특별히 방법이 있는 것도 아니었다. 하녀들을 이쪽으로 불러서 좀 도와달라고 할 수도 없었으니까.

'역시 다시 한번 클로드를 깨워봐야…….'

끼이익.

그때 뒤쪽에서 문이 열리는 소리가 들려왔고, 나는 아까보다 더 긴장할 수밖에 없었다. 그도 그럴 것이, 이 방은 내 허락 없이는 아무도 들어올 수 없었기 때문이었다.

나는 여전히 클로드의 위에 엎어진 상태에서 그대로 고개만 돌려 문을 연 사람을 확인했다.

그리고 마주한 의외의 인물에, 아까보다 더 몸이 굳어질 수밖에 없었다.

"……"

"……"

한참 동안 우리 사이에서는 말이 없었다.

그저 당황한 얼굴로 서로를 조용히 쳐다보고만 있을 뿐이었다.

마치 지금 상황이 어떻게 된 건지 탐색이라도 하려는 사람처럼.

나는 흔들리는 눈빛으로 사색이 된 자비에르의 얼굴을 쳐다보았다. 지금 그가 무슨 생각을 하고 있는 건지 눈에 빤히 보여서, 나는 최대한 빨리 그에게 오해하고 있는 그런 게 아니라고 말할 작정이었다.

"……레이디 마리스텔라."

하지만 내 다짐이 무색하게도, 자비에르가 먼저 입을 열어버렸다.

"전하, 지금 이건……."

"에스클리프 공과…… 그런 사이셨습니까."

"오해입니다, 전하."

나는 단호하게 선을 그었지만, 이미 상처받은 자비에르의 눈빛은 흔들린 지 오래였다.

아, 진짜 미치겠네.

"전하, 오해십니다. 제가 다 설명을…… 앗!"

자연스럽게 몸을 일으키려는데, 갑자기 클로드가 날 그가 있는 쪽으로 끌어당겼다.

그 바람에 나는 다시 클로드가 있는 쪽으로 엎어졌고, 그러는 사이 자비에르는 또 한 번 흔들리는 눈빛으로 나와, 그 아래 깔린 클로드를 응시하고 있었다.

"……죄송합니다. 제가 방해했군요."

"아니에요, 전하. 거듭 말씀드립니다만, 오해십니다."

"하지만 바지가 벗겨졌……."

"아니, 전하. 그게 아니라고요!"

결국 답답해진 내가 참지 못하고 소리를 빽 질렀고, 그런 내 모습을 본 자비에르는 처음으로 깜짝 놀란 눈을 했다.

나는 속으로 답답함을 억누르며 그에게 한 자 한 자 끊어 말했다.

"제가, 아니라고, 재차, 말씀, 드렸는데, 왜, 자꾸, 혼자, 오해하세요."

"하지만……."

"괜히 혼자 오해하지 마시고, 이왕 오신 김에 저 좀 도와주세요. 제가 지금 원해서 이러고 있는 게 아니라서요."

내 말을 들은 자비에르의 표정이 급속도로 싸늘하게 식어 내렸다.

"그럼 지금…… 저자가 영애를 추행하고 있는 겁니까?"

"아니, 추행이라고 하면 좀 그렇고요……."

내가 깊게 한숨을 내쉬었다.

이거, 어디서부터 어떻게 설명해야 한담?

"하여튼, 지금 말씀드리기에는 좀 복잡하니까 이리 오셔서 도와 주세요."

"무엇을 어떻게……."

자비에르는 당황한 표정을 지우지 못하면서도 발걸음은 충실하게 내가 있는 쪽으로 다가왔다.

나는 침착하게 그에게 설명했다.

"공작 전하께서 무슨 꿈을 꾸고 계신 건지는 몰라도, 잠결에 절 끌어안으신 것뿐이에요. 그런데 너무 힘이 세셔서 제가 혼자서는 벗어날 수가 없어서요."

"……그런 일이라면 걱정하지 마십시오, 레이디 마리스텔라. 제가 무슨 수를 써서라도 공에게서 영애를 떨어뜨려 놓을 테니까요."

그렇게 말하는 자비에르의 표정은 여차하면 클로드의 팔이라도 자를 것처럼 살벌했다. 그 모습에, 나도 모르게 마른침을 삼킨 다음 대꾸했다.

"살살 하세요……."

"걱정하지 마십시오. 안전하게 빼내 드릴 테니까요."

"……."

누가 들으면 클로드가 진짜 악당이라도 되는 줄 알겠다고 생각하면서, 나는 천천히 자비에르와 함께 내게 감긴 클로드의 팔을 풀어내기 시작했다.

우려했던 것과는 달리 자비에르는 꽤나 부드럽게 힘을 사용해서 클로드의 팔을 풀어냈고, 잠시 후 나는 드디어 그의 팔 아귀힘에서 벗어날 수 있었다.

"아, 이제 좀 살 것 같네요."

해방감에 겨워 스트레칭까지 하면서 말하자, 자비에르가 내게 물어왔다.

"얼마 동안 그러고 계신 겁니까?"

"얼마 안 됐어요. 기껏해야 한…… 10분? 전하가 들어오시기 전까지만 계산한다면요. 아마 맞을 겁니다."

"……그렇게나."

자비에르의 표정이 순식간에 분노로 물들었고, 그 모습을 본 나는 당황해서 얼른 그를 진정시켰다.

"어쨌든 전하 덕분에 이렇게 무사히 빠져나왔으니까요. 흥분하지 마세요."

"후……. 죄송합니다. 제일 좋아하는 사람이 제일 싫어하는 사람과 함께 있으면 저도 모르게 예민해져서."

자비에르가 피곤한 얼굴로 중얼거렸고, 나는 살짝 어색한 미소를 지으며 침묵을 지켰다.

잠시 후, 자비에르가 내게 물었다.

"그보다 에스클리프 공은 왜 영애의 가게에 있는 겁니까?"

"아."

나는 그제야 클로드의 방문 목적을 상기하고서는 허탈하게 대답했다.

"가게 임대료 문제 때문에 오셨어요."

정작 임대료와 관련해서는 단 한 마디도 대화 나누지 못했지만 말이다.

나는 공허하게 웃으며 상황 설명을 계속했다.

"그래서 전하께 차를 내오라고 했는데, 저희 하녀가 실수를 하는 바람에…… 무릎 위를 좀 데서서요. 치료를 받으시느라 저런 모습으로 있으신 것일 뿐, 결코 오해하시는 '이상한' 상황은 없었답니다."

"정말 다행이군요."

그 말을 들은 자비에르가 정말로 기뻐하는 미소를 지어 보였고, 그 모습에 나는 괜히 기분이 묘해졌다.

그러다 자비에르의 시선이 우연히 내 목 부근으로 향했다.

"그건……."

"아."

목 쪽에 걸려 있던 금화 반지를 본 듯했다.

나는 무의식적으로 목 부근에 자리한 반지를 매만지며 낮게 웃었다.

"가게에서는 아무래도 위생 문제 때문에 하지 않는 게 좋을 것 같아서요. 그래도 안 하기에는 또 그래서…… 아쉬운 대로 목걸이로라도 쓰고 있습니다."

"어느 쪽이든 다 잘 어울리십니다."

자비에르가 흐뭇하게 웃으며 내게 말했고, 이제는 내가 질문할 차례였다.

"그보다 전하께서는 이곳까지 어쩐 일이세요?"

"아."

내 질문에 그가 머쓱하게 웃으며 입을 열었다.

"지금이 영애의 퇴근 시간으로 알고 있습니다."

"네, 맞아요."

나는 고개를 끄덕이며 답했다.

"맞게 알고 계시네요. 그런데 왜……."

"지금 이곳에 오면 영애를 좀 더 오래 뵐 수 있지 않을까 해서요."

"……그런 방법이 통할 거라고 보세요?"

"그러기 위해 노력하려 합니다."

그가 아까와는 180도 달라진 해맑은 미소로 내게 물어왔다.

"시간, 있으십니까?"

"가게 정리는 하녀들의 몫이에요."

나는 살짝 한숨 섞인 목소리로 말을 이었다.

"제가 할 일은 거의 없습니다."

"시간이 있으시다는 말씀이시군요."

"네, 뭐…… 그렇기는 한데."

걸리는 사람이 한 명 있었다.

나는 흘긋 뒤를 돌아 클로드를 쳐다보았다. 그는 아까의 일이 믿기지 않을 정도로 편안히 잠들어 있었다.

"보시다시피 에스클리프 공작 전하께서도 이렇게 계시고……."

"에스클리프 공은 하루쯤 이곳에 가둬둬도 되지 않겠습니까."

"……잔인하세요."

내가 가늘게 눈을 뜨며 그를 쏘아보자, 자비에르가 곧바로 농담이라는 듯 낮게 웃었다.

"공작가로 사람을 보내시지요. 안 그래도 주인의 출타가 예상보다 길어져 그쪽에서도 많이 걱정하고 있을 겁니다."

"아무래도 그게 좋겠지요?"

"네. 그리고 공작가에서 마차가 올 때까지 저와 있으시면 됩니다."

"너무 티 나는 수작이신걸요."

"그래서 싫으십니까?"

"……."

나는 대답하지 않았다가, 잠시 후에 물었다.

"싫다고 하면 가실 건가요?"

"그 대답을 듣지 않기를 바랄 뿐입니다."

"욕심 많으시기는."

내가 한숨 섞인 미소를 지으며 중얼거렸고, 자비에르는 그런 내 모습이 뭐가 그렇게 사랑스러운지 눈에서 꿀이 떨어지는 모습으로 나를 쳐다보았다.

아, 솔직히 적응 안 됐다. 이 관계가 쌍방이 아니라 그런지는 몰라도. 아니, 만약 쌍방이라고 해도 적응 안 될 것만 같다.

도로테아나 받았던 대접을 내가 그대로 받고 있는 꼴이라니.

"말도 안 되게 안 믿기는 상황이네요."

"뭐가 말씀이십니까?"

"그냥…… 이 상황 전부 다요. 두 분 전하께서 이렇게 평화롭게 한 장소에 공존해 계신 것도 영 안 믿기고, 전하께서 저를 이렇게 대하시는 것도 참…… 안 믿기고요."

"전자는 드릴 말씀이 없지만, 후자의 경우에는, 앞으로 차차 익숙해지실 겁니다."

"어째서요?"

"앞으로도 전 계속 이렇게 적극적으로 영애를 좋아할 테니까요."

"……."

참신한 고백이었다. 단 한 번도 받아본 적 없던. 내가 길게 숨을 들이 내쉬며 자비에르에게 물었다.

"그보다 정말 왜 오셨어요? 제가 보고 싶어서 오신 건가요?"

"그것도 있고."

자비에르가 입가에 은근한 미소를 지어 보인 다음 말을 이었다.

"나흘 전 드렸던 말씀, 기억하십니까?"

"……."

자비에르가 지난번의 일을 언급하자 나는 자연스럽게 몸이 굳었다. '나흘 전의 일'하면 떠오르는 건, 그 수많은 일들 중 하나뿐이었다.

'아, 미치겠네…….'

가장 자극적이고 가장 야릇한 것.

나는 빨개진 얼굴을 숨기며 되물었다.

"나흘 전 하셨던 말씀……이라니요?"

"과일청 말입니다. 조만간 그 문제로 서면궁에 한번 모시겠다고 말씀드렸잖습니까."

"아."

맞다. 그랬었지.

나는 그제야 알겠다는 듯 고개를 끄덕였다.

맙소사, 혼자 무슨 생각을 한 기야.

"맞아요, 네……. 그러셨지요, 참."

"그런데 얼굴은 왜 빨개지시는지……."

"제가요?"

나도 모르게 큰 소리가 튀어 나갔고, 자비에르는 그런 내 모습을 보며 짓궂게 웃었다.

"도대체 뭘 생각하신 겁니까?"

"……아무것도 생각하지 않았어요."

"하지만 얼굴이 그냥 빨개지실 리는 없잖습니까."

"주변이 살짝 더운가 보지요."

내가 입 밖으로 한숨을 내쉬었고, 그런 나를 가만히 바라보던 자비에르가 물어왔다.

"정말 그 이유 하나 때문만입니까?"

"……그게 무슨 말씀이세요?"

"영애께서는 정말로 아무렇지 않으신 겁니까?"

"……도대체 뭐가."

"그때 일 말입니다."

자비에르가 차분하게 말을 이었지만, 내 표정은 도무지 '차분'과는 거리가 멀었다. 나는 마른침을 삼키며 살짝 굳어진 눈매로 자비에르를 쳐다보았다.

"아무렇지 않게 헤어지는 바람에 그냥 넘어가기는 했는데……."

"……왜 갑자기 그런 이야기를 꺼내시나요?"

"제 본심을 곡해하실까 봐, 짚고 넘어가야겠다는 생각이 들었습니다. 괜한 오해를 하시게 둘 수는 없으니까요."

"무슨 오해를 말씀하시나요?"

"제가 분위기에 휩쓸려, 혹은 홧김에 영애에게 입을 맞추었다 생각하고 계십니까?"

"……."

나는 대답하지 않았다. 침묵은 긍정을 의미했다. 자비에르가 진지한 표정으로 나를 바라보며 말했다.

"그때 일, 실수 아닙니다."

단호한 눈동자와 목소리가 나를 꿰뚫고 지나갔다.

나는 말없이 그의 말에 귀를 기울였다.

"동의 없이 입 맞춘 점에 대해서는 사과드립니다, 레이디 마리스텔라. 하지만 결코 실수는 아니었습니다."

"……."

"충동적이기는 했지만, 분명 진심이었습니다. 영애에게 입 맞추고 싶다고, 너무나도 간절하게 생각했거든요."

"진짜로…… 절 좋아하시는 건가요?"

내 말에 자비에르가 나를 빤히 바라보더니, 한 치의 망설임도 없다는 목소리로 확언했다.

"지금 이 자리에서, 기꺼이 다시 키스할 수 있을 만큼요."

진지한 목소리가 내 귓가를 간질였고, 욕망인지 무엇인지 모를 눈빛은 이글거리며 나를 바라보았다.

"사실 지금도 안간힘을 다해 참고 있습니다."

"……전하."

"참고 있습니다. 아직은…… 저와 마음이 같지 않으시니까요."

"……."

"그래서 애가 타고, 괴롭고, 힘이 들지만…… 그렇다고 해서 제 마음을 영애께 강요할 수는 없으니까요. 인내하고, 또 인내합니다."

그 말이 끝난 후에, 나는 아무 말도 하지 못하고 자비에르를 가만히 쳐다보기만 했다. 내가 무슨 생각을 하는지 하나도 모를 텐데도, 자비에르는 그런 나를 향해 또 가만히 웃어 보였다.

다른 사람도 아니고 이 남자가, 모든 사람에게 차갑다는 이 남자가 나에게만큼은 이토록 찬란한 미소를 지어 보인다는 게 아직까지도 영, 믿기지가 않았다. 꿈을 꾸는 것 같고, 거짓말을 듣는 것 같은 기분.

"그보다, 이렇게 주변이 소란한데도 참 잘 자는군요."

그러다 자비에르가 어색해진 분위기를 전환하기 위해 화제를 클로드 쪽으로 돌렸고, 나는 그런 그를 빤히 바라보다가 천천히 입을 열었다.

"저더러 '어머니'라고 하셨어요."

"네?"

내 말에 자비에르가 한쪽 눈썹을 찡그리며 물었고, 나는 차분하게 아까 있었던 일을 좀 더 자세히 설명해주었다.

"아까 공작 전하께서 잠깐 눈을 뜨셨을 때 절 '어머니'라고 호칭하시면서 끌어안았거든요."

"……'어머니'요?"

"네. 에스클리프 공작부인이요."

"……"

"그래서 좀 당황했어요. 되게 슬픈 표정이셨는데……. 안 좋은 꿈이라도 꾸신 건가."

"……그랬군요."

자비에르가 영혼 없는 대답을 내뱉었고, 나는 어쩐지 그가 이 주제를 그리 달가워하지 않는 것 같다는 느낌에 조심스럽게 물었다.

"돌아가신 에스클리프 공작부인을 알고 계세요? 아니면 뵈신 적이 있다거나."

"……네, 그럼요. 알다마다요."

자비에르가 무뚝뚝하게 고개를 끄덕였다.

"부황께서 돌아가신 선대 에스클리프 공과 막역한 사이였습니다. 그래서 자연스럽게…… 네, 그 부인분도 알게 되었지요."

"저와 닮은 구석이 조금이라도 있으셨을까요? 잠결에 사람을 착각하실 정도라니…… 이상해서요."

"……."

내 질문에 자비에르는 잠깐 침묵을 지켰다가, 이내 천천히 입술을 뗐다.

"많이 닮으셨습니다."

"제가요? 에스클리프 공작부인과요?"

설마 했는데, 역시나였다.

"네."

자비에르가 담담히 고개를 끄덕였다.

"그래서 아마 공도 헷갈렸던 걸 겁니다."

"그랬군요. 신기하네요."

나는 얼떨떨한 목소리로 말을 이었다. 도대체 얼마나 닮았기에 착각까지 할 정도였을까? 궁금했다.

"얼마나 닮았는지 한번 보고 싶네요. 궁금해요."

"많이, 많이 닮으셨습니다."

자비에르가 의미심장한 미소를 지으며 내게 말했다.

"저도 맨 처음 영애를 뵈었을 때 깜짝 놀랐을 정도였으니, 아마 에스클리프 공은 더 했을 겁니다."

"그 정도라고요?"

"네."

"와, 신기하네요. 제가 그렇게 흔하게 생긴 얼굴이었던가……."

"두 분 모두 흔한 미인은 아니시죠. 확실히 신기한…… 우연이기는 하네요."

자비에르가 의미심장한 표정으로 중얼거렸고, 나는 그런 자비에르를 빤히 바라보다가, 이내 깜빡했다는 듯 박수 한 번을 쳤다.

"그러고 보니 공작가에 사람을 보낸다는 걸 잊고 있었네요. 전하, 잠시만 이곳에서 기다리고 계시겠어요? 제가 하녀에게 말해 차를 내오도록 하겠습니다."

"네, 레이디 마리스텔라. 천천히 하십시오."

자비에르가 온화한 미소를 지어 보이며 내게 말했고, 나는 그런 그를 잠깐 동안 쳐다보았다가, 곧 서둘러 바깥으로 나갔다.

그러니까, 이제 그 방에 남겨진 사람은 두 명인 셈이었다.

"하……."

자비에르가 착잡한 표정으로 한숨을 쉬었다. 만일 그가 흡연을 했더라면 당장에라도 시가 하나를 꺼내 입에 꼬나물 법한 표정이었다.

자비에르는 아까 전 마리스텔라가 제게 했던 말을 계속해서 곱씹고 있었다. 에스클리프 공작부인이 마리스텔라와 매우 닮았다는 말은 사실이었다.

에스클리프 공작부인이 살아 있을 때 그녀의 모습을 꽤 자주 보았기 때문에, 마리스텔라가 에스클리프 공작부인을 매우 닮았다는 사실 정도는 그녀를 처음 보았을 때부터 느끼고 있었다.

"원래라면, 나는 영애를 싫어해야 맞는 거겠지."

자비에르가 혼자서 조용히 중얼거렸다.

그리고 그의 말마따나, 자비에르가 지금 마리스텔라를 좋아하는 것은 꽤나 특이한 상황이었다.

"돌아가신 내 어머니를 봐서라도 말이야."

그건 바로, 에스클리프 공작부인이 바로 헨리 14세가 뒤늦게 사랑에 빠진 여인이었기 때문이었다.

사실 헨리 14세가 마리스텔라를 만났다는 사실을 알게 되었을 때 자비에르가 우려한 이유도 거기에 있었다. 혹시라도 에스클리프 공작부인과 닮은 마리스텔라를 보고 괜한 생각을 품는 것은 아닌지 걱정했던 것이다. 다행히 그의 기우임이 드러나기는 했지만.

어쨌든 지금 자비에르는 자신의 어머니를 고통스럽게 만든 주범과 외양이 비슷한 여인을 사랑하고 있는 것이었다.

그것도 아주 열렬하게, 혼자만의 짝사랑을 말이다. 참 아이러니한 일이었다. 물론 에스클리프 공작부인인 밀리센트 에스클리프가 직접적으로 파네타 황후에게 해를 입힌 적은 없었다. 애당초 헨리 14세가 그녀를 사랑하게 된 것이 그녀의 잘못은 아니었다.

외려 밀리센트는 헨리 14세의 마음을 눈치채고 그에게 마음을 접어 달라고 간곡하게 부탁했으니까. '황태자 전하와 황후 폐하를 보아서라도 말입니다'라고.

그 사실을 자비에르 역시 어렴풋이 알고 있었기 때문에, 그는 머리로는 밀리센트를 미워하지 않았다. 그건 부황의 잘못이지 결코 밀리센트의 죄가 아니었기 때문에. 물론 가슴이 어떻게 느끼는지는 또 다른 문제이기는 했지만.

어쨌든 부황과 모후의 관계가 파탄 나게 된 데에는 밀리센트의 존재가 결정적이었기 때문에, 자비에르는 설령 그녀에게 아무런 죄가 없다는 사실을 머리로는 알고 있다 해도 어쩔 수 없는 유감을 품을 수밖에 없는 상황이었다.

물론 그런 감정을 클로드 앞에서 직접적으로 내보인 적은 없었으나, 그는 클로드 역시 그간의 정황으로 보았을 때 자신이 그의 모친에게 좋지 않은 마음을 품고 있다는 사실 정도는 알고 있으리라고 생각하고 있었다.

"그래서 가끔은 네가 부럽다."

레이디 마리스텔라를 사랑하는 마음이 깊어질수록 이따금 치미는 어머니에 대한 죄책감 따위는 없을 테니까.

외려 로맨틱할 테지.

자애롭고 아름다웠던 어머니의 외양을 닮은 여자를 사랑하고 있으니까.

"하긴 너 역시도 죄책감에서 완전히 자유롭지는 못하려나."

자비에르가 허탈하게 숨을 내뱉었다. 어쨌든 그가 알기로 클로드는 아직 그가 레이디 마리스텔라에게 접근한 진짜 이유를 말하지 않은 상태였다. 그러니 그 역시도 레이디 마리스텔라에 대한 마음이 깊어질수록 가슴 한구석에서 죄책감이 울컥울컥 차오를 것은 자명한 이치.

"참…… 어려운 사랑을 하고 있군."

너도, 나도, 그리고 트라코스 영애도 말이야.

자비에르가 서글픈 눈빛으로 침대 위에 누운 자비에르를 가만히 응시했다. 생각이 많아 보이는 눈빛이었다.

"으음……."

그때 클로드가 몸을 뒤척이기 시작하더니 마른 소리를 내며 천천히 눈을 떴다.

그 모습을 보고도 자비에르의 눈빛에는 흔들림이 없었다.

그는 아무렇지도 않게 눈을 뜬 뒤 자신을 바라보는 클로드를 향해 말을 건넸다.

"일어났군."

"……전하께서 왜 여기 계십니까?"

"우리 둘뿐이다."

"하아……."

자비에르의 말에 클로드는 한숨부터 쉬었다. 잠시 후에, 그가 불만스러운 목소리로 중얼거렸다.

"왜 내 눈앞에 레이디 마리스텔라가 아니라 네가 있는 거지?"

빠른 태세전환에도 자비에르는 무덤덤했다. 그럴 수밖에 없는 게, 아카데미 시절 늘 그와 이런 식으로 대화했던 자비에르로서는 아까의 경칭과 존대를 더 어색하게 느꼈기 때문이었다.

"영애는 공작가로 사람을 보내러 가셨다. 네가 하도 일어나지 않아서 말이야."

사실 이건, 그만큼 두 사람이 서로를 편안하고 친밀하게 여긴다는 증표였다. 물론 두 사람 모두 이 사실을 별로 인정하고 싶지 않아 하는 듯했지만.

"그러니까, 너는 왜 이곳에 있는 건데. 설마 영애의 초대를 받고 온 건…… 아니겠지?"

"이런."

자비에르가 입가에 야살스러운 미소를 건 채 중얼거렸다.

"들켜버렸네."

"……거짓말은 그쯤 하지."

클로드가 날카롭게 자비에르에게 쏘아붙였다.

"영애가 그러실 리 없으니까."

"왜 그렇게 확신하는데?"

"영애는 아직 마음에 확신이 없으시니까. 설령 이곳으로 부르셨다 해도, 네가 바라고 있는 그런 의도는 아닐걸?"

"……하아."

자비에르가 의미 모를 한숨을 내쉬었다. 자신의 벗은 아닌 척하면서도 사람 심리에 은근히 빠삭한 면이 있었다.

자비에르는 피곤한 표정으로 잠시 무언가를 생각하는 모습을 보이다가, 잠시 후에 다른 이야기를 꺼냈다.

"영애와 공작부인을 착각해 불렀다던데."

"……뭐?"

뜻밖의 말이라도 들은 사람처럼 클로드는 미간을 좁혔다.

그 모습을 보고 자비에르는 그가 정말로 잠결에 두 사람을 착각했다는 사실을 알아차렸다.

좋아해야 할지 싫어해야 할지는 잘 모르겠지만.

"그게 무슨 소리야?"

"방금 말한 그대로. 네가 영애를 돌아가신 공작부인으로 착각했다. 영애를 '어머니'라고 부르고 심지어는 끌어안기까지 하는 만행을 저질렀지."

"……맙소사."

클로드가 대단히 충격받은 듯 순식간에 하얗게 질린 얼굴로 중얼거렸고, 자비에르는 그런 그를 무덤덤한 눈빛으로 지켜보다 중얼거렸다.

"정말 몰랐나 보군."

"설마 내가 의도적으로…… 그랬다고 생각하는 건 아니겠지?"

클로드가 황당하다는 듯 자비에르에게 말했다.

"미치지 않고서야."

"그래. 미치지 않고서야 그럴 수는 없는 일이지."

건조하게 고개를 끄덕인 자비에르가 이윽고 클로드에게 물었다.

"영애에게 처음 네가 가지고 있던 의도에 대해, 아직 말하지 않았지?"

"……."

자비에르를 엿 먹이기 위해 그가 의도적으로 마리스텔라에게 접근했던 것을 이르는 것이었다. 클로드의 표정이 단박에 굳어졌다가, 곧 한숨을 내쉬었다. 그가 짤막하게 대답했다.

"아직."

"……그랬군."

"추궁이라도 할 셈이야?"

"딱히. 내게는 그럴 의무도, 권리도 없으니까. 그렇다고 굳이 영애와의 시간을 네 이야기를 하면서 보내고 싶지도 않고."

자비에르가 끝까지 온기가 느껴지지 않는 목소리로 말을 이었다.

"다만 궁금해졌을 뿐이다. 영애를 좋아하면서, 말하지 않은 사실이 있다는 죄책감에 괴롭지는 않은지."

"……놀리는 거야?"

"순수한 의문."

자비에르의 짤막한 대답에 클로드는 잠시 할 말을 잃은 사람처럼 입을 다물었고, 이윽고 입을 열었다.

"너 설마…… 황후 폐하께 죄책감을 느낀다거나 그런 건 아니지?"

"……."

"나한테 죄책감 운운하는 걸 보니까 혹시나 해서 묻는 거야."

설마, 아니지? 클로드가 눈살을 찌푸리며 물었지만, 자비에르는 대답하지 않았다.

침묵에서 답을 얻은 클로드가 황당하다는 듯 숨을 내쉬었다.

"별걸 가지고 다 죄책감을 느끼는군."

하지만 사실, 말은 이렇게 하기는 했어도 클로드는 자비에르의 마음을 일정 부분 이해했다.

그는 겉보기와는 다르게 마음이 상당히 여렸으니까.

"그러지 마. 아무리 내가 너와 영애를 두고 경쟁하는 사이라도 그런 건 원치 않으니까."

그 말에 자비에르가 클로드를 쳐다보았지만, 클로드는 끝까지 자비에르에게 시선을 주지 않은 채 하고 싶은 말을 계속했다.

"쓸데없는 죄책감 같은 거, 가지지 말라고. 지금 네 마음의 공간, 영애를 좋아하는 마음만으로도 부족하지 않나?"

"⋯⋯."

"나야 영애와 직접적으로 얽힌 일이니 그럴 수 있다 쳐도, 넌 그러지 말라고. 네 잘못 아니고, 영애의 잘못도 아니고, 내 어머니의 잘못도 아니야. 누구의 잘못도 아니야."

"⋯⋯네게서 이런 말을 들을 줄은 몰랐는데."

"혼자 착각은 하지 말고. 괜히 의미 없는 문제로 속앓이하는 거 꼴불견이니까. 그렇다고 해서 영애를 향한 마음 포기할 거, 아니잖아?"

클로드가 온기 없는 목소리로 물었고, 자비에르는 거기에다 대고 아무런 대꾸도 하지 못했다.

그리고 그때, 바깥에서 문 두드리는 소리가 들려왔다. 똑똑, 노크 소리에 뒤이어 곧바로 문이 드르륵 열리고 마리스텔라가 안으로 들어왔다. 그녀는 방금 전까지 두 사람이 대화를 나누었다는 사실을 알고 혹시 싸운 건 아닌지 꽤 긴장한 눈치였다.

"일어나셨군요, 공작님. 푹 주무셨겠어요."

"이래저래 실례가 많았습니다."

두 사람 모두 아까의 일에 대해서는 언급하지 않았다. 암묵적인 합의였다.

"공작가로 사람을 보냈습니다. 아마 금방 도착할 거예요."

"감사합니다, 레이디 마리스텔라. 괜히 번거롭게 해드렸군요."

"아니에요. 아, 그리고…… 두 분 모두 돌아가실 때 과일청 좀 챙겨 드릴 테니 가져가시겠어요?"

"잠깐, 영애. 에스클리프 공도 말입니까?"

자비에르가 당황한 목소리로 마리스텔라에게 물었지만, 그녀는 아무렇지 않게 고개를 끄덕일 뿐이었다.

"무슨 문제라도 있나요, 전하?"

"……."

그렇게 말한다면 이쪽에서도 할 수 있는 말이 없었다. 어쨌든 그런 부분을 간섭할 권리가, 자비에르에게는 없었으니까. 그는 과일 청이 클로드에게까지 간다는 사실이 영 언짢은 듯했지만, 곧 하는 수 없다는 듯 입을 가만히 다물었다. 그 모습을 의미심장한 눈빛으로 바라보던 마리스텔라가 천천히 입을 열었다.

"모쪼록 공작님께서는 상처 치료에 힘쓰셨으면 좋겠습니다. 아까 공작저로 사람을 보내면서 낮의 상황을 설명해 드렸으니, 공작저의 집사가 공작님을 잘 보필할 겁니다."

"이래저래 신경 써주셔서 감사합니다, 레이디 마리스텔라."

클로드가 환하게 웃으며 마리스텔라에게 말했다.

"배려에 감사드립니다. 오늘은 뜻하지 않게 원래의 방문 목적을 이루지 못했으니 다음번에 다시 찾아뵙도록 하겠습니다."

"네, 그렇게 하시지요."

똑똑.

그때 다시 누군가가 바깥에서 문을 두드렸고, 잠시 후 하녀의 목소리가 들려왔다.

"아가씨, 에스클리프 공작저에서 사람이 왔습니다."

"아, 상당히 일찍 도착했네요."

"그럼 저는 이만 가보도록 하겠습니다, 레이디 마리스텔라."

"네, 배웅해드리겠습니다."

그 말을 마친 직후, 마리스텔라가 돌연 얼굴을 붉히며 클로드에게 조심스럽게 말했다.

"그…… 나가시기 전에 바지는 입으시는 게 좋겠어요."

"아."

그 말에 클로드 역시 민망한 듯 웃었고, 마리스텔라는 눈치껏 먼저 나가볼 테니 천천히 나오시라는 말을 남기고선 방 밖으로 나갔다.

결국 다시 자비에르는 클로드와 함께 남게 되었고, 클로드는 아무렇지 않게 침대에서 몸을 일으킨 다음 옆에 걸린 새 바지를 주섬 주섬 입기 시작했다. 그 모습을 보고 있던 자비에르 역시 몸을 돌려 바깥으로 나가려는데, 클로드의 목소리가 그를 불러 세웠다.

"쓸데없는 생각하지 마."

"……."

"우리 잘못은 하나도 없어. 그때도, 지금도."

"……알아."

자비에르가 짤막이 대꾸했다.

"알고 있어. 쓸데없는 걱정은 이쪽에서 사양하지. 피차…… 그럴 관계는 아니니까."

그 말만 남기고서 자비에르는 다시 문 쪽으로 걸었다.

곧 문이 드르륵 열리는 소리와 닫히는 소리가 연이어 들려왔고, 혼자 남겨진 클로드는 착잡한 표정으로 자비에르가 나간 문가를 쳐다보았다.

그래도 분위기가 싸운 것 같지는 않은 것 같아 다행이라고 생각하면서, 나는 두 사람에게 각각 건넬 선물 상자를 꼼꼼히 살펴보았다. 안에 네 병의 과일청이 들어 있어 꽤나 무거웠다. 어차피 운반은 하인들이 하겠지만.

"영애께서는 참 다정하십니다."

그때 뒤쪽에서 자비에르의 목소리가 들려왔고, 나는 자연스럽게 뒤를 돌아 그를 쳐다보았다. 나는 낮게 웃으며 그에게 말했다.

"전하의 말씀은 그리 좋은 뜻으로 들리지만은 않는걸요."

실제로 자비에르는 살짝 삐진 것 같은 얼굴을 하고 있었는데, 그건 아마 내가 과일청을 클로드에게까지 주었기 때문일 가능성이 컸다. 그는 의외로 질투심이 많은 남자였다. 하긴, '사랑하는' 여자가 다른 남자에게 어떤 식으로든 관심을 쏟는 걸 기껍게 바라볼 남자가 어디에 있겠느냐만……

"착각이십니다. 나쁜 의도는 없었습니다."

하지만 말은 그렇게 해도 표정이 아니었다.

그런 그를 가만히 바라보던 나는 자연스럽게 다른 이야기를 꺼내려다가, 문득 자비에르가 입은 재킷 위에 그의 은색 머리카락 하나가 붙은 것을 발견하고 그것을 좀 더 자세히 보기 위해 눈을 가늘게 떴다. 옷깃 사이에 붙어 있어서 쉽게 눈에 띄지 않는 상황이었다.

내가 잘못 본 것이 아니라는 사실이 확인되자, 나는 원래 하려던 말도 잊고 그에게 한 발짝 성큼 다가갔다.

"전하, 잠시만요……"

나는 진지한 표정으로 미간을 좁히며 그가 입은 재킷의 옷깃 사이로 손을 뻗었다. 갑작스럽게 내가 가까이 다가가자, 자비에르가 몸이 뻣뻣하게 굳은 사람처럼 꼼짝하지 못했다. 덕분에 나는 손쉽게 재킷에서 머리카락을 떼어낼 수 있었다.

"다 됐어요. 여기 머리카락이……"

나는 임무를 완수한 사람처럼 해사하게 웃으며 고개를 들어 올렸고, 그 순간 자비에르와 눈이 마주쳤다.

'가까워.'

그러고 보니 지금 나와 자비에르 사이의 거리가 상당히 가까웠다.

그 바람에 자연스럽게 나흘 전의 일이 떠올랐고, 나는 최대한 아무렇지 않게 그에게서 멀어지려고 했다. 하지만 생각을 실행으로 옮기기 직전, 나는 내 머리카락에 닿는 낯선 이의 손길을 느끼고선 아까 자비에르가 그랬던 것처럼 몸을 경직시켰다.

"아……."

자비에르가 내 긴 머리카락을 사르륵 붙잡은 뒤 그 위에 입을 맞추었다. 그리고 그 모습을 보면서, 나는 어디선가 들어본 적 있던, 머리카락 위에 키스하는 행위의 의미를 떠올렸다.

구애와 사모의 키스. 하지만 그런 의미를 제외하더라도, 지금 이 상황은 대단히 야릇했다.

"감히 영애의 입술을 다시 탐할 용기는 없어서."

"……."

"머리카락이라도, 허락해 주시겠습니까."

자비에르가 지나치리만치 유혹적인 미소로 내게 물어왔고, 거기에다 대고 나는 아무 말도 할 수 없었다.

그저 갑작스러운 상황에 당황스러움을 느꼈고, 심장이 너무 미친 듯이 뛰어 고장 나는 건 아닌지를 걱정할 뿐이었다.

당장 자비에르의 물음에 뭐라고 대답해야 할지는, 내 머릿속에서 조금도 해답을 내어주지 않았다.

"……저는."

"레이디 마리스텔라."

얼빠진 얼굴로 횡설수설하기 직전의 상황에서, 누군가가 나를 부르는 소리에 나는 무사히 상황을 회피할 수 있었다.

"오래 기다리게 해드려 죄송합니다."

클로드였다.

그리고 그의 모습을 보자마자, 나는 그가 방금까지의 일을 보았는지 보지 못했는지가 너무나도 궁금해졌다.

"……아닙니다, 공작 전하."

하지만 물어볼 용기는 나지 않아서, 나는 아예 말도 꺼내지 않았다.

"시간이 늦었습니다. 본의 아니게 이곳에서 많이 지체하신 것 같아 걱정스럽네요."

"마침 오늘 일정이 빠듯하지 않아서요. 그 부분은 걱정하지 마십시오."

그렇게 대답한 후에, 클로드는 어쩐지 경계하는 듯한 눈초리로 자비에르를 쳐다보았다. 그러다 잠시 후에, 그는 내가 준비한 과일청 상자를 발견하고선 물어왔다.

"그게 과일청인가요?"

"그렇습니다. 마음에 드셨으면 좋겠네요."

"영애의 솜씨는 누구보다 제가 가장 잘 알고 있으니까요."

클로드가 의미심장하게 한 마디를 내뱉은 다음 말을 이었다.

"감사히 먹도록 하겠습니다. 그리고 조만간 다시 찾아뵙지요."

"그때는 실례 없이 모시도록 하겠습니다."

아까의 일에 미안함을 지우지 못하고 말하자, 클로드가 빙긋 웃으며 나를 달랬다.

"아까 일은 누구의 잘못도 아니었습니다, 레이디 마리스텔라. 고의가 아니었으니까요. 부디 신경 쓰지 않으셨으면 하는 바람입니다."

"말씀만으로도 감사합니다."

"그럼 전 이만 가보겠습니다. 다시 만나 뵐 때까지 건강하시기를."

작별 인사로 클로드는 익숙하게 허리를 굽히고 내 손등 위에 키스했다. 잠시 후 공작저의 하인이 두 개의 상자 중 하나를 들고 클로드와 함께 가게 바깥으로 나섰고, 나는 그가 마차를 타고 출발하는 것까지 다 본 다음에야 뒤를 돌 수 있었다.

"······."

동시에 거짓말처럼 자비에르와 눈이 마주쳤고, 나는 자연스럽게 아까의 일이 떠올라 얼굴을 붉혔다.

'······미치겠네.'

자비에르는 도무지 속을 읽기 어려운, 의미심장한 눈빛으로 나를 지그시 바라보고 있었는데, 나는 그런 그의 모습을 보며 도무지 무슨 말을 꺼내야 할지 난감해졌다.

한참 후에야 나는 조심스럽게 입을 열었다.

"저…… 그럼 전하께서도 이만 환궁하시는 게 좋겠어요."

"네. 오늘은…… 그게 좋을 것 같습니다. 어쨌든 오늘도 영애를 한 번 더 뵈었으니, 처음의 목적은 달성한 셈이니까요."

"……."

"영애. 제가 부담스러우십니까?"

"……그렇다기보다는."

나는 머뭇거리다 대답했다.

"다른 사람들이 지금의 절 본다면 답답하게 생각할지도 모르겠지만, 저도 제가 답답하긴 마찬가지예요. 모든 주변 상황이 혼란스럽고, 마음에 중심이 잡히지를 않아요. 저도 제가 이렇게 우유부단한 사람인지는 몰랐습니다. 그래서……."

"쉬이."

그때 자비에르가 돌연 오른손 검지를 내 입술 위에 가져다 댔다. 자연스럽게 말이 끊긴 내가 고개를 들어 자비에르의 얼굴을 쳐다보았다. '자애롭다'는 형용사가 어울릴 법한 표정으로 나를 바라보면서, 자비에르는 다정하게 속삭였다.

"무슨 말씀이신지 알겠습니다. 제가 영애를 곤란하게 만든 모양이군요."

"그런 게 아니라……."

"아닙니다. 저도…… 영애와 비슷한 상황이었던 적이 있었기 때문에 영애의 마음을 이해할 수 있습니다. 그래서 영애를 탓할 마음, 조금도 없고요."

"……."

"제가 근래 너무 영애께 다가가기만 했습니다. 영애 혼자서 생각하실 시간도 분명 필요하실 텐데요."

자비에르가 빙긋 웃으며 여전히 속삭이는 듯한 목소리로 내게 말했다.

"당분간은…… 정기 무도회 때까지는 귀찮게 해드리지 않겠습니다. 이 정도면 제 진심은 충분히 전달된 것 같으니까요."

"……."

"영애의 선택을 기다리겠습니다. 어떤 선택을 내리시든 받아들이겠습니다. 그러니 그 누구의 눈치도 보지 마시고, 그 누구의 마음도 신경 쓰지 마시고, 오직 영애의 마음에만 집중해 주십시오."

"……전하."

"영애께서 그 무엇도 고려하시지 않고 내린 결정이어야만, 저는 받아들일 수 있을 것 같으니까요. 그렇게 해주신다면 어떤 결과가 나오든 깔끔히 승복하겠습니다."

부드럽게 말을 맺은 자비에르는 한동안 나를 가만히 쳐다보기만 했다. 그 시선은 어린아이가 어머니를 바라보는 그것 같기도 했고, 스승이 제자를 지켜보는 그것 같기도 했다.

따뜻함이 가득 서려 있는 눈빛에 나는 순간 가슴이 저리는 것을 느끼며 입술을 꾹 깨물었다.

"그럼 이만 가보겠습니다. 모쪼록…… 다시 뵐 때까지 건강하고, 또 행복하시기를."

정중한 인사와 함께 내 손등 위에 조심스럽게 입을 맞춘 자비에르가 가게 앞에서 기다리고 있던 마차 위로 올라탔다.

나는 아무 말도 하지 못하고 그를 태운 마차가 가게로부터 멀어져가는 모습을 가만히 지켜보아야만 했다.

그 이후에 자비에르는 정말로 나를 찾아오거나, 연락하지 않았다.

자신이 한 말을 약속으로 여기고 지키려는 사람처럼 내 주변에서 조금의 자취도 드러내지 않는 것이었다.

나는 평소대로 생활해 나갔다. 가게에 나가 향긋한 과일청을 만들었고, 종종 주변 영애들과 차 모임에 나가 신변잡기적인 주제로 이야기를 나누었다. 모든 상황이 다시 평소처럼 돌아온 것처럼 보였다.

하지만 이따금씩 알 수 없는 공허함과 슬픔이 내 마음속과 머릿속을 번갈아 맴돌면서, 나는 여전히 혼란한 상태를 유지하고 있었다.

"오늘 11시에 에스클리프 공작님께서 방문하시기로 하셨어요."

그러던 어느 날 아침에, 플로린다가 머리카락을 손질해주면서 내게 그렇게 일러주었다. 나는 잊고 있었다는 듯 작게 소리를 낸 다음 물었다.

"벨플레어 저택으로 오신다고 하셨지?"

오늘은 가게에 나가지 않는 날이었다. 내 질문에 플로린다가 고개를 끄덕인 뒤 짤막이 답해 주었다.

"네."

"가게에 나가는 날이 아니라 다행이다. 다른 스케줄은 없지?"

"네. 없어요."

시간을 확인하니 숫자 10에 시침이 가 있었다. 곧 도착할 게 분명했기 때문에 나는 중요한 손님 - 클로드 - 을 맞아들이기 위해 평소보다 치장에 더 공을 들였다. 그리고 정확히 11시가 되었을 때, 플로린다가 내게 클로드가 도착했음을 알려주었다.

나는 그를 응접실로 모셔 두라고 지시한 다음 서두르지 않고 응접실까지 내려갔다. 응접실의 유리문 사이로 클로드가 무슨 생각을 하고 있는 건지 골똘한 표정을 짓고 있는 것이 눈에 들어왔다.

나는 오른손 검지만 이용해 약하게 문을 두드렸다.

똑똑.

유리와 뼈마디가 맞닿는 소리가 경쾌하게 울려 퍼졌고, 동시에 클로드가 내 쪽으로 시선을 빠르게 옮겼다.

나는 문을 열고 응접실 안으로 들어간 다음 부드러운 목소리로 그에게 인사했다.

"오셨습니까, 공작님."

"레이디 마리스텔라."

클로드가 그 특유의 유쾌한 미소로 나를 맞아 주었다.

"너무 일찍 약속 시각을 잡은 것은 아닌지 걱정했습니다. 실례였다면 사과드립니다."

"아닙니다. 딱 괜찮은 시간이었어요."

나는 빙긋 웃으며 그에게 앉으라는 듯한 제스처를 보냈고, 클로드는 그렇게 했다. 곧 하녀가 페퍼민트를 진하게 우린 차를 내왔고, 나는 조심스럽게 차 위로 바람을 분 다음 한 모금을 마셨다.

잘 우려졌는지 향이 좋았다.

"임대료 문제 때문에 오신 것이지요? 인상할 예정이신가요?"

근래 가게들의 임대료가 전부 줄줄이 인상되고 있다는 건 차 모임에서도 얼핏 들은 사실이었다. 하지만 내 질문에 클로드는 고개를 저었다.

"아닙니다, 레이디 마리스텔라. 인상이 아니라 인하하려고 합니다."

"네?"

뜻밖의 이야기에 나도 모르게 눈이 동그랗게 떠졌다.

"인상이 아니라…… 인하를 하시겠다고요?"

"네. 이번에 투자한 해외 쪽 사업이 흑자로 돌아서서요."

"의외……네요. 보통 올리면 올리셨지, 내리지는 않으시던데."

"전 황족이니까요."

클로드가 빙긋 웃으며 내게 답했다.

"황가의 일원으로서 제국민들에게 조금이나마 보탬이 되었으면 하는 바람이 있습니다. 일종의 신념이지요."

"하지만 대단하신걸요. 황족이라고 해도…… 꼭 그렇게 생각하고 행동하지 않는 분들이 태반이시니까요."

"당연한 일을 대단하다 칭찬받으니 부끄러워 몸 둘 바를 모르겠습니다."

"당연하다고 여겨지는 일을 당연하게 행동하지 않는 분들이 한둘인가요. 어쨌든 정말 존경스러운 결정을 하셨어요."

"그렇게 봐주시니 감사합니다."

입꼬리를 양쪽으로 끌어올려 씩 웃은 클로드가 좀 더 자세한 내용을 설명했다.

"원래 금액에서 1할 인하가 적용될 예정입니다. 익익월부터요."

"알겠습니다. 숙지해 두겠습니다."

"아."

그러다 클로드가 갑자기 다른 쪽으로 주제를 틀었다.

"요즘도 황태자 전하와 만나고 계신가요?"

"……"

갑작스러운 질문에 나는 잠깐 동안 침묵을 지켰다. 그러는 사이 클로드가 내 대답을 기다리며 나를 빤히 쳐다보았고, 나는 천천히 입술을 열었다.

"……아뇨. 워낙 바쁘신 분이셔서요."

속사정은 그게 아니기는 했지만, 그걸 클로드에게 구구절절 말하기에는 좀 그래서 나는 그렇게만 대답해두었다.

그러다 나는 문득 지난번 가게에서 하다 끊겼던 이야기를 기억해내고선 그에게 물었다.

"제가 황태자 전하와 만나는 게, 그렇게 걱정되시나요?"

"네."

클로드가 나를 똑바로 바라보며 답했다.

"걱정됩니다. 아주 많이요."

"……그때도 그렇게 말씀하셨었죠."

나 역시 클로드와 눈을 마주치며 입술을 계속 움직였다.

"그러다 예기치 못한 일이 일어나서 대화가 끊겼고요."

"……."

"절 왜 그렇게 걱정하시는지, 지금 다시 여쭤봐도 될까요?"

이 질문을 하면서, 나는 심장이 두근두근 뛰는 것을 느꼈다. 긴장의 박동이었다. 아무리 본심을 잘 드러내지 않는 클로드라고 해도, 이 질문에 대한 대답을 피하기란 쉽지 않을 것이다.

"……."

질문이 끝난 후에, 클로드는 말없이 나를 가만히 쳐다보기만 했고, 나는 그가 도대체 무슨 생각을 하고 있는 건지가 궁금했다.

나와의 관계에서 무엇을 재고 있는 건지, 무엇을 고려하고 있는 건지, 한 번도 말해준 적 없었기 때문에.

"당연하지요."

마침내 클로드가 입을 열었고, 나는 아무 말도 하지 못한 채 그의 입술에서 흘러나올 말에만 온 신경을 기울였다.

"레이디 마리스텔라는 제가 세상에서 가장 아끼는 친구니까요."

그 지극히 당연한 대답에, 나는 아무 말도 하지 못하고 클로드를 쳐다보았다.

그리고 클로드는 그런 나의 시선을 그대로 받으면서, 조금의 흔들림조차 없는 태도로 말을 이어나갔다.

"영애는 제게 더없이 소중한 친구십니다. 잃고 싶지 않은 사람이고, 제가 좋아하는 분이십니다."

"……."

"그러니 영애의 일에 제가 늘 걱정하는 건 당연한 일이겠지요."

"……그렇군요."

군더더기 없는 대답이었다.

사랑이다, 우정이다, 딱 잘라 대답하지 않았지만, 나는 이미 클로드의 대답에서 그가 나에게 우정 이상의 감정을 가지고 있지 않음을 확신했다.

'……다행이다.'

그리고 그 사실에 안도하는 나 자신을 보면서, 나는 스스로 우습다는 생각이 들었다.

처음부터 무슨 그런 얼토당토않은 생각을 한 건지. 클로드는 정말 날 친구로서 좋아하고 걱정해줬던 것뿐이었는데.

그리고 또 한편으로는, 내가 걱정했던 일이 일어나지는 않을 거라는 생각에 다시 한번 안심했다.

적어도 클로드와 자비에르가 같은 사람을 좋아하고, 그 사람의 사랑을 얻기 위해 경쟁한다는, 그런 뻔한 이야기는 없을 테니까.

나는 한결 가벼워진 마음으로 부드럽게 미소 지었다.

"공작님께는 늘 감사한 마음뿐이에요. 늘 저를 세심하게 챙겨 주시니까요."

"당연한 일입니다. 우린 친구니까요."

"과분할 정도로 좋은 친구세요, 공작님께서는. 이따금씩 저는 제가 정말 운이 좋은 사람이라고 생각한답니다. 주변에 좋은 분들이 너무 많이 계셔서요."

"영애께서 좋은 분이시기 때문에 주변에도 좋은 분들만 있는 겁니다. 그러니 운이 아니라, 영애의 인품 덕분이지요."

"그렇게 말씀해주시니 감사합니다."

"참, 이 말씀도 드리려 했는데."

그가 하마터면 잊을 뻔했다는 듯한 목소리로 내게 말했다.

"제가 이틀 후에 출국하게 되었습니다. 오클란스 왕국으로요."

"오클란스 왕국이요? 거긴 갑자기 왜……."

"잠깐 사업적인 일로 볼 일이 생겨서요. 한두 달 정도 있게 될 예정입니다. 더 일찍 올 수도, 좀 더 늦어질 수도 있겠지만요. 워낙 이곳에서 멀어서 오가는 데만 한 달을 다 쓰게 될지도 모르겠습니다."

"이런. 아래 분들을 보내시지 않고요."

"중요한 건이라서요. 그래서 가게 되었습니다."

"모쪼록 조심히, 건강히 다녀오세요. 기다리고 있겠습니다."

"감사합니다, 영애."

클로드가 설핏 미소 지으며 내게 말했다.

"귀국할 때는 선물도 넉넉히 가져오겠습니다. 오클란스 왕국의 초콜릿이 그렇게 유명하다는군요."

"아, 정말요?"

그러고 보니 들어본 적이 있었다. 다크 초콜릿을 주로 먹는 요나스 제국과는 달린 오클란스 왕국과 그 주변 나라들은 오래전부터 우유와 초콜릿을 적절히 배합하는 기술이 뛰어나 상당히 부드럽고 풍미 깊은 초콜릿을 만들어 낸다고. 귀족들 사이에서도 오클란스 왕국의 초콜릿은 꽤나 귀한 디저트로 취급받을 정도였다.

밀크 초콜릿을 만드는 게 꽤나 고급 기술인지라, 기술자를 구하기도 어려웠기 때문에 그 가치가 더 상향된 듯했다.

나는 빙긋 웃으며 그에게 감사의 말을 건넸다.

"감사합니다."

"뭘요. 저희 사이에 그 정도는 당연하지요."

그 말에 나는 부드럽게 미소를 지어 보이며 내 맞은편에 앉은 클로드를 가만히 쳐다보았다. 나와 눈이 마주친 그가 똑같이 아름답게 미소 짓는 모습이 눈에 들어왔다.

'편안하다.'

방금 전의 대화를 통해 그간 내내 마음속에 짊어지고 있던 짐을 비로소 덜어낸 기분이 들었다. 이제는 정말 개운한 마음으로 그와의 관계에 임할 수 있을 것 같다고 생각하며, 나는 짙은 미소와 함께 여전히 김이 피어오르는 찻물을 홀짝였다.

◇◆◇

같은 시각, 자비에르는 헨리 14세의 부름을 받고 중앙궁으로 갔다.

'또 무슨 일이신지.'

헨리 14세가 그를 직접적으로 부른다는 것은 정말 중요한 일이거나, 혹은 사적인 이야기라는 의미였다.

자비에르의 머릿속으로 '설마'하는 생각과 함께 부황이 자신을 부를 법한 이유 몇 개가 떠올랐지만, 그는 섣불리 결론 내리지는 말자고 생각하며 계속해서 중앙궁으로 걸음을 옮겼다.

"제국의 작은 태양을 뵙습니다. 요나스에 광영을."

"황제 폐하께서는 어디 계시지?"

중앙궁에 들어서자마자 시종 하나가 자비에르를 알아보고 인사했지만, 자비에르는 무뚝뚝한 얼굴로 부황의 소재부터 물었다. 익숙한 일이라는 듯 시종은 당황하지 않고 헨리 14세가 그의 집무실에 있음을 알려주었다.

잠시 후 집무실 앞까지 도착한 그를 보고 시종이 헨리 14세에게 자비에르의 방문을 알렸다.

"황제 폐하, 황태자 전하께서 드셨습니다."

"안으로 들이도록 해."

안쪽에서 자비에르를 닮은 건조한 목소리가 들려왔고, 자비에르는 익숙하게 열린 문 사이로 걸어 들어갔다.

그의 아버지이자 이 제국의 절대자가 서류에서 눈을 떼지 못하고 집중하는 모습이 가장 먼저 눈에 들어왔고, 자비에르는 아버지의 무관심을 익숙하게 여기며 인사부터 올렸다.

"제국의 찬란한 태양, 황제 폐하를 뵙습니다. 황가와 요나스에 더 없는 영광을."

"거기 앉도록 해라."

여전히 아들에게 눈길조차 주지 않으며 헨리 14세가 지시조로 말했고, 자비에르는 군말 없이 그렇게 했다.

잠시 후에, 헨리 14세가 드디어 의자에서 몸을 일으켰다.

부황의 인기척을 느낀 자비에르가 자연스럽게 고개를 그쪽으로 돌렸고, 이내 헨리 14세와 눈이 마주쳤다.

자비에르는 익숙하다는 듯 시선을 아래로 내려 헨리 14세와 마주 보는 것을 피했으나, 이윽고 들려오는 부황의 말에 놀라 고개를 다시 들어 올릴 수밖에 없었다.

"트라코스 영애와 결혼하거라."

"……."

자비에르는 순간 숨 쉬는 것도 잊고 제 아버지를 쳐다보았다.

그러나 헨리 14세의 표정은 여전히 무미건조할 뿐 이렇다 할 감정이 드러나지 않고 있었다.

"……폐하."

자비에르가 굳어진 얼굴로 제 아비를 불렀지만, 헨리 14세는 결정의 번복은 없다는 듯 다시 한번 같은 말을 반복할 뿐이었다.

"트라코스 영애와 결혼해."

"갑자기 왜……."

"'갑자기'가 아니다."

헨리 14세가 매서운 눈매로 아들을 바라보며 말을 이었다.

"지금에야지. 내가 많이 기다려 주었다고는 생각지 않느냐?"

"……."

그 말은 사실이었다. 자비에르는 아무 말도 하지 못하고 부황을 그저 바라보기만 했다.

"하지만 어째서 굳이 그녀입니까? 다른 영애들도 많은데……."

"내가 그 아이를 며느리로 점찍었기 때문이지. 그 아이가 요나스의 차기 황후가 된다면 분명 널 옆에서 잘 보필하며 요나스를 강성하게 만들 거다. 귀족들 사이에서도 몸가짐이 바르고 영특하다며 호평이 자자하더구나."

"……."

그 부분에 대해서는 자비에르 역시 인정하고 있었다.

트라코스 영애는 훌륭한 신하가 될 수 있을 것이다. 하지만 그렇다고 해도 황후로 맞이하는 것은 또 다른 문제였다.

평생을 함께할 부부였다. 어쨌든 결혼은 타인의 시선이 용납하는 선에서라면, 사랑하는 사람과 하는 것이 옳다고 자비에르는 생각했다.

그걸 무시하고 헨리 14세가 결혼을 진행하여 황가가 파탄 난 것이니까. 장기적인 미래를 위해서라도 그게 옳은 일이었다.

"네가 마음에 담고 있다는 그 영애, 벨플레어 백의 여식이라고 했던가?"

"……."

"이 정도까지 시간을 주었으면 해결을 봐야지. 내가 언제 죽을 줄 알고 그렇게 여유롭게 구는 거지?"

"그런 말씀은……."

"왜."

헨리 14세가 날카로운 목소리로 물었다.

"내가 천년만년 네 옆에서 살아 숨 쉬고 있을 거라 생각하느냐?"

"……."

그렇게 생각한 적은 없었다. 하지만 그렇다고 해도…… 이렇게까지 결혼을 서두를 만큼 일찍 서거하리라고도 생각하지 않았다.

"그만큼 시간을 주었으면 결론을 내려야지. 너도, 그 아이도 말이다."

"하지만 폐하……."

자비에르가 입술을 질끈 깨문 다음 헨리 14세에게 말했다.

"조금만…… 조금만 더 시간을 주실 생각은 없으십니까?"

"……."

아들의 말에 헨리 14세가 가만히 자비에르를 쳐다보았다.

아들의 눈은 간절함과 절실함 사이에서 빛나고 있었다.

"조금만 더 시간을 주십시오. 오래 달라고도 말씀드리지 않겠습니다. 한 달…… 딱 한 달만 더 주십시오."

"한 달 안에 지금 이 상황을 바꿀 수 있다고?"

"그건 장담할 수 없습니다. 하지만…… 제가 후회 없이 행동할 수 있는 시간이라는 건 확실합니다.

"내가 왜 그래야 하지?"

자비에르는 헨리 14세의 이 질문에 순간 말문이 막혀 아무 말도 하지 못했다. 하지만 곧바로, 그는 아무렇지 않게 입을 열어 대답했다.

"부황 폐하의 하나뿐인 자식이니까요."

"……"

"아비라면 마땅히 자식의 행복을 바랄 것이라 생각했는데…… 아닙니까?"

자비에르는 진심으로 궁금하다는 눈빛으로 헨리 14세를 바라보았다. 그러나 늘 그렇듯, 부황의 얼굴에서 그의 생각을 읽어내기란 쉬운 일이 아니었다.

헨리 14세는 도대체 무슨 생각을 갖고 있는 건지 모를 얼굴로 자비에르를 쳐다보다가, 한참 후에야 입을 열었다.

"좋다."

짧게 떨어진 긍정의 대답에, 자비에르의 심장이 쿵쿵 뛰기 시작했다.

"하지만 네가 했던 말을 지켜야 할 거다."

"한 달입니다, 폐하."

자비에르가 침착한 목소리로 답했다.

"그 이상의 기한을 바라지는 않겠습니다."

"좋아."

헨리 14세가 고개를 끄덕인 다음 못을 박았다.

"정확히 한 달이다. 요나스의 황태자로서, 이후에 다른 말을 하지는 않겠지?"

"감히 폐하 앞에서 그럴 수 있을 리가요."

자비에르가 마른 침을 삼킨 다음 말을 이었다.

"그 안에 일을 마무리 짓도록 하겠습니다."

"자신만만하구나."

헨리 14세가 코웃음을 친 뒤 물었다.

"그동안 계속 실패했던 일을 한 달 안에 마무리 짓는다고? 그게 가능할 거라고 보느냐?"

"결과에 상관없이 과정에 최선을 다할 생각입니다. 그게 중요하다고 저는 배웠습니다."

"……."

"아닙니까?"

"네가 그렇게 배웠다면 그게 맞는 것이겠지."

헨리 14세가 가만히 아들을 바라보다 입을 열었다.

"용건은 그게 전부다. 이만 가 봐도 좋아."

"……네, 폐하."

자비에르는 가만히 자리에서 일어난 다음 허리를 굽혀 헨리 14세에게 인사했다.

잠시 후 그가 헨리 14세의 집무실 밖으로 나갔지만, 문이 닫히고 난 뒤에도 헨리 14세는 의미심장한 눈빛으로 아들이 나간 자리를 한동안 가만히 지켜보았다.

시간이 흘러 어느새 정기무도회 날이 다가왔다.

나는 그날 입을 의상으로 플로랄 무늬가 화려하게 그려진 청색 드레스를 선택했고, 하녀들의 조언을 받아들여 진주가 달린 눈꽃 모양의 다이아몬드 귀걸이와 문스톤으로 만든 목걸이, 무색 토파즈 와 고세나이트로 만든 머리 장식을 액세서리로 걸쳤다.

"아가씨, 너무 아름다우세요."

플로린다가 황홀한 목소리로 나를 칭찬했다.

"드레스가 꽃이 아니라, 아가씨가 꽃 같으신걸요? 오늘 무도회에 서 춤추신다면, 다들 꽃잎이 나풀거리는 것 같다고 착각할 거예요."

"플로린다, 그런 말은…… 너무 소설 속에서나 나올 법한 표현 아 니야?"

"하지만 아가씨는 정말 소설 속에서나 나올 법한 여주인공처럼 아름다우신걸요."

"뭐……."

여기가 소설 속이니 아예 말이 안 되는 이야기는 아니었지만, 엄 밀히 말해 나는 주인공은 아니었다.

사실 지금에 와서 누가 주인공이고 누가 주인공이 아닌지가 다 무슨 의미겠느냐만. 소설 바깥의 사람들이나 이곳의 사람들을 주인공과 비주인공으로 구분하지, 이 책 안에서는 결국 모두가 주인공이었으니까.

그러다 문득, 나는 그동안 머릿속에서 잠시 잊고 있던 한 사람을 떠올렸다.

'그러고 보니, 오늘이⋯⋯.'

자비에르를 다시 만나는 날이었다.

'⋯⋯오랜만이기는 하네.'

자비에르는 자신이 한 말을 충실히 지켰다.

그는 그날 가게에서의 마지막 만남 이후 단 한 번도 나를 찾아오거나, 내게 연락하지 않았으니까.

'역시, 정리해야겠지.'

그리고 나는 오늘, 그에게 정식으로 거절할 생각이었다.

'이대로는 안 돼.'

지금 상태로 지내봐야 서로에게 하등 도움이 되지 않을 것이라는 게 나의 결론이었다. 어쨌든 자비에르가 내게 고백한 이상 나는 최대한 빨리 답을 내려야만 했는데, 지금 상태로는 도무지 그에 대한 마음에 갈피를 잡지 못했기 때문이었다.

이럴 때는 거절하는 게 맞았다. 뒷일이 어찌 될지는 모르겠지만, 계속 시간을 질질 끌 수도 없는 노릇이었으니까. 내가 침묵하는 시간이 길어질수록 자비에르가 입을 상처 역시 깊어질 것이다.

'그래. 이게 맞는 거야.'

나는 그제야 편안한 마음으로 가슴 위에 손을 얹었다.

자비에르의 진심을 알아버린 이상 그와 예전처럼 가깝게 지내지도 못할 것이고, 오델레타와의 관계를 위해 애써줄 수도 없겠지만, 그렇다고 해도 지금보다는 한결 상황이 괜찮아질 것이다.

나는 그렇게 기대하고 있었다.

"아가씨, 이제 출발하셔야 해요."

그때 뒤쪽에서 플로린다의 목소리가 들려왔고, 나는 천천히 자리에서 몸을 일으켰다.

'오늘 모든 걸 정리하는 거야.'

속으로 그렇게 중얼거리면서, 나는 천천히 방 바깥으로 발걸음을 옮겼다.

"언니 표정이 밝아 보여."

마차 안에서 마티나는 내게 그렇게 말했다. 그녀의 말에 내 시선이 마티나에게로 가 머물렀다.

"……그렇게 보이니?"

"응. 뭐랄까, 고민을 끝낸 사람 같은걸."

역시 눈치 하나는 귀신같이 빠른 마티나였다. 나는 설핏 웃으며 고개를 끄덕였다.

"네 말이 맞아. 마음이 편해, 지금."

"아……."

내 대답에 마티나는 무언가를 알아차린 사람 같은 표정을 짓고선 물었다.

"결정을 내린 거야?"

"응."

"……어떤 쪽이야?"

마티나가 조심스럽게 내게 물어왔고, 나는 망설임 없이 말했다.

"거절하기로 했어."

내 대답을 들은 마티나의 표정이 일순 이상하게 변했다.

그녀는 잠시 후에 가만히 고개를 끄덕이며 중얼거렸다.

"……그렇구나."

의미심장하게 들리는 목소리였다.

어쩐지 뜨뜻미지근한 반응에, 나는 이상하다는 듯 물었다.

"반응이 왜 그래?"

"아니, 그냥. 그냥…… 아니야."

"왜 말을 하다 말아. 뭔데?"

"솔직하게 말해도 돼?"

마티나와 대화하면서 이런 질문을 듣는 건 또 처음이라, 나는 살 포시 눈살을 구기며 고개를 끄덕였다.

"당연하지. 그게 뭐든, 솔직히 말해 봐."

"난 언니가 거절하지 않을 줄 알았어. 황태자 전하에 대한 마음 말이야."

"……뭐?"

예상치 못했던 대답에 나는 당황스러운 목소리로 물었다.

"그게…… 무슨 소리야?"

"언니가 언니 마음에 대해 갈피를 잡았다니 하는 말이지만, 나는 언니가 황태자 전하의 마음을 받아들일 줄로 예상하고 있었다고."

"어째서 그렇게 생각했는데?"

"그냥 내 생각이야."

마티나는 이것이 그녀 개인만의 생각임을 확실히 한 후에야 다시 입을 열었다.

"언니가 황태자 전하를 볼 때의 눈빛과 에스클리프 공작님을 볼 때의 눈빛이 뭔가…… 달랐거든."

"달랐다고?"

"두 분 모두에게 호감을 가지고 있는 눈빛이었어. 당연하지. 언닌 두 분을 좋아하고 있으니까."

물론 여기서의 '좋아한다'는 우정의 의미일 터였다. 마티나의 말이 이어졌다.

"그런데 언니가 황태자 전하를 바라볼 때의 눈빛은…… 공작님을 바라볼 때의 눈빛보다 훨씬 더 깊고, 애틋하고, 그래 보였어. 좀 더 깊은 감정이 우러나오는 그런 시선으로 바라보더라고, 황태자 전하를."

"……내가?"

"언니는 모르겠지. 스스로의 눈동자를 볼 수 있는 방법은 없으니까."

마티나가 담담하게 말을 계속했다.

"그래서 언니가 마음 정리를 끝냈다는 게, 황태자 전하에 대한 마음을 자각한 줄 알았어. 그런데 아니었다니까…… 음, 내 생각이 잘못된 거였나 싶기도 하고."

"……."

"하지만 언니 마음은 언니가 누구보다 잘 알겠지. 그러니까 내가 잘못 본 걸 거야. 그렇지?"

"……응."

나는 조용히 고개를 끄덕였다.

"아마 네가 잘못 본 걸 거야. 그리고 나는…… 좀 더 빨리 거절했어야만 했어. 우유부단하게 굴었던 과거가, 지금은 너무 후회가 돼."

나는 차분한 목소리로 계속 말해나갔다.

"진즉 거절했어야만 했어. 그럼 상황이 이런 식으로 전락하지도 않았을 거야. 오델레타에게도, 황태자 전하께도 잘못 행동한 것 같아서 마음이 안 좋아. 좀 더 좋은 선택을 할 수 있었는데…… 난 왜 그러지 못했을까. 후회되고, 내가 너무 바보 같아."

"으음……. 언니, 나는 언니가 너무 자책하지 말았으면 좋겠어."

내 후회 어린 고백을 가만히 듣고 있던 마티나가 조용히 한 마디를 했다.

"언니가 무슨 말을 하는지 이해 못 하는 건 아니야. 그렇지만 사람이 어떻게 늘 생각한 대로, 마음먹은 대로 딱딱 맞춰서 행동할 수 있겠어. 우리가 누군가가 설계한 의지대로 처음부터 완벽하게 행동하는 마리오네트도 아닌데."

마티나가 빙긋 웃으며 나를 위로해 주었다.

"우린 불완전한 사람이잖아. 중요한 건 언니가 지금이라도 마음을 결정했다는 거야. 물론 나도 곁에서 보면서 언니가 좀 답답하긴 했지만……."

"……그랬어?"

"설마 아니라는 대답을 바랐던 거야?"

마티나가 황당하다는 듯 웃으며 대꾸했다.

"그래도 지금이라도 마음을 잡았으니까. 언닐 탓할 생각은 없는게…… 사실 나도 언니 상황이라면 뚝 부러지게 행동했을 자신이 없거든. 어쨌든 고백을 거절하게 된다면, 황태자 전하와 전과 같은 관계는 어려울 테니까. 그리고 언니는 두 사람 모두를 잃고 싶지 않아 했고. 그래서 결국 이런 상황까지 오게 된 거잖아. 그렇지?"

"……응."

나는 짧게 한숨을 내쉰 다음 답했다.

"하지만 설령 그렇게 된다고 하더라도 이게 맞는 거겠지."

"언니의 행동에 악의는 없었고, 난 그게 중요하다고 생각해. 언니 주변에는 전부 좋은 사람들만 있고, 언니 역시 좋은 사람이니까, 분명 상황은 다시 괜찮아질 거야."

"……정말 그럴까?"

"그럴 거야."

확신하듯 내뱉은 마티나가 해사하게 미소 지었고, 나는 그런 마티나의 얼굴을 보면서 따라 미소 지었다.

그녀 말마따나, 이제 모든 것이 다시 좋아지기를 바랐다.

궁정의 무도회는 으레 세느궁에서 열리곤 했다.

중앙궁 근처에 위치한 이 궁은 내가 두 번이나 중앙궁을 찾은 적이 있던 덕에 어렵지 않게 도착할 수 있었다.

사실 초행길이더라도 시종들의 안내로 헤매지 않고 무사히 도착하긴 했겠지만.

"그래서 언니, 이제부터 뭘 할 셈이야?"

세느궁에 도착하자마자 마티나가 내게 물어왔고, 나는 잠시 생각하는 표정을 짓다 답했다.

"황태자 전하를 찾아뵙고, 마음을 정했다는 사실을 말씀드릴 생각이야."

"지금 찾아뵙는다고?"

"아니. 실은 지난번에 황태자 전하께서 댄스 파트너가 되어달라는 부탁을 거절하지 못했거든."

나는 담담하게 내 생각을 읊어나갔다.

"홀에서 춤을 출 때, 그때 말씀드릴 생각이야."

"음, 그것도 괜찮네."

마티나가 고개를 끄덕이며 내게 말했다.

"그럼 지금은 다른 영애들과 시간 보낼 거지?"

"그래야지. 아직 춤을 출 시간이 아니니까."

"자, 일단 칵테일 한 잔부터 마셔, 언니."

마티나가 시종에게서 붉은색 칵테일 두 잔을 가져온 다음 그중 한 잔을 내게 내밀었다. 나는 엷게 웃으며 그녀에게서 칵테일을 받아든 다음 한 모금을 마셨다.

달콤했다. 지금 내가 가지고 있는 긴장감을 줄여줄 만큼.

"기분이 어때? 좀 괜찮아?"

"응. 한결 낫네."

내 대답에 마티나가 싱긋 웃으며 내 손목을 부드럽게 거머쥐었다.

"그럼 이제 다른 영애들과 즐겁게 대화 나누러 가자. 아직 춤출 시간까지는 많이 남았으니까."

또래와의 수다는 칵테일만큼이나 달콤했다. 나는 진지하지 않은 주제로 오랜 시간 동안 대화를 나누면서, 초반 가지고 있던 긴장감이 점점 희석되는 것을 느꼈다.

"그러고 보니, 다들 오늘의 댄스 파트너는 정하셨나요?"

그때 어떤 영애 하나가 질문 하나를 던졌고, 영애들은 신난 듯 한 마디씩을 너도 나도 내뱉기 시작했다.

"사실 저 이번에, 비른 영식과 춤추게 되었어요."

"어머, 정말요? 축하드려요, 영애. 그렇게 비른 영식과 춤추고 싶다고 노래를 부르고 다니시더니!"

"한 달 전 만월에 소원을 빈 게 이뤄졌나 봐요. 용기 내어 먼저 댄스 파트너가 되어 달라고 청했는데, 영식께서 흔쾌히 받아 들여주신 것 있죠?"

"그게 어디 운으로만 될 일인가요? 비른 영식께서도 필시 영애에게 마음이 있으셨으니 일이 잘되었겠지요."

"감사해요, 영애."

"저도 이번에 오스타 영식과⋯⋯."

질문 하나가 던진 파문이 어마어마했다.

모두가 자신의 댄스 파트너를 자랑하기 시작했고, 그 가운데서 나는 가만히 있었다.

아니, 가만히 있을 수밖에 없었다. 오늘 나의 댄스 파트너가, 얼마 지나지 않아 내가 마음을 거절해야 할 상대였기 때문에.

"그런데 왜 레이디 마리스텔라는 조용하세요?"

그때 내 이름이 호명되었다.

"맞아요, 레이디 마리스텔라. 요즘 통 파티에서 춤추시는 모습을 못 봤어요."

"지난번에는 에스클리프 공작님과 춤을 추셨죠? 기억하고 있어요. 이번에도 공작님과 춤추시나요?"

"공작님과의 관계는 어떻게 되어 가고 계세요? 듣기로는 공작님께서 영애가 운영하시는 가게의 주인이라, 이따금씩 왕래하신다던데."

"하지만 황태자 전하와도 관계가 괜찮지 않으셨나요? 전 개인적으로 영애께서 황태자 전하와 잘되셨으면 했는데……."

"맞아요. 이왕이면 우리와 친한 영애가 황태자비가 되는 게 좋죠. 만약 황태자 전하와 좋은 관계가 되신다면, 우릴 꼭 시녀로 써주세요. 알겠죠?"

나와 관련하여 수많은 말들이 쏟아졌고, 그 사이에서 나는 당황한 얼굴로 어떤 말도 하지 못했다.

결국 질문을 견디다 못해 최대한 문제 없는 방향으로 얼버무리고 상황을 빠져나오려고 생각하던 찰나였다.

"레이디 마리스텔라."

누군가가 나를 부르는 목소리가 들려왔고, 익숙한 목소리라는 사실을 깨달은 나는 그 자리에서 그대로 굳어버렸다.

"여기 계셨군요."

나는 천천히 뒤를 돌아 나를 부른 남자의 얼굴을 확인했다.

반듯한 미남 하나가 나를 바라보며 더없이 따뜻한 얼굴로 웃고 있었다.

"찾았습니다. 안 보이셔서요. 이곳에 계실 줄은 몰랐네요."

"……전하."

"앗, 황태자 전하!"

"제국의 작은 태양을 뵙습니다."

자비에르를 발견한 영애들이 깜짝 놀라면서도 서둘러 예를 갖춰 인사했고, 분위기에 휩쓸린 나 역시도 엉거주춤 허리를 숙이며 그에게 인사했다.

"제국의 작은 태양, 황태자 전하를 뵙습니다. 황가에 영광을, 요나스에 번영을."

"제가 레이디 마리스텔라를 좀 모셔가도 괜찮겠습니까? 오늘 영애께서 제 파트너셔서요."

그 질문이 내가 아닌 내 주변의 다른 영애들에게 하는 것임은 명백해 보였다.

나는 그 자리에서 어떻게 처신해야 할지 난감해졌고, 그러는 사이 다른 영애들은 입가에 환한 미소를 띤 채 한 마디씩 대답했다.

"물론입니다, 전하. 어서 레이디 마리스텔라를 데려가세요."

"황태자 전하께서 오늘 레이디 마리스텔라의 댄스 파트너셨군요. 몰랐어요! 전 이번에도 공작님일 줄 알았는데, 제 예측이 틀렸네요."

"레이디 마리스텔라, 왜 진즉 말하지 않았어요. 황태자 전하께서 파트너신 줄 알았다면 좀 더 일찍 보내드렸을 텐데."

그 분위기에서 나는 어색하게 미소만 지었고, 자비에르는 여전히 웃는 표정을 얼굴에서 지우지 않은 채 가만히 내 손을 잡아 쥐었다.

"저……."

"그럼 실례하겠습니다."

그게 내게 하는 말인지 다른 영애들에게 하는 말인지 분간하지 못한 채, 나는 얼떨결에 무리에서 빠져나와 어느새 자비에르와 단

둘이 남게 되었다. 상황이 그렇게 되자, 나는 당황한 목소리로 그에게 물을 수밖에 없었다.

"언제 오신 건가요?"

"오래되지는 않았습니다. 오자마자 영애부터 찾았어요."

자비에르는 그렇게 말하면서 다시 한번 해사하게 웃어 보였다. 그리고 정열적으로 구애하는 자비에르의 모습을 꽤나 오랜만으로 보는 나로서는 지금 이 상황이 퍽 당황스럽게만 느껴졌다. 하지만 동시에, 나는 아침에 했던 다짐을 떠올렸다.

오늘은, 정말로 말해야만 했다.

"실은 오늘 전하께 말씀드릴 게 있어요."

그 말에 자비에르의 표정이 눈에 띄게 굳어졌고, 나는 자연스럽게 그가 내가 할 말을 짐작했기 때문이라고 추측했다.

그리고 잠시 후에, 자비에르 역시 진지한 목소리로 입을 열었다.

"……실은 저 역시도 오늘 드릴 말씀이 있습니다."

"전하께서도요?"

나는 의아하다는 듯 물었다. 자비에르가 고개를 끄덕였다.

"네."

"중요한…… 이야기인가 봐요."

마치 드라마에서 남자 주인공이 여자 주인공에게 유학을 가게 되었다는 이야기를 꺼낼 때만큼이나 비장한 표정에, 나는 자연스럽게 긴장할 수밖에 없었다.

나야 그에게 할 말이 있다고 쳐도, 그는 도대체 왜?

"그렇습니다, 레이디 마리스텔라. 중요한 이야기랍니다."

그는 그 말을 웃으면서 내게 했지만, 나는 그의 입가에 걸린 씁쓸한 감정을 보고야 말았다. 내 머릿속에서 의구심이 점차 증폭되었다.

도대체 뭔데 저런 표정까지 지으면서 내게 말하는 걸까?

"하지만 지금 드리기에는 너무 이른 듯합니다. 적어도 무도회의 분위기가 무르익은 후에 드리는 게 좋을 것 같군요. 영애께서 제게 하실 말씀은 무엇인가요?"

"저 역시도……."

나는 머뭇거리며 입술을 떼어냈다.

"지금 하기에는 너무 이른 이야기인 듯합니다. 조금 시간이 지난 뒤에 말씀드려도 될까요?"

"물론입니다. 모든 것은 영애의 뜻대로."

자비에르가 내 손등에 짧게 입을 맞추며 속삭였다.

"저는 그저 따르겠습니다."

"……."

그 말을 듣고, 나는 자비에르가 내가 할 말이 무엇인지 알아차렸음을 직감했다. 그러나 그 역시도 아직 내 마음에 대해서는 정확히 모를 터였다.

나는 머뭇거리는 사람처럼 입술을 움직였다가, 잠시 후에 속으로 한숨을 내쉬며 그에게 물었다.

"춤이 시작되는 시간까지 얼마나 남았나요?"

그 말이 끝나기 무섭게 관현악단의 연주가 내 귓가에 울려 퍼졌다.

"이 곡이 끝난 다음이 좋겠습니다, 레이디 마리스텔라."

동시에, 익숙한 감미로운 목소리도 함께 울려 퍼졌다.

나는 떨리는 손끝을 가만히 자비에르의 어깨 위에 가져다 댔다. 동시에 자비에르가 부드럽게 내 허리를 감아오는 손길이 느껴졌다.

처음도 아닌데 이상하게 나는 얼굴이 붉어졌고, 그 모습을 본 자비에르가 내게 물어왔다.

"더우십니까?"

그 숨결에서 온기가 느껴져서, 나는 안 그래도 붉었던 얼굴이 더 붉어질 것 같은 느낌에 사로잡혔다.

"아닙니다, 전하."

차분히 대답한 내가 곧 속으로 푹 한숨을 쉬었다. 언제쯤 이야기해야 자연스러울지가 지금 상황에서의 최대 관건이었다.

'역시 춤을 좀 추다 이야기하는 게 좋겠어.'

나는 그렇게 결론 내렸고, 그러는 사이 연주가 시작되었다.

나는 익숙한 발놀림으로 춤을 추기 시작했고, 나의 춤 솜씨는 빙의 초반 그와 처음 춤을 추었을 때와 비교하면 말도 안 되게 늘은 수준이었다.

새삼스럽게 그때의 기억이 떠올라 나도 모르게 피식 웃음을 터뜨렸다. 그 모습을 빠르게 잡아낸 자비에르가 내게 물어왔다.

"왜 웃으십니까?"

자비에르의 질문에 나는 순간적으로 입을 다물었다가, 잠시 후 대답했다.

"그냥…… 제가 처음 전하와 춤을 추었을 때가 생각나서요."

"……아아. 확실히 그때와 비교하면 지금은 한 마리 백조가 춤추는 것 같긴 하지요. 많이 발전하셨습니다. 그때 일이 믿기지 않을 정도로요."

그때가 생각나는지 자비에르가 자연스럽게 미간을 좁히는 것이 눈에 들어왔고, 나는 새삼스럽게 미안해졌다. 그가 지금 나를 아무리 좋아하고 있다고 해도, 그때의 기억은 썩 유쾌한 것은 아니었다.

그때 춤을 추고 난 후 자비에르의 발은 분명 퉁퉁 부어올랐을 테니까.

'그때만 해도 일이 이렇게까지 될 줄은 몰랐는데 말이야.'

아무리 사람 일이 한 치 앞도 모른다고는 해도, 그때는 정말 미래가 이렇게 될 줄 꿈에도 몰랐던 상태였다.

마음 같아서는 그때로 회귀해서 지금 상황을 미리 귀띔해주고 싶었다. 미래의 내가 좀 더 현명히 처신할 수 있도록.

'하지만 부질없는 상상이겠지.'

중요한 건, 불가능한 회귀를 꿈꾸는 게 아니라 지금 상황에서 최선을 다하는 것일 테니까.

"전……."

나는 마침내 자비에르에게 거절의 대답을 하기 위해 입술을 움직였다.

"전에도 말씀드렸던 것 같은데."

하지만 자비에르의 말이 더 빨리 나왔던 탓에 내 말은 자연스럽게 묻히고 말았다. 나는 머쓱한 표정을 지으며 얼른 입을 다물었다.

아, 타이밍 한번 참 안 맞았다.

"실은 그때부터 영애를 좋아하고 있었습니다."

"……네, 전하. 말씀하셨었습니다."

"그래서 영애께서 제 발을 그렇게 많이 밟으셨는데도, 생각보다 많이 안 아프더군요. 발에도 콩깍지가 쓰인 사람처럼요."

자비에르는 그 이야기를 하면서 빙긋 웃었고, 그 모습을 보는 나는 어쩐지 가슴 한쪽이 저려오는 것 같은 기분에 우울해졌다.

왜 하필이면 거절의 답을 하기 전에 그런 이야기를, 그런 표정으로 하는 건지. 사람 마음 약해지게 하려고 작정이라도 한 것처럼 말이다.

나도 모르게 입술을 꾹 깨물었다. 하지만 그렇다고 해서 이 말을 안 할 수는 없는 노릇이었다.

그게 오늘 이 무도회에 온 목적과도 같았으니까.

"전하."

내가 진지한 목소리로 자비에르를 불렀고, 자비에르는 여전히 우아하게 춤을 추면서, 내게 올곧게 시선을 보냈다.

그 시선을 피하지 않으면서, 나는 단호한 목소리로 그에게 말했다.

"드릴 말씀이 있습니다."

"……네, 레이디 마리스텔라."

자비에르가 차분한 목소리로 내게 답했다.

"그게 무엇이든, 말씀하십시오."

"제가…… 악!"

하지만 내 말은 제대로 시작조차 하지 못하고 이어진 비명에 묻히고 말았다. 동시에, 나는 크게 휘청거리며 넘어질 듯 말 듯 위태로워졌다. 말을 하는 데 너무 집중한 나머지 박자를 놓치고 발을 헛디딘 것이었다.

'아……!'

그리고 그때, 누군가가 내 허리를 단단하게 잡아 넘어지지 않도록 고정시켜주었다. 나는 천천히 고개를 들어 올려 나를 붙잡아준 남자를 쳐다보았다.

"……괜찮으십니까?"

당황한 게 분명한 눈동자로 나를 바라보면서, 자비에르가 떨리는 목소리로 내게 물어왔다.

나는 그런 그의 모습을 멍한 얼굴로 바라보다가, 이내 정신을 차리고 대답했다.

"네……. 괜찮습니다, 전하."

"조심하시지요. 큰일 날 뻔하셨습니다."

다소 엄한 목소리가 내 귀에 꽂혔고, 나는 입술을 앙다문 뒤 고개를 끄덕여 대답을 대신했다.

그리고 천천히 꼬인 자세를 바로 하려는데…….

"아……!"

순간 발목 쪽에서 느껴지는 엄청난 고통에, 나는 눈을 왕방울처럼 뜨고 반사적으로 자비에르의 팔을 붙잡았다.

세상에, 아무래도 발목을 삔 것 같았다.

'하필이면 이런 중요한 순간에…….'

나는 낭패라는 얼굴로 신음하며 입술을 꾹 깨물었다.

한 번 고통을 느끼자 계속해서 발목이 시큰거리는 것 같았다.

그런 내 모습을 보고 자비에르가 다시 한번 당황한 목소리로 나를 불렀다.

"영애."

그런 다음 걱정스러운 얼굴로 내 상태를 살폈다.

"괜찮으십니까? 지금 발목이…… 다치신 건가요?"

"……네."

나는 여전히 고통 속에서 신음하며 간신히 답했다.

아, 발목 염좌가 이렇게 아픈 거였나?

"발목을 삔 것 같습니다. 아무래도요."

"이런."

자비에르 역시 낭패라는 얼굴이었고, 당황한 게 역력한 기색을 보이며 내게 물어왔다.

"다른 쪽은 괜찮으십니까?"

"네. 오른쪽만……."

나는 여전히 고통을 느끼며 눈을 질끈 감았다가 떴다.

"죄송합니다, 전하. 아무래도 더 이상 춤은⋯⋯."

"당연하지요, 레이디 마리스텔라. 일단 자리를 옮기시는 것이 좋겠습니다."

아까 전 내가 작게 비명을 지른 탓에 이미 주변에 있던 커플들은 우리 쪽으로 시선을 집중한 지 오래였다.

나는 여전히 발목에서 느껴지는 고통을 애써 무시하려 했지만, 무시하려 하면 할수록 계속해서 고통은 발목 아래서부터 위쪽으로 치고 올라왔다. 나는 최대한 침착하게 그에게 말했다.

"실례지만 부축만 좀 해주시면, 제가 어떻게든 걸어보겠습니다."

"이 상태로 걸으시겠다고요?"

내 말을 들은 자비에르가 말도 안 된다는 목소리로 나를 말렸다.

"안 됩니다, 영애. 그러다 더 고통스러워지실 겁니다."

"하지만⋯⋯ 어쩔 수가 없잖아요. 지금 이 상태에서 자리를 옮길 방법은⋯⋯ 앗!"

그때, 나는 다시 한번 작게 비명 지르며, 이번에는 자비에르의 어깨를 움켜쥐었다. 그가 나를 자연스럽게 양팔로 안아 든 것이다.

소위 '공주님 안기' 자세로, 나는 그의 품에 안겨 있었다.

'오, 신이시여⋯⋯.'

모두의 시선이 일제히 나와 자비에르 쪽을 향했고, 나는 그 순간 엄청난 어지럼증을 느꼈다.

아, 분명 이 상황은 꿈일 것이다. 꿈이어야만 했다.

아니면 지금 이 부끄러움을 전부 감당해낼 자신이 없었다.

"저, 전하. 저 걸을 수 있……."

"안 됩니다, 레이디 마리스텔라. 그러다 혹시 발목의 상처가 덧나 기라도 하면 어쩌시려고요."

"하지만 이미 발목은 삐어 버렸는걸요. 저 혼자 걸을 수 있습니다."

"……영애께서 저를 어떻게 생각하시든."

그때 자비에르가 나와 눈을 마주치며 낮은 목소리로 말을 걸어왔고, 그 특유의 가라앉은 눈빛을 본 나는 주문에 걸린 사람처럼 입을 다물 수밖에 없었다. 더 이상 말하지 않는 게 좋겠다고 머릿속에서 외치고 있었으니까.

"그것과는 상관없이 영애는 제게 소중한 분이십니다. 제발…… 이런 부분에서만큼은 오로지 영애만을 생각해 주시면 안 되겠습니까?"

"……."

어쩐지 절박함까지 느껴지는 목소리는, 내가 호수에 빠졌다 물 밖으로 나왔을 때 들었던 것과 흡사한 색을 띠고 있었다.

다친 사람 앞에서 보이는 특유의 절박한 눈빛과 목소리는 이 사람의 습관인 걸까.

아니면 그게 나라서, 나이기 때문에 그런 것일까.

어느 쪽이든 그리 유쾌한 기분은 아니었다.

"최대한 빨리…… 가주세요, 그럼."

그 자리에서 내가 할 수 있는 말은 그것뿐이었다.

내가 무슨 말을 해도, 자비에르가 나를 품에서 내려놓지 않을 거라는 사실을 깨달아 버렸기 때문이었다.

"알겠습니다."

자비에르가 은은하게 미소 지은 채 방금 전보다 더 빠른 발걸음으로 테라스를 향해 걷기 시작했다.

그리고 나는 주변에서 쏟아지는 관심의 눈길을 애써 무시하기 위해 테라스에 도착할 때까지 눈을 꼭 감고 있었다.

"……이제 눈 뜨셔도 됩니다, 레이디 마리스텔라."

그 목소리가 들려온 건, 얼굴 위로 차가운 공기가 내려앉았다는 사실을 내가 인지했을 무렵이었다. 동시에, 홀 안을 가득 울렸던 관현악단의 연주가 희미하게 귓가에 맴돌 때 즈음.

"……"

자비에르의 말을 듣고, 나는 천천히 눈꺼풀을 들어 올렸다.

그리고 그 순간, 나는 내 시야를 가득 채운 자비에르의 얼굴을 보고 나도 모르게 헛숨을 들이켰다.

"……"

"……"

우리 사이에서는 한동안 정적이 돌았고, 나는 도대체 무슨 말부터 꺼내야 할지 난감해졌다.

"감사합니다, 전하."

결국 내가 선택한 것은 가장 무난한 인사를 꺼내는 것이었다.

"그리고…… 죄송합니다. 본의 아니게 폐를 끼쳤네요."

"그런 말씀, 안 하셔도 됩니다. 영애의 잘못이 아니었으니."

그가 가만히 고개를 저은 다음 바람에 살짝 흩날린 내 검은 머리카락을 정리해주었다.

다정하게 내 머리카락을 어루만지는 그의 손길을 느끼면서, 나는 내 마음속에서 두 개의 무언가가 충돌하고 있다는 사실을 깨달았다. 하나는 정말 거절할 거면 더 이상 이래서는 안 된다는 마음이었고, 남은 하나는…….

"전하."

두근거리고, 그에게 기대고 싶은 마음.

"이러지 마세요."

나도 인지하고 있었다. 기억도 나지 않는 어느 순간부터 내가 점점 자비에르에게 끌리고 있다는 사실 정도는.

다만 애써 부정해 왔을 뿐이었다. 내가 이 마음을 인정해버리면, 그때는 정말 자비에르와 깊은 관계가 되어 버릴 것 같았으니까.

그리고 그 대가로 오텔레타와의 관계는 완전히 파탄 날 테니까.

그러니까 이것은, 둘 중 어느 하나도 놓칠 수 없었던 내 애달픈 몸부림이었다.

"드릴 말씀이 있습니다. 아까 드리려다 못했던 것이요."

"……."

"전……."

"레이디 마리스텔라."

그때 자비에르가 내 말을 끊고 들어왔고, 졸지에 말이 끊긴 나는 자연스럽게 입을 다물었다.

내가 말없이 자비에르를 바라보았고, 그는 무슨 생각을 하는 건지 모를 얼굴로 내게 말했다.

"일단…… 일단 치료가 먼저입니다."

"전하, 저는…….'

"치료 후에 모든 이야기를 듣겠습니다."

그가 절박하리만치 애절한 얼굴로 나를 바라보며 말했는데, 나는 그때 그의 눈동자에 눈물이 고인 것은 아닌가 하는 생각까지 들었다. 확실한 건, 적어도 그의 목소리에는 눈물이 배어 있었다는 점이었다.

"그러니 그때까지만 기다려주시면 안 되겠습니까?"

"……좋아요."

결국 나는 짧게 한숨을 내쉬며 대답했고, 자비에르는 그 모습을 보고 빙긋 웃으며 내게 말했다.

"잠시만 기다리십시오."

자비에르가 다시 홀 안으로 들어갔고, 잠시 시간이 흐른 후에 내가 있는 테라스로 돌아왔다.

그의 손에는 얼음주머니와 붕대가 들려 있었다.

"일단 냉찜질이 먼저입니다."

그렇게 말한 뒤, 그는 벤치에 올려 두었던 내 발 앞으로 다가와 앉았다.

"잠시 실례하겠습니다."

그렇게 말한 자비에르가 이내 천천히 내가 입은 드레스의 밑 부분을 살짝 위로 들어 올렸다. 나는 자연스럽게 당황했지만, 어쩔 수 없는 상황이었기 때문에 내색하지는 않았다.

이윽고 그가 내 다친 쪽 발목 위로 얼음주머니를 올려 주었다.

"아……."

순간적으로 발목 위에 느껴지는 차가운 감각에 나는 깜짝 놀랐고, 내 신음을 들은 자비에르 역시 나를 쳐다보았다.

"……."

"……."

우린 서로 그렇게 또 잠시 동안 바라보았다. 거기에 민망해진 내가 먼저 시선을 돌릴 때까지 눈 맞춤은 계속되었다.

'아, 곤란한데.'

나는 난감한 표정으로 입술을 꾹 깨물었고, 그 모습을 발견한 자비에르가 내게 물어왔다.

"많이 차가우십니까?"

"아닙니다, 전하. 그냥 잠깐 놀랐을 뿐이에요."

그렇게 대답한 나는 잠시 후에 한 마디를 덧붙였다.

"감사합니다, 전하. 본의 아니게 실례하게 되었어요."

"감사라니요. 당연한 일을 가지고."

자비에르가 짧게 한숨을 쉰 다음 내게 말했다.

"아무래도 오늘은 일찍 벨플레어 저택으로 돌아가시는 게 좋겠습니다."

나는 고개를 끄덕였다.

"아무래도 그게 좋을 것 같아요. 이 상태로는 움직이기도 어려울 듯해서……."

"제가 도와 드리겠습니다. 하지만 발목의 부기는 다 빼고 돌아가시는 게 좋겠어요."

"마차 안에서도 얼음찜질은 할 수 있는걸요."

"그래도요. 지금 상태에서 잘못 움직이셨다가는 부기가 더 심해질 수 있습니다."

"조심히 걸으면 괜찮지 않을까요?"

"……하아."

내 고집에 자비에르가 짧게 한숨을 내쉬었다가, 이내 나를 지그시 바라보았다. 나는 갑작스럽게 받게 된 그의 시선에도 당황하지 않은 채 똑같이 그를 바라보았다. 시선이 얽혔지만 아까와 같은 당혹스러움은 없었다.

잠시 후에, 자비에르가 못 이기겠다는 듯한 말투로 입을 열었다.

"대신 제가 마차까지 영애를 안고 가겠습니다. 이것만큼은 양보가 어렵겠군요. 허락해 주시겠습니까?"

"……네."

어차피 지금 시선은 전부 세느 홀에 집중되어 있었고, 또 자비에르의 목소리에서는 정말로 양보할 수 없다는 의지가 느껴져서 나는 고개를 끄덕였다.

이윽고 자비에르가 나를 조심스럽게 안아 들었고, 나는 반사적으로 그의 어깨를 꽉 붙잡았다.

"……."

"……."

그 상황에서 자연스럽게 얽힌 시선에는, 아까의 당황스러움이란 없었다. 대신 이유 모를 긴장감만이 짧은 거리 사이에 가득했다.

두근. 두근. 두근.

나는 분명히 내 심장이 뛰고 있다는 사실을 인지했고, 자비에르는 나를 제대로 안아 들었음에도 내게 시선만 고정시킨 채 발을 뗄 생각을 하지 않았다.

나는 긴장된 얼굴로 입술을 축였다가, 이내 느릿하게 그를 불렀다.

"전하."

자비에르가 나를 바라보았다. 나는 지금이 그에게 내 결심을 말할 타이밍이라고 직감하고, 빠르게 입술을 움직였다.

"드릴 말씀이 있어요."

"……지금, 말입니까?"

내가 고개를 끄덕이며 답했다.

"네. 지금이요."

"……그렇다면 저도 지금 드릴 말씀이 있습니다."

예상치 못한 대답에 나는 눈을 크게 뜨고 자비에르를 쳐다보았다. 그는 진지한 얼굴이었고, 나는 직감적으로 그것이 우리 관계에 대한 내용임을 알아차렸다. 그가 나를 다시 벤치 위에 내려놓았고,

나는 긴장된 얼굴로 그를 응시했다.

"먼저, 해도 되겠습니까?"

나는 가만히 고개를 끄덕였다.

그리고, 언젠가 한 번 들었던 말과 마주했다.

"결혼하라는 황명이 떨어졌습니다."

"……"

언젠가 한번 들어본 적 있었다. 그때도 헨리 14세는 오델레타와의 결혼을 자비에르에게 종용했으니.

"……그렇군요."

나는 거기서 그렇게밖에는 대꾸할 수 없었다. 하지만 자비에르는 그 이상의 반응을 기대하는 사람처럼 나를 가만히 쳐다보기만 했다.

"……"

그 시선이 부담스러워진 나는 자연 고개를 아래로 내릴 수밖에 없었다.

"영애."

"……네, 전하."

"제가 다른 사람과 결혼해도 상관없으시겠습니까?"

"그 상대가, 오델레타 아닌가요?"

"……"

침묵은 긍정을 의미했다.

"그녀는 좋은 사람이에요. 훌륭한 황후가 될 겁니다."

"그렇겠죠."

자비에르가 낮아진 목소리로 말했다.

"제 개인의 행복은 스러지겠지만요."

"행복하실 거예요. 오델레타는 전하를 좋아하고 있으니까요."

"영애는 정말로…… 제게 조금도 마음이 없으십니까?"

"……."

"제가…… 좋아하지도 않는 사람과 결혼해서 불행해진다고 해도요?"

"귀족들은 대개 정략혼을 해요. 저희 부모님도 그러셨고요. 하지만 그렇다고 해서…… 두 분이 불행하신 건 아니니까요."

"서로 좋아하는 상대가 없으셨다면, 그랬더라면 그럴 수도 있을 겁니다."

자비에르가 씁쓸한 표정으로 말했다.

"하지만 저는 아니니까요. 다른 사람을 마음에 품고 결혼하는 것, 서로에게 못 할 짓이라고 생각합니다."

"전하."

나는 괴로움이 느껴지는 목소리로 그를 불렀다.

"이러지 마세요. 전…… 전 오늘 전하의 고백을 거절하려고 나온 겁니다."

"……네. 예상했습니다."

자비에르가 가라앉은 눈빛으로 나를 바라보며 말했다.

"그래서 선수 친 겁니다. 영애의 결정을 도와드리려고요."

"……."

"절 버리지 말아 주세요."

어느새, 자비에르의 목소리가 잘게 떨리기 시작했고, 나는 그가 안간힘을 쓰고 내게 말하고 있다는 사실을 깨달았다.

"제 불행을 팔아 영애를 취하고 싶은 것은 아닙니다. 그렇지만…… 더는 불행해지기를 원치 않습니다."

그가 간절한 눈빛으로 나를 바라보며 매달렸다.

"제게 마음이 없으십니까? 정말로?"

"……."

"아니면, 트라코스 영애를 위해 애써 마음을 부정하시려는 겁니까."

"……저보고."

내 입속에서 튀어 나간 말은, 내 목소리가 맞는지 의심스러울 정도로 파르르 떨리고 있었다.

"저보고 어쩌라는 거예요."

내가 울먹이는 듯한 목소리로 그에게 따지듯 물었다.

"황태자 전하도, 오델레타도 제게는 너무 소중한 사람들인데……. 제가 무슨 선택을 하든 둘 중 한 사람은 상처받고 절 떠날 게 분명하잖아요. 그걸 누구보다 잘 알고 있는데, 저더러 어쩌라고……!"

어느새 감정이 북받쳐 오르기 시작했고, 나는 천천히 눈물이 고이기 시작한 눈으로 자비에르를 바라보며 말했다.

"그래서 전하를 포기하려고 했어요. 그런데 왜 자꾸…… 절 흔드세요."

여전히 울먹거리는 목소리로 나는 그에게 원망의 말을 쏟아냈다.

그가 내 상황을 이해 못 할 리 없는데도 자꾸 흔드는 게 미웠고, 동시에 나를 이토록 깊게 사랑해주어 고마웠다.

그리고 결국 남는 것은 고통뿐이었다. 선택해야 한다는 압박감과 최대한 피해를 최소화해야 한다는 부담감.

"레이디 마리스텔라."

흐느끼는 나를 깊어진 눈빛으로 가만히 바라보던 자비에르가 내게 낮게 속삭여 왔고, 나는 일그러진 표정으로 그를 쳐다보았다.

"피하지 마십시오."

부드러운 한쪽 손이 내 볼을 쓸어내리는 감촉이 느껴졌고, 나는 입술을 질끈 깨문 채 여전히 슬픈 눈으로 그를 바라보기만 했다.

그 역시도 눈빛은 서글펐으나, 나는 분명 그의 시선 너머에서 기쁨을 발견했다.

"마음을 인정하세요."

"……아."

"영애는 절 좋아하십니다."

단정조의 목소리가 내 귓불을 간질거리며 스쳐 지나갔다.

"아닙니까?"

내 마음을 묻는 그에게 아무 말도 하지 못했다. 대답하면 정말로 인정하는 셈이 되어 버릴 것 같았다.

내가 끝까지 그에게 매정한 거절의 대답을 할 수 없었던 이유.

그를 놓지 못하고 계속 우유부단한 태도를 보였던 이유.

내가, 그를…….

"마지막입니다."

자비에르가 읊조리듯 내게 말했다.

"제발…… 지금이 아니면 기회가 없습니다."

애타는 듯한 목소리. 간절한 시선. 그리고 시선 너머의 절박함과 애정.

그 모든 것이 그대로 전해졌고, 동시에 따뜻한 입술의 감촉 역시 그의 체취와 함께 내 입술로 전해졌다.

'좋아하는구나.'

볼을 타고 눈물 한 방울이 아래로 떨어지는 것이 느껴졌다.

턱 아래에서 아슬아슬하게 버티고 있던 눈물 한 방울이 마침내 가슴으로 떨어지는 것과 동시에, 아까보다 더 많은 눈물방울을 볼을 타고 흘러내렸다.

나는 울고 있었고, 입안에서는 짠맛이 느껴졌다. 두 번째 키스는 첫 번째와는 달리 좀 더 촉촉했고, 좀 더 짰고, 좀 더 슬펐다.

"흑……."

나는 흐느끼면서도 그의 입술을 뿌리치지 못했다. 뿌리칠 수 없었다. 결국 인정해 버렸기 때문에.

어느 순간부터인지는 모르겠지만, 나는 그를 마음에 담아 버렸다. 그걸 나도 분명히 느끼고 있었다. 단지 걸리는 부분들이 너무 많아 인정 못하고, 내색하지 못했을 뿐이다. 나 혼자 조용히, 마음을 정리하려고. 오늘의 거절 역시 그런 맥락이었다.

'이제 진짜…… 모르겠다.'

하지만 자비에르가 다른 사람과 결혼한다는 말을 들었을 때, 나는 그럴 수 없으리라는 것을 깨달았다.

온몸이 바들바들 떨리는 듯한 기분이었고, 심장이 덜컥 내려앉는 기분이었다.

우습기도 하지. 그가 오델레타와 결혼하기를 가장 바랐던 건 누구보다도 나였는데, 어느 순간부터 그 마음이 반대가 되다니.

어느 순간 손바닥 뒤집히듯 바뀐 마음에 자신이 이기적이라고 생각했고, 스스로가 역겹게 느껴졌다.

하지만 결국 나는 인정해야만 했다.

그럼에도 불구하고, 내가 지금 자비에르를 좋아하고 있다는 걸.

"영애."

여전히 입술을 맞붙여오면서, 그가 사랑스럽게 나를 불러주었다.

"사랑합니다."

지난번에도 들긴 했지만, 이 말은 들을 때마다 기분이 좋아지는 한편, 가슴 한쪽이 아릿해졌다.

"진심으로요."

이 남자의 진심을 의심한 적은 단 한 번도 없었다.

아닌 척해도 이 남자는 늘 내게 솔직했고, 늘 내게 진심을 다하는 것이 느껴졌으니까.

"영애."

자비에르가 다시 나를 불렀고, 나는 그에게서 조금 떨어진 채로 그를 쳐다보았다.

"저를…… 받아주시겠습니까?"

절박함과 간절함, 그 사이 어디쯤에 위치했을 그의 눈빛에서는 나를 향한 숨길 수 없는 애정이 드러났다.

나는 한쪽 손을 꽉 말아 쥐었다가, 잠시 후에 탄식하듯 답했다.

"……네."

그 대답이 끝나기가 무섭게, 자비에르가 다시 내게로 가까이 다가왔다. 나는 여전히 얼굴에 눈물 자국이 가득한 상태로 그의 키스를 받아들였고, 어느 순간부터는 행복과 슬픔이 뒤섞인 표정으로 그와 입술을 나누고 있었다.

"후회하지 않으실 겁니다."

그가 다정하게 내게 속삭였고, 나도 속으로는 그렇게 생각하고 있었다.

이제 앞으로가 어떻게 되든, 어렵게 인정한 이 선택에 후회는 없을 것이라고.

2. Harmony

"……."

오델레타는 하얗게 질린 얼굴로 자비에르와 마리스텔라가 키스하는 모습을 바라보았다.

'……결국.'

그녀는 허탈해진 얼굴로 뒤를 돌았다. 두 사람이 함께 나갔을 때부터 예상했던 일이긴 하지만, 눈앞에서 둘이 키스하는 모습까지 보게 될 줄은 몰랐다.

'내 욕심이 모든 걸 다 망친 걸까.'

황태자를 좋아하는 마음이 진심이었고, 그래서 계속 자신의 마음을 어필하면 모든 일이 다 잘 진행될 줄 알았다.

연애 소설에나 나오는 이야기처럼, 그가 자신의 마음을 알아주고 자신을 사랑해줄 줄 알았다.

그게 자신의 착각이었다는 걸 너무나도 늦게 알아버렸다.

오델레타의 삶에서 주인공은 늘 자신이었지만, 타인의 삶에서 자신은 주인공이 아닐지도 몰랐는데. 아니, 그게 당연한 거였는데.

'난 도대체 무슨 자신감으로…….'

그가 날 당연히 사랑하게 될 거라고 생각했을까? 사실 그건, 내 오만이었는데. 내가 좋아하는 사람이 나를 좋아한다는 건, 정말 기적과도 같은 일인데.

결국 되지도 않을 일에 집착하다가, 모든 걸 다 망쳐버렸다.

마리스텔라와의 관계도, 늘 세련되고 매사에 당당하던 자신의 모습도.

'조금만 더 빨리 알아차렸다면 좋았을 텐데.'

세상에는 내 뜻대로 되지 않는 일이 있고, 사람과 사람 간의 문제는, 그중에서도 감정의 문제는 더더욱 그렇다는 걸.

'결국, 안 되는 건 안 되는 거였는걸.'

안 되는 걸 너무 오랫동안 잡고 있었다.

자비에르가 마리스텔라에게 열렬히 구애하면서, 자연스럽게 그녀가 그에게 빠져들었다는 사실을 알아차렸을 때부터 그냥…… 이 마음을 놓아주는 게 더 좋았을 텐데. 그거야말로 당당하고 세련된 자신에게 어울리는 행동이었을 텐데.

'그래도 뭐, 지금이라도 늦은 건 아닐 테니까.'

지금이라도 포기할 수 있어서 다행이었다.

좀 더 늦으면, 완전히 추할 뻔했으니까.

오델레타는 그 사실에서 그나마 위안을 얻었다. 그녀가 쓸쓸하게 웃으며 뒤를 돌았고, 그 순간 예상치 못한 한 사람과 마주했다.

입가에 간신히 걸려 있던 오델레타의 미소가 완전히 사라졌다.

"……딜튼."

"오델."

딜튼이 머뭇거리는 듯한 모습으로 오델레타를 불렀고, 그 모습에 오델레타는 눈살을 폭 구겼다.

친구에게 이런 모습을 보였다는 사실이 부끄러움과 동시에, 그가 자신을 동정하는 건 아닌지에 대한 걱정이 밀려왔다.

친한 친구에게 이런 꼴을 보이다니. 수치스러운 일이었다.

"……그런 눈으로 날 볼 필요 없어, 딜튼. 난 괜찮으니까."

"동정한 거 아니야."

"동정했잖아."

오델레타가 서러운 목소리로 말했다.

"나 지금 추하니?"

"안 추해."

"거짓말하지 마."

오델레타가 비소를 지으며 덧붙였다.

"추하잖아. 나만 진즉 포기했으면 좋았을 커플, 괜한 내 이기심 때문에 괴롭게 했는데……."

"네 잘못 아니야."

딜튼이 안타까운 목소리로 그녀를 달랬다.

"이기심도 아니야. 그건 당연한 마음이었어."

"……친구라고 말 좋게 해주는 거라면 그만둬."

"그런 거 아니야."

딜튼이 한 발짝, 오델레타의 앞으로 다가왔다.

"나라도 그랬을 거니까."

"……."

"나라도 그랬을 거야. 네 잘못 아니야. 그러니까…… 괜한 죄책감 따위, 가지지 말라고."

"그런 거 가질 만큼 착하지는 않으니까 안심해."

오델레타가 냉소적으로 대꾸했다.

"그냥 깔끔하게 포기한 것뿐이야. 그 이상도 그 이하도 아니야. 마리에게는 유감없어. 난 그 앨 잘 알아. 분명 자기 마음을 인정해놓고선 엄청 괴로워했을걸."

"……."

딜튼은 아무 말도 하지 않았지만, 오델레타는 계속 말했다.

"지금이라도 마음 정리한 거, 잘한 일이겠지? 그렇다고 말해줄래? 나 이제…… 황태자 전하를 완전히 잊으려고 하거든."

어차피 내 마음대로 되지 않을 관계라면, 최대한 빨리 이 마음 버리는 게 나를 위해서라도, 그 사람을 위해서라도 좋을 테니까.

오델레타가 서글프게 웃었고, 그 모습을 가만히 바라보던 딜튼은 천천히 그녀를 안아주었다.

따스하게 전달되는 체온에, 오델레타는 저도 모르게 몸이 이완되는 것을 느꼈다.

잠시 후에, 딜튼이 제 귓가에 속삭이는 소리가 들려왔다.

"잘했어."

"……."

"잘했어, 오델레타. 네가 더 이상 괴로워하지 않을 것 같아서, 나는 솔직히 기뻐."

"내심 내가 그분과 되지 않기를 바랐어?"

"황태자 전하께서 레이디 마리스텔라를 깊이 좋아하고 계신다는 걸, 곁에서 지켜보면서 누구보다도 잘 알고 있었으니까."

딜튼이 조용히 읊조렸다.

"관계란 쌍방의 마음이 일치해야만 최고로 아름다울 수 있는 거라고 생각해."

"나도 그렇게 생각했어."

오델레타가 입술을 비죽이며 중얼거렸다.

"그런데 정작 실전에서는 그걸 못 써먹었네."

"원래 다 그래. 네가 이상한 거 아니야. 마음속으로는 다 그렇게 생각하고 있어도, 정작 그게 자기 일이 되면 물러질 수밖에 없는 게 사람인걸."

"……."

"어쨌든 난…… 이제 네가 사랑하는 사람 말고 너를 사랑하는 사람을 만났으면 좋겠어. 넌 충분히 사랑받을 만한 가치가 있는 사람이니까."

"그 말은 고맙네."

그렇게 대꾸한 뒤에 오델레타는 낮게 웃었다. 어쩐지 쓸쓸함이 느껴지는 웃음이었다.

"그런 사람, 이제 찾아봐야겠네. 지금까지는 내가 좋아하는 사람에게만 너무 집중하느라, 다른 사람에게 신경 쓸 기력이 없었거든."

"금방 찾을 수 있어."

딜튼이 담담한 목소리로 대꾸했다.

"네 주변에도 있으니까."

"……뭐?"

오델레타가 눈을 동그랗게 뜨고 물었다.

"그게 누군데?"

하지만 그렇게 물은 직후에, 오델레타는 직감적으로 딜튼이 말하는 사람이 누구인지를 알아차렸다. 그녀가 설마 하는 표정으로 딜튼에게 물었다.

"너…… 혹시……."

"지금 당장 고백할 생각 없어."

딜튼이 엷게 웃었다. 그의 소꿉친구는 자신이 꽤 눈치가 빠르다고 생각하고 있었다. 하지만 지금 이 상황을 미루어볼 때, 꼭 그런 것만도 아닌 듯했다.

"난 황태자 전하처럼 결혼이 급한 사람이 아니니까."

그는 꽤 오래전부터 그녀를 좋아하고 있었으니까.

"……맙소사, 말도 안 돼."

오델레타가 황당한 기색이 가득한 얼굴로 딜튼을 쳐다보았다.

딜튼이 날 좋아하고 있었다고?

'하지만 언제부터?'

오델레타는 완전히 얼이 빠진 상태로 이 상황을 도무지 믿지 못하겠다는 표정을 지었다.

맙소사, 간신히 마음 정리한 것도 제겐 꽤 큰 사건이었는데 그 와중에 소꿉친구는 갑자기 고백을 하다니.

그런 오델레타의 모습을 가만히 지켜보던 딜튼은 어느새 조용히 입술을 움직이고 있었다.

"그냥 예고하는 것뿐이야. 앞으로 네게 친구가 아닌 남자로서 다가가겠다고."

진부한 대사였지만 딜튼의 마음을 대변하기에는 충분했다. 하지만 여전히 오델레타는 어안이 벙벙해진 얼굴로 딜튼만 멍하니 쳐다볼 뿐이었다.

"……나 지금 되게 당황스러워. 알지?"

"알아. 이런 상황에 내 마음 말해서 미안해."

딜튼이 엷게 웃으며 오델레타에게 말했다.

"혹시라도 네가 홧김에 아무나하고 결혼해 버릴지도 모르니까."

"……날 뭐로 보는 거야."

오델레타가 황당하다는 듯 불평했지만, 딜튼은 그저 빙긋 웃어 보이며 그녀에게 속삭일 뿐이었다.

"많이 걱정했어. 그래서 있는 걱정, 없는 걱정 다 했고. 결국 그런 걱정까지 했네. 기우여서 다행이다."

"……."

장난처럼 말했지만, 오델레타는 그 말 속에서 딜튼의 진심을 느끼고 아무 말도 하지 못했다.

"……진짜. 왜 몰랐지?"

오델레타가 억울하다는 목소리로 따지듯 묻자, 딜튼은 낮게 웃어 버렸다.

"내가 너무 잘 숨겼나? 나름 내색한다고 했는데."

"아냐. 평소와 행동이 너무 똑같았는걸. 아니면 처음부터 날 좋아하고 있었던 건가?"

"글쎄."

딜튼이 두루뭉술하게 답했다.

"어쩌면 그럴지도 모르지."

"……뭐야, 그게."

오델레타가 의심스럽다는 얼굴로 딜튼에게 캐물었다.

"너 설마 진짜 날 처음부터 좋아하고 있던 건 아니지?"

"그건 지금은 노코멘트."

딜튼이 빙긋 웃은 다음 오델레타에게 손을 내밀었고, 오델레타는 제 앞에 내밀어진 딜튼의 손을 빤히 바라보다 물었다.

"지금 당장 고백하는 거 아니라더니, 이건 무슨 뜻이야?"

"이건 그냥 춤 신청."

딜튼이 조심스럽게 오델레타의 앞에서 한쪽 무릎을 꿇었고, 오델레타는 그런 딜튼을 생경하다는 눈빛으로 바라보았다.

"받아주시겠습니까?"

"뭐…… 지금 당장 홀 안으로 들어가서 새로운 영식을 만날 수도 없고."

오델레타가 어쩔 수 없다는 듯 웃으며 딜튼의 손을 붙잡았다.

"오늘은 하는 수 없네요, 딜튼 경."

오델레타의 입가에 그날 처음으로 아름다운 미소가 걸렸다.

"도착했습니다, 아가씨."

마부의 목소리와 함께 마차의 문이 열렸다. 미리 기별을 받고 마중 나온 집사가 문을 열어준 것이었다.

나는 빙긋 웃으며 그가 이미 알고 있을 사실을 읊었다.

"발목을 삐었어."

"들었습니다, 아가씨."

집사가 눈살을 찌푸리며 내게 말했다.

"크게 다치시지 않아 다행이군요."

"나도 그렇게 생각해."

나는 피식 웃으며 조심스럽게 집사의 부축을 받아 마차 안에서 내렸다. 집사가 걱정스러운 얼굴로 내게 물어왔다.

"업어드릴까요, 아가씨?"

"아니, 괜찮아."

아무리 그래도 노집사에게 업힐 수는 없었다.

그러다 허리가 나가기라도 하면 어쩌려고.

"걸을 수 있어. 하지만 조금만 부축해줘요."

"네, 알겠습니다."

나는 집사의 부축을 받으며 조심스럽게 한 걸음 한 걸음을 떼어 나갔다. 이후 저택 안으로 들어가자 플로린다를 주축으로 한 하녀들이 전부 내게 걱정하는 소리를 했다.

"아가씨!"

"아가씨, 괜찮으세요?"

"세상에, 발목 부으신 것 봐."

하녀들이 요란을 떨며 나를 거실로 부축했고, 나는 그네들의 힘에 몸을 맡긴 채 거실 소파까지 몸을 옮겼다.

"세상에, 아가씨. 이게 어떻게 된 일이에요."

"하필이면 궁정 무도회가 있는 날 발목을 다치시다니!"

"그래도 뼈는 다치신 것 같지 않아 다행이네요. 얼음찜질은 하셨어요?"

"응."

"응급처치를 잘하셨네요. 붕대까지 감으셨더라면 더 좋으셨을 텐데."

하녀들은 서둘러 얼음주머니를 가져와 내 발목 위에 대주었다.

내가 무슨 크게 다친 것도 아니고 고작해야 발목 염좌일 뿐이었는데 이런 대접을 받게 되다니.

기분이 오묘했다.

"자, 저희가 계속 위치를 바꿔 드릴 테니 발목이 시리지는 않으실 거예요."

"발목 염좌는 금방 나아요, 아가씨. 하지만 당분간은 움직이는 걸 자제하셔야겠군요."

"무도회는 즐거우셨어요? 짧은 시간 동안이나마 재미있게 보내다 오셨어야 할 텐데."

수다스러운 하녀들의 목소리를 들으며 나는 아무 말도 할 수 없었다.

이번 무도회에서 중요한 건 결코 '재미'가 아니었기 때문이었다.

'오늘 진짜…… 너무 당황스러운 날이었어.'

확실히 그랬다. 분명 거절하러 나간 자리였는데, 도리어 고백을 허락하고 키스까지 한 꼴이라니. 이제는 정말 빼도 박도 못 하게 생겼다.

하지만 계획이 틀어진 것과 반대로 마음 하나만큼은 편안했다.

계속 부정해오고 있던 내 마음과, 내 진심을 비로소 인정했기 때문에. 다만 일이 이렇게 되었으니 정말로 오델레타를 볼 면목은 없어져 버린 것이다.

나는 심란한 얼굴로 한숨 쉬었다.

"언니!"

그때 마티나가 나를 부르며 거실로 걸어 들어왔다. 그런 다음 당혹스러운 얼굴로 가장 먼저 내 상태를 살피며 물었다.

"괜찮아?"

"……봤어?"

나는 당황스러운 목소리로 물었고, 마티나는 질문의 요지를 모르겠다는 듯 되물었다.

"뭘? 설마 언니가 황태자 전하와 춤추다 발목 삔 것?"

"……응. 봤네."

"그걸 못 본 사람이 있었을까. 언니 나가고 난 뒤에 모두가 수군대던걸."

"하아……. 역시 그렇겠지."

"너무 걱정돼서 그냥 바로 저택으로 돌아왔어. 곧 부모님도 도착하실 거야."

"괜한 걱정 끼쳐드렸네. 심한 일도 아니었는데."

"하지만 황태자 전하와 그렇게 홀을 나가 버릴 줄은 몰랐다고. 물론 무도회는 다시 아무 일도 없었다는 듯 진행되기는 했지만……."

뒤에 생략된 말은 굳이 듣지 않아도 뻔했다.

모두가 나와 자비에르 사이를 두고 수군댔겠지.

이제는 그게 현실이 되어 버려 뭐라 말하기도 어렵겠지만 말이다.

"황태자 전하와 테라스까지 나가서 뭐 했어?"

"뭐 하긴."

내가 '끙' 소리를 내며 사실대로 답했다.

"발목 삐끗하고, 또……."

키스했어.

"그게 다야."

……라고는 말할 수가 없어서 나는 일단 거기까지만 말했다. 하지만 마티나는 내 표정을 유심히 살펴보다가 다른 질문을 했다.

"오늘 말하려던 건?"

"응?"

"거절한다면서. 그건 잘했어?"

"그게……."

"못했지, 언니?"

마티나가 묘한 미소를 띤 얼굴로 내게 물어왔다.

"거절 대신 키스라도 한 거 아냐?"

"……."

"맞네."

마티나가 씩 웃으며 중얼거렸다.

"그럴 줄 알았어."

신기 있어, 진짜……? 내가 놀란 눈을 끔뻑거리며 아무 말도 하지 못한 채 마티나만 쳐다보았다.

그리고 마티나는 뭘 그렇게 놀라느냐는 얼굴로 내게 말했다.

"무도회 가는 마차 안에서도 말했잖아. 언니 눈빛이…… 황태자 전하 좋아하는 눈빛이었다고."

"……나만 인정 안 하고 있었던 거네."

"지금이라도 인정해서 다행 아니야? 여기서 더 끌었으면 얼마나 더 답답했겠어."

마티나가 생각만 해도 끔찍하다는 듯 눈살을 폭 구기며 물었다.

"그런데, 도대체 무슨 심경의 변화가 있어서 키스까지 한 거야?"

"조, 조용히 좀 말해."

"아직 부모님 오시려면 시간 좀 남았어. 편히 이야기해."

……라고는 했지만 어쩐지 취조를 받는 듯한 기분은 지울 수가 없었다.

"결혼하라는 황명이 내려졌대."

"황태자 전하께?"

"응."

나는 고개를 끄덕이며 아까 자비에르에게 들었던 이야기를 그대로 전해주었다.

"황제 폐하께서 한 달 안에 나와의 관계를 해결하지 못할 거면 오델레타와 결혼하라고 하셨나 봐."

"그래서 언닌 그걸 듣고 마음이 싱숭생숭해졌고……."

마티나가 알겠다는 듯 고개를 끄덕였다.

"그때 마음을 온전히 깨달은 거구나."

"그랬지, 뭐……."

"말은 이렇게 쉽게 하지만, 되게 힘들었겠지."

마티나가 씁쓸하게 웃으며 내 손에 자신의 것을 위에 겹쳤다. 그녀의 손에서 내 손으로 온기가 전해졌다.

"이해해. 황태자 전하와 오델레타 언니 모두 언니에게는 소중한 사람들이었으니까."

"……하지만 이제 오델레타는 날 용서하지 않을 거야."

나는 근심 어린 표정으로 한숨을 푹 내쉬며 중얼거렸다.

"나 같아도 그럴걸. 걱정할 일 없을 거라고 말했는데 결국 일이 이렇게 되어버렸으니……."

"음…… 확실히 이건 어려운 문제이기는 하지."

마티나가 난감한 얼굴로 고민하는 표정을 지었다.

"모쪼록 잘 풀려야 할 텐데……."

"어쨌든 이건 내가 노력해야 할 문제 같아. 사실…… 오델레타가 날 쉽게 용서해 줄 거라고 생각하지도 않고."

나는 씁쓸하게 중얼거리며 고개를 푹 숙였다.

내가 자비에르와 불륜을 했다거나 한 것은 아니었지만, 분명 나는 오델레타에게 마음의 빚을 진 셈이었다. 어쨌든 오델레타와의 관계에 대해서는 쉽지 않을 것이라고 생각하고 있었다.

그런데 그다음 날, 오델레타가 벨플레어 저택을 찾아왔다.

그날 아침 느지막하게 일어나 아침으로 갓 구운 토스트를 먹던 내게, 플로린다가 다가와 나를 불렀다.

"아가씨."

"응?"

"손님이 오후에 오신다는데, 어떻게 할까요?"

"손님, 누구?"

"오델레타 아가씨요."

"……."

전혀 예상치 못한 이름이 호명되자, 나는 당황할 수밖에 없었다.

"오델레타? 오델레타 니네트 잔 트라코스?"

"네, 아가씨."

"……오델레타가."

나는 한동안 정신을 차리지 못하는 사람처럼 머뭇거리다가, 이내 차분히 물었다.

"언제 온다고 전해왔어?"

"오후 2시 즈음이요. 어떻게 답을 보낼까요?"

"언제든 상관없다고 전해줘."

"알겠습니다."

잠시 후 플로린다가 내 방에서 나갔고, 나는 순간 가슴이 쿵쿵 뛰는 것을 느끼며 먹던 토스트를 접시 위에 내려놓았다.

"오델레타가……."

마지막 만남 이후, 나를 먼저 찾아준 것은 이번이 처음이었다.

'무슨 일일까.'

머릿속으로 떠오르는 생각은 많았지만, 그중 무엇 하나를 콕 집어 말하기는 어려웠다.

나는 그녀가 나를 먼저 찾아주어 고맙다는 생각이 들면서도, 과연 어제 있었던 일을 어떻게 말해야 할지에 대해 고민스러워졌다.

'하지만 역시……'

솔직하게 말하는 게 좋겠지. 나는 심란한 얼굴로 깊게 한숨 쉬었다.

나는 오델레타를 기다리는 시간 내내 복잡한 기분을 느꼈다.

그녀를 보고 싶은 마음과 함께, 마주한 이후 어떻게 대해야 할지에 대해 계속 고민스러워졌기 때문이었다.

어쨌든 시간은 계속 흘러서 오후 2시가 되었고, 잘 읽히지도 않던 책을 가만히 읽어 내려가던 내게 어느 순간 플로린다가 다가왔다.

"아가씨."

원래도 남아 있지 않았던 집중력이 완전히 흐트러졌다.

나는 고개를 돌아 플로린다를 쳐다보았다.

"……왔나요?"

주어가 없었지만, 그것이 누구를 의미하지는 명백해 보였다.

플로린다는 아무 말도 하지 않았고, 그저 가만히 고개만 끄덕여 보일 뿐이었다.

"지금 바로 갈게요."

나는 책을 테이블 위에 내려놓은 다음, 천천히 자리에서 일어났다 동시에 나는 내 심장이 두근두근 뛰는 것을 느꼈다.

그녀를 다시 만나게 된다는 사실에 대한 설렘과 기쁨. 그것과 동시에 존재하는 걱정과 불안.

모든 것이 긴장이었다.

나는 조심스럽게 계단을 내려가 응접실까지 다다랐다.

유리문 너머로 차 한 모금 마시지 않은 채 가만히 앉아, 골똘히 생각하는 표정을 짓는 오델레타의 모습이 눈에 들어왔다.

쿵. 쿵. 쿵. 쿵.

심장은 그녀를 향한 오랜 친애의 감정을 기억하고 있었다.

가장 먼저 심장에서 울컥 차오르는 것은, 역시나 다른 것보다는 기쁨이었다. 나머지 부정적인 감정들은 그다음.

나는 떨리는 표정으로 마른 침을 삼킨 다음 조심스럽게 유리문을 열었다.

달칵.

문이 열리는 소리와 함께 누군가의 시선이 천천히 문 쪽으로 향했다. 오델레타가 문을 열고 들어서는 나를 빤히 응시하는 것이 느껴졌고, 나는 그녀 앞에서 어떤 표정을 지어야 할지 고민스러워졌다.

오델레타를 만나는 게 너무 오랜만이었다. 마지막으로 만난 우리가 어떤 표정을 지었는지 기억이 희미할 만큼.

"……."

나는 말 없이 그녀의 맞은편 테이블로 다가가 자리에 앉았다.

잠시 후 하녀가 내 몫의 차를 가져다주었는데, 라벤더 향기가 짙게 났다.

"……."

"……."

우리는 서로 한동안 말이 없었다. 하지만 나도 그렇고, 오델레타 역시 그것이 할 말이 없어서가 아님은 알고 있었다.

다만 서문을 어떻게 뗄지가 난감했으리라.

'내가 먼저 입을 열어야 해.'

날 먼저 찾은 건 오델레타이긴 했지만, 어쨌든 지금 상황에서 '을' 은 나였으니까.

"저기."

"마리."

……아, 하필이면 그때와 같은 상황이었다.

우리 모두 민망한 얼굴로 서로를 쳐다보았다. 그때와 마찬가지로, 서로의 눈을 마주 보며 웃는 일은 없었다.

"먼저…… 말할래?"

나는 머쓱한 얼굴로 그녀에게 물었고, 오델레타는 머뭇거리는 모습을 보이다 고개를 끄덕였다.

"할 말이 있어서 찾아왔어."

할 말? 오델레타의 말에 나도 모르게 마른침을 삼켰다.

도대체 무슨 말을 하려고 그러는 걸까.

"물어볼 것도 있고."

나는 진지한 표정으로 말하라는 듯 고개를 끄덕였다. 오델레타가 나를 가만히 바라보다 입을 열어 물었다.

"황태자 전하를 좋아하니?"

"……."

예상하기는 했지만, 처음부터 강했다.

나는 조심스럽게 긍정의 의미로 고개를 끄덕였다.

그리고 예상과는 달리, 오델레타의 반응은 덤덤했다.

거기에 이상함을 느꼈다는 표현은 어색했지만, 확실히 예측했던 반응은 아니었다.

"왜 내가 놀라지 않는지 궁금하다는 얼굴이네."

"아니……. 그런 건 아니야."

나는 가만히 고개를 저으며 말했다.

"다만 예측했던 반응과는 달라서."

"무슨 반응을 예측했어?"

"날 경멸하는 표정으로 바라볼 줄 알았어."

"마리."

오델레타가 조용히 나를 불렀다.

나는 그녀를 가만히 쳐다보았고, 오델레타는 내게 물어왔다.

"넌 너를 경멸하니?"

"……그렇지는 않아."

"네가 널 경멸하지 않는데, 내가 널 경멸할 거라고 생각한 이유가 뭐야?"

"그건……."

하고 싶은 대답이 있었지만, 차마 입 밖으로 나오지는 않았다.

오델레타가 나를 가만히 바라보다 입을 열었다.

"친구의 남자를 빼앗았다고 생각해?"

"……그렇다기보다는."

나는 마른침을 한 번 삼킨 다음 대답했다.

"네가 짝사랑하던 남자와 좋은 관계가 된 것에 미안함을 느껴."

"하지만 네 말마따나 외사랑이었어. 일방향적 사랑."

오델레타가 슬픈 표정으로 읊조렸다.

"쌍방이 아니었어. 빼앗은 게 아니야."

"오델레타……."

"황태자 전하께서 처음부터 좋아하신 분은…… 너였어, 마리스 텔라. 난 그걸 알고 있었어. 처음부터 말이야. 하지만 부정했지. 전하의 마음을 내 쪽으로 돌릴 수 있다고 믿었거든. 난 세상의 주인공처럼 살라고 교육받았고, 그래서 황태자 전하께서도 당연히 내 것이 되리라고 생각했어. 황제 폐하께서 나를 어여삐 보시는 것도 알고 있었고."

"……."

"모든 게 완벽했어. 사교계에서의 지위, 가문의 권력과 재력, 아름다운 미모. 황태자 전하를 좋아했고, 그분의 비가 되면 난 정말 아버지가 말씀하신 것처럼, 이 세상의 주인공이 될 수 있었다고 믿었어."

당당한 내용과는 다르게 오델레타의 표정은 아주 씁쓸해 보였다.

"그래서 황태자 전하께서 내가 아닌 널 좋아한다는 사실을 알았을 때…… 질투도 나고 나쁜 마음도 들었어. 계략을 꾸며 너와 황태자 전하 사이를 멀어지게 만드는 것까지도 생각했어."

"……."

"나, 참 나쁘지?"

"너는 전하를 좋아했잖아."

나는 목이 멘 목소리로 말했다.

"널 이해해, 오델레타. 네가 정말로 전하를 좋아했기 때문에, 그게 올바른 일은 아니었겠지만 이해할 수 있어."

"……."

"그리고 넌 생각을 실제로 옮기지 않았잖아."

내가 조용히 물었다.

"어째서…… 그러지 않았어? 내가 미웠을 것 아냐."

"고뇌가 심했지."

오델레타가 무언가를 생각하는 듯, 오묘한 미소를 띤 얼굴로 대꾸했다.

"점점 전하의 마음이 걷잡을 수 없이 너를 향해 기울어지는 게 보였어. 어느 순간에 가서는 내가 설령 두 사람 사이를 멀어지게 만든다 해도 그 사이를 비집고 들어갈 수 없을 거라는 생각이 들었고, 그만큼 전하께서 널 좋아하고 있다는 게, 눈으로 보였거든."

"……."

"그래서 부질없다고 느꼈어. 그래서 행동하지 않은 거야. 그럼에도 불구하고…… 전하를 향한 마음을 끝내지 못해서 계속 괴로운 시간을 보냈지. 너와는 가까워지지도, 멀어지지도 못하는 어정쩡한 관계를 유지하면서 말이야."

"날…… 미워해도 나는 할 말이 없어."

"미워. 미웠어."

오델레타가 피식 웃으며 대답했다.

"특히 전하와의 미팅 때, 전하께서 좋아하시는 분이 너라는 걸 알게 된 그 순간이 가장 미웠어."

"……그런데 왜 나를 찾아왔어."

나는 어느 순간 울먹거리기 시작한 목소리로 말했다.

"왜 그때 사실대로…… 말해주지 않았어. 왜 나를 원망하며 소리 지르지 않았어. 그랬다면……."

"그랬어도 바뀌는 건 없을 테니까."

오델레타가 냉정한 목소리로 내 말을 끊고 대답했다.

"지금에서야 깨달았어, 마리. 그날 내가 네게 무슨 짓을 했더라도 미래는 변하지 않아. 과거에 내가 네게 무슨 짓을 했던, 황태자 전하께서 좋아하시는 분은, 변함없이 너였을 거야. 지금에서야 나는 그걸 확신해."

"……."

"그때의 난 네가 알아차리기 전에 전하의 마음을 바꾸리라고 마음먹었어. 네가 전하의 마음을 알게 된다면 그때는 정말 걷잡을 수 없이 두 사람의 관계가 진전될 거라고 믿었거든."

"오델레타……."

"결국 내 예상이 맞았지만. 자연스러운 일이었어. 두 사람이 서로 사랑하는 거 말이야."

"……."

"둘은 그냥 운명이었던 거야. 마리, 내게 미안해하지 말아줘. 그건 날 더 비참하게 만들 테니까."

"위로할…… 생각은 없어. 감히 내가 그런 걸 할 수 있을 리가."

"네가 내게서 전하를 빼앗아 간 게 아니야. 애당초 전하는 그 누구의 소유도 아니신걸. 전하의 마음은 쭉 네게 있었고, 설령 네가 끝까지 전하의 마음을 거절해 내가 황태자비가 되었더라도, 나는 내가 전하의 마음을 바꿀 수 있었으리라고는 생각하지 않아."

오델레타가 쓰디쓴 미소를 지으며 말을 이었다.

"마음이라는 건…… 그런 거니까. 금방 식을 것 같으면서도 식지 않고, 미풍에도 흔들릴 것 같으면서도 강철보다도 단단하니까."

"……."

"지금까지의 네 행동이 나를 골탕 먹이기 위해 했으리라고는 생각하지 않아. 넌 분명 황태자 전하를 생각하는 마음이 커져갔겠지만, 한편으로는 날 떠올리면서 죄책감에 괴로워했을 거야. 사실 네가 그래야 할 이유는 어디에도 없었는데."

오델레타가 나와 눈을 맞추며 물어왔다.

"내 말이, 맞지?"

"그렇지만…… 그 말을 변명처럼 하고 싶지는 않아."

"변명이 아니야. 사실이지."

오델레타가 어깨를 으쓱이며 내게 말했다.

"어쨌든 넌 내게 악의를 품은 적이 없었어. 단 한 번도 말이야. 그래서 난 널 미워할 수가 없을 것 같아, 마리. 마음을 다 정리하기 전에도, 바로 그 점 때문에 나는 괴로워했으니까."

"……."

"이제 난 내가 더 이상 황태자 전하의 세계에서 주인공이 아니라는 사실을 알고, 처음부터 우리 두 사람이 운명이 아니었다는 것도 깨달았어. 마리, 그러니까 부디…… 나에 대한 죄책감으로 황태자 전하와의 관계에서 상처 입지 않았으면 좋겠어. 오늘 난, 그 말을 하려고 찾아온 거야."

그 말을 하면서 오델레타는 처음으로 빙긋 미소 지었다. 나는 그 모습을 보고 복잡한 표정을 지을 수밖에 없었다.

"나를 정말 위한다면, 네가 정말로 나의 친구라면, 어설픈 죄책감으로 전하와의 관계를 망치지 말아줘. 대신 내가 질투조차 할 수 없게 행복하게 살아줘."

"너……."

"그게 지금으로선, 나의 바람이야."

"넌 너무 착해."

나는 작게 일그러진 얼굴로 그녀에게 말했다.

"내가 너라면 날 용서하지 않았을 거야."

내 말에, 오델레타가 피식 웃으며 고개를 저었다.

"그게 무슨 의미가 있어. 내가 전하와 이루어지지 못한 건 네 탓이 아닌데. 설령 네가 아니었다고 해도, 난 전하와 맺어질 운명이 아니었어."

"……."

"이제 내가 좋아하는 사람 말고, 나를 좋아하는 사람을 찾고 싶어. 그뿐이야."

"날…… 정말 미워하지 않아?"

"응."

오델레타가 수줍게 웃으며 말했다.

"널 어떻게 미워할 수 있겠어. 결국 이건 그 누구의 잘못도 아닌데. 누구에게도 책임을 물을 수 없어."

"……하지만."

"나 대신 널 사랑하시는 황태자 전하? 그분을 자연스레 마음에 담은 너? 아니면, 이미 좋아하는 여자가 있는 남자를 짝사랑한 나? 이들 중 누구에게 죄를 물을 수 있겠어. 그 무엇도 죄가 아닌데."

"……."

"오늘 널 찾은 건 고작 그런 걸 따져 묻기 위함이 아니야."

"……그럼?"

쿵. 쿵. 쿵. 쿵.

심장이 뛰어오는 소리가 들려왔다. 내 머릿속으로 한 가지 생각이 스쳐 지나갔다. 감히 내가 생각하기에는 염치없지만, 그럼에도 불구하고 내가 지금 이 순간 간절히 원하는, 단 하나.

"마리스텔라 제니즈 라 벨플레어."

오델레타가 조용히 나를 불렀고, 내 심장은 좀 더 빨리 뛰기 시작했다.

"다시 예전처럼 돌아갈 수 있을까, 우리?"

"……그래서."

마티나가 동그래진 눈을 내게 들이밀며 물어왔다.

"어떻게 됐어?"

"어떻게 되긴."

내가 붉어진 볼을 굳이 감추지 않으며 답했다.

"당연히…… 가능하다고 했지."

"아!"

내 말이 끝나기가 무섭게 마티나가 돌고래 소리를 내며 나를 끌어안았다.

마티나의 돌발 행동에 나는 당황했지만, 곧 침착하게 그녀를 감싸 안으며 물었다.

"그렇게 좋아?"

"당연히 좋지! 솔직히 난 두 사람 관계가 제일 걱정이었다고."

마티나가 거의 울먹이기 직전의 목소리로 말을 덧붙였다.

"사실 두 사람, 당장 절교해도 전혀 이상할 것 없는 상황이었다고."

그건 그랬다. 지금 이 상황은 순전히 오델레타가 대인배였기 때문에 가능했던 것이라고 나는 생각하고 있었다.

"어찌 되었든 정말 다행이야. 좋은 친구를 잃지 않게 되어서."

"응."

나는 수줍은 듯 미소 지으며 시선을 아래로 내렸다.

"정말 다행스럽고…… 또 기뻐."

"마지막에 둘이 포옹도 했어?"

"……했지?"

내가 머쓱하게 웃으며 대답했다.

"처음엔 좀 어색했는데, 시간이 지나니까 오델레타의 진심이 느껴져서…… 기분이 오묘했어."

"어떻게 지금 당장 아무 일도 없었던 것처럼 돌아갈 수 있겠어. 난 지금 상황도 되게 좋다고 봐."

"응. 나도."

나는 엷게 미소 지으며 덧붙였다.

"일이 잘 해결되어서, 다행이야."

"맞아. 정말 정말 다행이지."

마티나가 누가 봐도 신난 표정을 지으며 화제를 돌렸다.

"그래서, 황태자 전하와는 이제 어떻게 되는 거야?"

"으음……."

내가 슬쩍 마티나의 시선을 피했다가 답했다.

"일단 황제 폐하를 알현해야지. 내일이 폐하께서 전하와 약속하셨던 한 달의 기간이 끝나는 날이거든."

"와…… 언니 정말 아슬아슬했구나?"

마티나의 말이 맞았다.

만약 지난번 무도회 때 서로 마음을 확인하지 않았다면 얼마 후에 자비에르는 다른 사람과 결혼식을 치렀을 테니까.

"맞아. 아슬아슬했지."

"그럼 황제 폐하는 내일 찾아뵙는 거야?"

"응."

나는 어쩐지 비장해진 얼굴로 고개를 끄덕였다.

"내일 찾아뵈어야지."

그다음 날이 되었을 때, 나는 일찍 아침 식사를 마친 다음 서먼궁으로 갔다.

"어서 오십시오, 레이디 마리스텔라. 이틀 전에 뵙고 또 뵙는군요."

"네, 딜튼 경."

늘 그렇듯 나의 마중은 딜튼 경의 임무였다.

나는 어색하게 웃으며 그와 인사를 나누었다.

"오늘따라 기분이 좋아 보이시네요."

"주군의 짝사랑이 이루어졌으니 신하로서 응당 기뻐해야 할 일입니다."

"아하하……."

노골적인 표현에 내가 머쓱하게 웃었고, 딜튼 경은 그런 나를 의미심장하게 쳐다보다가 입을 열었다.

"감사합니다."

그러더니 돌연 이런 말을 내뱉는 것이었다. 내가 당황한 목소리로 물었다.

"네?"

"감사드립니다, 레이디 마리스텔라."

"갑자기 왜……."

"황태자 전하의 마음, 받아주시지 않으셨습니까."

그가 빙긋 웃으며 말을 보탰다.

"만일 영애께서 우리 전하의 마음을 받아 주지 않으셨더라면, 황태자 전하께서는 지금쯤 크게 상심하시며 상사병으로 고통받고 계실 겁니다."

"설마요."

"정말이랍니다."

딜튼 경이 해사하게 웃으면서, 입 밖으로는 전혀 그렇지 못한 말들을 늘어놓았다.

"아마 황명만 아니었더라면 영애만을 평생 그리다가 가셨을 겁니다."

"경, 도대체 무슨 소리를 하고 있는 거지?"

그때, 앞쪽에서 낮은 목소리가 들려왔고, 나와 딜튼 경은 자연스럽게 앞쪽으로 시선을 돌렸다.

"손님이 오셨으면 어서 응접실로 모시지 않고."

"'손님'이라니요, 전하."

자비에르의 말에 딜튼이 황당하다는 얼굴로 따지듯 물었다.

"곧 황태자비 전하가 되실 분께 그 무슨 사무적인 표현이십니까."

하지만 엄밀히 말해 지금은 '손님'이 맞기는 했다. 아직 나와 자비
에르는 공식적으로 아무런 관계도 아니었으니까.

"그럼 도대체 어떻게 영애를 칭해야 하는 거지?"

"아직 정식으로 입궁하시지는 않으셨으니 '비'는 좀 무리인 것 같
고…… 약혼녀 정도면 괜찮지 않겠습니까?"

그……렇게 치면 아직 약혼도 안 했는데요.

내가 당황한 눈빛으로 딜튼 경에게 그건 좀 아닌 거 같다고 말하
려는데, 갑자기 자비에르가 입을 열었다.

"그……럼."

자비에르가 돌연 얼굴을 붉히더니 헛기침까지 두어 번 한 다음
아까의 말을 수정했다.

"약혼녀분을 어서 응접실로 모시도록 하지, 딜튼 경. 잡담은 그만
하고 말이야."

"네, 전하. 알겠습니다."

딜튼 경이 쿡쿡 웃으면서 나를 응접실로 안내했고, 나는 부끄러
움에 얼굴이 빨개진 채로 응접실 안까지 들어갔다.

곧이어 문이 닫히고 우리 두 사람만이 남게 되자, 나는 완전히 빨

개진 얼굴을 양손으로 가리고 중얼거렸다.

"전하…… 그래도 약혼녀는 아직……. 저희 아직 아무 관계도 아닌걸요. 공식적으로는……."

"그렇지만 곧 요나스의 황태자비가 되실 테니까요."

자비에르가 온화하게 웃으며 건네오는 날에, 나는 얼굴이 더 빨개진 채로 아무 말도 하지 못했다.

그…… 맞는 말이기는 한데 아직도 영 실감은 안 났다.

내가 이 남자와 부부가 된다고? 정말?

'당장 얼마 전까지만 해도 생각하지도 못했던 일인데…….'

'얼마 전까지만 해도'가 아니라, 당장 며칠 전이었다. 정확히는 사흘 전. 그전까지만 해도 나는 이 남자를 거절할 생각이었던 것이다.

그러니 내가 지금의 이 상황에 적응하지 못하는 것처럼 구는 건 어쩌면 당연한 일이었다.

"일단 앉으시지요, 영애."

모든 일을 당연하다는 듯 받아들이는 이 남자와는 다르게 말이다. 나는 속으로 한숨을 내쉬며 자리에 앉았다.

그리고 따뜻한 김이 피어오르는 장미차를 한 모금 마시는데, 자비에르가 곧바로 물어왔다.

"차는 입에 맞으십니까?"

"네. 맛있네요."

나는 빙그레 미소를 띤 얼굴로 대답했다.

"제가 올 때면 늘 장미차를 내오라고 하시나 봅니다, 전하께서는."

"영애께서 가장 좋아하시는 차니까요. 그래서 그렇습니다."

"배려해주셔서 감사해요."

나는 찻잔을 입술에서 떼어낸 다음 그에게 물었다.

"그럼 이제 저희가 해야 할 일은……."

"황제 폐하를 알현하는 것입니다."

자비에르가 정해진 대답을 읊조렸다.

"폐하와 약속한 기간이 오늘까지거든요."

"아슬아슬했네요."

어제 마티나와 했던 기억을 떠올리며, 나는 그에게 물었다.

"그럼 언제쯤 중앙궁으로 가야 하죠?"

"여기서 조금 쉬시다가 저와 같이 중앙궁으로 가시면 됩니다, 영애."

"아무때나요?"

"네. 어차피 부황 폐하의 오늘 일정은 집무실에서 정무를 보는 것 이외는 없으십니다. 귀족 회의는 오전에 끝났고요."

"으음…… 어떻게 시간이 딱 맞았네요."

좋아해야 할지 싫어해야 할지는 잘 모르겠지만.

"네. 그보다……."

자비에르가 지그시 나를 쳐다보다가, 조용한 목소리로 내게 물어 왔다.

"그날은 잘 들어가셨는지 묻지 못했군요."

"……."

"잘, 들어가셨습니까."

"……네."

정기 무도회가 있던 날을 말하는 것이었다.

그와 키스하며 마음을 확인했던 날.

그날의 기억을 떠올린 내가 자연스럽게 얼굴을 붉혔고, 그 모습을 본 자비에르가 낮게 웃으며 나를 놀렸다.

"무슨 생각을 하셨길래 갑자기 얼굴이 그렇게 붉어지셨는지."

"놀리지 말아 주세요."

내가 양 볼을 토닥이며 얼굴의 붉은 기를 없애기 위해 애썼다.

"저만 부끄러움 타는 건가요?"

"전 부끄럽지 않습니다. 조금도요. 그날은 제게 있어 정말 뜻깊은 날이었거든요."

"……그건 저도 그래요."

나라고 그렇지 않다는 게 아니었다.

다만 그렇다고 해서 부끄럽지 않다는 건 아니라는 거지.

"그래도 어쨌든…… 이런 이야기는 아직 부끄럽다고요."

"고작 이런 일로요?"

그 말과 함께 자비에르가 나를 빤히 쳐다보았고, 나는 그 시선에 약간의 부담을 느끼며 슬그머니 자비에르의 시선을 피했다.

"시선 피하지 마세요, 영애."

"……."

그 말에 나는 슬그머니 시선을 자비에르에게로 다시 옮겼다.

그제야 자비에르는 다시 환한 미소로 말을 이었다.

"어쨌든…… 전 아마 평생 동안 그날 저녁을 잊지 못할 겁니다."

"……그건 저도 그래요."

어떻게 잊을 수 있을까.

비단 그에게뿐 아니라, 그날의 저녁은 내게도 특별했는데.

어둑어둑한 검은 공기가 궁전을 전부 집어삼켰던 그날 저녁, 서럽고 혼란했던 내 마음까지 전부 입술 속으로 먹혀들어 갔던 그날의 시간을, 아마 우리 두 사람 모두 쉽게 잊기란 어려울 터였다.

"어쨌든."

갑자기 야릇해진 주변의 공기에, 나는 민망한 듯 큼큼 헛기침을 하며 분위기를 환기했다.

"빨리 폐하를 알현하러 가는 게 좋지 않을까요? 계속 이렇게 있으려니 불안해서요."

"뭐가 불안하십니까?"

"아니, 그냥……."

자비에르의 질문에 나는 잠시 머뭇거리다가, 이내 슬그머니 대답했다.

"폐하께서 저를 마음에 들어 하지 않으신다면 어쩌지요?"

"부황 폐하께서요?"

"네."

나는 솔직하게 내 심정을 털어놓았다.

"사실 그 전부터 오델레타를 황태자비로 점 찍어두기도 하셨고……. 그래서 이래저래 걱정스럽기는 해요. 혹시 제가 황태자비로서 마음에 차지 않으실 수도 있으니까요."

"음……."

내 말에 자비에르가 잠깐 심각한 표정을 지었다가, 천천히 입을 열었다.

"그렇다고 하더라도, 제 결심은 변하지 않습니다. 제가 결혼할 상대는, 다른 누구도 아닌 영애가 될 겁니다."

"전하, 하지만……."

"20년 동안 황태자로 살아오면서, 단 한 번도 부황의 뜻을 따르지 않은 적이 없었습니다."

그가 조용히 내게 말했다.

"이번 한 번, 영애를 포기하지 못해 부황의 뜻을 거슬렀고, 그분과 거래를 했습니다. 만약 영애께서 걱정하시는 상황이 닥친다 해도, 저는 영애를 지키기 위해 부황과 무슨 거래든 주저하지 않고 할 겁니다."

"……."

"그러니 절 믿고, 안심해 주세요."

"알겠습니다, 전하……."

결연한 의지가 느껴지는 자비에르의 목소리 때문에라도, 나는 고개를 끄덕일 수밖에 없었다.

내가 자비에르와 함께 중앙궁으로 발걸음을 옮긴 것은 그로부터 한 시간 정도가 흐른 뒤였다. 나는 떨리는 기분으로 자비에르의 옆에 서서 천천히 중앙궁의 긴 복도를 따라 걸었다.

이미 몇 번 보아 낯설지 않아야 할 공간이 오늘만큼은 이상하리만치 어색하게만 느껴졌다.

'아. 완전 떨리네.'

헨리 14세를 알현하는 것이 이번이 처음은 아니었다. 하지만 '이런' 목적으로 그를 알현하는 것은 정말로 처음이었기 때문에, 나는 긴장하지 않으려야 긴장할 수밖에 없었다.

누군들 시아버지에게 결혼 허락을 구하러 가는데 떨지 않을 수 있겠느냐만, 상대가 이 거대한 제국 요나스의 위대한 황제 폐하였기 때문에 나는 남들보다 좀 더 많이 떨고 있다고 자신할 수 있었다.

마침내 헨리 14세의 집무실에 다다랐을 때, 우리를 알아본 시종이 안에 있을 헨리 14세에게 우리의 방문을 알렸다. 잠시 시간이 흐른 후에 들어오라는 명령이 떨어졌고, 내가 긴장된 표정을 한 채 집무실 안으로 들어서려던 순간이었다.

'아⋯⋯.'

순간 예상치 못했던 따뜻한 감촉이 왼손을 타고 번져나갔다.

자비에르가 먼저 내 손을 잡은 것이었다. 깜짝 놀라 위를 올려다보니, 그가 긴장할 필요 없다는 듯 나를 향해 은은한 미소를 지어 주고 있었다.

그런 그의 배려에 마음이 한결 편안해짐을 느끼면서, 나는 침착하게 자비에르와 함께 집무실 안까지 걸어 들어갔다. 얼마 전에도 분명히 본 적 있던 이 집무실이, 아까와 마찬가지로 낯설게만 느껴졌다.

"제국의 태양, 황제 폐하를 뵙습니다. 치세가 영원하시기를."

"황가에 충성을, 요나스에 안녕을."

자비에르와 함께 황제가 있는 쪽으로 허리를 굽히며 틀에 박힌 인사말을 내뱉은 나는, 잠시 후 떨리는 기분으로 천천히 자세를 바로 했다. 곧이어, 속을 알 수 없는 눈으로 우리 두 사람을 바라보고 있는 헨리 14세의 모습이 시야에 들어왔다.

"생각지도 못한 조합이로군."

생각지도 못한 조합이라니. '의외의 조합'이라고 불리지 않아 다행이라고 생각해야 하는 걸까.

"영애가 여긴 무슨 일이지? 그것도……."

헨리 14의 날카로운 눈빛이 나와 자비에르의 손이 맞닿은 부분을 향해 움직였다.

"황태자의 손을 꼭 잡고선 말이야."

"드릴 말씀이 있습니다, 폐하."

"나는 황태자가 아니라 벨플레어 영애에게 물었다."

"……."

그 말에 자비에르가 순간 황당한 표정으로 입을 다물었고, 나는 상황이 더 악화되기 전에 차분한 목소리로 대답했다.

"드릴 말씀이 있어 찾아뵈었습니다, 전하."

"'드릴 말씀'이라?"

내 말에 그가 흥미롭다는 듯 한쪽 눈썹을 치켜뜬 다음 물었다.

"무슨 '드릴 말씀'? 설마……."

"……."

"오늘이 내가 황태자에게 준 한 달의 기한이 끝나는 날인데, 그것과 관련된 것인가?"

"그렇습니다, 폐하."

내 대답에 헨리 14세는 한동안 아무 말도 하지 못하다가, 내화 중 자연스레 생기는 침묵이라고 보기에는 꽤 오랜 시간이 지난 후에야 다시 입을 열었다.

"황태자가 말해 보도록."

"폐하."

내 옆에 있던 자비에르가 내 손을 좀 더 힘주어 잡으면서, 헨리 14세에게 낮은 목소리로 말했다.

"레이디 마리스텔라와 결혼하겠습니다."

"……."

자비에르의 고백에 헨리 14세는 도무지 속을 알 수 없을 것 같은 얼굴로 나와, 자비에르를 번갈아서 지그시 쳐다봤다.

그 주기가 상당히 길었기에, 시선을 받는 사람은 상당한 부담감을 느낄 수 있는 상황이었다.

"벨플레어 영애와 결혼하겠다고?"

그 질문이 들려온 것은 역시나 약간의 시간이 흐른 다음이었다.

"그것은 너 혼자만의 결정이냐, 아니면 벨플레어 영애와 함께 결정한 것이냐?"

"두 사람 모두의 결정입니다, 폐하."

"벨플레어 영애."

헨리 14세의 집중이 내게로 옮겨왔다. 나는 정신 바짝 차리자고 생각하며 그의 부름에 답했다.

"네, 폐하."

"황태자비가 되고 싶은가?"

"……."

그 질문에 나는 잠깐 머뭇거렸다가, 빠르게 대답했다.

"아닙니다, 폐하."

"아니라고?"

"네."

나는 차분함을 잃지 않기 위해 애쓰면서, 다소 느린 속도로 말을 이었다.

"요나스의 황태자비가 아니라, 황태자 전하의 비가 되고 싶습니다, 폐하."

"……둘이 다른 말이 아닐 텐데? 영애는 지금 나와 말장난을 하려는 건가?"

"아닙니다, 폐하."

나는 조용히 대답했다.

"단순히 황태자비가 되고 싶어 황태자 전하와 결혼하고자 하는 것이 아닙니다. 황태자 전하와 앞으로의 미래를 함께하고 싶기 때문에 지금 이 자리에 서 있는 것입니다."

"……."

내 말을 듣고 난 뒤에 헨리 14세는 말없이 나를 바라보기만 했다. 나는 그게 못내 불안해졌고, 그의 침묵이 길어지면 길어질수록, 나의 초조함 역시 깊어졌다. 아마 자비에르 역시 같은 마음이었으리라.

"황대자비로서, 더 나아가서는 요나스의 황후로서 사는 것이 결코 평탄하지만은 않을 것이다. 여타의 귀부인과는 달리 감내해야 할 부분이 더 커질 것이고, 때로는 황실의 안위를 위해 개인을 희생해야 할 일도 생길지 모른다."

"……."

"황제의 아내, 황태자의 아내 자리를 쉽게 생각해서는 안 된다는 말이다. 내 말, 이해하나?"

"물론입니다, 폐하. 지위와 권력에는 그에 합당한 의무와 책임이 따르는 법이니까요."

"그걸, 영애는 감내할 수 있나?"

황제의 질문에, 나는 머뭇거림 없이 답했다.

"설령 고난이 앞에 닥친다 해도, 황태자 전하와 함께 잘 이겨내 보도록 하겠습니다."

"……."

그 대답이 끝난 직후에, 헨리 14세는 다시 말이 없어졌다.

나는 혹시라도 내가 잘못 대답했나 싶어 불안해졌지만, 아까의 대화를 곱씹어 봐도 특별히 문제 될 만한 부분은 없었다.

'역시 그냥 내가 마음에 안 드시는 걸까?' 하고 고민하고 있는데, 다시 헨리 14세의 목소리가 들려왔다.

"좋아. 결혼하거라."

"……네?"

예상 밖의 대답에 나도 모르게 바로 그 말이 튀어나왔다.

방금…… 뭐라고요?

"허락…… 해주시는 건가요?"

"그래."

예상 밖의 상황에 나도, 자비에르도 모두 얼떨떨한 얼굴로 서로의 얼굴을 쳐다보았다. 이 일이 이렇게 쉽게 해결될 줄 누가 알았겠어.

"표정을 보니 내가 벨플레어 영애를 반대할 거라고 생각한 눈치로군."

정답이었다. 우리 둘 다 아무 말도 하지 못했고, 헨리 14세만 계속 입술을 움직였다.

"벨플레어 영애 역시 유서 깊은 가문의 여식인데 내가 반대할 이유가 없잖느냐. 상식적으로. 네가 평민이나 길거리의 여자를 데려왔다면 또 모르겠지만."

"아……. 하지만 전 폐하께서 트라코스 영애를 마음에 두신 줄 알았어요."

"그거야 네가 없을 때 이야기지."

헨리 14세는 아무렇지 않게 감동적인 말을 꺼냈다.

"반드시 트라코스 영애를 황태자비로 삼을 생각이었던 게 아니다. 네가 황태자와 뜻을 함께하지 않는다면, 그때나 황태자비로서 생각해본다는 의미였지."

"……."

"정말 걱정한 거냐? 그 문제를 가지고?"

"네……."

"만약 반대했다면 어떻게 할 계획이었는데?"

"그건……."

"폐하의 반대를 철회시키기 위해 무슨 짓이든 다 했을 겁니다."

대신 대답한 이는 자비에르였고, 나는 가만히 그를 올려다보았다.

자비에르의 올곧은 시선은 자신의 아버지를 향하고 있었다.

"무슨 짓이든 다 한다'라……."

그리고 그 말을 들은 헨리 14세는 무언가를 골똘히 생각하는 표정을 지었다. 늘 생각하는 것이었지만, 그가 생각할 때는 더더욱 표정을 읽기가 어려웠다.

하긴 포커페이스도 권력자가 갖춰야 할 능력이라면 능력일 테지.

"그거 재미있구나. 황태자가 내게 이런 말을 한 적이 한 번도 없었는데."

"……."

"다 네 덕분인가?"

나는 거기다 대고 '네'라고는 차마 말할 수가 없어서 침묵을 지켰고, 그 무례에도 헨리 14세는 아무 말도 하지 않았다. 그는 다시 한 번 골똘한 표정을 지어 보이다가, 어느 순간 입을 열었다.

"결혼하라는 황명을 내린 건, 순전히 두 사람의 관계에 종지부를 짓기 위함이었다."

그 말에 우리 두 사람 모두 어리둥절한 표정으로 헨리 14세를 쳐다보았다.

"내가 보기에는 이미 두 사람의 마음이 명백해 보였는데, 관계가 계속 흐지부지하게 유지되었으니까. 그래서 내가 좀 도와줘야겠다고 생각했다."

"폐하, 그럼……."

"그래."

헨리 14세가 피식 웃으며 대답했다.

"애당초 널 벨플레어 영애와 결혼시킬 생각이었다. 물론 그 아이가 거절한다면 그때는 트라코스 영애와라도 결혼시킬 생각이었지만."

"아……."

"어떤가, 영애. 그래도 내 덕분에 비교적 빨리 결정을 내린 것 같은데."

그 말은 사실이었지만, 나는 생각지도 못한 사건의 전말에 살짝 충격을 받아 아무 말도 하지 못하고 있었다.

그 모습을 본 헨리 14세가 호쾌하게 웃었다.

"충격이 컸나 보군."

"전혀 의중을 짐작지도 못하고 있었습니다."

"그랬다니 다행이고."

피식 웃은 헨리 14세가 덧붙였다.

"두 사람 모습, 곁에서 지켜보기가 얼마나 고역이었는지. 아마 주변 사람들은 전부 두 사람을 답답하다고 여겼을 거다."

마티나도 일전에 그런 이야기를 한 적이 있었기 때문에 나는 머쓱하게 웃어 보였다. 사실 우리가 이렇게 되기까지 다소 답답한 과정이 있었던 건 사실이었으니까.

"어쨌든…… 결혼 허락을 구하러 여기까지 온 거라면 이만 나가 봐도 좋다. 허락할 테니."

"감사합니다, 폐하."

"감사하긴 뭘."

그리고 나는, 그 뒤에 헨리 14세가 작게 중얼거리는 것을 똑똑히 들을 수 있었다.

"내 아들을 행복하게 만들어줄 텐데, 내가 더 감사하지."

"……."

그 말에 순간 나는 가슴 속에서 왈칵 무언가가 올라오는 기분을 느꼈고, 하마터면 눈시울을 붉힐 뻔했다고 생각하며 얼른 감정을 갈무리했다.

"참, 황태자는 잠깐 여기 있지."

이만 인사하고 돌아서려는 우리를 헨리 14세가 불러 세웠다. 나는 어떻게 해야 할지 고민했지만, 뒤이어진 헨리 14세의 말에 그 고민은 깔끔히 해결되었다.

"오래 기다리게 하지 않을 테니, 영애는 바깥에서 잠시 기다리도록 하게."

"네, 폐하."

나는 정중히 황제에게 인사한 다음, 자비에르를 남겨두고 헨리 14세의 집무실을 나섰다.

예비 며느리가 나간 방 안에서는 침묵이 흐르기 시작했다.

"……."

"……."

자비에르는 지금 이 상황이 못내 불편했는데, 원래도 그가 부황과 단둘이 있는 것을 못 견뎌 하는 성격이었는 데다, 아까까지만 해도 제 옆에 있던 마리스텔라의 부재 때문에 그 감정은 더욱 심화되었다.

"하실 말씀이라도 있으십니까?"

먼저 침묵을 깬 것은 역시나 아들 쪽이었다. 자비에르의 물음에 헨리 14세가 천천히 입술을 뗐다.

"네 어머니와 관련해서, 할 말이 있어서."

"……."

대단히 민감한 주제에 자비에르의 얼굴이 순식간에 새하얘졌다.

파네타 황후가 스스로 극단적인 선택을 한 이후, 두 사람 사이에서 황후의 이야기는 거의 금기시되고 있었기 때문이었다.

"네가 어떻게 생각할지는 모르겠지만, 난 네 어머니를 가장 사랑했다. 그걸 너무 늦게 깨닫긴 했지만, 결국 내가 사랑했던 단 한 사람은 너희 어머니였어."

"……."

"그때 내가 저질렀던 실수는…… 그래, 변명의 여지가 없다. 하지만 지금까지도 난 정말 후회하고 있다. 네 어미에게 그런 상처를 준 것 말이야."

"……지금 후회하신들 모후께서는 알지 못하십니다. 망자가 다시 살아 돌아올 일도 없고요."

"그래. 알고 있다. 내 후회는 부질없는 짓이지. 어리석은 반성이야. 결국 네 어미는 죽었으니까."

그걸 자신이라고 모르지 않는다는 듯, 헨리 14세는 쓰디쓴 표정을 지으며 말을 이었다.

"그래서 나는 평생의 멍에처럼 그것을 짊어지고 가야 한다고 생각해. 이런 내 다짐은 변함없을 거다."

"……이런 이야기는 저보다는 모후 폐하의 묘에 가서 하시는 것이 더 적절할 텐데요."

"내가 네게 이런 이유를 하는 이유는…… 네가 나처럼 살지 않기를 바라서다."

헨리 14세가 살짝 목이 멘 목소리로 아들에게 물었다.

"벨플레어 영애가 네가 정말 사랑하는 사람이냐?"

"네."

"넌 나처럼 실수하지 말거라. 그녀를 행복하게 만들어줘. 지나가 버린 후회는 가시덩굴에 목이 둘러싸인 것과 같은 고통이고, 돌이킬 수 없는 실수는 평생 동안 자신을 좀먹을 악령과도 같더구나."

"폐하가 하셨던 것과 같은 실수, 절대 할 생각 없습니다. 평생 동안 영애 한 분에게만 최선을 다할 겁니다. 무슨 일이 있어도요."

자비에르가 단언하듯 말했다.

"결혼은 사랑과 신의, 두 가지의 문제니까요."

"……그래. 난 결국 둘 중 그 무엇도 지키지 못했지만."

"……"

"넌 잘할 거다. 그렇게 믿고 있고."

"감사합니다, 폐하."

"미안하다."

이어지는 부황의 갑작스러운 사과에, 자비에르는 저도 모르게 헛숨을 들이켰다.

"어린 네게 너무나도 큰 상처를 주었어. 그건 내가 무슨 말로 사죄해도 갚을 수가 없는 죄구나."

"……"

"그리고…… 고맙다. 이런 못난 아비 밑에서 올바른 자식이 나와

주었구나."

"폐하의 전철을 밟지 않기 위해 노력하고, 또 노력한 결과라고 생각하고 있습니다."

자비에르는 아까보다 한결 누그러진 표정으로 부황에게 말했다.

"전…… 걱정하지 마십시오, 폐하. 걱정시키는 일 없이 행복하게, 잘 살겠습니다."

"그래."

헨리 14세의 입가에 그 순간 처음으로, 진심 어린 미소가 스쳐 지나갔다.

"나 또한 믿어 의심치 않는다."

그리고 두 부자는 아주 오랜만에 서로의 눈을 바라보며 미소 지었다.

"폐하와 무슨 이야기 하셨어요?"

중앙궁을 나오면서, 나는 두근거리는 표정으로 자비에르에게 물었다.

"궁금하십니까?"

내 질문에 자비에르가 의미심장한 표정으로 나를 바라보며 되물었고, 나는 고개를 끄덕였다. 하지만…….

"비밀입니다."

이런 식은 김이 샜다.

내가 너무하다는 듯한 시선으로 자비에르를 바라보자, 자비에르가 낮게 웃으며 나와 다정하게 눈을 마주쳤다.

"정말로 궁금하십니까?"

"네. 궁금해요."

"폐하께서……."

대단한 비밀 이야기라도 하는 것처럼, 자비에르는 목소리를 잔뜩 낮춘 채 내게 속삭였다.

"영애를 행복하게 만들어 달라고 하셨습니다."

"……하하."

나는 말도 안 된다는 듯 고개를 저으며 부정했다.

"거짓말하지 마세요, 전하."

"거짓말이라니요? 영애, 일국의 황태자는 거짓말을 하지 않습니다."

"하지만 영 믿기지가 않는걸요."

내가 떨떠름한 표정으로 대꾸했다.

"폐하께서 정말 그렇게 말씀하셨다고요?"

"그렇습니다."

"음……."

하지만 나는 여전히 얼떨떨한 기분이었다. 그럴 수밖에 없는 게, 상대가 사흘 전까지만 해도 내가 아니면 다른 사람과 자비에르를 결혼시키려던 분이리…….

"정말입니다, 영애. 그래서 그 증거로······."

자비에르가 돌연 걸음을 멈추더니, 살짝 무릎을 굽혀 나를 바라보았다.

나와 그의 시선이 일직선에서 맞닿았고, 이런 식의 눈 맞춤은 또 처음이라 나는 서서히 볼이 붉어지는 것을 느꼈다.

"앞으로 영애에게 잘해드리려고요."

"······지금도 충분히 잘해주시는걸요."

"일시적으로 말고, 앞으로도 계속. 지금 해드리는 것보다, 훨씬 더 많이."

자비에르가 속삭이듯 내게 말했다.

"제 최선을 다해 잘해드릴 생각입니다."

"좋네요."

나는 씩 웃으며 대꾸했다.

"저도 노력할게요."

"영애께서는 더 노력하실 필요 없으십니다. 일단 존재 자체만으로도 제게 힘이 되어 주시니까요."

그렇게 말하면서 자비에르가 내게 다정하게 웃어 보였고, 거기에 내 심장이 격하게 흔들리는 건 당연한 일이었다. 나는 최대한 침착한 표정을 유지하기 위해 애쓴 다음, 천천히 입을 열었다.

"그런 말은 좀······ 예고하고 하시면 안 되나요."

"왜 그러십니까?"

"심장에 해로워서요."

"심장에 해롭다고요?"

이 남자는 내 유머를 이해하지 못한 게 분명한 사람처럼, 한쪽 눈살을 찌푸리며 심각하게 그 의미에 대해 고민하는 모습을 보였다.

그 모습을 보고 또 나는 심장이 두근두근 미친 듯이 뛰는 것을 느꼈다.

세상에, 너무 잘생기고 너무 귀여운 것 아닙니까, 당신?

"전하의 다정함 때문에 제가 너무 좋아서 견딜 수가 없겠다고요. 이해하세요?"

풀어서 설명해주자 자비에르는 그제야 이해하는 모습이었다. 하지만 그는 내 말을 들을 생각이 없는 건지, 다시 한번 아까의 다정하고 부드러운 미소를 내게 보이며 속삭이는 것이었다.

"더 좋은 기분 느끼실 수 있게 노력하겠습니다."

"……."

그러니까, 내가 한 말은 효력이 없는 셈이었다.

아니면 제대로 이해를 못 했거나. 하지만 어느 쪽이든 방금 들은 말은 정말 좋았다.

"그보다……."

나는 큼큼 헛기침을 한 다음 화제를 돌렸다.

"결혼은 그럼 언제쯤 하게 되려요?"

"일찍 하고 싶으십니까?"

"네."

나는 솔직하게 대답했고, 자비에르는 예상치 못한 답변이라고 생각했는지 순식간에 얼굴을 붉히며 당황하는 모습을 보였다.

그 모습을 보고 내가 까르르 웃으며 물었다.

"왜 그렇게 당황하세요? 제가 못 할 말이라도 한 건가요?"

"아뇨. 그게 아니라……."

"아니면 저와의 결혼을 최대한 늦추고 싶으시다든가……."

"절대 아닙니다."

자비에르가 정색까지 하며 내 말을 부정했고, 나는 그 모습을 보고 또 키득키득 웃었다.

"농담이에요."

"당황한 것뿐입니다, 레이디 마리스텔라. 오해는 하지 말아주세요."

"알겠어요."

나는 어깨를 으쓱이며 대꾸했고, 자비에르는 여전히 얼떨떨한 듯한 목소리로 말했다.

"의외라고 생각했습니다. 빨리 하고 싶으시다는 말씀을 하실 줄은 정말로 예상치 못해서……."

"아……."

그 말에 나는 돌연 심각한 표정이 되어 입을 열었다.

"폐하께서 돌아가시기 전에 결혼하고 싶어서요."

"네?"

내 말에 자비에르는 화들짝 놀란 표정을 지었고, 나는 여전히 진지한 얼굴로 말을 이었다.

"폐하께서 언제 돌아가실지 모르니까요."

"무, 물론 그렇지요."

여전히 당황스러움이 묻어나는 목소리로 자비에르가 대꾸했다.

"하지만 설마 벌써 돌아가시기야 하겠습니까. 아직 정정하실 나이인데요."

"하지만…… 어쨌든 투병 중이시니까요. 어찌 되었든 서두르는 게 좋을……."

"네?"

놀란 자비에르의 목소리가 내 말을 끊고 들어왔고, 나는 '설마' 하는 생각에 그에게 물었다.

"설마 모르고 계셨어요?"

"부황 폐하께서 투병 중이시라고요?"

"모르고 계셨나요, 설마?"

내가 얼떨떨한 목소리로 그에게 물었고, 자비에르는 아무래도 그래 보이는 눈치였다. 나는 당황한 나머지 얼른 알고 있는 것들을 전부 쏟아냈다.

"황가 대대로 전해져 내려오는 유전병을 앓고 계신다고 하셨어요."

"유전병이요……?"

"네. 지난번에 폐하를 독대할 때 그렇게 들었는데……."

내가 조심스럽게 덧붙였다.

"황태자 전하의 결혼을 서두르신 이유가 그거라고 들었어요. 당신께서 언제 돌아가실지 모른다고."

"……맙소사, 영애."

자비에르가 헛웃음을 머금은 얼굴로 내게 충격적인 소식을 전해 주었다.

"황가에는 유전병이 없습니다."

"……네?"

이건 또 무슨 소리야……? 내가 이해가 가지 않는다는 얼굴로 자비에르에게 설명을 요구했다.

"그, 그게 무슨 말씀이세요?"

"말씀드린 그대롭니다. 황가에 전해져 내려오는 유전병은 없다고요."

"……에?"

"그러니 부황께서 앓고 계실 유전병도 없으실 겁니다."

자비에르가 심각한 표정으로 결론 내렸다.

"아무래도 폐하께서 영애에게 거짓말을 하신 것 같네요."

"……맙소사."

나는 황당해진 얼굴로 헛숨을 내쉬었다. 뭐야, 유전병이 거짓말이었다고? 그럼 곧 죽는다는 말도…… 거짓말?

"완전히 속았네요."

"폐하께서 영애의 마음을 돌리시기 위해 일부러 거짓말을 하신 모양입니다."

"아무리…… 그래도 그렇지."

아, 이럴 줄 알았다면 아까 그 자리에서 이 이야기를 했어야 했는데!

나는 황당함을 숨기지 못하며 그에게 불평했다.

"황제 폐하께서 원래도 이렇게 거짓말을 즐겨 하시나요?"

"군주의 미덕을 거짓말이라고 생각하시는 위험한 분입니다."

"……."

자비에르의 대답에 나는 할 말을 잃어버리고 말았다.

"그럼…… 빨리 결혼하고 싶다는 생각은 접으시는 겁니까?"

"음……."

나는 어색하게 미소 지으며 고개를 저었다.

"아뇨. 그래도 뭐…… 빨리 해서 나쁠 건 없겠지요. 어차피 할 건데요."

"다행입니다."

"뭐가요?"

"미루고 싶다고 말씀하셨으면 조금 서운할 뻔했어요."

"서운하다니요. 지금 결혼을 결정한 것도 되게 빠른데요."

내가 불평하듯 말했다.

"연애 기간이라는 게 아예 없었다고요, 우리는."

사실 이 세계에서는 그게 일반적이기는 했다. 대개 연애 기간 같은 건 없이 곧바로 결혼부터 하고는 했으니까. 약혼이 있었지만, 굳이 그걸 할 필요를 나는 느끼지 못했다.

"서운하시다면 결혼을 늦추면 되지요. 전 상관없습니다."

"아까는 서운하다고 하셨으면서."

"혹시라도 영애가 마음이 바뀌셔서 절 버리시면 곤란하니까요."

"버리긴 누가 누굴 버린다고."

나는 헛웃음을 내쉬며 대꾸했다.

"그럴 일 없습니다, 전하."

"정말입니까?"

"안심하세요."

내 확언을 들은 자비에르가 입꼬리를 위로 길게 끌어 올리며 웃었다.

"그 이야기를 들으니 확실히 안심이 되는군요."

"뭐가 그렇게 불안해하세요?"

"이렇게 아름답고 매력적이신 분을 다른 사내들이라고 탐내지 않을 리 없으니까요."

그렇게 말하면서 자비에르는 지그시 나를 바라보며 흐트러진 내 머리카락을 정리해 주었다. 그 상황에서 느껴지는 묘한 긴장감에 나는 마른침을 삼켰다가, 곧 천천히 입술을 뗐다.

"감히 황태자의 여인을 탐낼 간 큰 남자가 있겠어요? 적어도 요나스 안에서는 없을 것 같은데."

"그래도 불안한 것이 제 마음이랍니다."

자비에르가 내 이마 위에 작게 키스한 다음 말을 이었다.

"그만큼 영애를 사랑하고 있거든요. 모든 게 다 불안할 만큼."

"저도 전하를 사랑해요."

나는 조금 쑥스럽다는 듯 어색하게 웃으며 고백했다.

"그러니 그런 생각하실 시간에, 어떻게 하면 앞으로의 시간을 좀 더 달콤하게 보낼 수 있을지 고민하시는 게 좀 더 건설적일 거예요."

"알겠습니다, 레이디 마리스텔라. 숙지해 두겠습니다."

내 말을 듣고 난 뒤에, 자비에르는 설핏 웃더니 곧바로 내게 물어왔다.

"그렇다면 영애."

"……."

"제게 남은 오후를 함께 보낼 수 있는 영광을 주시겠습니까?"

결국 나는 남은 오후를 온전히 서먼궁에서 자비에르와 함께 보냈고, 해가 질 즈음이 되어서야 부랴부랴 벨플레어 저택으로 돌아왔다.

저택으로 돌아온 내가 가장 먼저 한 일은, 뭐니 뭐니 해도 부모님께 자비에르와의 관계와 오늘 있었던 일을 말씀드리는 것이었다. 물론 부모님은 물론이고 마티나까지 이미 나와 자비에르 사이의 일을 어느 정도 알고 있었지만, 그래도 내가 정식으로 말씀드리는 건 또 다른 문제였다.

부모님은 딸내미가 황태자비가, 더 나아가는 제국의 차기 황후가 된다는 사실에 당연히 기뻐하셨고, 이 사실을 누구보다도 잘 예상했을 마티나조차도 내가 정식으로 공지한 말에 매우 즐거워하는 모습을 보였다.

그리고 며칠 후에 헨리 14세가 나와 자비에르의 결혼을 공식적으로 발표하면서, 우리 두 사람의 관계는 순식간에 사교계의 이슈로 떠올랐다.

나는 평소보다 훨씬 더 많은 차 모임의 초대장을 받았고, 더 바쁘게 사교계에서 시간을 보냈다. 아마 황태자비가 되면 지금보다 더 바쁘게 사교 활동을 하게 될 거라고 생각하니 조금 피곤하겠다 싶다가도, 황태자비로서 내궁의 업무까지 맡게 되면 확실히 심심할 걱정은 없겠다는 생각에 즐거워졌다.

결혼식은 석 달 후로 잡혔다. 헨리 14세와 자비에르는 좀 더 빨리 결혼하기를 바랐지만, 준비 기간을 고려하면 3개월도 매우 짧다는 의견 때문에 더 줄이는 건 불가능했다.

그리고 결혼 날짜가 잡히고 본격적으로 결혼 준비가 이루어짐에 따라, 나는 과일청 가게의 운영권을 마타나에게 위임하고 황태자비 수업을 받게 되었다.

귀족으로서의 소양을 익히던 때와는 비교할 수 없을 정도로 수업의 내용은 빡빡하고 어려웠다.

그렇다고 해서 '어려워서 못하겠어요'라고 불평하면서 자리를 박차고 나올 수도 없었기 때문에, 나는 잠자코 앉아 머리에 잘 들어오지도 않는 내용을 억지로 욱여넣어야만 했다.

어쨌든 내 하루하루는 별 탈 없이 지나갔다.

나는 수업을 마친 다음이면 곧바로 서먼궁을 방문해 자비에르와 시간을 보냈고, 가끔은 트라코스 저택에서 오델레타와도 시간을 보냈다. 저택으로 돌아와서는 곧 떨어지게 될 가족들과 함께 좀 더 많은 대화를 나누었다. 마티나는 내가 황태자비가 된 후에 내 시녀로 입궁하기를 원했지만, 과일청 가게를 포기할 수 없었던 탓에 황궁을 자주 방문하는 선에서 만족할 수밖에 없었다.

내 모든 상황은 조금의 흠결도 없이 완벽하게 돌아가고 있었다.

나는 소설 속으로 들어온 이후 가장 완벽한 행복감을 맛보았고, 이 상황이 그대로 지속될 것이라는 데에 조금의 이견도 품지 않았다.

그러던 어느 날, 나는 전혀 예상치 못했던 소식과 조우해야만 했다.

3. Padam Padam

"마리."

저녁 식사를 마친 다음 내 방으로 올라가려는데, 벨플레어 백작부인이 조심스러운 목소리로 나를 불렀다.

나는 별생각 없이 그녀의 부름에 답했다.

"네, 어머니. 무슨 일 있으세요?"

"그게……."

백작부인은 머뭇거리면서도 말을 이었다.

"할 말이 있단다."

"중요한 이야기인가 보네요?"

"음, 그렇지."

그리 확신에 찬 태도는 아니었지만, 어쨌든 백작부인은 그렇다고 답했다.

"시간 잠깐 내줄 수 있니?"

"물론이죠."

그렇게 말한 나는 벨플레어 백작부인과 함께 그녀의 방으로 갔다. 하지만 백작부인은 나를 앉힌 뒤에도 계속 머뭇거릴 뿐, 쉽사리 말문을 떼지 못했다.

그녀가 내게 이런 식의 태도를 보인 것이 거의 처음이었기 때문에, 나는 당연하게도 의아해하는 한편, 속으로는 걱정할 수밖에 없었다. 도대체 무슨 말씀을 하시려고 저러시는 걸까?

"마리."

고민하고 있는데 벨플레어 백작부인의 목소리가 들려왔다. 나는 고개를 들어 그녀를 쳐다보았다.

"네, 어머니. 말씀하세요."

"네가 어떻게 생각할지는 모르겠지만……."

백작부인은 매우 조심스럽게 말머리를 뗐다.

"그래도 말을 해줘야…… 할 것 같아서 말이다."

"뭔데요?"

"도로테아를 기억하니?"

"……."

기억을 못 할 수가 없었다. 어떻게 그녀를 잊을 수 있겠는가.

나는 인상을 살짝 찌푸리며 대답했다.

"물론이에요. 설마…… 탈옥이라도 했다던가요?"

이후 그녀의 행적에 대해서는 전혀 신경 쓰지 않았다. 신경 쓸 가치를 느끼지 못했기 때문이었다.

내가 알고 있는 그녀의 근황이라곤, 베일탑에 갇혀 하루하루를 보내고 있다는 것뿐이었다.

"탈옥이라니. 그럴 리가."

벨플레어 백작부인이 아니라는 듯 고개를 절레절레 저었다.

하긴, 만약 그랬다면 백작부인보다 자비에르가 내게 먼저 그 소식을 전해주었겠지.

"그럼……."

"네가 집을 비웠을 때, 코르노헨 부인이 찾아왔었어. 부인이 말하길 그 애가 널 보고 싶어 한단다."

"……도로테아가요?"

내가 믿을 수 없다는 목소리로 물었지만, 벨플레어 백작부인은 가만히 고개를 끄덕임으로써 대답을 대신했다.

나는 순간 할 말을 잃어 입을 다물었고, 벨플레어 백작부인은 내 눈치를 보다가 다시 한 마디를 내뱉었다.

"널 불러 달라고 지금 감옥에서 난리라는구나. 매일 소리를 질러 대서 간수들은 물론이고 다른 죄인들까지 잠을 못 자고 있대. 독방으로 옮겼는데도 그 목소리가 어찌나 우렁찬지 소용없다는구나."

"절 불러 달라고 했다고요?"

"그래."

벨플레어 백작부인이 한숨 쉬며 대답했다.

"그랬단다. 널 불러주지 않으면 목숨을 끊겠다고 난리를 친다는

구나.”

“……제가 거기 가야 할 이유는 없어요, 어머니.”

“당연하지, 마리. 나도 그렇게 생각한단다.”

벨플레어 백작부인이 고개를 끄덕이며 내게 말했다.

“다만 알고는 있어야 할 것 같아서 말이다. 나도 네가 그 아이를 다시 만나는 건 원치 않는단다. 이제 좋은 일만 남았는데 굳이 좋지 않은 과거의 일과 다시 마주할 필요는 없지 않겠니?”

“저도 그렇게 생각해요.”

나는 건조한 목소리로 그녀에게 말했다.

“전 도로테아를 다시 만날 생각이 없어요, 어머니. 죽을 때까지 만나고 싶지도 않고요.”

“그래. 알았다. 내가 괜한 소리를 한 것 같구나. 신경 쓰지 말려무나. 그래도 알고는 있어야 할 것 같아서 말한 것뿐이니까.”

“아니에요. 말씀해주셔서 감사해요, 어머니.”

나는 애써 웃어 보인 다음 자리에서 일어나 백작부인의 방을 나갔다.

백작부인과 이야기할 때는 아무렇지 않은 척하기는 했지만, 그 말을 듣고 나니 괜히 신경이 쓰이는 건 어쩔 수 없는 일이었다.

‘이제 와서…….’

나는 인상을 찌푸리며 내 방을 향해 걷기 시작했다.

배부르게 저녁 먹고 이런 식으로 기분을 망칠 줄이야.

“언니!”

그때 앞에서 걸어오던 마티나가 반갑게 나를 불렀다.

"어머니랑 이야기는 잘했어? 무슨 말씀하셨어?"

"어……."

마티나에게 이 사실을 말할지 말지를 고민하다가, 나는 머뭇거림 끝에 입을 열었다.

"도로테아가 날 보고 싶다고 베일탑에서 난리를 피운다고 해."

"……그 여자가?"

마티나의 눈살이 절로 찌푸려졌고, 나는 고개를 끄덕인 뒤 덧붙였다.

"하고 싶은 말이라도 있나 보지."

"사죄할 생각은 없을 텐데, 그 여자."

마티나가 냉소를 지으며 중얼거렸고, 나는 동의한다는 듯 고개를 끄덕였다. 그때 마티나가 내게 물어왔다.

"언니, 설마…… 만날 생각은 아니지?"

"응."

나는 건조하게 대꾸했다.

"내가 왜 만나겠어."

"휴, 다행이다."

마티나가 안도의 한숨을 내쉬며 말했다.

"난 또 언니가 마음 약해져서 만난다고 할까 봐 맘 졸였잖아."

"그럴 리가."

내가 고개를 저으며 대꾸했다.

"나도 만날 생각은 없어. 더 이상 불쾌해질 일은 사양이야."

이미 도로테아 때문에 괴로워했던 시간이 너무 길었다. 상황이 다 정리된 마당에 다시 그 기억을 끄집어내고 싶지는 않았다.

그건 어리석은 일이라고 생각했으니까.

그리고 그다음 날 참석한 차 모임에서, 나는 꽤 충격적인 이야기를 들어야만 했다.

"참, 레이디 마리스텔라. 그 이야기 들으셨어요?"

"무슨 이야기 말씀이세요?"

"어젯밤에 코르노헨 영애가 베일탑에서 자살 시도를 했대요."

그 말을 듣고 나는 너무 당황한 나머지 들고 있던 마카롱을 테이블 위로 툭 떨어뜨렸다.

"뭐…… 뭐라고요?"

"베일탑에서 자살 시도를 했대요. 목을 매 죽으려던 걸 간수가 발견했다던가?"

그 말에 나는 아무 말도 하지 못하고 어안이 벙벙한 표정만 지었고, 대신 다른 영애들이 호들갑스러운 반응을 보여주었다.

"맙소사, 너무 끔찍해요. 어떻게 그런 짓을!"

"감히 목숨을 끊으려 하다니! 판결에 불응하려는 걸까요?"

"제정신이 아닌 게 틀림없어요."

사방 이곳저곳에서 깜짝 놀란 목소리로 도로테아의 행동에 혀를 내둘렀고, 그때까지도 나는 창백하게 질린 얼굴로 아무 말도 하지 못하고 있었다. 그때, 누군가가 이런 말을 했다.

"그런데 코르노헨 영애가 깨어난 뒤에, 벨플레어 영애를 불러주지 않으면 또 자살하겠다고 말했다네요."

"세상에, 레이디 마리스텔라에게 해코지라도 하려는 걸까요?"

"죄수의 신분으로요? 베일탑은 그렇게 만만한 곳이 아니에요."

"할 말이라도 있는 걸까요?"

"그 여자가 영애에게 할 말이 저주 빼고는 더 있겠어요? 분명 영애가 결혼한다는 소식을 듣고 베일탑에 갇힌 자신의 처지를 비관해서 무리수를 둔 걸 거예요."

"맞아요. 이제 결혼하려는 연인에게 저주를 퍼부을지도 몰라요. 벨플레어 영애, 절대 가지 마세요!"

"네……. 저도 갈 생각은 없어요."

한참 후에야 나는 차분해진 목소리로 그렇게 답했다.

저주나 악담이 무서운 건 아니었다. 하지만 더 이상 얽히고 싶지 않았으니까.

하지만 그 이후에도 도로테아의 소식은 원치 않는 데서 계속해서 들려왔다.

"코르노헨 영애가 단식 투쟁을 하고 있대요. 벨플레어 영애가 나타날 때까지 절대로 물 한 모금 먹지 않겠다고 그랬대요."

"밤마다 소리를 지르면서 벨플레어 영애를 찾는다네요."

"이번에는 청소하러 들어간 간수까지 폭행했다죠? 아주 문제가 심각하다네요. 독방에까지 가둬놨다는 데도 그 모양이니……."

이렇게 계속해서 도로테아의 좋지 않은 소식이 들려오자, 나는 점점 스트레스가 쌓이기 시작했다.

'도대체 뭣 때문에 날 그렇게 만나려는 거지?'

솔직히 이해가 되지 않았다.

우리는 이미 끝난 사이고, 피차 좋은 감정이 남아 있지 않은 관계인데, 만나서 도대체 무슨 이야길 하고 싶어서?

'계속 이렇게 가다가는 내 평판에도 악영향이 갈 것 같은데……'

실제로도 이미 귀족들 중 일부는 상황이 저렇게까지 심각하다면 벨플레어 영애가 한번 가서 얼굴을 비추는 게 맞지 않겠느냐는 이야기까지 돌고 있었다. 설마 베일탑에 갇힌 처지에 영애에게 해를 가하지는 않을 거라고 말하면서.

고작 면회 한 번이 뭐가 어렵다고 계속 소란을 방치해두느냐는 의견까지 나오자, 마침내 나는 더 견디지 못하고 서면궁을 찾던 날 자비에르에게 말했다.

"코르노헨 영애를 봐야겠어요."

물론 내 말에 자비에르는 그리 좋아하는 기색을 보이지 않았다.

"영애를 죽이려 한 자입니다."

"알고 있어요. 하지만 전하께서도 알고 계시잖아요?"

나는 불쾌하다는 티를 숨기지 않으며 말을 보탰다.

"코르노헨 영애가 소란을 피우는 정도와 횟수가 점점 심각해진다고 들었어요. 하루도 빠짐없이 그녀의 소식이 사교계에서 들려와요."

"……."

"심지어 이대로 계속 두다가는 제 평판에도 악영향을 끼칠 것 같으니, 차라리 한번 깔끔하게 다녀오고 일을 마무리 짓겠습니다, 전하."

"영애의 뜻이 그러하시다면 제가 말릴 수 있는 부분은 아니겠지만……"

말은 그렇게 해도 자비에르의 표정은 그리 밝아 보이지 않았다.

"꺼림칙하고 걱정되는 건 사실입니다. 영애에게 무슨 일이 생기는 건 아닌지 걱정스럽기도 하고요."

"제 걱정은 마세요, 전하. 기사를 대동할 것이고, 또 옥에 갇힌 상태에서 대화 나눌 것이니 신변에 문제가 생길 일도 없을 겁니다."

"하지만……."

"계속 상황을 방치하다가는 어떤 식으로 더 악화될지 알 수가 없어요. 차라리 한번 그녀를 보고 깔끔하게 일을 마무리 짓는 것이 좋겠습니다."

"영애의 말에도 일리는 있습니다."

자비에르가 알겠다는 듯 고개를 끄덕였다.

"하지만 조심하십시오. 그 여자는 영애를 죽일 뻔까지 했던 여자니까요."

"물론이에요, 전하. 걱정하실 만한 일은 없도록 하겠습니다."

내 말에 자비에르는 그제야 조금 걱정을 던 얼굴로 내 이마 위에 키스했고, 나는 엷게 웃으며 그의 품에 포근히 안겼다.

베일탑은 귀족 상해 혹은 살인에 가담한 중범죄자거나 정치범, 양심수 등등의 사람들이 수감되어 있는 곳으로, 안전을 위해 제도의 외곽에 위치해 있었다.

도로테아 역시 귀족-나-을 살해하려 한 죄로 이곳에 수감돼 있었는데, 그녀는 근래의 소란 때문에 원래 수감되어 있던 곳에서 탑 상층부의 독방으로 옮긴 지 오래였다.

"……."

그리고 나는 베일탑에 들어설 때부터 한 마디도 하지 않은 채 간수의 뒤를 따랐다.

본래 베일탑에 드나드는 것은 아무에게나 허락되지 않은 일이었으나, 내가 피해자라는 점과 머지않아 황태자비가 될 거라는 점, 무엇보다 황제의 동의가 있었다는 점이 이것을 가능하게 했다.

"이 방입니다, 레이디 마리스텔라."

간수가 나를 데려온 곳은 차가운 쇠창살로 가득 둘러싸인 독방이었는데, 구조 자체가 소음을 어느 정도 다 막아내도록 설계되어 있었다. 도로테아처럼 행동한 죄수가 한둘이 아닌 듯싶었다.

나는 작게 고개를 끄덕이며 간수에게 이만 가보아도 좋다는 표시

를 했다. 물론 내 뒤로 안전을 위해 황궁의 기사들이 대기하고 있는
중이었다.

"……"

마침내 나는 다시 도로테아와 마주하게 된 것이었다.

도로테아는 넓지 않은 독방의 한쪽 구석에 쭈그려 앉아 무언가를
중얼거리고 있었는데, 그건 분명 정상적인 행동은 아닌 것처럼 보
였다.

나는 그 모습을 보고 소름이 쫙 돋았지만, 최대한 아무렇지 않은
척 행동하기로 결심했다.

"마리?"

간수가 내 이름을 언급한 걸 들었는지, 구석에서 웅크리고 앉아
중얼중얼거리던 도로테아가 일순 모든 행동을 멈추고 뒤를 돌았다.

'아……!'

그리고 나는 오랜만에 도로테아의 모습을 마주하자마자 흠칫 놀
랄 수밖에 없었다. 내 눈앞에 비친 도로테아의 모습이 내가 생각했
던 수준보다 훨씬 더 심각했기 때문이었다.

"마리."

머리는 산발에 잔뜩 헝클어져 있어서 언제 마지막으로 빗질하거
나 손질받았는지 가늠하기 어려웠고, 얼굴은 버짐이 나서 깨끗하다
고는 말할 수 없는 상태였다.

퀭하게 파인 두 눈은 해골 같았고, 단식을 했다는 소문이 맞았는
지 원래도 마른 몸은 마지막으로 보았을 때보다 더 살이 없어져 보

기 흉할 정도로 뼈가 드러난 상태였다.

이 모든 외양의 변화는 도로테아가 지난 시간 동안 감옥에서 좋지 않은 시간들을 보냈다는 증거였는데, 나는 그 모습을 보고 통쾌하다기보다는 그냥 불쾌하다는 생각밖에 들지 않았다.

"마리구나. 마리 맞지? 날 보러 온 거야?"

희번덕거리는 눈으로 도로테아는 내게 물어왔다.

나는 아무런 감정이 실리지 않은 눈으로 그녀를 응시했고, 곧이어 냉정한 목소리로 물었다.

"왜 부른 거야."

"부른다고 와줬구나."

"네가 감옥에서 그 난리를 쳤으니까."

여전히 목소리 한 번 높이지 않으며, 나는 차갑게 쏘아붙였다.

"상황이 더 심각해지는데 널 만나지 않으면, 자칫 내 평판에도 문제가 생길 수 있는 상황이었어. 그래서 온 거야. 널 보고 싶어서가 아니야. 너와 나누고 싶은 대화는 한 마디도 없어."

나는 혹시라도 내가 흔들리는 것을 막기 위해 준비해왔던 말을 빠르게 쏟아냈다.

그리고 내 말을 들은 도로테아는……

"너……"

아까와는 비교도 할 수 없을 정도로 무서운 눈으로 나를 노려보고 있었다. 이런 식의 이중적인 행태는 이미 오래전부터 겪은 적이 있었기 때문에, 나는 생각보다는 아무렇지 않았다.

"너…… 네가 어떻게 내게 이럴 수 있어?"

"착각하고 있나 본데 지금 네가 거기 그러고 있는 건 날 죽이려고 했기 때문이야."

"그건 네 잘못이야!"

"……."

나는 할 말을 잃고 말았다.

이건 또 무슨 개소리야.

"네가 먼저 날 버렸잖아!"

"애당초 널 가진 적도 없는데, 나는."

"너…… 어떻게 내게 이럴 수 있어? 마리, 다른 사람은 다 그래도 너만큼은 내게 이래서는 안 되는 거잖아."

비교적 흥분하지 않았던 도로테아의 목소리는 이 말을 기점으로 비명처럼 변했다.

"약속했잖아! 날 끝까지 버리지 않겠다고 그날 약속했잖아."

"기억이 안 나."

나는 솔직하게 대답했다. 과거에 마리스텔라가 도로테아와 무슨 약속을 했던, '오마리'인 나는 기억하지 못하는 내용이었다. 기억하고 싶지도 않았고.

"그러니 과거의 부질없는 맹세는 이제 잊어, 도로테아. 적어도 네가 날 죽이려고 한 시점에서, 내가 네게 가질 수 있는 모든 따스한 감정은 전부 소멸됐으니까."

"네가 날 버리지만 않았더라도 내가 그렇게까지 행동했을 것 같아?"

"사정이 어찌 됐든 살인은 감싸줄 수 없어. 그러니까 넌."

나는 그녀를 똑바로 바라보며 말을 맺었다.

"날 죽이려고 했던 거잖아. 지금도 그 사실을 부정하지 않고 있네."

"……."

내 말에 도로테아는 한동안 분하다는 표정으로 아무 말도 하지 못하고 씩씩대며 나를 노려보기만 했다.

그러다 한참 후에 입을 열어 내게 쏘아붙였다.

"넌 내 친구였어! 하나뿐인, 세상에서 단 하나뿐인 내 친구이자 영혼의 반쪽이었다고!"

"……그래서 날 그렇게 시녀처럼 대한 거야?"

"그게 어째서 시녀야? 네가 내게 헌신하는 걸 어떻게 그런 이름으로 비하할 수 있어?"

"넌 그렇게 느끼지 못했더라도 상대가 그렇게 느낀다면 문제가 있는 거지."

나는 싸늘한 목소리로 그녀에게 물었다.

"정작 내가 네게 그렇게 대했을 때는 거부감을 보였잖아. 왜 그 반대의 입장에서 생각하지 못해?"

"……너도 결국 다른 사람들하고 다를 바가 없었구나."

도로테아가 잔뜩 상처받은 얼굴로 내게 딴소리를 해댔고, 나는 황당해졌다. 이건 또 무슨 소리인지.

"날 이용해 먹으려고만 했던 거야? 내가 부자인 코르노헨 백작의 딸이니까!"

"피해망상이라도 있는 거야? 난 한 번도 널 이용하려던 적 없어."

애당초 그럴 만큼 네게 관심도, 애정도 없었다. 나는 미친 사람 바라보듯 그녀를 바라보며 쏘아붙였다.

"내가 아니라 네가 날 이용하려 했겠지. 날 늘 시녀처럼 부렸잖아. 마치 그게 당연한 것이라도 되는 것 마냥."

"넌 내 거니까."

도로테아가 당연하다는 듯 툭 내뱉은 말에, 나는 다시 한번 할 말을 잃었다.

"처음 네가 내게 말 걸어준 순간부터, 지금까지 단 한 번도 내 것이 아니었던 적 없었잖아."

"……사람을 물건 취급하다니, 너 생각했던 것보다 더 최악이다."

"너만큼은 날 안 버리겠다고 분명 약속했으면서……. 다른 영애들과 어울리고, 어느 순간부터는 오델레타 그 여자랑 더 친하게 지냈잖아! 넌 내 건데! 내 허락도 없이!"

"내가 네 소유물도 아니고, 관계란 건 변할 수도 있는 거야. 내가 어째서 너와만 평생을 지내야 해? 네가 그렇게 좋은 친구도 아닌데."

"하지만 약속했잖아!"

"그만 좀 해, 도로테아."

나는 치 떨린다는 표정으로 그녀를 쳐다보았다.

거울을 보았더라면 분명 내 눈빛은 경멸을 가득 띄고 있었으리라.

"정말…… 지겹지도 않아? 너 정말 넌덜머리 난다. 내가 그동안 널 어떻게 참아왔는지가 의문이야."

엄밀히 말해 도로테아를 지금까지 감당해 온 건 나는 아니었지만, 어쨌든 지금 마리스텔라의 껍데기를 뒤집어쓰고 있는 사람은 나였으니까.

"네가 날 그렇게 애타게 부른다기에, 혹시 사과할 생각이 조금이라도 있나 했어. 일말의 기대를 품고 왔는데……"

나는 헛웃음을 지으며 중얼거렸다.

"역시 넌 도로테아야. 내가 무슨 생각을 한 걸까."

"내가 잘못한 게 뭐가 있어? 먼저 날 배신한 건 너잖아!"

"그래. 계속 그렇게 착각 속에 빠져 살다 죽어."

내가 매서운 눈초리로 그녀를 노려보며 말했다.

"끝까지 반성하지도 말고, 계속 그렇게 추하게 굴다 가. 조용히 출소했을 때 모두가 널 반기지 않는 모습을 똑똑히 바라보면서, 비참하게 남은 삶을 영위하며 살아."

나는 이곳에 온 것이 시간 낭비라는 듯, 얼굴을 잔뜩 구기고 마지막 말을 남겼다.

"네가 지금 이곳에 갇혀 있어 정말 다행이다. 혹시라도 결혼식에서 난동을 부리지는 않을까 걱정했는데."

"……"

"다시 널 보는 일, 없을 거야."

나는 그 말만 내뱉고선 휙 뒤를 돌았다.

다행스럽게도 도로테아가 날 해하려 한다거나 하는 일은 없었다.

대신 그녀는 멀어지는 나를 바라보면서 온갖 욕설을 쏟아냈다.

"내가…… 내가 여기 있는다고 네게 쉽게 잊힐 줄 알아? 두고 봐, 마리! 난 절대 이대로 끝낼 생각 없어. 너, 지금 날 이렇게 두고 간 걸 분명 후회하게 될 거야! 내게 그런 식으로 말한 걸 죽을 때까지 반성하게 될 거라고!"

히지만 도로테아의 악 가득한 소리에도 나는 무시로 일관하며 묵묵히 앞을 향해 걸어 나갔다.

조금이라도 사과를 기대했던 내가 바보였다. 그래도 베일탑에서 지내면서 조금이라도 정신을 차렸을 줄 알았는데…….

'애당초 저런 여자에게 뭘 기대했던 걸까.'

참 쓸데없는 희망을 품었다고 생각하면서, 나는 어둠 가득했던 베일탑에서 밝은 햇살 속으로 걸어 나왔다.

"아무 일도 없으셔서 정말 다행입니다, 레이디 마리스텔라."

며칠 뒤, 베일탑에 다녀온 내게 자비에르가 안도의 한숨을 내쉬며 건넨 말이었다.

나는 엷게 웃으며 대꾸했다.

"제가 아무 일 없을 거라고 말씀드렸잖아요."

"워낙에 성품이 간악하고…… 무엇보다 영애에게 그런 끔찍한 짓을 하려던 사람이니까요. 제가 걱정하지 않기를 바라시는 건 너무나도 잔인한 일입니다."

"어쨌든…… 걱정해 주셔서 감사합니다, 전하. 하지만 전하의 말마따나 가지 않는 게 더 나을 뻔했어요."

"끝까지 사과는 없었습니까?"

"네."

나는 머쓱하게 웃으며 고개를 끄덕였다.

"사과는커녕 절대 자신을 잊지 못하게 할 거라고 말하던걸요. 제게 그런 식으로 말한 걸 반드시 후회하게 될 거라면서요."

"이런."

그 말을 들은 자비에르가 대놓고 인상을 찌푸렸다. 그가 불쾌함이 드러나는 목소리로 나를 위로했다.

"쓸데없는 말만 듣고 오셨군요. 그런 자의 말은 빨리 잊어버리세요."

"뭐…… 어차피 이제 더는 볼 생각 없는 사람이니까요."

나는 피식 웃으며 중얼거렸다.

"어쨌든 만나고 온 이후에는 난동을 피운다는 소식도 듣지 못해서…… 덕분에 제 스트레스는 줄었으니 그것만으로도 전 수확이라고 생각하렵니다."

"어찌 되었든 영애가 편안해지신다면 그걸로 전 만족합니다."

자비에르가 빙긋 웃으며 내 손등 위에 입을 맞추었고, 나는 그 모습을 웃는 얼굴로 가만히 바라보았다.

그때, 누군가가 우리가 있는 방의 문을 똑똑 두드렸다.

"전하, 실례지만 들어가도 되겠습니까?"

딜튼 경의 목소리였다.

자비에르는 나와의 시간을 방해받은 게 불쾌하다는 듯 미간을 살짝 좁혔다가 이내 차분히 물었다.

"무슨 일이지, 경?"

"베일탑에서 문제가 생겼습니다."

그 말에 우리는 서로를 바라보았고, 잠시 후에 자비에르가 낮은 음성으로 입을 열었다.

"들어오도록."

이윽고 문이 열리고 딜튼 경이 안으로 들어왔다. 서면궁에 왔을 때 처음으로 그가 나를 마중 나오지 않아서 소재를 궁금해 했는데, 아마 잠시 외출했다 지금 돌아온 모양이었다.

"이런, 레이디 마리스텔라와 함께 계셨군요."

딜튼 경은 이 사실까지는 파악하지 못했다는 듯 난처한 표정을 지었고, 나는 딜튼 경에게 물었다.

"곤란하신 이야기라면 잠시 나가 있을까요?"

"아……뇨, 그런 문제는 아닙니다만……."

딜튼 경이 나와 자비에르를 번갈아 쳐다보다가, 곧 한숨 섞인 목소리로 결론을 내렸다.

"아무래도 영애께 드리기에는 그리 바람직한 말씀은 아닌지라."

184

"전 괜찮아요. 딜튼 경과 전하만 괜찮으시다면 말씀해 주세요."

"그렇게 하지, 경."

두 사람의 허락이 떨어지자 딜튼 경은 머뭇거리면서도 결국 입을 열었다.

"그게…… 베일탑에서 문제가 생겼는데……."

"문제라니?"

그리고 그다음 딜튼 경의 입에서 나온 말은 꽤 충격적이었다.

"코르노헨 영애가 자살했습니다."

"……."

그 한 마디가 끝나고, 우리 셋 모두 침묵했다. 방 안에 정적이 감돌았고, 어느 누구도 섣불리 입을 열려 하지 않았다.

"……그랬군요."

아무렇지 않게 한 마디를 톡 내뱉은 건, 나였다.

"어떻게 된 건가요?"

"오늘 아침에…… 그러니까……."

그리 좋지 않은 이야기인 듯 딜튼 경은 머뭇거렸고, 나는 이어질 충격에 대비하기 위해 마음을 단단히 먹었다. 어떤 이야기가 나와도 놀라지 말자고 생각하면서.

"혀를 깨문 상태로 발견되었습니다."

"……."

하긴 자해 도구 하나 없는 감옥에서 자살할 방법은 그런 것뿐일 테다. 나도 모르게 입속에서 마른 소리가 흘러나왔고, 자비에르는 가장 먼저 나를 돌아보며 걱정했다.

"괜찮으십니까, 영애?"

"네. 전 괜찮아요."

'네 머릿속에서 잊히지 않게 해주겠다'는 게 이런 의미였나.

나도 모르게 헛웃음이 지어졌다.

"사후 처리는 어떻게 할까요?"

"수감자가 자살하는 게 드문 일도 아니지 않나. 매뉴얼대로 처리하지."

자비에르는 생각보다 덤덤한 반응이었는데, 그의 말마따나 베일탑 안에서 자살하는 죄수들의 수가 꽤 되었던 듯했다.

그가 무심하게 지시 내렸다.

"코르노헨 백작에게 연락 넣고, 시신을 수습해 가라 이르도록 해."

"네, 전하. 알겠습니다."

명이 떨어지자 딜튼 경은 자비에르와 내게 차례로 인사한 뒤 종 종걸음으로 다시 방에서 물러났다.

"영애, 정말 괜찮으십니까?"

그리고 자비에르는 나를 다시 한번 더 걱정했다. 나는 애써 웃어 보이며 그를 안심시켰다.

"전 괜찮아요."

"……영애에게."

자비에르가 괘씸하다는 말투로 내게 말했다.

"죄책감을 심어주기 위해 그렇게 행동한 걸 겁니다."

"저도 그런 의도였으리라 짐작하고 있어요."

나는 길게 숨을 내쉰 다음 덧붙였다.

"이런 식이라면 확실히…… 어떤 식으로든 쉽게 잊기는 어렵겠네요. 영악하기도 하지."

"……영애."

자비에르가 내 양손을 꼭 잡아주며 속삭였다.

"영애의 잘못이 아닙니다."

"……네. 알고 있어요."

나는 고개를 끄덕인 다음 가만히 자비에르의 어깨에 고개를 기댔다. 그런 나를 자비에르가 말없이 토닥였고, 나는 그 손길에 묘한 안정감을 느끼며 읊조리듯 말했다.

"제 잘못은 아니란 거. 제 잘못이라고 생각하고 제가 괴로워하는게, 도로테아가 진정으로 바랐던 일이겠죠."

"끝까지 영애에게 악독하게 구는군요."

"……결혼식 전날 극단적인 행동을 하지 않은 걸 감사히 여겨야할까요."

사실 정말로 내 결혼을 망치려면 그게 가장 좋은 방법이기는 했다. 어쨌든 그래 주지는 않아 주었으니까. 이건 뭐 감사하다고 말하기도 우스운 일이었지만.

"그냥…… 아무 생각도 하지 마십시오. 어떤 식으로 생각하든 영애는 상처받으실 테니까요. 그걸 바라지 않습니다."

"네, 전하."

내가 가만히 고개를 끄덕였다.

"그러겠습니다."

자비에르 말이 맞았다. 아닌 척하고 있지만, 어느 쪽으로 생각하든 결국 나는 상처받을 것이다.

신경 쓰지 말자고 생각하면서도 결국 신경이 쓰여 그녀를 찾아갔던 과거의 나처럼.

그래서 나는, 자비에르의 말처럼 아무 생각도 하지 않기로 했다.

도로테아의 소식은 사교계 안에서 금방 퍼져나갔다.

누군가는 그녀의 죽음을 두고 안타깝다 추모했지만, 누군가는 그녀가 감히 제국법을 거역했다면서 분노했다.

어쨌든 형이 다 끝난 것도 아니고 수감 중에 스스로 목숨을 끊은 것은 그녀에게 처벌을 내린 명목이 된 제국법과, 그 배경인 황실을 기만한 것으로 해석될 여지가 충분했기 때문이었다.

또 누군가는 나를 은근히 비난했고, 누군가는 나를 은근히 동정했다. 여론은 가지각색이었지만 초점은 도로테아에게 주로 맞춰져 있을 뿐, 내게 맞추려는 이는 드물었다.

그게 내가 머잖아 황태자비가 된다는 사실에도 연관이 있을 거라는 생각이 들자 어쩐지 씁쓸해졌지만.

코르노헨 백작 부부는 딸이 비명횡사라도 당한 것처럼 통곡했다.

실상은 자살이었으나 백작 부부는 자신들의 딸이 결코 스스로 그런 선택을 내리지는 않았을 거라고 믿었는지, 내가 도로테아의 자살을 종용했을 것이라며 비방하고 다녔다.

나는 그들이 낸 소문으로 혹시라도 나나 자비에르, 더 나아가서는 예비 시가인 요나스 황실에까지 악영향이 가는 건 아닌지 걱정했고, 부모님의 도움을 받아 벨플레어 가문의 이름으로 코르노헨 백작 부부를 고소했다.

자비에르는 황실 차원에서 유언비어에 대응하기를 원하였으나, 아직 결혼식 전이었기 때문에 내가 정식 황족의 위치에서 대우받는 것은 불가능했고, 나 역시도 그것을 원치 않았다.

결국 코르노헨 백작 부부는 유언비어 유포죄로 어마어마한 벌금을 내야만 했다. 그들은 선고를 받고 난 뒤에야 내게 억지로 사과했는데, 앞에 '억지로'라는 부사를 붙인 건, 그게 누가 봐도 진심 어린 사과가 아니었기 때문이었다. 하지만 나는 더 이상 그들과 도로테아와 관련된 문제로 얽히길 원치 않아서, 거짓된 사과나마 받고 잊어버리기로 결심했다.

다행스럽게도, 그 이후로 그들은 나와 도로테아를 엮어 말하고 다니지 않았다. 그게 정말로 그들의 행동을 잘못된 것으로 여겨 그랬다기보다는, 차기 황태자비가 될 나와 황가에 밉보이지 않기 위해 그랬을 가능성이 컸다. 어쨌든 요나스의 제국민인 이상 황가의 영향력을 무시할 수는 없을 테니.

내 부모님의 경우, 도로테아의 죽음을 알게 된 후 그녀와 관련된 일체의 말도 내 앞에서는 꺼내지 않았는데, 아마 내가 상처받을 것을 걱정한 듯했다.

마티나 역시 내 앞에서는 그녀의 이야기를 꺼내지 않았다. 물론, 그건 오델레타도 마찬가지였다. 그녀는 처음에는 내게 그런 상처를 주고 떠난 도로테아를 욕하려는 듯했다가, 이내 말도 꺼내고 싶지 않다는 듯 빠르게 화제를 돌려버렸으니까.

사실 나로서는 그게 고마운 일이었다.

언급이 되면 반응을 해야 했고, 어느 반응을 보이든 내게는 여러 의미로 고통스러운 일이었으니까.

어쨌든 시간은 그 이후로도 부지런히 흘러가서, 나는 어느새 자비에르와의 결혼을 한 달 정도 앞두고 있었다.

대부분의 준비는 마쳐진 상태였고, 자잘한 것들만이 남아 있었다.

그러던 어느 날이었다.

"방금 황궁에서 전언이 왔는데, 벡스터 부인께서 지금 많이 편찮으셔서, 오늘하고 내일 수업은 없다고 전해 달라고 하셨어요."

나는 늘 그렇듯 아침에 일어나자마자 플로린다에게서 스케줄에 대해 알림 받았다. 플로린다의 말에 내가 깜짝 놀란 얼굴로 물었다.

"아프시대?"

"네. 어제 뭘 좀 잘못 드셨는지, 체하셨다나 봐요. 다섯 번인가 구토를 하시고⋯⋯. 하여튼 도무지 외출할 상태가 아니라고 하셨어요."

"저런."

나는 눈살을 폭 구기며 대꾸했다.

"그럼 쉬어야지. 오늘 수업은 무리겠네."

"네. 급하게 말씀드려서 죄송하다고 전해드리겠어요."

"죄송하긴. 사람이 급하게 아플 수도 있는 거지."

"그럼 오늘은 좀 여유로우시겠네요. 황태자 전하를 뵈러 가실 건 가요?"

"아니, 오늘은 오델레타랑 오후에 약속이 있어서. 트라코스 저택에 방문하기로 했거든."

똑똑.

그때 누군가가 내 방문을 두드렸고, 들어가도 되겠느냐는 하녀의 목소리가 들려왔다. 나는 그러라고 대꾸했고, 곧 하녀 하나가 내 방 안으로 들어와 새로운 소식을 전해주었다.

"아가씨, 아가씨."

"무슨 일이야?"

"에스클리프 공작 전하께서 어제저녁에 돌아오셨대요."

"아……!"

그 말에 나는 잠깐 놀란 표정을 지었다.

오클란스 왕국으로 출장을 갔던 클로드가 드디어 돌아온 것 이다!

딱 2개월하고도 1주일 만이었다.

'혹시라도 결혼식 올리기 전까지 안 오는 건 아닐까 걱정했는데.'

다행히 아슬아슬하게 귀국한 셈이었다.

"그래서 언제 한번 저택에 방문하고 싶으시다고 하인을 보내셨어요."

"이쪽으로? 하지만 많이 피곤하실 텐데."

"네. 내일 11시 즈음에 괜찮으시겠냐고 물어보셨어요."

"내일 11시?"

나는 당황한 목소리로 중얼거렸다.

어제저녁 귀국했다면서 내일 바로 만남이라니. 너무 무리한 일정이었다.

"너무 이른걸. 아니, 나는 괜찮은데 공직 진하께서 피곤하시지 않을까?"

아무리 그래도 그렇게 긴 여정을 다녀왔는데, 일주일은 푹 쉬는 게 좋지 않을까 하는 생각이 들었다.

내 말에 하녀가 다시 입을 열었다.

"저도 그 생각이 들어서 그 댁 하인에게 말을 꺼내 봤는데, 전하께서 괜찮다고, 상관없다고 말씀하셨대요. 아가씨의 일정만 괜찮으시다면요."

"나야 상관없긴 하지만……."

내가 얼떨떨한 표정으로 읊조렸다. 사실 나로서는 문제 될 것 없는 부분이긴 했다.

나는 잠시 고민하다가, 한참 후에 알았다는 듯 고개를 끄덕였다.

"전하께서 괜찮으시다면 나도 상관없어. 알겠다고 전해줘."

"네, 아가씨."

하녀가 내게 고개를 숙인 다음 다시 방을 나갔고, 그녀가 나가자마자 플로린다가 내가 놀랍다는 듯한 목소리로 말을 걸어왔다.

"아무리 그래도 그렇지, 이렇게 일찍 하인을 보내실 줄은 몰랐어요."

"나도. 못해도 일주일은 쉬고 연락하실 줄 알았는데……."

"공작 전하께서 아가씨를 정말로 진실한 친구로 여기시나 봐요. 그렇지 않고서야 이렇게까지 무리하실 리 없는데."

"사실 나야 감사하긴 하지. 오클란스 왕국에 계시는 바람에 결혼식 이야기도 일찍 말씀드리지 못해서 계속 신경 쓰였거든. 그 먼 곳까지 편지를 보내기도 그렇고……."

하지만 이렇게 빨리 연락할 줄은 정말 예상치 못한 일이었다. 나는 얼떨떨한 얼굴로 중얼거렸다.

"오랜만에 오시니 비싼 차로 준비해야겠네."

"미리 말해둘 테니 걱정하지 마세요, 아가씨. 그리고 오델레타 아가씨와의 약속은 언제신가요?"

플로린다의 물음에 나는 벽에 걸린 시계를 쳐다본 다음 대답해주었다.

"지금이 10시니까 5시간 남았네. 3시야."

"그럼 남은 시간 동안은 뭐 하시겠어요?"

"벡스터 부인이 추천해주신 책을 읽어 보려고. 준비는 1시에 식사 마치고 해도 충분할 것 같아."

"네, 알겠습니다."

내 대답에 플로린다가 다른 하녀들과 함께 조용히 방을 나갔고,

나는 점심 식사를 하기 전까지 벡스터 부인이 추천해준 〈비마 제국
쇠망사〉를 3분의 1 정도 읽었다.

그 후에는 점심으로 간단히 연어 스테이크와 날치알 카나페를 먹
었고, 트라코스 저택에 가기 위한 준비를 시작했다.

파티에 가는 것이 아니었기 때문에 나는 가급적 간소하게 차려입
고 마차 위에 올라탔다. 마차는 살짝 졸음이 밀려올 때가 되어서야
트라코스 저택 앞에 도착했는데, 익숙하게 마차에서 내리자마자 트
라코스 저택의 집사가 나를 맞아 주었다.

"어서 오십시오, 레이디 마리스텔라. 오시느라 수고 많으셨습
니다."

"고마워요. 오델레타는 방 안에 있나요?"

"네. 기다리고 계십니다."

노집사는 내 앞에 서서 트라코스 저택 안까지 들어갔고, 나는 익
숙하게 오델레타의 방까지 걸어갔다.

똑똑.

문을 두드리고 잠깐 동안 기다리자, 천천히 문이 열리며 오델레
타가 모습을 드러냈다. 나는 빙긋 웃으며 그녀의 애칭을 불렀다.

"오델."

"안녕, 마리."

싱긋 웃는 얼굴의 오델레타가 나를 반겨 주었다.

"오늘따라 얼굴에 생기가 도네? 어젯밤에 잘 잤나 봐?"

"그래 보여? 오늘 일정이 좀 빠듯해서 어제 일찍 자긴 했는데."

"왜? 아…… 맞다, 매일 황태자비 수업을 받고 있었지, 참. 일단 들어와. 손님을 너무 세워뒀네."

오델레타가 아무렇지 않게 고개를 끄덕인 나를 방 안으로 들였다. 나는 자연스럽게 방 가운데에 위치한 테이블로 가 앉았고, 하녀가 로즈마리차와 함께 다쿠아즈가 가득 담긴 접시를 내왔다. 나는 자연스럽게 차 한 모금부터 홀짝인 다음 관행처럼 말했다.

"향기가 좋네."

"마음에 든다니 다행이다. 그럼 오전에는 황궁에 다녀온 거야?"

"아니. 오늘은 그냥 집에 있었어."

"어째서? 그럼 수업을 안 들은 거야?"

"벡스터 부인의 몸 상태가 지금 좋지 않으시다네. 그래서 내일까지는 수업이 없을 것 같아."

"세상에, 어디가 안 좋으시길래 수업까지 쉬신담."

짧게 혀를 찬 오델레타가 곧바로 물어왔다.

"그럼 오늘은 좀 여유로웠겠구나?"

"응. 오전에는 벡스터 부인이 추천해준 책이나 읽으면서 시간 보냈어."

"서민궁에라도 다녀오지. 황태자 전하께서 서운해하셨겠다."

오델레타가 아무렇지 않게 말했고, 나 역시 익숙한 듯 태연하게 대답했다.

오델레타는 그날, 우리가 화해한 이후 정말 아무렇지 않게 나를 대해주었다. 그런 그녀에게 내가 미안한 마음과 고마운 마음이 동시에 드는 건 당연한 일이었다.

본인 입으로는 마음을 정리했다고는 하지만, 설령 그랬다고 하더라도 상처는 분명 남았을 테니까. 그걸 고려하면 오델레타와 다시 예전의 관계를 회복한 건 기적이라고 봐도 무방했다.

나는 엷게 웃으며 오델레타의 말에 답했다.

"그러기에는 시간이 조금…… 애매했거든. 너 만나는 시간하고 살짝 겹쳐서."

"이런. 내가 방해한 거야?"

"무슨 소리야!"

나는 화들짝 놀라 빠르게 덧붙였다.

"황태자 전하도 그렇지만, 너도 내게는 정말 소중한 사람이야. 방해는 무슨."

"알아. 농담한 거야. 하여간 착하다니까."

"그런 게 아니라, 당연한 거지."

"그렇게 말해주면 고맙고."

씩 웃은 오델레타가 곧바로 화제를 돌렸다.

"그보다 요즘 많이 바쁘겠네. 결혼식이 코앞이잖아. 황태자비 수업도 들어야 하고, 결혼식 준비로 신경 쓸 것도 많고."

"음, 맞아. 다음 달이네."

엊그저께 결혼 날짜 잡은 것 같은데, 벌써 결혼식이 다음 달이라니. 시간이 빨리 흐른 건지 내가 바쁘게 산 건지는 모르겠지만.

"준비는 거의 다 끝났겠네?"

"응. 자잘한 것만 남았어."

나는 살짝 상기된 얼굴로 덧붙였다.

"너무 떨려."

"결혼인데 당연하지. 누가 안 떨리겠어?"

그렇게 대꾸한 오델레타가 잠시 후에 조심스럽게 물어왔다.

"황태자 전하는 잘 대해 주시고?"

"응."

어제 마지막으로 자비에르와 함께 있었던 기억을 떠올리면서, 나는 살짝 고개를 끄덕이며 답했다.

"잘 대해 주시지. 다정하신 분이셔."

"다행이네. 황태자비가 된 후에 혹시라도 널 마음고생 시키시면 내가 널 트라코스 저택으로 다시 데리고 와 버릴 거야."

"아하하."

농담처럼 한 말이었지만, 나는 그 말을 듣고 충분한 위안을 받았다.

"넌 요즘 어떻게 지내?"

"나?"

내 질문에 오델레타가 묘한 표정을 지으며 미소 지었고, 나는 그것을 냉큼 잡아낸 다음 물었다.

"무슨 일 있구나? 그렇지?"

"아니, 특별한 일이 있는 건 아닌데."

오델레타가 슬쩍 입꼬리를 끌어 올리며 말을 이었다.

"그냥…… 관심 가는 사람은 있어. 그 사람이 날 되게 좋아하는 거 같아서. 처음에는 별로 마음 없었는데 점점 마음이 가네."

"맙소사. 그게 누구야? 요나스 사람이긴 한 거지?"

"내가 외국인을 만날 일이 뭐가 있어. 당연히 요나스 사람이지."

"누군지 말 안 해줄 거야?"

"음……."

웃는 표정으로 잠시 고민하는 모습을 보이던 오델레타는, 잠시 후 고개를 획 저으며 말했다.

"안 돼. 아직은 안 돼."

"비밀이야?"

"응. 비밀이야. 아직은 말 못 하겠어. 솔직히 부끄럽거든."

키득키득 웃으며 대꾸한 오델레타가 잠시 후에 덧붙였다.

"그런데 아마 네가 아는 사람일 거야."

"내가 아는 사람이라고? 누구지, 도대체?"

"자, 더 이상은 비밀이야. 나중에 고민 생기면 그때 말해볼게. 지금은 진짜 말 못 하겠다."

"알았어."

나는 흔쾌히 고개를 끄덕였다. 본인이 말하는 걸 원치 않는다면 굳이 캐물을 생각은 없었다. 친구라도 내게 모든 걸 다 말해줄 의무는 없는 거고, 또 그건 예의가 아니었으니까.

"하지만 정말 궁금하긴 하네."

"너 궁금해하는 모습 계속 보기 위해서라도 조용히 있어야겠는걸?"

"너무해."

내가 못 말린다는 듯 헛웃음을 내쉬었고, 오델레타는 그런 나를 보면서 돌연 빙긋 웃어 보였다. 내가 어색하다는 듯 물었다.

"갑자기 왜 그런 눈으로 쳐다봐?"

"그냥. 좋아서."

"뭐가?"

"너랑 이렇게 다시 마주해서 편하게 이야기 나누고, 눈 맞추면서 웃을 수 있다는 게 솔직히 안 믿겨져."

"……."

"올해 내가 한 일 중에 가장 잘한 일이 있다면, 첫 번째는 너를 만난 것, 두 번째는 알량한 아집 대신 너를 선택한 것."

"……내가 네게 그런 말을 들을 정도로 가치 있는 사람이라니까 솔직히 좀 기쁜데."

나는 머뭇거리다 말을 이었다.

"그래도 되는지는 모르겠어. 솔직히 말이야."

"지난번에도 말했잖아. 난 네가 나를 대할 때의 그 진심 어린 태도가 너무 좋다고."

오델레타가 바스스 웃으며 나와 눈을 맞추었다. 그녀의 보랏빛 눈동자는 오늘따라 더욱 노을 지기 직전의 저녁 하늘처럼 아름다웠다.

"되지 않을 일에 어린아이처럼 계속 목을 맸다면 난 분명 지금쯤 후회하고 있을 거야. 부질없는 마음에 소중한 친구 하날 잃었을 테니. 그때 널 찾아간 내가 기특하고, 예뻐."

"……."

"내가 노파심에 혹시나 해서 말하는 건데, 나 이제 황태자 전하한테 일말의 마음도 없어. 미련도 버린 지 오래야. 다른 건 몰라도 임자 있는 사람한테 집적대는 거, 정말 싫어하거든."

그 말에 나도 모르게 웃음소리가 입술을 비집고 새어 나왔다. 푸스스 바람 빠진 소리가 났다.

"너와 전하가 행복하게 살았으면 좋겠어. 진심이야. 내게 그때의 일로 죄책감 품지도 않았으면 좋겠고. 내가 사양할게. 정말로."

"안 그럴게."

"거봐. 안 그런 척해도 분명 나랑 이야기하면서 계속 신경 쓰고 있었다니까. 맞지?"

그 말에 나는 말없이 웃었고, 그런 나를 오델레타가 뿌듯한 미소로 바라보고 있었다.

"행복해야 돼. 행복할 거고. 행복할 거야."

"같이 해야지."

나는 고개를 끄덕이며 덧붙였다.

"같이 행복해야 하고, 같이 행복할 거고, 같이 행복해지자."

"그렇게 말해줘서 고마워."

오델레타가 따뜻하게 눈웃음 지었다가, 슬며시 내게 물어왔다.

"마리, 네가 황태자비로 입궁하면 나도 시녀로 같이 따라 들어

갈까?"

"……진심이야?"

뜻밖의 물음에 내가 퍽 놀란 눈으로 묻자, 오델레타가 고개를 끄덕이며 답했다.

"물론 너만 좋다면야."

"난 정말 좋아."

나는 망설이지 않고 답했다.

"난 좋은데…… 괜찮겠어?"

"네가 황태자비가 된다면 앞으로 같이 보낼 수 있는 시간이 줄어들 것 같아서. 이제 함부로 출궁하기조차 어려운 처지가 될 테니까."

"황태자 전하께서도 그렇고 황제 폐하께서도 그 부분은 자유롭게 해도 좋다고 하셨는걸."

"그래도 가까이서 지내는 게 더 좋으니까. 또 일개 영애의 집에 자주 방문하는 게 타인의 이목에 좋게 비칠 리 만무하고."

"난 정말 좋지."

그렇게 말한 뒤에, 나는 살짝 목이 멘 목소리로 그녀에게 말했다.

"고마워, 오델레타."

내가 이 세계에서 만난 세 명의 가연 중 한 명. 그리고 이 세계에서 다시없을 나의 베스트 프렌드.

"뭘 그런 걸 가지고 고마워해."

오델레타가 민망하다는 듯 웃으며 한 마디를 덧붙였다.

"우린 친구잖아."

도로테아에게 수없이 들었던 그 말. 듣자마자 거부감부터 느껴졌던 그 말. 진심이 조금이라도 담기긴 했는지 늘 의심했던, 바로 그 말.

"……응."

이제는 정말, 진심으로 대할 수 있을 것 같아.

클로드가 나를 만나기로 한 시각은 오전 11시였고, 나는 아침 식사를 마친 뒤 일찌감치 준비를 시작했다.

오랜만에 만나게 될 절친한 친구와의의 약속은 이른 아침부터 나를 기분 좋게 하기에 충분했다.

"오늘 수업이 없어서 다행이야."

장식 없는 백색 드레스로 갈아입으면서 내가 말했고, 플로린다는 동의한다는 듯 대답했다.

"수업이 있으셨다면 아무래도 좀 일정이 빠듯하셨을 거예요."

"맞아. 그리고 때마침 공작 전하께서 만남을 청해 오셔서……."

거기까지 말하던 나는 이내 아쉽다는 어조로 중얼거렸다.

"황태자 전하와 같이 만나 뵙는 것도 좋았을 텐데."

"하지만 두 분 전하께서 사이가 좋은 것도 아니시니까요. 아무래도 개별적으로 만나시는 게 더 좋겠죠."

"역시 그러려나."

플로린다의 지적에 나는 고개를 끄덕이고 수긍하는 표정을 지었다. 하긴 두 사람 사이가 지금도 썩 좋다고는 할 수 없었으니까.

"자, 준비는 이것으로 단 마쳤습니다."

그렇게 말한 플로린다가 거울 앞으로 나를 데려간 뒤 뿌듯한 목소리로 말했다.

"아주 단정하고 깔끔하시네요. 손님 접대에 최적의 모습이세요."

"고마워, 플로린다. 수고했어."

나는 빙긋 웃으며 그녀를 칭찬해 준 다음, 곧바로 질문했다.

"다과는 준비됐지?"

"물론이죠. 오랜만의 방문이시라, 주인마님께서도 신경 써서 준비하라고 하셨는걸요."

"어머니도 참. 손님 접대 하나만큼은 철두철미하시다니까."

"아, 여기 드레스 소매 부분이 살짝 흐트러지셨어요. 제가 고쳐드릴게요."

나는 가만히 플로린다의 손길에 몸을 맡겼다. 그때 누군가 방문을 두드렸고, 나는 조용한 목소리로 물었다.

"누구세요?"

"아가씨, 에스클리프 공작님 오셨습니다."

그 말에 시계를 바라보니 11시 하고도 10분 전이었다.

나는 금방 응접실로 내려가겠다고 하녀에게 전한 다음, 빠르지 않은 걸음으로 문을 열고 밖으로 나갔다.

잠시 후 종종걸음으로 응접실까지 도착한 내가 몇 번의 노크 후

문을 열고 안으로 들어갔다.

"공작님."

나는 반가운 표정으로 클로드가 앉아 있는 테이블까지 걸어갔고, 그런 나를 발견한 클로드 역시 반가운 표정으로 나를 반겼다.

"레이디 마리스텔라."

"정말 오랜만에 뵙습니다. 무려 2개월 만이던가요?"

"아마 그럴 겁니다. 정말 격조했네요. 잘 지내셨습니까?"

"네. 지야 질 지냈지요. 일난 앉으세요."

나는 반가운 미소와 함께 그를 자리에 앉혔고, 곧 하녀가 다과를 내왔다.

요나스 제국에서 꽤 멀리 떨어져 있는 타나스 제도에서 수입된 닐기리 차였는데, 내가 알기로 벨플레어 저택에 있는 차 중 가장 귀한 것이었다.

거기에 더불어 최고급 버터로 구운 쿠키가 함께 나왔다. 이 역시도 꽤 고급이었다.

"고생을 많이 하셨나 봅니다. 얼굴이 조금 까칠해지셨네요."

내 말에 클로드는 머쓱하게 웃으며 얼굴을 가만히 매만졌다.

"아무래도 타지 생활이 녹록지가 않아서요. 그래도 어떻게 잘 버텨내고 돌아왔습니다."

"대단하세요. 가셨던 일은 잘 해결되었나요?"

"네. 다행스럽게도요."

자연스럽게 대화 주제는 그가 이번에 새로 손을 댄 제지 사업으로 흘러 들어갔고, 우리는 꽤 한참 동안 그 주제로 이야기를 나누었다. 그러다 어느 순간, 이야기는 자연스럽게 다른 쪽으로 빠져들었다.

"그러고 보니 결혼을 하신다고 들었습니다."

"아."

내가 먼저 이야기 꺼냈어야 할 주제였는데, 선수를 놓치고 말았다. 나는 머쓱하게 웃으며 대답했다.

"네, 전하. 먼저 그것부터 말씀드린다는 것을 완전히 잊고 있었네요. 어디서 들으셨나요?"

"수도 안이 전부 그 이야기로 떠들썩하더군요. 마부부터 저택의 하인들까지 전부 그 이야기를 하는 바람에, 모를 수가 없었습니다."

클로드가 나를 가만히 바라보며 말을 이었다.

"황태자 전하와 결혼하신다고요."

"네."

그 이야기에 살짝 수줍어진 내가 설핏 웃으며 대답했다.

"그렇게 되었습니다. 전하께서 요나스 제국에 부재중이실 때 일어났던 일이라 전할 방도가 없었네요."

"축하드립니다."

그가 내게 가장 먼저 건넨 것은 축하의 인사였다. 예상치 못한 말은 아니었지만, 나는 뜻밖이라는 생각이 들어 살짝 놀란 얼굴로 대꾸했다.

"감사합니다."

"하지만 표정은 제가 이런 말을 꺼내게 될 줄 몰랐다는 표정이신데요."

정곡을 찔린 발언에 나도 모르게 어색한 표정으로 웃어버렸다.

"아무래도 황태자 전하와의 관계가 그리 좋지 않으시니까요. 제가 황태자 전하와 가까이 지내는 것을 경계하시기도 했고……."

"하지만 결혼하신다는데 무르라고 말씀드릴 수도 없는 노릇 아닙니까. 다른 것도 아니고 황가와의 결혼인데요. 아무리 저라도 그런 배짱은 없습니다."

그건 그랬다.

나는 낮게 웃음소리를 낸 다음 대답했다.

"어쨌든 축하해 주셔서 감사합니다. 결혼식에는 오실 것이지요?"

"불참한다면 황제 폐하의 눈 밖에 날지도 모르는걸요. 당연히 참석해야지요."

농담처럼 답한 말에 나는 다시 피식 웃었고, 그런 나를 클로드가 오묘한 시선으로 바라보다 말했다.

"어쨌든…… 이렇게 빨리 두 분의 관계에 진전이 있을 줄은 몰랐습니다."

"저도 일이 이렇게 될 줄은 몰랐어요. 아직도 생경한 기분입니다."

"전하께서는 영애께 잘 대해 주시고요?"

"네."

나는 조금의 고민도 없이 고개를 끄덕이며 답했다.

자비에르는 늘 내게 다정한 남자였다.

단 한순간도 나를 배려하지 않은 적이 없었고, 조금이라도 나를 불편하게 만들지 않기 위해 늘 노력했다. 그걸 혹자는 지루하다거나 재미없다고 평할 수도 있겠지만, 나는 그렇게 생각해본 적이 한 번도 없었다. 자비에르처럼 기본을 다하고 늘 내게 진심인 남자가 어디 흔할까.

더구나 황태자의 지위에 있으면서 그러기란 정말 어려운 일이라는 걸 나는 알고 있었다.

그래서 때때로 그에게 고마움을 느꼈다. 정작 자비에르는 그게 당연한 거라며 전혀 고마움 가질 필요 없다고 내게 말했지만.

"전하께서는 정말 좋으신 분이에요. 저를 늘 행복하다고 느끼게 만들어 주시거든요."

"……그것참."

클로드가 미소 지으며 말했다.

"다행이군요. 사실 좀 걱정했습니다. 아무래도 전 그분의 안 좋은 면까지 본 적이 있는지라……."

"단점 없는 사람이 어디 있겠느냐만, 저는 아직까지는 발견하지 못했어요. 설령 있으시다 해도 서로 이해하고 배려하며 지내다 보면 별 문제 될 건 없겠죠."

"영애께서는 행복하게 사실 겁니다."

클로드가 따뜻한 시선으로 나를 바라보며 쐐기를 박듯 말했다.

"저는 그러리라고 믿고 있습니다. 또 그렇게 되도록 기도할 것이고요."

"기도까지 해주신다니 영광이네요. 감사합니다, 전하."

"이제 황태자비가 되실 몸이니, 황가의 안정과 요나스의 번영을 위해서라도 마땅히 그리해야지요."

"아직은 황태자비가 아닌걸요. 벌써부터 절 어렵게 느끼지는 말아주세요."

나는 머쓱하게 웃으며 말을 보탰다.

"어쨌든 전하께서는 제 몇 안 되는 진실한 친구시니까요."

"……그렇게 말씀해주시니 감사합니다."

잔잔히 미소 지은 클로드가 다시금 내게 물어왔다.

"그런데 이건 좀 궁금하군요."

"뭐든 물어보세요."

"황태자 전하의 어느 점이 그렇게 영애의 마음을 사로잡았는지가 궁금합니다."

"음……."

클로드의 질문에 나는 잠깐 고민하는 얼굴을 했다.

자비에르의 어떤 점이 내게 매력으로 작용했느냐고 묻는다면 역시…….

"황태자 전하께서는……."

내가 조용히 말문을 뗐다.

"제게 한 번도 거짓된 모습을 보이신 적이 없으신데, 전 그게 정말 좋았어요. 제게 늘 진실하셨거든요."

"……그랬습니까."

"늘 저를 배려하시고, 생각하시는 모습도요. 솔직히 그런 모습에 반하지 않을 사람이 어디 있겠나 싶어요."

물론 내가 클로드의 앞에서 말하지 않은 이유로는 수려한 외모 같은 세속적인 부분이나 지난번 내 목숨을 구해준 생명의 은인이라는 점도 있긴 했지만, 어쨌든 간에 주된 이유는 방금 말한 그것이었다.

"사실, 예전부터 솔직한 사람이 이상형이긴 했어요. 관계에서 가장 중요한 건 신의와 진심이라고 어릴 적부터 배워왔거든요."

나는 항상 진실한 관계를 원하는 사람이었고, 자비에르는 거기에 딱 부합하는 사람이었다.

그러니 나를 늘 한결같이 진심과 애정으로 대해주는 그에게 자연스럽게 빠져든 것은 어찌 보면 당연한 일이리라.

그런 건 직접적으로 티 내거나 말하지 않아도 충분히 느낄 수 있었으니까. 적어도 나는 그걸 감별하는 능력이 있었다.

"어쨌든…… 그랬어요."

마무리를 어떻게 해야 할지 몰라서 나는 머쓱하게 웃어넘겼고, 그런 내 모습을 클로드는 알 수 없는 표정으로 쳐다보고 있었다.

잠시 후에, 그가 조용히 입을 열어 이렇게 말했다.

"부럽습니다."

"제가요?"

클로드의 말에 나도 모르게 낮게 웃음이 나왔다. 나는 진심을 담아 그에게 말해주었다.

"공작님께도 곧 좋은 분이 나타날 거예요."

"······그럴까요?"

"물론이죠. 공작님께서는 좋은 분이시니까요. 그러리라 믿고 있어요."

"······감사합니다, 레이디 마리스텔라. 그런 덕담까지 해주시다니."

"덕담이 아니라 사실인걸요. 제 친구셔서 이렇게 말하는 게 아니라, 정말 좋은 분이세요, 공작님은. 제게 늘 친절하게 대해주셨으니까요."

"······그렇게 느끼셨다면."

클로드는 살짝 웃음기 띤 얼굴로 내게 말했다.

"저는 더 이상 바랄 게 없습니다, 레이디 마리스텔라."

"하지만 정말인걸요. 전 거짓말을 못 하는 사람이랍니다."

"영애께서는 분명 잘 사실 겁니다. 제가 늘 행복을 빌어드리지요."

클로드가 미소를 잃지 않는 얼굴로 덧붙였다.

"황태자 전하께서 영애에게 늘 그런 태도를 유지하게끔 제가 옆에서 잘 감시하겠습니다. 제 소중한 벗의 눈에 눈물 한 방울이라도 흐르는 날에는 가만두지 않겠다고, 이따금 협박도 하면서요."

"아하하."

유머러스한 농담에 나도 모르게 웃음이 터져 나왔다. 잠시 후에, 입가에 남아 있는 웃음소리를 갈무리하고 그에게 말했다.

"감사합니다. 여러모로 공작님께는 감사한 마음뿐이에요."

"제가 영애께 그런 존재라니 영광스러울 뿐입니다."

그 말을 마친 후에, 클로드는 나를 부드러운 눈길로 바라보며 주문처럼 말해 주었다.

"행복하십시오. 역사가 두 분의 사랑을 기억할 만큼이요."

클로드는 그 이후에 대략 한 시간 정도를 더 있다가 벨플레어 저택에서 나왔다.

마리스텔라는 여독 때문에라도 그를 더 잡지 않아야겠다고 생각했는지, 이만 일어나보겠다는 클로드의 말에 크게 아쉬움을 보이지는 않았다.

그는 익숙하게 벨플레어 저택에서 나왔고, 마차에 올라타려던 순간 멈칫해서는 뒤를 돌아보았다.

거대한 벨플레어 저택의 정관이 그의 시야에 한눈에 담겼다.

"……이젠 여기도 마지막인가."

쓸쓸한 한마디가 그의 입속에서 흘러나왔다. 아마 특별한 볼일이 있지 않는 한, 그가 이곳을 다시 찾는 일은 없을 것이다.

그리고 다시 찾아서도 안 될 것이고.

그러니 실상 지금의 이 방문이 그로서는 마지막 차례일 터였다.

'나도 참. 드나드는 사이에 이 저택에 정이라도 들었나 보군.'

클로드가 쓸쓸하게 웃으며 다시 마차 쪽으로 몸을 돌렸다.

마차 안에 올라탄 그는 피곤한 얼굴로 의자 등받이에 몸을 기댄 다음 천천히 눈을 감았다. 곧이어 마차가 출발하면서 관성으로 그의 몸이 살짝 뒤로 당겨졌고, 동시에 클로드는 천천히 눈을 떴다.

'행복해 보였어.'

마리스텔라의 얼굴에서 행복감을 찾기란 어렵지 않은 일이었다.

응접실에 들어서는 그녀의 얼굴을 볼 때부터 그는 느낄 수 있었다.

그녀가 지금 대단히 행복한 상태라는 길.

'……그리고 그 행복감의 근원은 내가 아니라는 걸 말이야.'

제도에 도착할 때 즈음부터 이미 마리스텔라의 결혼 소식은 알고 있는 상태였다.

모두가 그 이야기로 와자지껄 떠들어댔기 때문이었다.

처음에는 믿을 수가 없었다. 자리를 비운 고작 3개월이 채 안 되는 시간 동안 모든 것이 결정 났다는 사실이 믿기지 않았다.

'아니.'

하지만 그는 곧 고개를 저으며 자신의 생각을 부정했다.

'사실은 이미 알고 있었지.'

그녀와는 결코 우정 이상의 관계로 발전할 수 없다는 걸.

설령 자신은 사랑일지라도, 그녀는 우정일 것이고, 우정 이상의 관계를 바라지 않는다는 걸.

'이미 봐버렸으니까.'

그에게 자신들의 관계가 사랑이 아닌 우정이라는 사실을 간접적으로 말한 순간, 그가 진심을 내비치기 두려워 뒤로 숨어버렸던 그 순간, 그녀의 두 눈에 맺힌 안도감을 그는 똑똑히 확인할 수 있었다.

'어쩌면 그때부터 이미 마음은 그쪽으로 기울어졌을 테지.'

다만 생각하려 하지 않았을 뿐이다. 굳이 인정하고 싶지 않았을 뿐이다. 그렇게 되면 자신이 너무 비참해질 테니까. 더 이상 그녀에게 사랑이라는 감정을 기대할 수 없을 때, 그가 느낄 참담함을 너무나도 잘 알고 있었기 때문에.

기실 이것은 자신이 일찌감치 태도를 확실히 하지 않은 탓이었다.

클로드는 그 사실을 굳이 부정하지는 않았다.

'너무 많이 재다가, 모든 걸 다 놓쳐버렸어.'

진심 어린 자비에르의 태도가 좋았다고, 제게 늘 신의 있게 행동한 그가 좋았다고 말하는 마리스텔라를 보면서, 클로드는 머리를 크게 한 대 얻어맞은 기분이었다.

자신은 그녀에게 늘 친절하고 다정하게 행동했을지언정, 진심을 다 내비쳐 보이지는 않았으니까.

이는 모든 것을 다 내걸고, 모든 진심을 전부 내어 보인 자비에르와는 대조적이었다. 언젠가 그녀가 했던 말처럼, 차가운 척하면서도 속내를 내보이는 자비에르와 달리, 자신은 실실 웃는 듯하면서도 속마음을 꺼내 보이는 일이 드물었으니까.

'너무 늦어버렸어.'

클로드가 한탄하듯 길게 한숨 내쉬며 속으로 중얼거렸다. 그러니까, 자신은 이미 너무 늦어버린 것이다.

이제 돌아올 수 없는 강을 건너게 된 것이었다. 어쨌든 다음 달에 마리스텔라는 자신의 친구와 결혼할 테니까.

그가 씁쓸하게 웃으며 머리를 뒤로 쓸어 넘겼다.

'그래도……'

그녀가 행복해 보여서 다행이었다.

이 쓰디쓴 감정의 늪에서 유일하게 그를 위로하는 사실 하나가 있다면 바로 그것이었다. 자신이 마주한 마리스텔라의 얼굴이 더없이 행복에 겨워 있었다는 것.

'어찌 되었든 내 목표는 행복한 그녀의 얼굴을 보는 것이었으니까.'

그렇다면 목표는 어느 정도 성공한 셈이었다.

다만 그 행복의 총체적인 근원이 자신이 아니라는 것과, 더 이상 그녀의 옆에 당당히 설 수 없다는 점이 걸리기는 했지만, 뭐 어떤가.

중요한 건 그녀가 이제 행복하다는 사실이었고, 그가 알고 있는 자비에르라면 그녀에게 눈물 한 방울 흘리게 하기는커녕, 눈물 고일 일조차 만들게 하지 않을 거라는 사실이었다. 비록 지금 자신과의 관계는 썩 좋다고 말할 수 없었지만, 마리스텔라에겐 그러지 않을 테니까. 그는 그녀를 몹시도 사랑했으므로.

'그것으로 된 거야.'

클로드는 거기에서 만족하기로 했다.

앞으로 마리스텔라는 황태자비로서 행복한 삶을 영위할 것이고,

그러면 된 것이다. 애당초 그가 그녀를 원했던 이유는 그녀를 행복하기 만들어주기 위함이었으니까. 그녀의 아름다운 웃는 얼굴을 보고자 함이었으니까.

그럼 된 거야.

그렇게 생각하면서, 클로드는 천천히 눈을 감으며 중얼거렸다.

"행복……하십시오, 마리스텔라."

처음으로 불러보는 그녀의 이름. 그녀의 앞에서는 차마 부르지 못했던, 꼭 앞에 '레이디'를 붙여야만 했던 그녀의 이름.

"저도…… 이제는 놓아드리겠습니다."

그는, 비로소 그의 마지막 사랑을 보내주기로 결심했다.

이튿날, 햇볕이 따뜻했던 어느 오후였다.

후원의 벤치에서 가만히 자비에르의 가슴에 머리를 기대고 앉아 있는데, 문득 위쪽에서 목소리가 들려왔다.

"그래서, 에스클리프 공과 만나셨다고요?"

그 말에 나는 잠깐 긴장했지만, 곧 그의 목소리에서 싫어하는 기미를 느끼지 못하고 차분히 대답했다.

"그랬습니다, 전하."

"공이 참 영애를 아끼나 봅니다. 제게는 아직 기별조차 없는데 말이지요."

그 말에 내가 '호오' 소리를 내며 그에게 물었다.

"기별을 기대하실 만큼 사이가 좋아지셨나요?"

"······뭐."

자비에르가 머쓱하게 대답했다.

"이제 서로 간에 의미 없는 감정 소모는 그만두는 게 맞지 않나 싶어서요. 어린애도 아니고, 언제까지 그럴 수는 없는 노릇 아니겠습니까."

"아, 잘 생각하셨어요."

그 말에 내가 기뻐하며 말하자, 자비에르가 그런 나를 가만히 내려다보며 물어왔다.

"저희 둘이 화해하기를 바라셨습니까?"

"그 이야기는 예전부터도 한 것으로 기억하는데요. 장차 제국의 양대 기둥이 되실 분들께서 사이가 안 좋으시면 요나스가 어떻게 되겠어요."

"벌써부터 제국의 안위를 걱정하시다니."

"······이제 곧 제국의 황태자비인걸요."

나는 살짝 쑥스러운 듯 말했고, 자비에르는 여전히 웃는 얼굴로 나를 가만히 바라보고 있는 상태였다. 그 시선에 내가 부담스럽다는 듯 그에게 물었다.

"왜 자꾸 그렇게 쳐다보세요?"

"이렇게 아름다우시니."

그가 입가의 미소를 짙게 만들며 말을 이었다.

"쳐다보지 않을 수가 없군요."

"……그런 말은 우리 둘이 있을 때만 해주세요. 아셨죠?"

"원하신다면."

자비에르가 씩 웃으며 내 이마에 입을 맞추었고, 이런 그의 스킨십이 어느새 자연스러워진 나는 별 반응을 보이지 않았다.

그 모습을 본 자비에르가 살짝 시무룩해진 얼굴로 내게 말했다.

"변하셨군요."

"제가요……?"

"네. 예전에는 제가 키스할 때마다 미소를 지으셨는데……."

"아니, 그건……."

나는 당황한 목소리로 그에게 변명 아닌 변명을 했다.

"그거는…… 그때는 처음이었잖아요. 지금은 익숙하니까 그렇죠."

"그렇습니까?"

내 말에 자비에르가 의미심장한 목소리로 물어왔고, 나는 그렇다고 대답하려고 했다. 하지만 바로 그 순간, 무언가가 내 입술을 따뜻하게 삼켜왔고, 내 동공은 자연스럽게 확장되었다.

"아……."

자비에르가 내게 말없이 입을 맞춰온 것이다. 나는 처음에 당황했지만, 이내 아무렇지 않게 눈을 감으며 자연스럽게 미소 지었다.

'입맞춤까지는 익숙하지 않을 거다, 이건가.'

그걸 노렸다면 제대로 맞추긴 했다. 내 입가의 미소가 짙어졌고,

그 모습을 키스하면서 용케 봤는지 자비에르가 낮은 목소리로 속삭여왔다.

"이제 웃으시는군요."

"······이런 상황에서 어떻게 안 웃겠어요."

그렇게 말하면서, 나는 천천히 자비에르의 품 안에서 바르작거렸다. 그는 내게 입을 맞출 때면 꼭 나를 끌어안는 버릇이 있었는데, 나는 그런 그의 버릇을 꽤 좋아했다. 정말로 사랑받는 듯한 기분이 들어서. 물론 평소에도 그에게서 사랑받는 듯한 기분은 충분히 받고는 했지만 말이다.

"아······."

잠시 후에, 그에게서 살짝 떨어진 내가 작게 중얼거렸다.

"생각해 보니까 여기······ 밖인데요."

누가 봤으면 어쩌죠? 내가 심각한 표정으로 중얼거리자, 자비에르가 소리 없이 미소 지으며 나를 안심시켰다.

"괜찮습니다, 영애. 아무도 못 봤을 겁니다."

자비에르의 말대로, 모든 시녀와 시종들은 전부 우리에게서 고개를 돌리고 있었다.

아니, 그럼 그전에는 대충 기미를 눈치챘다는 말인데······?

'어느 쪽이든 부끄럽긴 마찬가지네.'

나는 속으로 한숨을 내쉬며 그에게 말했다.

"하지만 역시 앞으로 키스할 때는 꼭 단둘이 있을 때만 해주세요."

"알겠습니다, 영애."

싱긋 웃은 자비에르가 다시 내 이마 위에 입을 맞추었고, 나는 이번에는 그의 키스에 웃어주었다.

그 반응에 기분이 좋아졌는지 자비에르의 입가에 걸린 미소가 더 짙어졌다.

"요즘 살짝 피곤해 보이십니다."

그 말에 나는 당연하다는 투로 답했다.

"결혼식 준비에 황태자비 수업까지 받으려니 너무 바빠져서 그래요."

"너무 무리하지는 마시고요. 벡스터 부인에게 쉬엄쉬엄 해두라고 일러둘까요?"

"어차피 결혼이 보름 남았는걸요, 전하. 그리고 그런 소리 하셨다간 벌써부터 팔불출이라고 다들 한 소리씩 할 겁니다."

"팔불출이요?"

내 말에 자비에르가 심각한 표정으로 물었다.

"제가 팔불출처럼 보이나요?"

"만약 그런 말씀을 하신다면 듣게 되실지도 몰라요."

"하지만 남편이 아내의 건강을 걱정하는 건 지극히 자연스러운 일인걸요. 그리고 전⋯⋯."

그렇게 말하면서, 자비에르는 다시 한번 내 이마 위에 키스했다.

"다른 어떤 것보다도 영애의 건강이 최우선이라고 생각합니다. 무리는 하지 말아주세요."

"이제 급한 일은 거의 다 끝나서 괜찮아요, 전하. 그리고 전하께서 제게 그런 말씀 하실 게 아니라, 제가 전하께 그런 말씀을 드려야 할 것 같은데……."

나는 살짝 미간을 좁히며 물었다.

"어제는 몇 시간 주무셨어요?"

"으음……."

내 질문에 자비에르가 슬며시 대답을 피하더니, 내가 눈을 세모 모양으로 뜬 모습을 보고 빠르게 대답했다.

"네 시간……."

"너무 짧아요, 전하. 그러다 병나신다고 제가 누누이 말씀드렸 건만."

"하지만 전 괜찮습니다, 영애. 원래도 수면 시간이 네 시간이었는 걸요."

"물론 전하께서 태생부터 잠이 없으실지도 모르지만, 그건 결코 좋은 게 아니라고 배웠어요. 장기적으로는 분명 몸에 안 좋을 거예요. 그러니까……."

"지금 제 걱정해 주시는 겁니까?"

말을 하고 있는데 갑작스럽게 자비에르가 내 말을 끊었다. 나는 순간 어안이 벙벙해진 표정을 지었다가 빠르게 답했다.

"당연하죠. 제가 아니면 또 누가 전하의 건강을 챙기겠어요."

"감동이네요."

"당연한 거죠."

나는 그의 볼에 살짝 입 맞추며 중얼거렸다.

"사랑하는 사람하고 오래오래 함께 사는 게 제 소박하고도 원대한 꿈이랍니다, 전하. 절 일찍 과부 만드실 생각이 아니시라면, 모쪼록 제 말을 들어주셨으면 좋겠어요."

"음······."

내 말에 자비에르가 잠깐 생각하는 표정을 짓다가 천천히 입술을 뗐다.

"영애의 옆에서 잠든다면 좀 더 오래 잠들 수 있을 것도 같은데······."

"······보름만 기다리세요, 그건."

"물론입니다."

그가 나를 꼭 끌어안으며 속삭였다.

"몇 개월을 기다렸는데, 고작 보름 더 기다리는 건 어렵지 않지요."

"정말 제 옆에서 주무시면 8시간 이상 주무실 건가요?"

"그런데 그렇게 되면 부황 폐하께서 그리 좋아하지 않으실 텐데요. 워낙에 수면을 죄악시하시는 분이라."

"설마 잠이 없는 게 황가 내력인가요?"

"반은 자의고 반은 타의겠지요. 그만큼 일이 많으니까요."

"자의든 타의든 과로사는 안 돼요, 전하. 아셨죠? 그러다 일찍 눈 감으시면 아무 소용없다고요."

"알겠습니다, 영애."

자비에르가 바스스 웃음 지으며 나를 안심시켰다.

"영애와 나중에 태어날 우리 아기를 위해서라도 좀 더 건강관리에 신경 쓰겠습니다."

"……누가 들으면 제가 이미 임신 중인 줄 알겠어요."

실제로는 한 침대에 같이 누워본 적도 없는데 말이다. 내 말에 그는 낮게 웃으며 대꾸했다.

"하지만 결혼하고 나면 언젠가는 생길 테니까요."

"그런 의미에서 여쭤보는 건데."

내가 궁금하다는 목소리로 물었다.

"특별히 생각해 두신 자녀 계획이 있으세요?"

"전 딸이든 아들이든 아무런 상관이 없답니다. 남자아이든 여자아이든 영애를 닮아 분명 사랑스러울 거예요."

……아, 정말. 나는 헛웃음을 터뜨린 다음 다시 물었다.

"그럼 몇 명이나 낳고 싶으신데요?"

"그건 무조건적으로 영애의 의사를 존중해야요. 제가 출산하는 게 아닌데 함부로 왈가왈부할 수는 없습니다."

"그건 그렇지만…… 그래도 생각해 놓으신 건 있으실 거 아니에요."

"전 많을수록 좋습니다."

그가 깔끔하게 한 마디를 남겼다.

"그러니까 영애의 의사가 가장 중요합니다. 한 명만 원하신다면 그렇게 하지요."

"한 명은 좀……. 그래도 두 명은 낳아야 하지 않을까요? 황자 하나, 황녀 하나로요."

"전 황녀 둘도 상관없는데."

"그래도 기왕이면 하나씩 낳는 게 좋아요. 전 그래요."

"뭐, 그건 우리가 결정할 수 있는 문제는 아니니까요. 어느 쪽이든 신의 선택에 따르는 것으로 하지요."

"그리고 좀 먼 이야기기는 하네요. 아직 결혼도 안 했는데."

"보름 후에 결혼인걸요. 먼 이야기는 아닙니다."

"그런가요?"

설핏 웃으며 중얼거린 내가 잠깐 멍한 표정으로 무언가를 생각하는 표정을 지었고, 그 모습을 바라보던 자비에르는 궁금하다는 얼굴로 물어왔다.

"뭘 그렇게 생각하십니까?"

"음, 그냥…… 실감이 안 나서요."

"뭐가요?"

"이렇게 전하의 품에 안겨서 미래계획을 짜는 게 실감이 안 나요."

"그건 저도 그렇답니다."

그가 내 긴 머리카락을 만지작거리며 말했다.

"영애와 이렇게 함께 앉아 미래를 이야기하는 게 너무 꿈같고, 현실 같지가 않아요."

"이렇게 아무 문제 없이 행복할 수 있다는 것도, 되게 믿기지 않고요."

"그건 제가 노력하겠습니다."

자비에르가 빙긋 웃으며 내게 속삭였다.

"지금의 그 행복한 감정, 절대 변하지 않도록 애쓰겠습니다."

"전하께서는 지금도 많이 노력하고 계세요. 그래서 전 늘 전하께 감사하고요."

"그건 저도 마찬가지랍니다."

그가 내 볼 위에 살짝 입 맞추며 읊조리듯 말을 이었다.

"사실 영애의 존재 자체가 제게는 더없는 행복이지요. 이렇게 행복할 수 있는 걸 보면 전생에 나라를 구한 건 아닌지 가끔 생각합니다."

"그러셨을지도요."

나는 키득거리며 웃었다.

"제가 생각해도 전 썩 나쁜 신붓감은 아니거든요."

"훌륭한 신붓감이시지요. 제게 과분할 정도로요."

빙긋 웃으며 대답한 그가 곧바로 궁금한 얼굴로 물어왔다.

"저는 어떻습니까?"

"전하께서는."

나는 말을 다 잇지 못하고 낮게 웃었다.

"원래부터 요나스 안에서 에스클리프 공작님과 더불어 최고의 신랑감 아니셨나요? 이거 너무 답이 정해진 질문을 하신 것 같은데요."

"남들의 기준은 제게 유의미한 것이 못 됩니다. 중요한 건 영애께서 절 어떻게 생각하시느냐지요."

"……정말 듣고 싶으세요?"

"말씀해주실 의향이 있으시다면요."

"듣고 충격 받으실지도 모르는데요."

내가 괜히 심각한 표정으로 말하자, 반듯했던 자비에르의 얼굴에 살짝 균열이 일었다.

나는 그 모습을 보면서 속으로 까르르 웃었지만, 겉으로는 전혀 내색하지 않은 채 자비에르가 점점 심각한 표정이 되어 가는 모습을 구경했다.

"그……래도 솔직한 대답을 듣고 싶습니다. 중요한 건 영애의 진심이니까요."

"정말이세요?"

"네. 만약 제가 부족한 부분이 있다면 고치겠습니다."

어쩐지 비장하기까지 한 표정으로 말하는 자비에르를 보며, 나는 순간 가슴 속 깊은 곳에서 뜨거운 무언가가 왈칵하고 솟구치는 것이 느껴졌다.

'진짜 좋은 사람이구나, 이 남자는.'

농담으로 던진 말도 진지하게 받아들이는 남자. 혹시 부족한 점이 있다면 고치겠다고 말하는 남자. 황태자의 위치에서 그러기가 쉽지 않을 텐데도, 늘 나를 위해 배려해주고 맞춰주는 남자.

"전하."

나는 대답 대신 낮은 목소리로 자비에르를 불렀다.

자비에르는 아까의 말 때문에 살짝 긴장해 보이는 듯한 모습이었는데, 그런 그의 모습이 내 눈에는 더없이 사랑스러워 보였다.

살짝 눈물이 날 것 같다고 생각하면서, 나는 그에게 속삭였다.

"……사랑해요."

그 말에 놀란 자비에르의 눈이 크게 떠지는 것이 보였고, 나는 그가 뭐라고 말하기도 전에 그대로 그에게 먼저 입을 맞추었다.

처음에 자비에르는 당황하는 듯하다가, 곧 차분하게 나와 입을 맞추기 시작했다. 근래의 키스에서는 단 한 번도 짜거나, 슬픈 맛이 난 적이 없었다. 행복하고, 날콤한 키스. 긍정적인 기운만이 가득했던 사랑스러운 키스였다. 그러다 어느 순간, 자비에르가 내게 작게 속삭이는 소리가 들려왔다.

"저도 사랑합니다, 마리스텔라."

그가 격식 없이 내 이름을 부르는 것은 이번이 처음인 듯했다.

나는 입가에 실낱같은 미소를 지으며 깜빡거리던 눈을 완전히 감아 내렸다.

어둠 속에서 느낀 감각은 무서움이라기보다는 은은하게 전해져 오는 그의 체취가 가져다주는 익숙함과 안도감이었다. 동시에, 달콤하고 따뜻한 감각이 나를 기분 좋게 사로잡는 것이 느껴졌다.

'행복하다.'

짧은 한마디를 속으로 중얼거리며, 나는 입술이 맞닿은 그를 좀 더 세게 끌어안았다.

햇살이 좋은 날, 어느 오후였다.

Epilogue

근래 자비에르의 하루는 눈코 뜰 새 없이 바빴다.

결혼이 코앞으로 다가오면서 신경 쓸 일이 이래저래 많아졌기 때문이었다. 거기에 얼마 전 헨리 14세가 자비에르가 결혼한 후 자신의 일을 좀 더 많이 맡길 생각이라고 말한 터라 그는 앞으로 더 바빠질 예정이었다.

"폐하께서는 분명 전하의 결혼 여부와는 상관없이, 그전부터 전하께 일을 더 많이 맡길 생각이셨을 겁니다."

딜튼은 두껍게 쌓인 서류들을 자비에르의 책상 위에 조심스럽게 내려놓으며, 불평 어린 두 마디를 부연하듯 뒤에 덧붙였다.

"2년 전부터 전하께 조금씩 일을 넘겨주고 계셨으니까요. 미리 낌새를 보이신 거라고요."

"폐하께서도 이제 연세가 있으시니."

자비에르는 덤덤하게 대꾸한 다음 딜튼이 내려놓은 서류 더미를 흘긋 쳐다보았다.

착한 아들이라도 된 것처럼 말하긴 했지만, 막상 추가된 일거리를 보고 있자니 속이 답답해지는 건 어쩔 수 없는 일이었다.

그가 피곤한 표정으로 피식 웃으며 중얼거렸다.

"결혼식 전까지 끝낼 수는 있겠지."

"전 전하를 믿습니다."

딜튼이 씩 웃으며 대꾸했다.

"분명 해내실 수 있을 거예요. 사흘 밤낮을 새우시면 가능할 겁니다."

"······그런 잔인한 소리를 아무렇지 않게도 하는군."

자비에르가 질린다는 눈으로 딜튼을 쳐다보았지만, 그는 뭐 어떻냐는 듯한 눈으로 여전히 빙긋 웃어 보일 뿐이었다.

그러다가, 딜튼은 별생각 없이 다른 이야기로 화제를 돌렸다.

"그러고 보니 두 분께서는 상당히 빨리 결혼하시네요."

"무슨 뜻이지?"

"물론 연애 기간을 거치고 결혼하는 귀족들이 드문 게 사실이지만, 설령 이게 정략혼이었다고 해도 결혼이 꽤 빠르게 진행되는 상황이라서요."

"그렇기는 하지. 보통 혼담이 오가고 반년에서 1년 후에 결혼이 진행되니까."

"빨리 결혼하자고 영애께 조르셨습니까?"

"……."

그런데 그 질문을 들은 자비에르의 표정이 갑자기 어두워졌고, 딜튼은 갑작스러운 주군의 표정 변화에 의아한 표정으로 물었다.

"왜 그러십니까?"

"……중요한 걸 잊고 있었어."

"뭘 말씀이세요?"

"영애께 결혼해달라고 청혼한 적이 없었군."

"……네?"

이번에는 딜튼이 더 놀란 표정을 지었다. 그가 곧바로 더듬거리며 물었다.

"노, 농담이시죠?"

"……."

대답이 없었고 이는 긍정을 의미했다. 딜튼이 당황한 얼굴로 다시 물었다.

"그럼 도대체 두 분, 어떻게 결혼하시게 된 겁니까?"

"경도 알다시피 폐하께서 내 결혼을 진행하시기 직전에 영애께서 마음을 정하시는 바람에……."

"그냥 유야무야 결혼하시게 된 겁니까, 그럼?"

"……그렇다고 볼 수 있지. 그때는 당장 내가 다른 영애와 결혼하는 것부터 막아야 하는 분위기였거든."

"으음……. 하긴 뭐 상황이 특수하긴 하셨죠."

하지만 아무리 그래도 그렇지, 제대로 된 프러포즈조차 하지 않았다니. 자비에르는 자신이 저지른 어마어마한 실수를 깨닫고선, 순간적으로 뒷머리를 크게 한 대 맞은 기분이 들었다. 그가 침음성을 삼키며 중얼거렸다.

"하지만 그래도 그렇지, 이건 아니야."

그가 책상 모서리 부분에 놓인 달력으로 시선을 옮겼다. 결혼식까지는 정확히 열흘이 남은 상황. 그가 잠시 고민하다가 진지한 목소리로 딜튼을 불렀다.

"딜튼 경, 날 좀 도와줘야겠어."

"어떻게 해. 시간이 너무 빠르다."

오델레타가 실감이 나지 않는다는 목소리로 말하자, 옆에 있던 마리스텔라가 낮게 웃으며 그녀에게 물었다.

"어째 나보다 네가 더 떨려 하는 것 같아, 오델레타."

"당연히 떨리지. 다른 사람도 아니고 나랑 가장 친한 친구가 결혼한다는데, 어떻게 안 떨릴 수가 있겠어?"

그렇게 대답한 오델레타가 마리스텔라를 쳐다보더니 한 마디를 톡 내뱉었다.

"그러는 넌 지나치게 차분한 것 알아? 결혼하는 건 내가 아니라 넌데 말이야."

"안 떨리는 건 아닌데, 음……."

마리스텔라가 얼떨떨한 목소리로 대답했다.

"사실 아직까지도 좀 실감이 안 나. 전하와 내가 결혼이라니……. 일이 너무 빠르게 진행되는 느낌이야."

"하긴 두 사람이 중간 단계 다 건너뛰고 결혼한 건 맞지. 그래도 뭐…… 귀족들은 다들 그렇게 하니까."

"맞아. 귀족들은 다들 그렇게 하니까."

마리스텔라가 앵무새처럼 오델레타의 뒷말을 따라 했다. 물론 자신은 원래 이 세계의 사람이 아니라는 사실이 이 상황을 조금 적응되지 않게 만들어주긴 했지만, 그렇다고 해도 어쩔 수 없는 사실이었다. 로마에 왔으면 로마법을 따라야 할 테니까.

"그런데 마리, 나 궁금한 게 있는데 말이야……."

그때 오델레타가 화제를 조심스레 돌렸고, 마리스텔라는 고개를 끄덕였다.

"응. 말해, 오델."

"전하께서 네게 청혼하실 때 어떻게 하셨어?"

"……청혼?"

마리스텔라가 살짝 당황한 듯한 목소리로 되물었고, 오델레타는 가만히 고개를 끄덕였다. 하지만 마리스텔라는 오델레타의 물음에 대답할 수 없었다. 대답하고 싶지 않아서가 아니라, 정말로 대답할 수 없었기 때문이었다.

'프러포즈를 받아봤어야 대답을 하든 말든 하지!'

생각해보니, 결혼하자는 말조차 듣지 못한 채 결혼 날짜를 잡았다. 맙소사. 그 사실을 그제야 상기한 마리스텔라의 표정이 어두워졌고, 그것을 오인한 오델레타는 혹시 실례였나 싶어 조심스레 물었다.

"대답하기 곤란한 질문이야?"

"아니, 오델. 그런 게 아니라……."

마리스텔라가 난감한 얼굴로 말을 이었다.

"나 청혼을 받은 적이 없어."

"뭐라고?"

"그냥…… 그때 무도회에서 전하와 서로 마음을 확인한 게 전부야."

"세상에, 전하도 참 너무하시네. 물론 그때 상황이 좀 그랬던 건 알지만, 그래도 그렇지……."

오델레타가 어안이 벙벙해진 얼굴로 중얼거렸다가, 이내 '아차' 싶었는지 얼른 말을 바꾸었다.

"너무 마음에 담아두지 마, 마리. 그렇다고 해서 전하께서 널 사랑하지 않는 건 절대 아닐 테니까. 다만 일이 워낙 빠르게 돌아가서 깜빡하신 것뿐일 거야. 분명……."

똑똑.

그때 오델레타의 목소리를 가르고 노크 소리가 들려왔고, 잠시 후 플로린다가 안으로 들어왔다. 양손에 과자가 잔뜩 담긴 접시를 든 채였다. 그녀가 활짝 웃으며 오델레타에게 인사했다.

"안녕하세요, 레이디 오델레타. 이번에 주방장이 새로 개발한 버터쿠키를 가져왔는데 입맛에 맞으실지 모르겠어요."

"고마워, 플로린다."

"참, 아가씨. 그리고 보니 아까 서면궁에서 서신을 보내오셨는데요."

플로린다의 말에 마리스텔라가 잠간 멈칫한 다음 물었다.

"서면궁에서?"

"네. 여기요."

플로린다가 품 안에서 얇은 편지 하나를 꺼내 마리스텔라에게 건넸고, 그녀가 나간 뒤에 오델레타는 쿠키 하나를 베어 문 다음 기대어린 목소리로 물었다.

"무슨 내용이야?"

"으음……."

편지를 읽어 내려가던 마리스텔라가 별생각 없어 보이는 얼굴로 중얼거렸다.

"내일 저녁에 서면궁에서 같이 식사하자고 하시네."

"예비 신부 얼굴을 결혼식까지 기다릴 수 없을 정도로 보고 싶으시다는 거겠지."

"그런가?"

"당연하지. 둘이 한창 불타오를 때 아니야?"

오델레타가 은근하게 웃으며 마리스텔라의 옆구리를 쿡 찔렀고, 마리스텔라는 순식간에 붉어진 얼굴을 살짝 숙였다.

그 모습을 본 오델레타가 낮게 웃으며 한탄하듯 말했다.

"아, 두 사람 보니까 나도 얼른 결혼하고 싶다. 내 님은 어디 계시려나."

"그때 너 좋아하는 사람 있다고 하지 않았어? 그 사람하고는 어때?"

"맙소사, 그걸 기억하고 있었어?"

"아무렴 누구 일인데. 누군지는 끝까지 말 안 해줄 거야?"

"너도 아는 사람이라니까."

"그러니까 그게 누군데? 내가 아는 남자분들은 기껏해야 에스클리프 공작님, 딜튼 경……."

여기까지 말하던 마리스텔라는 무언가 짚이는 게 있는지 '설마' 하는 얼굴로 오델레타를 쳐다보았고, 오델레타는 헛기침을 하며 시선을 다른 곳으로 돌렸다.

마리스텔라가 어안이 벙벙해진 얼굴로 목소리를 높였다.

"너…… 설마……?"

"아직 '서로를 알아가는 중'이야."

"둘이 소꿉친구라며. 알아보긴 뭘 더 알아봐."

"난 아직까지도 믿기지 않는다고. 다른 사람도 아니고 딜튼이 날 좋아한다니. 우리는 그냥 친구일 뿐이라고 생각했는데."

"네가 좀 예쁘고 똑똑해? 충분히 그럴 수도 있지, 뭘. 두 사람 잘 되었음 좋겠다."

"뭐. 딜튼이 좋은 사람이긴 하지. 다정하고."

오델레타가 피식 웃으며 말을 이었다.

"그보다 정말 안 떨리는 거야, 마리? 나라면 너무 떨릴 거 같은데. 결혼은 그렇다 치더라도, 무려 제국의 황태자비가 되는 거잖아."

"안 떨리는 건 아닌데, 최대한 담담하게 있으려고 노력 중이야. 한 번 긴장하기 시작하면 그때는 걷잡을 수 없이 떨어버릴 거 같아서."

"넌 잘 살 수 있을 거야, 마리."

확신과도 같은 한마디와 함께, 오델레타는 빙긋 웃으며 마리스텔라와 눈을 맞추었다.

그 눈빛에서 묻어나오는 사랑스러움과 따스함에 마리스텔라는 자연스럽게 웃어 버렸다.

"고마워, 오델."

그다음 날 마리스텔라가 서면궁을 찾은 것은 석양이 저물기 시작한 저녁때였다.

결혼이 결정된 이후 그녀는 낮 이외의 시간에도 서면궁을 자유롭게 드나들었는데, 그럴 때마다 꽤나 낯선 기분에 사로잡혔다.

자비에르와 결혼을 앞둔 현실이 영 믿기지 않는다고나 할까.

"오셨습니까, 레이디 마리스텔라."

하지만 자신을 맞아주는 딜튼 경의 모습이 더는 어색하게 느껴지지 않는 것을 보면 그 역시도 부질없는 감정인 듯했다.

마리스텔라가 낮게 웃으며 그에게 인사했다.

"안녕하세요, 딜튼 경. 황태자 전하께서는 어디에 계신가요?"

"정찬실에서 기다리고 계십니다. 이쪽으로."

딜튼은 익숙하게 마리스텔라를 정찬실로 인도했고, 그녀 역시도 더는 낯설지 않은 기분으로 서면궁의 복도를 걸었다.

잠시 후, 정찬실 앞까지 당도한 그녀에게 시종들이 양옆에서 문을 열어주었다.

"황태자 전하, 벨플레어 영애께서 드십니다."

열린 문틈 사이로 걸어 들어가면서, 마리스텔라는 자신을 향해 미소 짓고 있는 자비에르를 발견했다. 그 다정하고 사랑스러운 미소에 마리스텔라가 저도 모르게 따라서 미소 지었다. 아무리 봐도 질린다는 생각이 들지 않는 수려한 얼굴이 그녀를 웃으며 반겨주었다.

"어서 오십시오, 레이디 마리스텔라. 못 본 새 더 아름다워지셨네요."

자리에 앉자마자 들려오는 인사말 뒤에는 달콤한 한마디가 아무렇지 않게 끼워져 있었다.

마리스텔라가 저도 모르게 까르르 웃음을 터뜨리며 대꾸했다.

"그럴 리가요. 그 짧은 시간 동안 특별히 뭘 하지도 않았는데."

"제 눈에는 제국의 그 누구보다 아름다우십니다. 그래서 가끔은 믿기지 않아요. 이렇게 아름다운 분께서 곧 제 아내가 되신다는 게."

"맙소사, 전하. 저를 너무 띄워주시는데요. 다른 사람들 앞에서는 부디 그런 말씀 하지 말아주세요. 다 뒤에서 저흴 욕할 거예요."

"누가 감히 영애를 욕하겠습니까."

그가 말도 안 된다는 듯 고개를 저으며 미소 띤 얼굴로 지그시 마리스텔라를 쳐다보았다.

"이렇게 아름다우신 분을요. 그런 자가 있다면 제가 가만두지 않겠습니다."

확실히 자비에르는 마리스텔라에게 단단히 빠져 있는 것처럼 보였는데, 그런 그의 태도는 어린아이가 어머니에게 의존하고 애정을 갈구하는 것과 비슷한 분위기를 풍겼다.

그것을 마리스텔라가 느끼지 못할 리 없었기에, 민망하다는 듯 웃으며 자비에르에게 물었다.

"제가 그렇게 좋으세요, 전하?"

"두말 하면 입 아플 정도로요."

자비에르가 씩 웃으며 덧붙였다.

"하루하루가 어서 지나가기를 바라고 있습니다. 하루빨리 영애와 가족이라는 이름으로 묶이고 싶거든요."

가족이라. 그 단어가 내뿜는 오묘한 분위기에 마리스텔라는 어쩐지 싱숭생숭한 기분이었다.

며칠 후면 이 남자와 가족이 된다. 자신이 사랑하고, 자신을 사랑하는 이 남자와.

그렇게 생각하니 그전까지만 해도 하나의 의례처럼만 느껴졌던 자비에르와의 결혼에 현실감이 부여되었다.

'진짜로 내가 이 남자와 결혼을 하긴 하는구나.'

마리스텔라가 아까보다 좀 더 깊어진 눈빛으로 자비에르를 쳐다보았고, 그윽해진 시선에 자비에르는 살짝 당황해하며 마리스텔라에게 물었다.

"왜 그렇게 보십니까?"

"그냥."

마리스텔라가 묘한 음색을 띤 목소리로 말을 이었다.

"저도 얼른 시간이 지나갔으면 좋겠다는 생각이 들었어요. 전하와 부부라는 이름으로 묶이게 된다는 건 어떤 느낌일까요?"

"저도 결혼이 처음이라 확답해드릴 수 있는 건 없지만, 이것 하나만큼은 말씀드릴 수 있습니다."

"뭔데요?"

"무슨 일이 있어도 저는 영애의 편이라는 것."

자비에르가 빙긋 웃으며 말을 이었다.

"어떤 상황에서든, 누가 뭐래도 저는 영애의 손을 잡을 겁니다. 그리고 영애를…… 지켜드리겠습니다."

"……"

그 말에 마리스텔라는 순간 마음속에서 어떤 뜨거운 감정이 왈칵 치솟는 것을 느꼈다. 그녀는 금방이라도 울 것 같은 기분이었지만, 자비에르의 앞에서 눈물을 보이고 싶지는 않았다. 그래서 애써 눈을 깜빡거리며 삐져 흘러나오려는 눈물을 막으려 애썼다.

"감사해요, 전하."

그런 노력이 무색하게도, 그녀의 목소리는 이미 먹먹해져 있었지만 말이다.

식사는 조용한 분위기 속에서 다정하게 진행되었다.

자비에르는 식사하는 내내 마리스텔라와 눈을 마주치며 그녀에게 계속 시시콜콜한 이야기까지 전부 말했다. 눈가에는 이채를, 입가에는 미소를 가득 띤 채였다. 그 바람에 마리스텔라는 식사에 온전히 집중하는 것이 살짝 곤란해져버렸지만.

'그래도.'

나쁘지 않아. 마리스텔라가 씩 웃으며 자비에르의 말에 경청했다. 이따금 맞장구도 정성스레 쳐주면서.

"……그래서 하마터면 회의에 지각할 뻔했답니다."

"저런. 큰일 날 뻔하셨네요."

"그래서 다음부터는…… 아."

그때, 계속 웃는 얼굴로 입술을 움직이던 자비에르가 '아차' 했다는 얼굴로 마리스텔라에게 말했다.

"그러고 보니 제가 계속 영애에게 말을 거는 바람에 식사가 어려우셨겠군요. 그 부분까지는 미처 생각하지 못했습니다. 이제부터는 조용히……."

"아, 저는 괜찮아요!"

자비에르의 말에 마리스텔라가 절대 그렇지 않다는 듯 재빨리 그의 말을 막아섰다.

"그냥 계속 이야기해주세요. 전 식사보다 전하랑 이야기 나누는 게 더 좋거든요."

"……"

그 말에 자비에르의 얼굴이 일순 붉어졌고, 도무지 이 상황에서 설렘 포인트를 찾을 수 없었던 마리스텔라는 도대체 그가 어느 부분에서 감동을 받은 것인지 도무지 모르겠다고 생각했다.

하여튼, 아직도 알아갈 게 많은 남자. 가끔 이해 못 할 포인트에서 자신에게 감동하는 남자.

'뭐, 그래서 더 사랑스럽기는 하지만.'

마리스텔라가 바스스 미소 지으며 자비에르에게 말했다.

"저한테 새삼 반하신 표정이네요."

"'새삼'은 아닙니다. 영애와 마주할 때마다 늘 반하고 있으니 까요."

"제게 그렇게 자주 반하셔도 되겠어요? 그러다 심장 안 좋아지시면 어쩌려고."

그걸 농담으로 받아들였는지 자비에르가 낮게 웃었다.

"친탁을 한 덕에 심장 하나는 튼튼합니다. 영애를 과부로 만들 일은 없을 테니 너무 걱정하지 마세요."

"아하하."

그 말에 마리스텔라가 참지 못하고 웃음을 터뜨렸다. 농담을 그런 식으로 진지하게 받아들일 줄이야.

그녀는 다정한 눈으로 제 앞에 앉아 있는 남자를 바라보며 중얼거렸다.

"새삼스러운데, 되게 행복하네요."

"이 정도로 말씀입니까?"

"지금 이 생활이 얼마나 소중하고 대단한 건데요. 특이한 형태로 행복한 건 바란 적 없어요. 이렇게 사랑하는 사람과 눈 마주치면서 웃고, 식사하고, 결혼해서 함께 살고…… 그런 걸 바랐거든요, 저는."

그리고 아마 대부분이 그럴 거고요.

마리스텔라의 말에 자비에르가 엷게 미소 지으며 그녀에게 말했다.

"그런 게 영애의 행복이라면, 죽을 때까지 깨지지 않게 할 자신은 있습니다."

"건강하게 제 곁에 오래 계셔주세요. 원하는 건 그것뿐이니까요."

"마찬가집니다."

그가 빙긋 웃으며 대답했다가, 잠시 후 살짝 머뭇거리는 목소리로 마리스텔라를 불렀다.

"저…… 영애."

"네, 전하."

"식사 후에 잠깐 후원을 걷는 건 어떻습니까?"

"아……"

시간이 늦어서 바로 귀가할 생각이었는데.

마리스텔라는 예상외의 상황에 살짝 당황했지만, 곧 아무렇지 않게 고개를 끄덕였다.

"네, 전하. 알겠습니다."

"보여드리고 싶은 게 있어서요."

뒤에 부연 설명을 덧붙이며, 자비에르가 수줍게 웃었다.

그리고 그 모습을 본 마리스텔라는 무언가 감을 잡은 표정으로 자비에르를 빤히 쳐다보았다.

'설마……'

그녀의 머릿속으로 잊고 있던 무언가가 몽실 떠올랐다.

'설마…… 이거 혹시 프러포즈하려는 건 아니겠지?'

그렇게 생각하자마자, 마리스텔라는 순간 얼굴이 새빨개졌다.

뭐야, 잊어버리고 있던 게 아니었어? 아니면 잊고 있다가 지금이라도 해야겠다, 이렇게 생각한 건가?

'어느 쪽이든 기분은 좋네.'

마리스텔라가 엷게 미소 지었다. 의도가 뭐든 중요한 건 그가 자신을 그만큼 생각하고 있다는 사실이었으니까.

"영애?"

그때 자비에르가 마리스텔라를 불렀다.

계속 말없이 가만히 있는 그녀를 이상히 여겼기 때문이리라.

"어디 아프십니까? 갑자기 조용해지셔서……."

"아."

마리스텔라가 깜짝 놀라며 고개를 가로로 저었다.

"아니에요, 전하. 잠깐 딴생각을 하느라……."

"절 앞에 두고 딴생각이시라니."

그가 서운하다는 듯 눈썹을 살포시 구겼고, 마리스텔라가 얼른 아니라는 듯 그를 달랬다.

"잠깐 멍했던 것뿐이에요, 전하. 기분 상하셨어요?"

"음……."

그 말에 잠시 생각하는 표정을 짓던 자비에르가, 곧 아무렇지 않게 미소 지으며 입을 열었다.

"입 맞춰주시면, 기분이 다시 좋아질 것 같은데요."

"……여기서요?"

자비에르의 말에 마리스텔라는 본능적으로 주변부터 돌아보았다. 다행스럽게도 시종과 시녀들이 두 사람의 오붓한 시간을 위해 미리 나가 있던 상황이었다. 물론 이런 상황을 예측하고 자비에르와 마리스텔라를 배려한 것일 수도 있겠지만.

"정말."

마리스텔라가 못 말린다는 듯 낮게 웃으며 자리에서 천천히 일어섰다. 거절할 생각은 애초부터 없어 보였다.

"그렇게 말씀하시면, 제가 안 들어드릴 수 없잖아요."

천천히 자비에르가 앉아 있는 곳으로 걸어간 마리스텔라가 곧 그의 무릎 위에 앉았다.

동시에 두 사람 사이의 거리가 아슬아슬해질 정도로 가까워졌다.

그 상황에 마리스텔라는 약간의 쑥스러움을 느꼈지만, 내색하지 않은 채 자연스럽게 자비에르의 목에 자신의 팔을 둘렀다.

"전하."

속삭이듯 자비에르의 이름을 부르자, 어쩐지 경직된 듯한 목소리가 되돌아왔다.

"……네, 영애."

"그거 아세요?"

"뭘 말씀입니까."

"제가…… 전하를 좋아하고 있어요. 되게 많이요."

앞으로 이어질 게 프러포즈라는 사실을 인지하자, 마리스텔라의 입에서는 평소보다 더 진심 어린, 달콤한 목소리가 흘러나왔다.

그리고 곧바로, 마리스텔라는 자비에르의 입술에 자신의 것을 가져가 댔다. 천천히 눈을 감고 곧바로 따뜻한 감촉이 그녀의 전신을 휘감았다. 이어지는 이유 모를 달콤한 감각에 마리스텔라는 작게 전율했다.

"하아……."

작게 숨을 몰아쉬며 마리스텔라는 자비에르와의 입맞춤에 온 말초 신경 하나까지를 전부 집중시켰다.

자비에르와 입을 맞출 때면 공통적으로 그런 기분이 들었다.

이 넓은 우주에 오로지 자신과 그, 두 사람만이 남겨져 서로와 교감하고 있는 듯한 기분.

'사랑스러운 남자.'

마리스텔라는 천천히 눈꺼풀을 떠올리고 자신과 열정적으로 입을 맞추는 자비에르를 바라보았다.

그리고 그녀는 순식간에 걷잡을 수 없는 행복감에 빠져들었다.

이런 사소한 상황에서조차 이런 벅찬 감정이라니.

정말로 결혼하면 심장 떨림을 어떻게 감당해야 하나 걱정도 되었지만, 아무렴 어떤가 싶었다. 싫어죽는 것보다야 좋아 죽는 편이 훨씬 나을 테니까.

뜨거웠던 정찬실에서의 키스 이후 두 사람은 서먼궁의 후원으로 나갔다.

어색할 거라 생각했던 분위기는 생각 외로 어색하지 않았다. 입맞춤이 이번이 처음이라면 모를까 이미 여러 번 이루어진 일이 있기 때문이었다. 이미 키스에 부끄러워할 만큼 수줍었던 시기는 지나갔다. 이제는 두 사람 모두 그것을 즐기는 시기가 되었다. 마리스텔라는 그런 농밀해진 변화가 아쉽다거나 하는 생각은 조금도 들지 않았다. 외려 좋았다.

조금의 머뭇거림 없이 좀 더 많이 그와 스킨십을 할 수 있었으니까.

"에취!"

……라고 생각하고 있던 그 순간, 마리스텔라가 작게 재채기를 했다. 그 모습을 본 자비에르가 당황한 얼굴로 그녀에게 물었다.

"괜찮으십니까?"

"네, 전하. 괜찮아요."

마리스텔라가 낮게 웃으며 고개를 끄덕였다.

"갑작스럽게 차가운 곳으로 나와서 몸이 놀랐나……."

하지만 말을 다 끝마치기도 전에 그녀는 깜짝 놀란 얼굴로 자비에르를 쳐다볼 수밖에 없었다.

그가 말없이 자신이 입고 있던 망토를 벗어 자신에게 둘러주었기 때문이었다. 마리스텔라가 당황한 목소리로 그를 말렸다.

"전하, 감기 걸리시면 어쩌려고……."

"저보다 영애가 더 우선입니다. 전 그렇게 춥지 않아서요."

그 말과 함께 자비에르는 찬바람이 조금도 들어가지 않도록 망토를 단단히 여며주었다.

마리스텔라가 그 모습을 보고 옅게 미소 지었다.

"감사해요."

"결혼식이 코앞이니까요. 아프시면 곤란합니다."

그러고 보니 정말로 결혼식이 코앞이었다.

그 사실에 새삼스럽게 놀란 마리스텔라가 내심 기대한 표정으로 자비에르를 쳐다보았다.

'뭘 어떻게 준비했을까?'

프러포즈 이야기였다.

자비에르의 성격상 허투루 준비하지는 않았을 것 같은데, 이번에는 또 어떤 식으로 자신을 감동시킬지 심히 기대가 되었다.

그는 늘 자신과 관련된 일이라면 최선을 다했으니까. 그걸 이번 결혼식을 준비하면서 진지하게 깨달았다.

그래도 미리 눈치채서 다행이라고 생각하면서, 마리스텔라는 빙긋 웃는 얼굴로 자신보다 머리 하나는 더 위에 있는 자비에르를 바라보았다.

프러포즈를 받고 엉엉 우는 모습은 보여주고 싶지 않았기 때문이었다. 이렇게 마음의 준비도 했으니 아마 자신이 바라는 대로 활짝 웃으며 그의 프러포즈를 받아들일 수 있을 거라고 마리스텔라는 생각했다.

"아, 영애."

그때 자비에르가 마리스텔라를 불렀다.

"잠깐 어디 좀 다녀와도 되겠습니까?"

너무나도 티 나는 행보가 귀여워 마리스텔라는 하마터면 웃음을 터뜨릴 뻔했지만, 간신히 참으며 그에게 물었다.

"어디 다녀오시게요?"

"네. 잠깐…… 화장실에 다녀와야겠습니다."

간신히 생각해 낸 답변이 화장실이라니!

마리스텔라는 그 순간 정말로 웃음을 터뜨릴 뻔했지만, 애써 참으며 자비에르에게 기다릴 테니 다녀오라고 말했다.

그는 금방 돌아오겠다는 한마디만 남기고 어딘가로 급히 달려갔고, 홀로 남겨진 마리스텔라는 그의 뒷모습을 보면서 쿡쿡 웃었다.

그리고 5분 정도가 지났을 때, 뒤쪽에서 자비에르의 목소리가 들렸다.

"레이디 마리스텔라."

이때 마리스텔라는 한껏 긴장한 표정이 되었다. 그녀의 시나리오
대로라면 뒤를 돌아보았을 때 그는 제게 꽃다발이나 반지를 내밀며
청혼해야 했으니까.

'응……?'

하지만 정작 뒤를 돌았을 때, 자비에르의 손에 들린 것은 아무것
도 없었다. 그는 그저 해맑게 웃으며 그녀에게 많이 기다렸느냐고
물을 뿐이었다.

'그냥 내 착각이었나?'

마리스텔라는 순간 실망감으로 얼굴이 굳어질 뻔했지만, 곧 속으
로 피식 웃으며 고개를 저었다.

유치하게 프러포즈 못 받았다고 삐질 수는 없었다. 물론 받으면
더할 나위 없이 좋겠지만, 그런 거 없이도 자비에르는 충분히 좋은
남자였으니까. 그가 얼마나 바쁜 사람인데, 충분히 잊어버릴 수도
있는 것이었다.

마리스텔라는 그냥 지금 이 순간에 최대한 의의를 가지자고 생각
하기로 했다.

두 사람은 다시 걷기 시작했다. 동시에 아까 정찬실에서 나누었
던 것과 같은 시시콜콜한 대화가 오고 갔다. 그게 너무 즐거워서, 마
리스텔라는 자신이 아까 느꼈던 서운함 감정이 무엇이었는지 완전
히 잊어버릴 정도로 그와의 대화에 몰두했다.

"참, 그러고 보니 말씀드리지 못한 게 있군요."

그때, 자비에르가 말을 다른 쪽으로 틀었다.

"영애께서 장미를 좋아하신다는 말을 듣고, 황제 폐하께서 특별히 서면궁 근처에 장미 정원을 새로 만드셨답니다. 보러 가시겠습니까?"

자비에르의 말에 마리스텔라가 잔뜩 감동 받은 표정을 했다. 역시 며느리 사랑은 시아버지라더니. 그녀가 활짝 웃으며 고개를 끄덕였다.

"네, 좋아요. 어느 쪽으로 가면 되나요?"

"이쪽으로."

자비에르가 사랑스러운 시선으로 마리스텔라를 바라보며 그녀를 새로 만들었다는 장미 정원이 있는 곳으로 안내했다.

잠시 후, 장미정원에 도착한 마리스텔라가 탄성을 내뱉었다.

"와……."

화려했다. 정원인지 꽃밭인지 헷갈릴 정도로 장미가 곳곳에 풍성하게 피어 있었고, 어둠을 밝히기 위해 곳곳에는 하트 모양의 향초가 놓여 있었다. 덕분에 빛이 없던 아까보다 시야가 훨씬 뚜렷해졌다.

마리스텔라는 잔뜩 신난 얼굴로 그에게 정말 예쁘지 않으냐고 물어보기 위해 고개를 돌렸다가, 긴장한 듯한 자비에르의 얼굴과 마주하고선 저도 모르게 입을 다물었다.

'어떻게 해.'

아까의 신나는 표정은 어디로 갔는지, 잔뜩 긴장한 표정을 한 그녀가 자비에르와 마주 보고 서 있었다.

가슴이 쉴새없이 거세게 뛰는 것을 느끼며, 마리스텔라가 아까보다 커진 눈으로 자비에르를 쳐다보았다.

"……전하."

"장미는 마음에 드십니까?"

그 묘하게 바뀐 분위기 속에서 자비에르가 물어왔고, 얼떨결에 마리스텔라는 고개를 끄덕였다.

"좀 더 가까이서 보십시오. 하나하나 품종이 좋은 것들로만 심었거든요."

그 말에 마리스텔라는 가장 가까이에 있는 장미로 다가가 눈길을 주었다. 그의 말마따나 정말 좋은 품종으로만 골라 심었는지 장미 꽃잎이 그녀가 봐왔던 다른 장미들과 비교할 수 없을 정도로 크고 화려했다.

그녀가 별생각 없이 '예쁘네요' 하고 답하려는데, 문득 그녀의 시야로 이상한 것이 하나 잡혔다.

'저게 뭐지?'

무언가 반짝이는 것이 장미 꽃잎 속 안에 들어 있었다.

살짝 미간을 좁힌 채 마리스텔라는 천천히 장미 속에서 반짝이는 무언가를 꺼냈다.

그리고 그것의 실체를 확인했을 때, 마리스텔라는 잔뜩 놀란 얼굴로 자비에르를 쳐다볼 수밖에 없었다.

"……전하."

그건 다이아몬드였고, 정확히 말하면 다이아몬드 반지였다.

색이 붉어 장미와 크게 구별 가지 않는 레드 다이아몬드.

마리스텔라가 파르르 입술을 떨며 자비에르에게 무언가를 말하기도 전에, 자비에르가 성큼 그녀에게로 다가와 그녀의 이름을 불렀다.

"마리스텔라."

낮고 달콤한 목소리가 공기를 타고 퍼져나갔다. 늘 예의를 지키고 상대를 존중한다는 명목으로 이름보다는 '영애'라는 호칭을 즐겨 부르는 그였지만, 꼭 이런 순간에는 이름을 불러주었다.

그 드문 호칭이 그녀의 가슴을 걷잡을 수 없이 흔들리게 하는 걸 아는지, 모르는지.

"……네."

"그 반지, 끼워드려도 되겠습니까?"

그 물음에 심장이 아까보다 더 크게 뛰는 사이, 자비에르가 제 앞에 무릎을 꿇고 그녀에게 어디서 났는지 모를 장미 꽃다발을 내밀었다. 크고 무거워 보이는 게 누가 봐도 백송이 남짓은 되어 보였다.

"저와 결혼해 주십시오."

"아……."

여기서 그녀가 생각한 시나리오는 빙긋 웃으며 '당연하죠'라고 말하는 것이었다. 하지만 아까 생각했던 것이 무색하게도, 그녀의 눈에서는 눈물부터 흘렀다.

"흑…… 진짜 전하…… 절 이렇게 감동시키시면 어떻게 해요…….."

울지 말자고 생각했는데 계속해서 눈물이 나왔다. 기뻐서. 고마 워서. 행복해서. 막을 수가 없었다. 지금 이 행복의 순간에 거짓이란 조금도 섞여 있지 않다는 것처럼.

"얼른 받아주세요. 그래야 눈물을 닦아드릴 수 있을 테니까."

그런 그녀의 앞에서, 자비에르는 더없이 해맑게 미소 지으며 그 렇게 말했다.

그 모습에 마리스텔라는 더 크게 소리 내 울고 싶었지만, 애써 참 으며 고개를 끄덕였다.

무거운 꽃다발을 힘주어 받아듦과 동시에 자비에르가 천천히 자 리에서 일어섰다.

이윽고 마리스텔라의 곁으로 다가온 그가 천천히 그녀의 볼에 흐 르는 눈물을 닦아주며 따뜻한 말로 그녀를 다독였다.

"우실 줄은 몰랐습니다. 조금 당황했어요."

"이렇게 감동적인 순간에 어떻게 안 울어요…….."

마리스텔라는 여전히 눈물 흘리고 있었지만, 그녀의 입가에는 그 반대로 미소가 번져나가고 있었다.

곧이어 자비에르가 천천히 마리스텔라의 왼손 약지에 그녀가 들 고 있던 레드 다이아몬드 반지를 끼워주었다. 그 모습을 보고 있자 니 마리스텔라는 또 눈물이 날 것 같았다.

"프러포즈 잊어버리신 줄 알았어요. 바쁘신 거 알아서 내색하지 않으려고 했는데……."

그 말에 자비에르는 내심 뜨끔했지만, 아무렇지 않게 거짓말했다.

"잊지 않았습니다. 하지만 결혼 결정이 나고 하는 프러포즈이니만큼 좀 더 특별하게 진행하고 싶어서요."

여전히 눈물을 훌쩍거리는 마리스텔라의 볼을 부드럽게 쓸어주며, 자비에르가 낮은 목소리로 그녀에게 고백했다.

"사랑합니다, 마리스텔라. 정말 많이요."

그 고백과 동시에 그가 그녀에게 입을 맞춰왔고, 마리스텔라는 숨길 수 없는 미소와 함께 그의 입술을 받아들였다.

"사랑해요."

목멘 목소리에서 숨길 수 없는 애정과 행복이 묻어 나왔다. 여전히 마리스텔라의 눈에서 눈물이 흐르는 바람에 키스에서는 짠맛이 났다.

하지만 두 사람에게는 그 어떤 때보다도 달콤한 키스가 될 예정이었다.

외전. Yellow Hyacinth

모든 처음은 한 남자의 요란스러운 한마디에서 시작되었다.

"그거 들으셨습니까, 공작님?"

"무슨 일이기에 이리 소란이십니까, 에그파 영식."

"이번에 황태자 전하의 탄신 연회에서 아주 재미있는 일이 있었답니다."

그렇게 말하는 에그파 영식의 목소리가 퍽 신나 있긴 했지만, 클로드는 별 관심을 주지 않고 손에 들린 칵테일을 홀짝였다. 그래 봐야 사교계에서 흔히 떠도는 하고 많은 가십들 중 하나일 테니.

"글쎄 전하와 춤을 춘 영애가 그렇게 황태자 전하의 발을 밟았다지 뭡니까?"

"……발을 밟아요?"

듣도 보도 못한 해괴한 소리에 클로드는 눈을 찡그렸다. 연회에

참가해 춤을 추는 귀족들의 대부분은 춤에 아주 능숙한 이들이었다. 발을 밟는 건 아주 어릴 때나 가끔 하는 실수였고, 그조차도 가정에서의 철저한 교육 덕택에 일어나는 일이 드물었다.

그런데 황태자와 춤을 추는 자리에서 발을 밟았다고?

"공작님께서는 못 보셨습니까?"

"그때 아마 자리에 없었을 겁니다."

"아하."

에그파 영식이 알겠다는 듯 고개를 끄덕였고, 클로드는 별생각 없이 중얼거렸다.

"그 영애가 참 어지간히도 긴장했나 봅니다."

"아무리 그래도 황태자 전하의 발을 밟다니요. 그 자리에 있던 귀족들 모두 그를 두고 말이 많았다고 합니다."

"이름이 뭔데요?"

"네?"

"이름이 뭐냐고요, 그 영애."

호기심이 생긴 듯한 클로드의 질문에 에그파 영식은 저도 모르게 입술을 실룩거렸다. 황태자와 공작의 사이가 좋지 않음은 모두가 알고 있는 사실이었기에, 두 사람 사이의 갈등은 귀족들에게 흥밋거리처럼 작용했다. 물론 간이 배 밖으로 나오지 않고서야 그런 불경한 마음을 함부로 표출하는 이는 없긴 했지만.

"마리스텔라 제니즈 라 벨플레어입니다. 벨플레어 백작의 적장녀라고 하더군요."

"흐음……. 낯선 이름인데."

"사교계에서 그리 인지도 있는 영애는 아니었습니다."

"그런데 황태자 전하와 춤을 추었다고요?"

클로드가 미간을 좁히며 중얼거렸다.

"트라코스 영애라면 또 모르겠는데."

"저도 그 부분은 꽤 의문이었습니다."

"황태자 전하께서 직접 그녀를 댄스 파트너로 택하신 겁니까?"

"그렇다고 알고 있습니다."

대답을 마친 에그파 영식이 히죽거리며 물었다.

"왜요. 관심이라도 생기십니까?"

"괜한 말은……."

클로드가 피식 웃으며 고개를 저었다.

"그게 저랑 무슨 상관이라고."

"황태자 전하와 관련된 일이라면 늘 관심 있어 하시면서."

"……."

정곡이 찔린 클로드가 저도 모르게 에그파 영식을 노려보았다. 그의 말대로 클로드와 자비에르가 서로를 라이벌처럼 여기며 경쟁 관계에 있다는 건 아카데미 시절부터 유명한 이야기였다.

다만 순수했던 지난날의 경쟁의식과 다르게, 지금 두 사람의 관계에는 어딘가 비뚤어진 구석이 있었다.

"아닙니까?"

에그파 영식이 이기죽거리는 것을 멈추지 않으며 묻자, 클로드가 짧게 한숨을 내쉬며 답했다.

"장난은 그쯤 하시지요, 영식."

"죄송합니다."

말의 내용과는 달리 썩 진실성은 없어 보이는 목소리였다. 클로드는 잠시 생각하는 표정을 짓다가, 잠시 후 화제를 돌렸다.

"다른 이야기나 하시지요."

아카데미 졸업은 오래전의 일이고, 자비에르와의 관계도 그와 다름이 없었다. 클로드는 자비에르와 관련해서 더 이상의 신경을 쓰는 일은 없을 거라고 생각했다.

하지만 늘 그렇듯, 인생은 예측대로만 흘러가지 않았다.

"황제 폐하께서 부르십니다, 공작님."

클로드가 중앙궁의 시종으로부터 헨리 14세의 접견 요청을 받게 된 것은 황태자의 탄신일이 지나고 얼마지 않은 후였다. 여느 때와 다름없이 황궁에서 업무를 마치고 퇴궁하려던 그에게 황제의 시종이 찾아온 것이다.

클로드는 의아해하면서도 대수롭지 않게 시종을 따라나섰다. 헨리 14세가 자신을 부르는 일은 그리 특별한 일이 아니었는데, 자신이 중앙 정계에 입문한 이후 지속적으로 중요한 정무를 맡고 있는 데다, 그가 개인적으로도 자신을 아끼고 있었기 때문이었다.

별말 없이 중앙궁, 헨리 14세의 집무실까지 도착한 클로드는 들어와도 좋다는 황제의 목소리를 들으며 안으로 들어갔다.

"황제 폐하를 뵙습니다. 치세에 영광을."

"어서 오너라, 클로드."

엄밀히 말해 이것은 상황에 걸맞지 않는 잘못된 호칭이었으나, 클로드는 굳이 정정하려 들지는 않았다. 설령 자신이 호칭의 부적절함을 지적한다 해도 돌아오는 것은 '서운하다'는 대답이 전부일 테니까.

그렇다고 해서 그가 공과 사를 구분하지 못하는 바보도 아니었으니.

"무슨 문제로 부르셨는지……."

"아, 심각한 건 아니고, 이번에 재정부에서 제출한 추가 경정 예산이 너무 지나치게 높지 않나 해서 말이다."

"송구하지만 그 부분은 조정의 여지가 어렵습니다, 폐하. 올해 동북 지역에 일어난 가뭄 피해가 생각보다 막대해서요."

"흐음…… 그렇다면 클로드, 좀 더 세세하게 예산안을 짜서 다시 제출하도록 해라. 그럼 재고해볼 테니."

"감사합니다, 폐하."

짤막하게 대꾸한 클로드가 잠시 후 조심스럽게 물었다.

"부르신 까닭은 그것이 전부입니까?"

"……으음."

눈치를 보아하니 아닌 듯했다. 클로드는 이다음에 나오게 될 말이 무엇일지 생각하면서 저도 모르게 긴장하는 모습을 보였다.

그 모습을 지켜보던 헨리 14세가 너털웃음을 터뜨렸다.

"무슨 긴장을 다 하고 그러느냐. 우리 사이에."

"폐하의 앞에서 긴장하지 않는 신민이 어디 있겠습니까."

"예전에는 당돌하게 내 앞에서 또랑또랑 제 생각까지 말했으면서."

"어릴 적의 일입니다, 폐하."

클로드가 살짝 얼굴을 붉히며 답했다.

"지금은 감히 그럴 수 없지요. 치기 어린 행동이었습니다."

"아니다, 클로드. 나는 네 그런 태도가 좋았는데."

헨리 14세가 턱수염을 한번 쓸어내리며 말했다.

"딜튼 오러스가 아카데미 졸업 후에 죽 황태자의 수족으로 일해 왔다는 사실은 너도 잘 알 거다."

"네, 폐하."

"그런데 너는……."

그가 클로드를 빤히 바라보다 말을 이었다.

"아카데미 졸업 이후에는 황태자와 가까이 지내는 모습을 통 볼 수가 없더구나."

"……."

"졸업식 이후 두 사람의 사이가 예전만 못하다고 들었다."

클로드는 헨리 14세의 말에 한마디도 대꾸할 수 없었다.

그것이 사실이었기 때문에.

"송구합니다, 폐하."

계속 입을 닫고 있기는 멋쩍어서 겨우 한마디를 던졌을 뿐이다. 그런 클로드를 가만히 바라보던 헨리 14세가 돌연 한숨을 내쉬었다.

"아니다. 책망하기 위하여 꺼낸 말은 아니야."

"……."

"누굴 탓하겠느냐. 엄밀히 말하면 나의 죄인 것을……."

자책하는 말에도 클로드는 그것을 부인하려거나, 그를 위로하려는 생각은 들지 않았다. 냉정하게 봤을 때 자신과 자비에르 사이의 관계가 틀어진 것은 헨리 14세 때문이었기 때문에.

그가 올바르게 처신했더라면 애당초 그런 비극 따위는 없었으리라. 하지만 그렇다고 해서 그를 비난할 생각 또한 없었다. 이미 다 지나가버린 일이고, 누군가를 탓한다고 해서 달라질 건 없으니까.

"더 하실 말씀 없으시다면 이만 가보겠습니다, 폐하."

이런 화제가 나온 이상 그의 앞에서 더 서 있기란 곤욕이었다. 클로드는 빠르게 인사한 다음 황제의 집무실을 빠져나왔다. 하지만 그를 곤란하게 만드는 상황은 거기에서 끝나지 않았다.

"……황태자 전하를 뵙습니다. 제국의 작은 태양께 영광을."

거짓말처럼 자비에르와 마주하고 만 것이었다.

클로드는 침착하게 그에게 인사를 건넸지만, 눈살이 자연적 구겨지는 것까지 숨기기란 어려웠다.

"……."

그리고 자비에르는 그 사실을 빠르게 알아차렸다.

그가 말없이 클로드를 쳐다보았고, 자비에르는 이 상황이 과연 우연에 의한 것인지 아니면 인의에 의한 것인지 궁금해졌다. 그래서 슬쩍 떠보기로 마음먹었다.

"폐하를 뵈러 가시나 봅니다."

"……그래."

뒤이어 들려오는 대답은 이 상황이 헨리 14세가 의도한 것임을 알아차리게 해주었다. 그리고 그건 상대도 마찬가지인 듯했다.

"폐하께서 부르셨나?"

"그렇습니다, 전하."

"……속셈이 뻔하군."

"저희 두 사람, 사이가 좋지 않으니 이런 '우연'에라도 기대어 서로 마주치도록 하기 위함이시겠지요."

"공은 이 상황에 별 개의치 않아 하는 사람처럼 말하는군."

"황제께서 원하시는데 제 의사가 뭐가 중요하겠습니까."

"……."

그 말을 들은 자비에르가 클로드를 서늘한 눈초리로 쳐다보았다.

상대의 대답이 마음에 들지 않는다는 것이었다.

한참 후에야 그는 다시 입을 열었다.

"이왕 만났으니 여기서 말해야겠군."

"무엇을요?"

"어제 재정부에서 제출한 인력 충원 건의안은 반려될 예정이다."

"……반려요?"

물어보는 목소리는 황당하기 짝이 없다는 듯 들렸다. 클로드가 말도 안 된다는 표정으로 자비에르에게 따졌다.

"지금 재정부 인력이 얼마나 부족한데 반려를……!"

"공은 유능한 사람이지."

분명 칭찬이었지만 그 말을 하는 목소리는 차갑기 그지없었다. 클로드가 눈 하나 꿈쩍하지 않고 자비에르를 쳐다보았다. 실상은 노려봄에 가까웠지만.

"재정부 관료들은 전부 유능해."

"……칭찬은 감사합니다만."

"그러니 아마 잘 버텨낼 수 있을 거야."

"전하."

클로드가 이를 부득 갈며 물었다.

"이런 식으로 유치하게 나오실 겁니까?"

"유치하다니? 그게 무슨 소리지?"

"괜히 저 고생시키려고 그러시는 거 뻔히 압니다."

"하아."

자비에르가 재미있다는 표정을 지었다.

"뭔가 착각하고 있는 것 같은데, 공. 내가 그런 것까지 일일이 신경 쓰며 유치하게 굴 사람처럼 보이나?"

"……."

충분히 그렇게 보입니다만. 클로드는 속으로 대답을 삼켰다.

"오판이고 착각이야, 공. 그런 생각까지 할 쓸데없는 시간이 있다면 가서 일이나 더 하는 게 좋겠군."

"지금도 충분히 과로 중입니다, 전하. 저를 과로로 죽일 생각이 아니시라면⋯⋯!"

여기까지 말하던 클로드가 순간 흠칫 놀라며 물었다.

"그게 목적이십니까?"

"그럴 리가."

엷게 미소 지으며 자비에르가 고개 저었다.

"공 같은 인재를 그런 식으로 잃을 수야 없지."

"⋯⋯."

"모쪼록 힘을 내길 바라."

아카데미 교과서에나 나올 법한 말투로 한마디의 격려를 건넨 자비에르는, 이내 아무 일도 없었던 사람처럼 유유히 중앙궁 쪽으로 걸어갔다. 그의 뒤를 따르던 딜튼 오러스가 한 차례 클로드를 흘긋 흘려보기는 했지만 그 또한 잠시였다.

"⋯⋯개자식."

클로드는 한참 동안 자비에르의 뒷모습을 흘겨보다가, 이내 자리를 떴다.

결국 인력 충원은 반려되었고, 과로하는 생활은 지속되었다.

"하아……."

마차에 탄 클로드가 피곤한 숨을 깊게 내쉬었다.

그날은 간만에 그가 정시 퇴근을 하는 날이었다.

"바로 저택으로 모실까요?"

"그래야지."

이 체력으로 어디를 더 간다는 건 말도 안 되는 일이다. 클로드가
몸을 마차 등받이에 기댄 채 눈을 가만히 감고 있는데, 천천히 움직
이던 마차가 갑자기 크게 덜컹거렸다.

"아……!"

당황한 클로드는 무의식적으로 손에 잡히는 아무거나 잡아 몸을
고정시켰다. 잠시 후 마차가 잠잠해지자 그가 날카로운 목소리로
물었다.

"무슨 일이지?"

"죄, 죄송합니다, 전하. 말이 오늘따라 평소 같지 않게 좀 이상하
네요."

"……저택까지 무사히 갈 수는 있는 건가?"

"아마 괜찮을 겁니다, 공작님. 너무 걱정하지 마시지요."

마부의 말에도 클로드는 한동안 미심쩍은 표정을 짓다가, 이내
하는 수 없다는 듯 다시 눈을 감았다. 그리고 얕은 잠에 빠진 지 얼
마지 않아, 클로드는 마차의 속도가 지나치게 빠르다는 사실을 인
지하고선 번쩍 눈을 떴다. 동시에, 마부석에서 마부의 비명이 들려
왔다.

"아니, 얘가 도대체 왜 이래……!"

"무슨 일인가?"

"말 속도가 갑자기 제어되지 않습니다! 공작님, 조심하십시오!"

"말을 멈출 수는 없나?"

"전혀 통제가 안 됩니다. 으악!"

"이번엔 또 무슨 일이야!"

"앞에 마차가…… 공작님, 조심하십……!"

쾅!

그리고 한순간에 정적이 찾아왔다.

마부의 설명은 불친절했지만, 클로드는 밖의 상황이 어땠는지 충분히 알 수 없었다. 말이 제어되지 않는 상황에서, 맞은편에는 마차까지 달려오고 있었겠지.

"으……."

고통으로 갈라진 신음과 머리 뒤에서 흐르는 뜨뜻한 피, 조각났을 게 틀림없는 몸속의 뼈들. 어마어마한 격통 속에서 클로드는 정신이 점점 어렴풋해지는 것을 느꼈다.

'결혼도 못 해보고 이렇게 죽는 건가…….'

그가 쓸쓸하게 웃으며 파르르 눈꺼풀을 아래로 내렸다. 시야가 점점 좁아지면서 검게 변하고 있었다.

◇◆◇

"……하."

"……."

"공작님."

누군가가 자신을 부르는 소리에 오랫동안 잠들어 있던 정신이 천천히 잠에서 깨어났다.

'…….'

그리고 클로드는 눈을 뜨기도 전에 확신했다.

'죽지는 않았구나.'

그렇다고 해서 온전한 몸으로 눈을 뜰 수 있는지는 확실치 않았지만. 클로드가 천천히 눈꺼풀을 떠올렸다. 여러 명의 사람들이 자신이 누워 있는 침대를 에워싸고 있는 모습이 보였다.

"공작님, 정신이 드십니까?"

"제가 누군지 알아보시겠습니까?"

"……난 멀쩡하니 소리 지를 필요는 없어."

클로드는 골이 울리는 것을 느끼며 물었다.

"난 멀쩡한가? 며칠이나 지났지?"

"사흘입니다, 전하. 신께서 도우셨습니다."

주치의가 감격한 목소리로 말했다.

"마부도 무사합니다, 전하. 엄밀히 말해 멀쩡한 건 아니지만……치료받으면 금세 쾌유할 수 있을 겁니다."

"영구적으로 손상되거나 한 곳은 없나? 영영 못 쓰게 된 곳이라든가……."

"중상을 입으시기는 했지만 그런 쪽으로는 걱정하지 않으셔도 됩니다."

"다행이군."

퍽 유쾌하게 들리는 목소리에 에스클리프 가문의 주치의가 황당한 표정으로 말했다.

"어쩐 태연해 보이십니다. 묘하게 신난 목소리 같으시기도 하고……."

"마지막으로 눈을 감기 전에는 죽는 줄 알았거든. 이렇게 살아났으니 당연히 기뻐해야지."

"긍정적이십니다."

"자네도 내 처지였다면 분명 기뻐했을걸. 그보다 사고 원인이 뭔가?"

"말이 먹는 건초 더미에 환각을 일으키는 독초가 실수로 섞여 들어간 모양입니다."

"고의일 가능성은 없고?"

"아직까지 그런 가능성은 발견되지 않았습니다."

"다행이라고 해야 하나."

'흐음……' 하고 중얼거리던 클로드가 곧 생각났다는 듯 물었다.

"참, 그러고 보니 우리와 부딪친 상대 쪽은 어떻게 됐지?"

"아……."

클로드의 물음에 그의 하인이 머뭇거리다 답했다.

"아직 혼수상태라고 합니다."

"영영 못 깨어날 확률은 없고?"

"그건 아닌 것 같았습니다."

"누구지? 그 사람."

그 뒤에 들려오는 이름은 분명 어디선가 들어본 적이 있었다.

"벨플레어 영애입니다."

"벨플레어……."

클로드는 기억을 더듬었다. 둘 중의 하나일 터였다. 인상적인 이유로 들었을 이름이거나, 혹은 들은 지 얼마 되지 않은 이름.

그는 잠시 고민하는 표정을 짓다 곧 떠올려 냈다.

'아.'

지난 황태자의 탄신 기념 연회에서 자비에르와 함께 춤을 췄다던 여자의 이름이었다. 그 사실을 아직까지 기억하고 있는 이유는, 그 와중 황태자의 발을 수없이 밟았다고 들었기 때문에.

클로드는 자신의 기억이 맞는지 확인하기 위해 하인에게 물었다.

"지난번에 황태자 전하와 춤을 추었다는 그 영애 말인가?"

"그렇습니다, 공작님. 황태자 전하와 꽤 가까운 사이인 것 같더군요. 얼마 전에는 전하의 초대를 받고 서면궁까지 방문했다 합니다."

"……그래?"

연회에서 함께 춤을 추는 것까지는 그렇다 쳐도, 자비에르처럼 개인 공간에 민감하게 구는 남자가 서면궁에 초대를 했다…….

클로드의 표정이 의미심장하게 변했다. 그 말인즉 자비에르가 그녀에게 조금이나마 특별한 감정을 가지고 있음을 시사했다.

"흐음……."

클로드는 흥미롭다는 표정을 짓다가, 이내 하인에게 명령했다.

"벨플레어 영애가 깨어나면 내게 먼저 알리도록 해."

재밌는 생각이 떠올랐다.

마리스텔라가 혼수상태에서 깨어났다는 소식이 클로드의 귀에 들려온 것은 그로부터 이틀 후였다.

클로드는 자신의 몸이 쾌차하면 벨플레어 저택에 문병을 가고 싶다는 내용의 편지를 보냈고, 벨플레어 저택에서는 서로의 회복을 위해서라도 두 달 후에나 방문해 달라는 답장을 보내왔다.

클로드는 알겠다고 대답했고, 그 이후로 빠르게 건강해지는 모습을 보였다. 원래부터 체력이 남다르게 좋았던 데다 – 유일하게 자비에르를 아카데미 시절 제쳤던 부분이었다 – 그를 걱정한 황제로부터 긴급 휴가를 받아 온전히 회복에만 집중할 수 있었던 것이다.

한 달 정도가 지나자, 클로드는 뼈만 다 붙는다면 원래의 생활로 온전히 복귀할 수 있을 수준으로 건강해졌다.

'내 상황을 모르지 않을 텐데 기별조차 없다니.'

그리고 자비에르는 클로드가 병상에서 지낼 동안 한 통의 안부 편지조차 보내오지 않았다. 그게 조금 서운하긴 했지만 뭐, 어쩔 수 없는 일이었다. 만약 안부 전언을 받았더라도 그건 그거대로 어색하게 느껴졌을 것이다.

이제 두 사람은 전혀 그런 게 어울리는 관계가 아니었으니까.

어쨌든 벨플레어 백작은 그로부터 한 달이 더 지난 후에나 딸의 병문안을 허락했고, 클로드는 빠른 시일 안으로 찾아뵙겠노라는 편지를 보냈다.

그리고 마침내 그녀와 대면했다.

"안녕하십니까, 레이디 마리스텔라."

클로드는 정중하게 고개를 숙여 인사한 다음 천천히 고개를 들어 올렸다. 당황한 표정의 마리스텔라가 눈에 들어왔다.

아무래도 제가 찾아올 줄은 몰랐던 모양이다.

'생각했던 것보다는 평범하네.'

마리스텔라는 분명 아름다운 영애였고, 그걸 부정하려는 생각은 없었다.

다만 생각했던 것처럼 '억' 소리가 나게 아름다운 것은 아니었다.

'자비에르가 관심 가진다기에 대단한 절세미인인 줄 알았지.'

하긴 자비에르의 이성 취향이 자신과는 다를 수도 있을 테니.

클로드는 그 부분에 대해 더 깊게 생각하는 대신, 침묵하는 마리스텔라를 쳐다보았다. 이쪽에서 인사를 건넸으니 저쪽에서도 답이 와야 하는데, 답이 없었다. 그녀는 대신 자신의 얼굴만 빤히 바라보고 있을 뿐이었다.

'흐음.'

그래서 클로드 역시 상대의 외양을 찬찬히 살펴보기로 했다. 그리고 마음속으로 내린 평은 딱 한 줄이었다.

'거짓말은 못 하게 생겼네.'

물론 편견일지도 모르겠지만. 티끌 하나 없이 맑은 얼굴에서는 조금의 거짓과 불신도 발견할 수 없을 것처럼 보였다.

"아, 에스클리프 공작님. 어서 오세요."

마리스텔라는 뒤늦게야 제게 인사를 건넸고, 뒤이어 들려오는 말은 꽤 웃겼다.

"방문을 환영합니다."

아카데미 교과서에나 나올 법한 멘트에 클로드는 참지 못하고 피식 웃음을 터뜨렸다. 그 재미없는 멘트가 기이하게도 그녀를 재미있는 여자로 각인시켜 주었다.

"아, 죄송합니다, 레이디 마리스텔라. 절대 비웃은 게 아니에요."

상대가 오해할 수 있겠다 싶어서 클로드는 얼른 사과했다. 그저 그 상황의 유쾌함 때문에 웃은 것이지 다른 의도는 결코 없었다. 다행스럽게도 그녀는 제 사과를 너그러운 미소와 함께 받아들여 주었다. 마리스텔라가 클로드를 자리에 앉혔고, 두 사람은 곧 가볍게 이야기를 나누기 시작했다. 당연하지만 자신들의 몸 상태에 관련한 화제였다.

그리고 마리스텔라가 그녀 자신의 심각한 건강 상태를 웃으며 아무렇지 않은 듯 이야기할 때, 클로드는 자신의 '재미있는 생각'을 실현시키기로 마음먹었다.

"죄송합니다, 영애. 죽을죄를 지었습니다."

그가 스스럼없이 그녀의 앞에 무릎을 꿇자, 당연하게도 마리스텔라는 깜짝 놀라는 표정을 지어 보였다.

"네······?"

"사과부터 드리는 게 옳은 일 같군요. 정말 죄송합니다, 영애. 다 저의 불찰입니다."

"그······ 마차 사고는 전하께서도 피해자신걸요. 일부러 그러신 것도 아니고요."

"그래도 어쨌든 일차적으로는 저희 쪽의 잘못이고, 영애께서는 아무 죄도 없으시니까요. 그 점에 대해서는 정말 사죄드립니다. 이번 일로 입으신 금전적, 정신적 피해는 에스클리프 가문에서 책임지고 보상해드리겠습니다."

클로드의 말에 마리스텔라는 영문을 모르겠다는 듯 고개를 갸웃거리며 도대체 그 '정신적 피해 보상'이 무엇이냐고 물었다. 그는 잠시 미소 짓다가, 이내 그녀를 경악시킬 한마디를 꺼내 놓았다.

"제가 영애께서 완벽히 회복하실 때까지 벨플레어 저택을 방문할 예정입니다."

"······네?"

"가능하다면 매일이요."

돈과 시간이 남아돌아서 그런 말을 한 건 아니었다.

그때 자신은 어떤 식으로든 자비에르를 엿 먹일 생각에 혈안이 되어 있었다. 아니면 이건 태생적으로도, 아카데미에서도 만년 2등으로만 살았던 과거에 대한 열등감의 발현일지도 모른다.

어느 쪽이든 자신의 목표는 자비에르를 화나게, 불쾌하게 만드는 것이었다. 유치하게 보일 수 있지만 그러고 싶었다. 이런 식으로라도 한 번쯤 그의 우위에 선다면 꽤 짜릿할 것 같아서.

그 마음이 뒷날 얼마나 그의 발목을 붙잡을지, 얼마나 그의 가슴을 치게 만들지는 그때 당시에는 결코 모르는 일이었다.

그가 그녀를 사랑하게 된다는 선택지는 그의 머릿속에 조금도 없었기 때문에.

"오늘도 가십니까?"

하인으로부터 그 말을 듣게 된 것은 클로드가 벨플레어 저택으로 개근한 지 정확히 열흘째 되는 날이었다. 고개를 끄덕이자, 그의 하인이 다소 의미심장하게 들리는 목소리로 클로드에게 물었다.

"왜 그리 레이디 마리스텔라에게 공을 들이십니까?"

"응?"

"금전적인 보상도 해주셨겠다, 아흐레나 문병 가셨으면 이제 그만 신경 쓰지 않으셔도 되잖아요. 뼈 붙는 데 좋다는 귀한 음식들도 매일매일 그 댁으로 보내주고 계시면서."

하인에게까지 제 속내를 털어놓지는 않았기 때문에, 그는 이해

못 하겠다는 표정으로 제게 물어왔다.

클로드는 장난스럽게 미소 지으며 농담 같은 한마디를 던졌다.

"유혹하고 싶어서?"

"아뇨. 제가 보기엔 그 영애분께 전하께서 유혹당하고 계신 것 같은데요."

"뭐?"

"모르셨어요? 벨플레어 저택에서 돌아오실 때마다 늘 입가에 미소 한가득이시잖아요."

"……내가?"

처음 들어본다는 듯한 그의 반응에, 하인은 황당해 죽을 지경이었다. 매일 죽을상으로 피곤함에 절어 퇴근하던 주인이 벨플레어 저택 한 번만 갔다 하면 얼굴이 펴서 돌아오는데, 어떤 바보가 그 사실을 눈치채지 못한다는 말인가. 하지만 정작 본인 자신은 모르고 있는 모양이었다.

"한번 잘 생각해 보세요. 전 주인님께서 알고 계신 줄 알았는데."

"……다녀오지."

쓸데없는 소리 말라는 듯, 클로드는 별 대꾸를 하지 않은 채 대문을 열고 바깥으로 나섰다.

'전하께서 유혹당하시고 있는 것 같은데요.'

하지만 아까 하인이 제게 남긴 한마디는 너무 강력해서, 덜컹거리는 마차를 타고 벨플레어 저택까지 가는 와중에도 좀처럼 머릿속에서 떠나가지 않고 있었다.

'휴우…… 쓸데없는 생각하지 말자.'

클로드가 고개를 절레절레 저었다. 분명 하인이 잘못 본 것이 리라.

'웃긴 누가 웃었다고…….'

분명 벨플레어 저택을 오갔던 아흐렛날이 그에게 즐거운 시간이었던 건 맞았다. 하지만 그건 순전히 처음 보는 사람과 대화를 나누면서 느낀 신선함 때문이리라.

그 이상의 감정은 없을 것이었다. 그리고 없어야만 했다.

"도착했습니다, 공작님."

어느새 마차가 벨플레어 저택 앞까지 도착했고, 클로드는 익숙한 듯 마차 안에서 내렸다. 이제 그는 완전히 사고 이전과 다름없는 체력으로 회복된 상태였다. 그는 열흘 동안 보아 익숙해진 벨플레어 저택의 사용인들을 눈에 담으며 마리스텔라의 병실로 이동했다.

똑똑. 문을 두드리자 안에서 청량한 목소리가 들려왔다.

"누구세요?"

듣는 사람까지 기분 좋아지게 만드는 음색에, 클로드는 저도 모르게 미소 지었다. 아마 하인이 봤다면 '거 보십쇼. 또 웃으셨잖습니까' 하고 지적할 만큼 예쁜 미소였다.

"접니다, 영애."

아흐렛날의 방문은 마리스텔라에게 자신의 목소리를 확실하게 각인시켜 주었다. 들어오라는 허락이 떨어지자, 클로드는 아까보다 더 짙게 미소 지으며 그녀에게 습관적으로 인사했다.

"안녕하십니까, 영애. 오늘 날씨가 너무 좋네요. 몸은 좀 어떠신가요?"

"좋습니다, 전하."

마리스텔라가 엷은 미소를 띤 채 입을 열었다. 그 대답처럼 그녀는 처음 만났던 아흐레 전보다는 확실히 좋아 보였다.

"어제는 주치의 선생님이 좋은 소식을 전해주셨어요."

"좋은 소식이라니 정말 기대되네요."

클로드가 입가에서 미소를 지우지 않은 채로 물었다.

"그게 뭔가요?"

"다음 주부터는 산책해도 좋다고 하셨어요."

별것 아닌 말이었지만, 그녀는 그 사실이 정말 기쁜 듯 양손까지 꼭 모으며 함박웃음을 지었다.

"잘됐죠?"

반사적으로 '네' 하고 대답하기 위해 천천히 고개를 들자, 자연스럽게 마리스텔라의 얼굴이 시야로 들어왔다.

"……."

평소와 다름없는 모습이었다. 오랫동안 햇빛을 보지 않아 평소보다 더 하얘졌을 피부와, 화장기 없는 청순한 얼굴. 그런데 왜…….

두근, 두근, 두근.

살면서 자신의 심장이 뛰는 소리를 듣는 건 그리 흔한 일은 아니다. 의식적으로 들으려고 한다면 모를까, 어떤 의도적인 행동 없이도 제 심장 박동을 듣는다는 건 더더욱 그렇다.

하지만 지금 피부를 타고 전신으로 퍼지는 떨림은 분명 제 심장 한가운데가 진원지였다. 그 사실을 깨달음과 동시에, 클로드는 마치 크게 뒤를 얻어맞은 사람처럼 멍한 표정을 지었다.

설마, 정말로…….

"공작님?"

"아……."

자신을 부르는 목소리에 클로드는 빠르게 현실로 돌아왔다. 앞에서 마리스텔라가 걱정스러운 표정으로 자신을 바라보고 있었다. 클로드는 어색하게 입꼬리를 끌어 올려 그녀를 안심시켰다.

"죄송합니다, 레이디 마리스텔라. 제가 잠시 정신을 놓고 있었네요."

"아뇨, 뭐 죄송할 것까지야……. 그보다 피곤하신 건 아닌지 걱정스럽네요."

"절대 아닙니다!"

클로드가 답지 않게 목소리를 높여 답했다.

무의식적으로 이런 생각이 들었던 탓이다. 혹시라도 피곤함을 내보이면 그녀가 자신을 돌려보낼지도 모른다, 라고.

"전 절대 피로하지 않습니다, 레이디 마리스텔라. 아주 건강하고, 아주 멀쩡해요."

어째서 이대로 벨플레어 저택을 떠나고 싶지 않았는지, 왜 그녀가 그런 말을 할까 봐 걱정했는지는 너무 뻔한 문제였다.

클로드는 어리석지 않았고, 그 사실을 아주 잘 알고 있었다.

'내가…… 정말로……'

그가 꿀꺽 마른 침을 삼켰다. 아무래도 인정해야 할 것만 같다.

자신이 어느 순간 마리스텔라 제니즈 라 벨플레어를 마음에 담아 버렸다는 것을. 순수하지 못했던 방문의 목적이, 어느 순간부터 순수하게 그녀를 보고 싶다는 마음으로 변모했다는 것을.

이제는 자비에르가 그녀를 좋아하든 좋아하지 않든 상관없이, 그녀와 특별한 관계가 되기를 바란다는 것을.

가장 크게 달라진 점은 역시 이것이리라. 과거에는 자비에르가 마리스텔라를 좋아하고 자신을 좋아하게 될 그녀로 인해 고통받기를 바랐지만, 지금은 그가 그녀에게서 관심을 꺼주기를 간절히 바라고 있다는 것.

괜한 경쟁자가 늘어나는 건 질색이었다. 더구나 그 상대가 저를 번번이 이겼던 남자라면.

마음을 인정하는 건 생각보다 쉬웠지만 진짜 문제는 그다음에 있었다.

클로드는 평소와 다름없는 적극적인 태도로 마리스텔라에게 다가갔다. 하지만 가장 결정적인 순간에, 그러니까 그녀에게 제 마음을 고백하기 딱 알맞은 순간에 그는 엉성한 이유를 대며 애매모호하게 상황을 넘기곤 했다.

일종의 자격지심과 함께 두려움이 동반되어 나타난 태도였다. 자비에르가 지적한 대로 자신의 마음은 그리 순수하게 시작되지 못했고, 이 사실은 자칫 그녀에게 상처를 줄 수 있었다.

마리스텔라와 보다 깊은 관계가 되기 위해서는 자신의 처음 목적을 말하고 그녀에게 이해와 용서를 구해야 한다. 하지만 과연 그녀가 이런 자신을 이해해줄 것인가? 착하고 이해심 많은 그녀라면 아마 그래 줄 것이라는 생각과 함께 그것을 바라는 자신이 너무 몰염치한 것은 아닌가 하는 걱정도 들었다.

동시에, 그녀가 만약 자신의 마음을 거절한다면 앞으로 지속해왔던 관계가 산산이 조각날 것이라는 두려움도 있었다.

클로드는 선택의 순간에는 도박을 해서라도 한쪽에 집중해야 했음에도 늘 그 상황 자체를 피해버렸다. 그녀에게 온전히 진심을 내보이지 못하고 가장 중요한 것은 숨겼다. 그의 기본적인 성격 탓도 있겠지만 역시 마리스텔라와의 지금 관계를 깨뜨리고 싶지 않다는 것과 사실을 말함으로써 그녀에게 버림받고 싶지 않다는 이유가 컸다.

이것이 마리스텔라를 혼란스럽게 하고 그의 마음을 알아차리지 못하게 했음은 물론이다.

그러는 사이 그녀의 마음은 점점 더 자비에르에게로 기울고 있었고……

"황태자 전하께서 정신을 잃으셨다고 합니다."

사건이 일어나는 건 순식간이었다. 자비에르가 함정에 빠진 마리스텔라를 구하기 위해 직접 호수로 뛰어든 것이다.

사정은 어느 정도 짐작이 갔다. 선대 황후가 자살한 이후 자비에르는 그 주변의 사람이 다치는 꼴을 보지 못했다. 트라우마가 된 것이다. 그러니 제가 알고 있는 사람이, 심지어는 깊이 좋아하고 있는 사람이 물에 빠진 상황에 앞뒤 가리지 않고 뛰어드는 것은 어쩌면 당연한 일이리라.

그렇다고 하더라도 자신이 위험해질 상황을 감수하고 깊은 호수 속으로 뛰어든 자비에르가 클로드는 대단하게만 느껴졌다.

아마 그때부터였을 것이다. 자신이 마리스텔라의 옆에 당당히 설수 없을 것이라고 어렴풋이 짐작하기 시작했던 때가.

마리스텔라를 죽음의 위기로 몰아넣었던 자신과 달리 자비에르는 그녀를 살렸고, 만약 자신이 같은 상황에 있었다면 과연 조금의 두려움도 없이 자비에르처럼 호수로 뛰어들었을지 자신할 수 없었다.

그는 겁이 많은 사내였다. 모험보다는 안정을 택하고, 걱정과 불안이 많은. 자비에르 역시 과거의 상흔으로 상황은 크게 다르지 않았지만, 두 사람의 차이는 결정적인 순간 용기를 내 제 마음을 고백하느냐, 마느냐에 있었다.

"제가 황태자 전하와 만나는 게, 그렇게 걱정되시나요?"

"아주 많이요."

"절 왜 그렇게 걱정하시는지, 지금 다시 여쭤봐도 될까요?"

이를테면 바로 이런 순간에.

바보가 아닌 이상 지금 이게 자신의 마음을 고백하기에 딱 알맞은 타이밍이라는 건 누구나 알 수 있을 터였다.

클로드가 머뭇거리며 입을 열었다.

그는 아직도 그녀에게 말을 할지 말지 고민하고 있는 상태였다.

그러다 문득 마리스텔라의 눈동자가 클로드의 시야로 들어왔다.

"……."

그리고 그는 머뭇거릴 수밖에 없었다. 그녀의 눈동자에 스친 생각이 너무나도 똑똑히 보였기 때문이었다.

'긴장하고 있구나.'

거기에서 끝이 아니었다. 그녀는 걱정하고 있었다. 그리고 무엇을 걱정하고 있는지는 굳이 묻지 않아도 알 수 있는 것이었다.

'내가 이 일로 자비에르와 대립각을 세울까 걱정하는 것이겠지.'

누구보다도 자신과 자비에르의 화합을 원하는 사람이었으니까, 그녀는. 그러니 만약 여기서 자신이 하고 싶은 말을 그대로 꺼내 보인다면 슬퍼할 게 뻔하리라. 그런 상황을 원치 않아 하리라.

클로드는 돌멩이가 가슴을 꽉 막고 있는 듯한 기분을 느끼며 천천히 입을 열었다.

"레이디 마리스텔라는……."

"……."

"제가 세상에서 가장 아끼는 친구니까요."

우유부단하다고 욕을 먹어도 할 수 없었고, 겁쟁이란 말을 들어도 하는 수 없었다.

"영애는 제게 더없이 소중한 친구십니다."

함부로 말할 수 없었다.

"잃고 싶지 않은 사람이고……."

괜한 모험으로, 괜한 도전에 이 소중하고 잃고 싶지 않은 관계를 저버릴 수는 없었으니까.

"제가 좋아하는 분이십니다."

무엇보다 그녀가 자신과 자비에르 때문에 상처받지 않기를 바랐다.

"그러니 영애의 일에 제가 늘 걱정하는 건 당연한 일이겠지요."

어쩌면 그 순간 자신은 이미 양보해버린 것일지도 모르겠다고, 클로드는 어렴풋이 생각했다.

"그렇군요."

대답과 함께 안도의 감정이 눈빛에 스쳐 지나가는 것을 그는 똑똑히 확인할 수 있었다.

그것이 자신을 두 번 죽이고 있다는 걸 그녀는 아마 모를 것이다.

그리고 영영 모르기를 바랐다.

"공작님께는 늘 감사한 마음뿐이에요. 늘 저를 세심하게 챙겨 주시니까요."

화사하게 미소 짓는 마리스텔라를 바라보며, 클로드는 슬픈 미소와 함께 입을 열었다.

"당연한 일입니다."

이다음에 나오는 말은 조금 더, 슬펐다.

"우린 친구니까요."

그 후로는 꽤 바쁜 일상을 보냈다. 오클란스 왕국 출장 건으로 다른 데 신경 쓸 여력이 없었기 때문에 계속 분주한 나날의 연속이었고, 오클란스 왕국으로 가게 된 후에는 더욱 그랬다. 그리고 두 달 후 고국으로 돌아왔을 때, 그를 맞이한 것은 다소 충격적인 소식이었다.

"참, 이번에 황태자 전하께서 결혼을 하신다지?"

"맞아. 벨플레어 가문에 혼담을 넣으셨다고 하더군."

"이제 전하께서도 결혼하실 때가 되었지."

귀국 후 우연히 듣게 된 대화를 통해 클로드는 자신이 없는 두 달의 시간 동안 이미 모든 상황이 종료되었다는 사실을 깨달았다.

마리스텔라가 클로드의 마음을 받아들인 것이다.

"……주인님, 괜찮으십니까?"

그의 마음을 알고 있던 하인들이 조심스럽게 물어왔지만, 클로드는 굳어진 표정으로 아무 말도 하지 못했다.

한참 후에야 입을 열어, 다만 한마디를 내뱉었을 뿐이었다.

"이틀 후 열한 시에 괜찮으시냐고 편지를 보내."

편지의 수신지가 어디인지는 굳이 묻지 않아도 알 수 있는 것이었다.

그리고 이틀 후 오전, 클로드는 마리스텔라와 재회했다.

"공작님."

응접실 테이블에 앉아 있던 그는 문을 열고 들어오는 마리스텔라를 쳐다보았다. 특유의 화사한 미소를 입가에 띤 채 자신을 반겨주는 태도는 전과 다름이 없었다. 달라진 게 있다면 이제는 자신이 품었던 마음을 영영 드러내서는 안 된다는 것 정도.

"레이디 마리스텔라."

그녀와 마찬가지로 클로드 역시 아무렇지 않게 웃으며 마리스텔라를 반겨 주었다. 그녀는 입가의 미소를 지우지 않은 채 제 앞에 앉았다. 그러더니 상대방의 얼굴을 빤히 바라보는 것이었다.

그 사실을 눈치챈 클로드가 어색한 표정을 짓자, 마리스텔라가 살짝 당황한 얼굴로 입을 열었다.

"고생을 많이 하셨나 봅니다. 얼굴이 조금 까칠해지셨네요."

그 말에 클로드가 머쓱하게 웃으며 얼굴을 가만히 매만졌다.

"아무래도 타지 생활이 녹록지가 않아서요. 그래도 어떻게 잘 버텨내고 돌아왔습니다."

"대단하세요. 가셨던 일은 잘 해결되었나요?"

"네. 다행스럽게도요."

자연스럽게 대화 주제가 그쪽으로 접어들었다. 하지만 클로드는 좀체 대화에 집중할 수 없었다.

오늘 만남에서 나눌 대화의 핵심은 그게 아니었기 때문이었다.

그는 마리스텔라가 먼저 결혼 이야기를 꺼내주기를 바랐지만, 그녀는 좀처럼 그럴 기미를 보이지 않고 있었다. 그게 자신을 배려해서인지 아니면 제 앞에서 꺼내기 불편한 주제이기 때문인지는 모르겠지만.

사실 둘 다 일맥상통하는 이야기이긴 했다.

결국 기다림에 지쳐 클로드가 먼저 입을 열었다.

"그러고 보니 결혼을 하신다고 들었습니다."

"아."

마리스텔라는 퍽 놀랍다는 소리를 냈다. 아무래도 자신이 이 소식을 들었을 줄은 짐작하지 못했던 모양이었다.

"이런. 먼저 그것부터 말씀드린다는 것을 완전히 잊고 있었네요."

마리스텔라가 낮게 웃으며 물었다.

"어디서 들으셨나요?"

"수도 안이 전부 그 이야기로 떠들썩하더군요."

클로드가 씁쓸하게 웃으며 입을 열었다.

"마부부터 저택의 하인들까지 전부 그 이야기를 하는 바람에 모를 수가 없었습니다."

하지만 내심 다행이라는 생각도 들었다. 그녀의 입에서 먼저 이 소식을 들었더라면 아마 표정 관리가 퍽 어려웠을 테니까. 그럼 그녀를 곤란하게 만들었을지도 모르고.

클로드는 애써 쾌활하게 말을 이었다.

"황태자 전하와 결혼하신다고요."

"네."

마리스텔라가 수줍게 웃으며 대답했고, 그 모습을 바라보는 클로드의 마음은 서서히 욱신거리기 시작했다. 마치 눈치채지 못하는 사이에 그를 고통에 잠식시켜버리려는 것처럼.

"그렇게 되었습니다. 전하께서 요나스 제국에 부재중이실 때 일어났던 일이라 전할 방도가 없었네요."

그 말을 듣고 클로드는 순간 할 말을 잃었다.

그 이선의 말에 어이가 없어져서가 아니다. 그냥 그 순간 그가 무슨 말을 꺼내야 가장 적절할지가 감이 잡히질 않았다.

그래서 그나마 무난한 인사를 건넸다.

"축하드립니다."

아마 그 한마디가 이 상황에서는 가장 적절하리라.

클로드의 축하 인사를 들은 마리스텔라의 미소는 더욱 짙어졌다. 인사를 건넨 사람의 마음을 조금이라도 짐작한다면 그럴 수 없을 테지만, 그렇다고 해서 내색할 마음은 조금도 없었다.

"감사합니다."

다만, 그녀의 미소가 이토록 고통스럽게 느껴졌던 적은 처음인 것 같다고 그는 생각할 뿐이었다.

"결혼식에는 오실 것이지요?"

그 질문에 클로드는 잠시 머뭇거렸다. 당연히 참석하겠다고 대답해줘야 하는데, 이상하리만치 입술이 잘 떨어지지 않았다.

하지만 더 길어졌다가는 그녀가 이상함을 눈치챌 것 같아서, 그는 빠르게 아무 말이나 내뱉었다.

"불참한다면 황제 폐하의 눈 밖에 날지도 모르는걸요. 당연히 참석해야지요."

사실 그건 진심을 숨기는 농담 같은 대답이었다. 그 대답 후에 그는 다시 한번 머뭇거리다 용기를 내어, 가장 묻고 싶었던 질문을 입 밖에 냈다.

"전하께서는 영애께 잘 대해 주시고요?"

"네."

조금의 망설임도 없이 나오는 대답에, 클로드는 살짝 맥이 빠지는 기분이었다.

"전하께서는 정말 좋으신 분이에요. 저를 늘 행복하다고 느끼게 만들어 주시거든요."

그 대답에 어쩔 수 없이 자비에르를 향한 질투심이 치밀어 오르는 것을 느꼈다.

어째서 그녀를 행복하게 만들어주는 이가 자신이 아닌 그인지.

소년 시절부터 늘 저보다 우위에 섰던 그는 사랑에서조차 저를 올라서고 있었다. 하지만 마냥 기분 나쁘다는 생각은 들지 않았다.

다른 것보다 그녀가 행복을 느끼고 있기 때문이었다. 자비에르가 그녀에게 행복을 주는 남자라는 사실은 클로드의 질투를 불러일으켰지만, 동시에 불편했던 그의 마음을 조금이나마 편안하게 만들어 주었다. 아이러니하게도.

사실 클로드 자신이 진정으로 원했던 것이 바로 그것이었으니까.

마리스텔라가 행복해지는 것. 그 옆에 서 있는 상대가 자신이라면 더없이 좋겠지만, 설령 그게 자신의 라이벌이자 주군 되는 자일지라도 그녀만 행복하다면 상관없겠다는 생각이 들었다. 하지만 궁금한 점 하나만큼은 짚고 넘어가기로 했다.

"황태자 전하의 어느 점이 그렇게 영애의 마음을 사로잡았는지가 궁금합니다."

"음……."

클로드의 질문에 마리스텔라가 살짝 고민하는 모습을 보였고, 그 모습을 바라보는 클로드는 어째 목이 바짝 타들어 가는 느낌이라 앞에 놓인 차만 홀짝댔다. 그리고 잠시 후 나온 대답은 그의 머리를 세게 후려치는 듯한 충격을 주었다.

"황태자 전하께서는 제게 한 번도 거짓된 모습을 보이신 적이 없으신데, 전 그게 정말 좋았어요. 제게 늘 진실하셨거든요."

그게 자신과 자비에르의 차이일까.

처음부터 거짓된 목적으로 다가갔던 자신과는 달리, 일관된 마음으로 조금씩 자신을 표현하며 다가갔던 자비에르.

결국에는 마음을 숨기지 않고 고백했던 그와는 달리, 끝까지 관계가 파괴될까 무서워 진심을 드러내지 못했던 자신.

'그런 거였나.'

입에서 쓰디쓴 맛이 느껴졌다. 결국 근본적으로 두 사람의 태도에는 차이가 있었던 것이다. 그러니 결과가 판이하게 다른 건 당연할 수밖에.

'그래도 다행인가.'

어쨌든 마리스텔라는 자신을 좋은 친구로 여기고 있었으니까.

그 사실 하나만큼은 그녀가 결혼해도 변하지 않을 터였다.

"그리고…… 여러모로 공작님께는 감사한 마음뿐이에요."

그래, 이것으로 된 것이다.

적어도 그녀에게 자신은 보통 사람보다는 특별한 존재로 오래도록 남게 될 테니까. 원하던 의미로 그녀의 옆에 서지는 못 했지만, 조금 멀리 떨어져서라도 그녀를 바라볼 수 있을 테니까.

"행복하십시오. 역사가 두 분의 사랑을 기억할 만큼이요."

진심으로 그녀가 행복하기를 바랐다. 클로드가 슬프게 미소 지으며 그녀의 아름다운 두 눈동자를 응시했다.

.

.

.

"공작님, 벨플레어 영애께서 방문하셨습니다."

하인의 말에 집무실에서 서류를 보고 있던 클로드는 깜짝 놀란 표정을 지었다.

'여기까지는 무슨 일이지?'

지금 결혼 준비로 정신없다고 들었기 때문에 지금 시점에서 마리스텔라의 방문 소식은 꽤 뜻밖이었다. 클로드는 의아해하면서도 그녀를 응접실로 모시라고 말한 다음 그 자신도 자리에서 일어섰다.

응접실로 가자 약간 상기된 얼굴을 한 채로 자신을 기다리고 있는 마리스텔라의 모습이 보였다.

무슨 일로 온 걸까, 속으로 중얼거리며 클로드는 안으로 들어섰다.

"레이디 마리스텔라."

"아, 공작님."

"이제 황태자비 전하라 불러 드려야 할까요?"

그가 장난스럽게 묻자 마리스텔라가 부끄럽다는 듯 손을 휘저었다.

"아직 결혼 전인걸요. 그러지 마세요."

"결혼 준비로 바쁘시다고 들었는데 무슨 일로 오셨습니까."

"갑작스럽게 방문하게 되어 죄송합니다. 마침 이 근처를 들를 일이 생겨서요."

"아닙니다, 레이디 마리스텔라. 언제든 편한 때 방문해 주시면 저야 기쁘지요."

"환대해 주셔서 감사합니다. 기별 없이 왔다고 쫓겨나는 건 아닌지 걱정했는데……."

"아무렴 절친한 벗에게 그렇게 매정하게 굴 리가요."

클로드가 낮게 웃으며 고개를 젓는 새, 마리스텔라가 품속에서 무언가를 꺼내 그에게 내밀었다. 흰색 봉투였는데, 클로드는 묻지 않아도, 열지 않아도 그것이 무엇인지 대충 짐작이 갔다.

그의 표정이 살짝 굳어졌다. 알고 있음에도, 그것을 현실로 마주하는 것은 또 다른 이야기이다. 늘 그렇듯이.

"청첩장입니다, 전하."

"……감사합니다, 영애."

클로드는 애써 웃으며 그것을 받아 들었다. 관례상 황태자의 결혼식에는 청첩장을 받은 이들만 귀빈석에 앉을 수 있었다.

"황태자 전하께 여쭤보았더니 아직 공작 전하께 드리지 않았다고 하시더군요. 그래서 제가 직접 전해드리겠다고 했습니다."

"직접 보기 껄끄러우시다는 걸까요?"

"그럴 리가요."

마리스텔라가 손까지 내저으며 클로드의 추측을 막았다.

"너무 바쁜 분이시라 제가 다녀오겠다고 자청한 거랍니다."

그 말을 들으니 묘하게 기뻐져서, 클로드는 가만히 미소 지었다.

그런 다음 제 손에 들린 하얀색 청첩장을 가만히 내려다보았다.

아직 열어보지는 못했지만, 저 안에는 분명 한때 자신이 좋아했던 여자와 그의 애증 어린 벗의 이름이 적혀 있을 터였다.

"안 열어 보세요?"

봉투를 뜯지 않고 겉면만 바라보는 그가 이상했는지, 마리스텔라가 의아한 목소리로 물어왔다. 클로드가 애써 웃으며 대답했다.

"지금 열어보려고 합니다."

그 말과 함께 클로드는 조심스럽게 청첩장의 봉투를 열어 보았다. 안에는 그가 예상했던 두 사람의 이름이 아름다운 필기체로 적혀 있었다. 그 모습에 가슴 한편이 아려왔지만, 예전보다는 훨씬 나은 기분이었다. 후련하기도 하고, 진심으로 기쁘기도 한 것 같은 기분.

"이걸 받아보니 새삼 두 분께서 결혼하신다는 게 실감이 나는 군요."

"사실 전 아직도 얼떨떨합니다. 결혼이라니……."

"잘 사실 겁니다."

진심으로 하는 말이었다.

"그렇게 믿고 있어요."

"항상 감사합니다, 전하. 황태자 전하와는 언제 한번 자리를 마련하겠습니다."

"……네."

클로드는 그렇게만 대꾸한 다음 제 앞에 앉은 여자를 쳐다보았다.

머지않아 순백의 신부가 되어 만인의 위에 군림하게 될 사람.

한때 자신이 깊이 좋아했지만, 이제는 정말로 보내주어야 할 때가 된 듯했다.

잊어야 할 사람을 잊지 못하고, 보내주어야 할 사람을 보내주지 못하는 게 주변 사람에게 얼마나 큰 폐를 끼치는지는, 이미 경험해 알고 있었으니까.

외전. The Wedding Day

"어떻게 해. 너무 떨려."

침대 한가운데에 앉은 마리스텔라가 얼굴을 감싼 채로 어쩔 줄 몰라 했다. 아, 그전까지는 별생각이 없었는데 막상 코앞으로 다가오자 걱정이 태산이었다.

"잘할 수 있겠지?"

"혼자서 뭘 그렇게 구시렁대?"

"으악!"

갑작스럽게 누군가가 문을 열며 들어왔고, 마리스텔라는 깜짝 놀란 얼굴로 옆에 있던 이불을 끌어당겨 몸을 가렸다.

그 모습을 본 마티나가 황당해하며 물었다.

"누가 보면 다 벗고 있는 줄 알겠네. 왜 그래?"

"아니…… 말도 없이 들어와서 깜짝 놀랐지."

"노크했는데. 못 들었어?"

"응······."

"계속 혼잣말을 하니까 못 들었겠지. 난 분명히 노크했는데."

그것도 세 번이나.

마티나의 말에 마리스텔라가 머쓱한 표정을 지었다.

그녀의 말마따나 자신이 딴생각을 하느라 못 들었을 것이리라.

"무슨 고민이 있어서 그렇게 혼잣말을 했는데?"

"너라면 고민이 안 되겠어, 마티나?"

"왜?"

"내일이 결혼식이잖아!"

그렇다. 내일은, 아니 내일이라고 하기에도 짧지. 대략 12시간만 지나면 자신은 신부로서 결혼식장에 서게 되는 것이었다.

한마디로 오늘이 자신이 미혼이자 벨플레어 영애로 보낼 수 있는 마지막 밤이었지만, 마티나는 생각보다 차분한 반응이었다.

"그게 뭐 어때서······?"

"나만 떨리는 거야?"

"언니가 워낙 전부터 태연해서, 난 크게 긴장 안 하는 줄 알았어."

"······나도 그런 줄 알았지."

"근데 막상 닥쳐보니 그게 아니야?"

"응······."

"뭐가 걱정인데?"

마티나의 물음에 마리스텔라는 가만히 한숨을 내쉬었다. 이건 메리지 블루 같은 거였다.

하지만 그냥 이유 없이 불안하다기보다는, 그녀에게는 좀 더 구체적인 이유가 있었다.

"내일 결혼식만 마치면 난 정말로 요나스의 황태자비가 되는 거잖아."

"응."

"내가 잘해낼 수 있을까? 훌륭한 황태자비, 다정한 아내, 멋진 며느리…… 이 모든 역할을 다 잘 해내야 할 텐데 그럴 수 있을지 걱정이 돼."

"언니도 참. 그런 걸 걱정하고 있었던 거야?"

"그런 거라니. 나한텐 꽤 중요한 문제야."

"하지만 언니는 분명 잘해낼 수 있을 거야. 내가 본 언니는 멋지고 당차고 씩씩한 사람이니까."

"아냐. 그런 말로는 위로가 안 돼……."

"분명 막대한 자리인 건 맞지만, 너무 그 자리에 부담 가질 필요 없다고 생각해."

마티나가 부드럽게 마리스텔라의 손을 잡아 주며 말을 이었다. 그 온기가 마리스텔라에게 꽤 위안이 되어 주었다.

"그리고 너무 그 자리에 얽매일 필요도 없고. 평소랑 달라진 건 가족이 늘었다는 점, 그리고 지금보다 더 행동거지에 유의해야 한다는 점, 이 두 가지 빼고는 없다고 생각하는 거야. 그럼 좀 편해지려나?"

"그렇지……? 잘해낼 수 있겠지?"

"당연하지. 우리 언니가 얼마나 똑 부러진 사람인데."

마티나가 낮게 웃으며 마리스텔라를 꼭 안아주었다.

"늘 잔잔한 호수 같던 사람이 갑자기 이러니까 나도 당황스럽긴 하네. 그렇게 걱정이 됐어?"

"모두가 결혼하기 전날 밤에는 이런 기분이지 않을까? 아니면 나만 이런 건가……."

"모두가 그럴 거야. 다만 언니는 상대가 상대라 더 그럴 거고. 어쨌든 지금과는 다른 생활이 펼쳐지는 거니까."

"다른 건 몰라도 앞으로 너랑 부모님을 자주 못 뵈는 건 많이 서글프다."

"자주 초대해 줘, 언니. 언니가 벨플레어 저택에 오는 건 꽤 까다롭겠지만, 내가 가는 건 그렇게 어렵지 않을 테니까."

"그래. 그렇게 할게."

마리스텔라는 엷게 미소 지었고, 그런 언니를 빤히 바라보던 마티나가 잠시 생각하는 표정을 짓다 입을 열었다.

"실은, 오늘 밤은 언니랑 같이 자려고 왔어."

"아, 자매의 마지막 밤인 건가?"

"그래. 이제 언니를 언니라고 부를 수 있는 것도 오늘이 마지막이야. 내일부터는 '황태자비 전하' 하고 불러야 할 테니까."

"에이, 그런 건 싫은데. 결혼한 후에도 친근하게 불러주면 안 돼?"

"당장 부모님도 언니한테 존칭을 쓸 텐데 내가 뭐라고. 절대 안 돼. 법도에 어긋나는 일이야."

확실히 귀족들이라 그런지 이런 부분에 있어서는 다들 엄격했다.

마리스텔라가 하는 수 없다는 표정을 지었다.

그럼 오늘 뽕을 빼야겠다고 생각하면서.

"우리 마티나, 그럼 오늘 밤 언니라고 맘껏 불러야겠네?"

"그래야지, 우리 언니."

마티나가 애틋하게 마리스텔라를 바라보았고, 그 시선에 부담감을 느낀 마리스텔라가 웃으며 장난스럽게 물었다.

"이제 나보다 네가 더 심란한 것 같다?"

"나도 이렇게 심란한데 부모님은 얼마나 더 심란하실지 그런 생각도 들고……."

"영영 못 볼 것처럼 굴지 마. 자주 초대할 거니까."

"약속 안 지키면 안 돼. 알았지?"

"당연하지."

"에휴. 나도 결혼하기 전날 밤 이런 느낌일까."

"네가 결혼한다고 하면 나도 되게 심란할 것 같기는 하다."

마리스텔라가 키득키득 웃으며 여동생의 흐트러진 머리카락을 정리해주었다. 문득 어깨 너머로 시계를 보니 벌써 10시였다.

내일 일찍 일어나려면 취침 시각이 더 늦어져서는 안 될 것이다.

마리스텔라가 부드러운 목소리로 동생에게 말했다.

"이제 눕자. 더 늦게 자면 내일 화장이 잘 안 먹힐 거야."

"어휴, 그럼 안 되지."

마티나가 빠르게 이불 속으로 기어들어 갔고, 그 모습을 흐뭇한 표정으로 바라보던 마리스텔라도 천천히 이불 속으로 따라 들어 갔다.

이불의 포근함이 그녀를 데워주면서 서서히 졸음이 밀려왔다.

"언니."

그때 나직하게 자신을 부르는 목소리에, 마리스텔라가 천천히 눈을 떠올렸다.

"······응?"

"내가 많이 사랑해."

느닷없는 사랑 고백이었지만, 듣기에는 더없이 좋았다.

마리스텔라의 입가에 잔잔한 미소가 번져 나갔다.

"나도 많이 사랑해, 마티나."

"언니는 잘 살 거야. 내가 기도해줄게."

"고마워."

마티나의 이마 위로 가볍게 키스한 뒤에, 마리스텔라는 그녀를 꼭 끌어안았다. 마티나의 온기가 자신의 불안한 마음을 한결 안정시켜주는 듯했다.

'모든 게 잘 될 거야.'

막연한 불안감은 떨쳐내기로 했다.

남편 될 남자는 좋은 사람이었고, 시아버지 될 황제 역시 자신에게 다정하게 대해 주었으니까. 앞길에 꽃길만 펼쳐져 있는 것까지는 기대하지 않았지만, 분명 나쁘지 않은 결혼생활이 될 것이다.

마리스텔라는 스스로 그렇게 되뇌면서 천천히 눈을 감았다.

.

.

.

그리고 그다음 날이 되었을 때, 마리스텔라는 아주 일찍 일어나야만 했다. 황궁에서 이른 아침부터 마차를 보냈기 때문이었는데, 신부로서의 단장은 황궁에서 하게 될 예정이었다.

마리스텔라는 저택의 사용인 및 가족들과 마지막 인사를 나눈 다음 마차에 올라탔다. 이미 그 순간부터 그녀의 심장은 설렘과 기대, 긴장으로 계속 거세게 박동하는 중이었다.

"도착했습니다, 레이디 마리스텔라."

그 떨림과 함께 마리스텔라는 황궁까지 도착했다.

아마 이렇게 '레이디 마리스텔라'로 불리는 것도 지금 이 순간이 마지막이겠지. 황궁 안의 사람들은 전부 자신을 '황태자비 전하'로 부를 테니 말이다.

마리스텔라는 그 호칭이 주는 부담감에 최대한 절도 있는 걸음걸이로 밀즈궁에 입성했다. 오늘부터 자신이 기거하게 될 궁이었다.

'여전히 믿기지 않는 사실이지만.'

결혼식을 위한 단장 순서는 대충 이랬다. 일단 깨끗하게 목욕을 마친 뒤에 화장을 하고, 결혼식 드레스를 입고, 신부용 액세서리를 몸에 거는 것이다.

이 간단한 한 줄이 얼마나 시간을 잡아먹는지는 결혼식을 진행해본 사람만이 알 수 있을뿐더러, 황가에서 진행하는 결혼식은 귀족의 일반적인 결혼과는 비교할 수 없는 화려함을 자랑했기 때문이었다.

'힘들다……'

그 모든 과정을 버텨내며 마리스텔라는 진이 빠질 노릇이었지만, 자신보다는 자신을 단장시키는 시녀들이 더 힘들 거라는 생각에 함부로 투정 부리기도 쉽지 않았다.

마리스텔라는 애써 그 모든 상황들을 참아냈지만, 종종 자비에르를 보고 싶은 마음이 울컥울컥 차올라서 힘들 때도 있었다.

어쨌든 시간은 빠르게 지나갔고, 마리스텔라는 마침내 모든 준비를 끝냈다.

"다 됐습니다, 황태자비 전하."

그 말과 함께 시녀들이 그녀를 전신 거울 앞까지 데리고 갔고, 거울 앞에 선 마리스텔라는 많이 당황할 수밖에 없었다.

"와……."

거울에 비친 자신은 '황궁의 치장이란 이런 것이다'를 전적으로 보여주는 모습을 하고 있었다.

'레이디 마리스텔라'로 벨플레어 저택에서 지냈을 때와 비교한다면 전부 한 단계씩 업그레이드된 화장과, 드레스와, 액세서리랄까.

새삼 황족이 된다는 것의 위력을 느끼며 마리스텔라는 거울을 본 상태로 어색하게 미소 지었다. 나름 잘 어울리는 것 같기도 했다.

"황태자 전하께서는 준비를 다 마치셨을까?"

"아마 그러셨을 겁니다."

"내가 뵈러 가는 건…… 곤란하겠지?"

마리스텔라가 조심스럽게 묻자, 황태자비 수업 때부터 봐왔던 밀즈궁의 시녀장 메이시가 난감한 표정을 지었다. 그 표정만 봐도 안된다고 말하는 게 느껴져서, 마리스텔라는 일찌감치 단념하기로 했다. 그 모습을 본 메이시가 조심스럽게 입을 열었다.

"어차피 곧 만나게 되실 겁니다. 결혼식이 1시부터 있으니까요."

현재 시각 11시 30분. 틀린 말은 아니었지만……. 마리스텔라는 애써 고개를 끄덕였다. 그리고 바로 그때, 시녀 하나가 당황한 표정을 한 채 마리스텔라가 있는 대기실로 들어왔다.

"화, 황태자비 전하."

"무슨 일이지?"

"황태자 전하께서 오셨습니다."

그 말에 마리스텔라의 눈이 커지기도 전에, 온통 시녀들뿐이었던 대기실에 사내 하나가 모습을 드러냈다. 그 정체를 확인한 마리스텔라의 입가에 잔잔한 미소가 번져나갔다.

"전하."

그녀가 종종걸음으로 자비에르에게 다가갔다. 그는 검은색 정복을 입고 있었는데, 늘 그렇듯 그는 정복을 입은 모습이 가장 잘 어울린다고 마리스텔라는 생각했다.

그녀가 대놓고 좋아하는 기색을 내보이며 자비에르에게 물었다.

"여기까지 오셔도 되나요? 메이시는 안 된다고 했는데……."

"사실은 안 되지만…… 제가 딜튼 경에게 졸랐습니다."

자비에르가 키득거리며 대답했고, 마리스텔라 역시 자비에르의 대답을 듣고 키득거렸다.

자비에르는 이내 아름답게 꾸민 자신의 신부를 눈에 담았다.

보기만 해도 함박웃음이 절로 지어지는 모습에 그가 자연스럽게 미소 짓자, 마리스텔라는 조심스럽게 물었다.

"혹시 이상한가요?"

"그럴 리가 있겠습니까."

자비에르가 고개를 저으며 덧붙였다.

"아마 제국의 그 어떤 신부보다도 아름다우실 겁니다."

"전하."

목소리에서 느껴지는 확신에 마리스텔라의 얼굴이 붉어졌다. 남들이 다 있는 데서 이런 말이라니. 어쩐지 부끄러웠다. 하지만 그 모습을 본 자비에르는 딱히 정정할 생각이 없어 보였다.

"사실인데요, 뭘. 부끄러워하실 필요 없습니다."

"다른 사람들은 그렇게 생각하지 않을 수도 있잖아요."

"그렇게 생각하지 않는 사람이 여기 있나?"

자비에르가 대놓고 물어보았고, 당연히 돌아오는 대답은 '절대 없음'이었다.

아니, 그렇게 대놓고 물어보면 누가 솔직하게 대답하겠어?

마리스텔라는 어이가 없어졌지만, 굳이 책잡지는 않은 채 그저 황당한 숨만 내뱉었다.

"그보다 여긴 어쩐 일이세요? 피곤하실 텐데 대기실에서 쉬시지……."

"왜 왔을 거라고 생각하십니까."

자비에르가 다정하게 자신과 눈을 맞춰 오며 물어보는 통에, 마리스텔라는 저도 모르게 얼굴을 붉히며 그의 시선을 피했다.

이제 곧 부부가 될 텐데도 이런 다정한 행동은 이상하리만치 면역이 아직 안 되어 있었다.

큰일이었다. 오늘 밤에는 아마 더 부끄러운 일도 일어날 텐데.

"많이 보고 싶었거든요."

부드러운 목소리와 함께 자비에르가 마리스텔라의 볼을 쓰다듬어 왔고, 그녀는 여전히 얼굴을 붉힌 채로 현실적인 조언을 해주었다.

"저 안 만지시는 게 좋을 거예요."

"어째서 말입니까."

"화장을 아주 두껍게 했거든요. 전하의 손에 화장품이 다 묻을 겁니다."

지극히 현실적인 말에 자비에르는 전혀 예상치 못했다는 듯 낮게 웃었다. 듣기 좋은 중저음의 웃음소리였지만, 마리스텔라는 어쩐지 그걸 듣는 것마저 부끄럽게 느껴졌다.

"웃지 마세요!"

"귀여워서요."

스스럼없이 저런 말이라니! 아무래도 시녀를 물려야 할 것 같다고 생각하면서, 마리스텔라는 주변의 시녀들에게 모두 나가라고 지시했다. 모두가 나가고 마침내 대기실에 두 예비 부부만 남게 되자, 자비에르는 은근한 눈빛을 보내오며 물었다.

"모두 내보내고 저랑 뭘 하시려고."

"뭐, 뭘 해요?"

"기대해도 되겠습니까, 비?"

"아뇨!"

마리스텔라가 빠르게 팔을 얼굴 앞으로 들어 올려 입술을 방어했다. 이다음에 무슨 일이 일어날지 대충 예상이 간 탓이다. 그 모습을 본 자비에르가 다시 한번 낮게 웃었다.

"도대체 무슨 생각을 하고 계신 겁니까."

"……키스하려던 거 아니었어요?"

"반은 맞습니다만."

그가 부드럽게 마리스텔라의 머리카락을 쓸어내리며 말했다.

"그럼 내 비께서 싫어하실 거 같은데."

"맞아요. 화장이 다 지워질 거예요."

"다시 하면 안 되겠습니까."

"우리 둘이 시녀들을 내보내고 무슨 짓을 했는지 다 떠벌리실 생각이신 건가요? 참아주세요."

"뭐 어떻습니까. 화장이야 다시 하면 되는 거고……."

"이제 곧 12시예요."

"예식까지는 1시간 정도 남았지요. 충분하지 않겠습니까."

"그래서…… 진짜 하려고요?"

마리스텔라가 쿵쿵거리는 심장 소리를 들으며 자비에르를 쳐다보았고, 그는 그녀를 가만히 쳐다보다가 이내 웃음을 터뜨렸다.

그제야 자신이 장난에 걸려들었다는 사실을 깨달은 마리스텔라가 자비에르의 가슴을 아프지 않게 두드렸다.

"전하!"

"비는 참 놀리기 좋은 사람입니다."

"너무하세요. 전 진심인 줄 알았다고요."

"사실 8할은 진심이었는데……."

자비에르가 나른하게 마리스텔라를 바라보며 속삭였다.

"그럼 비께서 많이 곤란해지실 것 같아서 참는 중입니다."

"……."

"아직 낮이잖습니까. 밤은 오지도 않았고."

지극한 사실만 담은 두 마디가 이상하리만치 야하게 들렸다면 제 착각일까. 마리스텔라가 저도 모르게 얼굴을 붉히자, 그 모습을 본 자비에르가 다시 놀리듯 물었다.

"무슨 생각을 하고 계시기에 이렇게 얼굴이 붉어지실까."

"……아무 생각도 안 하거든요."

"정말입니까?"

그가 가만히 마리스텔라를 향해 얼굴을 가까이하며 속삭였다.

"나는 알 것도 같은데."

"……."

"더했다간 비께서 절 정말 미워하게 되실 것 같으니 그만해야겠군요."

"전하께서 원래도 이렇게 능글맞은 분이신지 몰랐어요."

"그동안 나름 제 진솔한 면을 많이 보여드렸다고 생각했는데."

'흐음' 하고 중얼거리던 그가 이내 천천히 마리스텔라의 이마 위로 입술을 옮겼다. 그녀는 굳이 피하지 않은 채 미소 지었고, 이내 부드러운 촉감이 이마에 느껴졌다. 마리스텔라가 작게 웃는 소리를 내며 말했다.

"결국 못 참으셨네요."

"너무 예뻐서요."

그 목소리가 진심이라는 건 마리스텔라도 알 수 있었다. 그 사실이 부끄럽기도 했지만 기분 좋기도 했다. 신랑에게 예뻐 보이고 싶은 건 신부라면 누구나 그럴 테니까.

"전하께서도 멋지세요, 오늘."

"그렇게 봐주시니 다행입니다."

자비에르가 진심으로 기뻐 보이는 듯한 미소를 지으며 작게 속삭였다.

"혹시라도 마음에 들어 하지 않으시면 어쩌나 걱정했거든요."

하지만 그렇게 말하기에 그는 어떤 걸 입어도 잘 어울리는 외모를 가지고 있었다. 패션의 완성은 얼굴이라고 했던가.

그 명제를 가장 잘 실현시키는 사람이 바로 자비에르일 것이라고 생각하면서, 마리스텔라가 그에게 말했다.

"전하께서는 뭘 입어도 멋지시니까, 앞으로도 그런 걱정은 안 하셔도 돼요."

"사실 그건 비께서도 마찬가지랍니다."

자비에르가 엷게 미소 지으며 마리스텔라에게 말했다.

"뭘 입어도 내 눈엔 정말 아름답게 보이거든요."

……새삼스럽게 드는 생각이었지만, 아까 시녀들을 전부 물려서 다행이었다. 만약 이 대화가 그대로 노출되었다면 자비에르가 가고 난 뒤에 얼마나 서로 민망해졌을지.

"황태자 전하. 황태자비 전하."

그때 바깥에서 메이시의 목소리가 들려왔다.

"이제 그만 나가셔야 할 시각입니다."

"아."

그 말에 시계를 바라보니 벌써 12시를 조금 넘긴 시각이었다. 요나스의 결혼식은 보통 우리가 아는 것처럼 신부가 아버지의 손을 잡고 입장하는 식이었지만, 황가에서 진행하는 결혼식은 조금 달랐다.

서로의 평생 동반자가 되는 의미에서 신랑과 신부가 함께 손을 잡고 입장하는 것이었다. 때문에 결혼식 직전 신랑과 신부는 같은 대기실에서 서로 이야기를 나누는 관례가 있었다.

"이제 드디어 결혼식이네요."

마리스텔라가 조금 떨리는 듯 초조한 눈빛으로 중얼거리자, 그 모습을 빤히 바라보고 있던 자비에르가 말없이 신부의 손을 잡아주었다.

예고 없던 따스함에 당황한 그녀가 자연스럽게 고개를 옆으로 돌리자, 다정히 미소 짓는 자비에르의 얼굴이 시야에 들어왔다.

그녀의 입가에 자연스럽게 미소가 지어졌다. 안정감이 느껴졌다.

"들어가겠습니다, 전하."

잠시 후 시녀들이 들어왔고, 마리스텔라와 자비에르가 손을 잡고 있는 모습에 조금 놀란 듯했다. 하지만 굳이 내색하지는 않은 채, 시녀들은 두 사람이 대기실로 함께 이동할 수 있도록 도와주었다.

보통의 결혼식 드레스가 다 그렇긴 했지만 마리스텔라가 입은 드레스는 특히 더 풍성하고 화려했기 때문에 혼자서는 절대 이동할 수 없는 상황이었다.

"휴……."

대기실에 도착하고 다시 단둘이 남겨지자, 마리스텔라가 자연스럽게 떨리는 감정을 드러냈다. 그 모습을 바라보던 자비에르가 그녀의 손을 좀 더 꽉 잡아 주었다.

"떨리십니까?"

"전하께서는요?"

"저도 마찬가집니다. 결혼은 처음이거든요."

자비에르의 대답에 마리스텔라가 낮게 웃음을 터뜨렸다.

"저도 그래요, 그건."

인생 2회차이긴 하지만 결혼은 처음이었다.

그녀가 머뭇거리다 자비에르에게 물었다.

"저 잘할 수 있겠죠?"

"잘하실 필요 없습니다."

의외의 대답에 마리스텔라의 눈동자가 동그래졌다. 그 모습을 바라보던 자비에르가 푸스스 미소 지으며 말을 이었다.

"비께서는 존재 자체로 저와 황가에 큰 도움이 되어 주시는 분이니까요. 그냥 건강하게 제 옆에서 행복해주셨으면 좋겠습니다. 제 바람은 그것뿐입니다."

그 말에 마리스텔라는 순간 가슴 속에서 울컥함이 치밀어 오르는 감정을 느꼈다. 투정 같은 말이었는데 이렇게 따뜻하게 대답해줘서 고맙기도 했고, 그동안 내심 걱정하고 있었던 것들이 아무것도 아니라고 말해주는 것 같아서 안심도 되었다.

그녀가 입술을 파르르 떨며 금방이라도 울 것 같은 표정을 짓자, 자비에르가 당황해서는 말했다.

"이런. 비를 울리려고 드린 말씀은 아니었는데."

"……슬퍼서 이러는 건 아니니까 괜찮아요. 실은 좀 감동받아서요."

"제 처지와 지위가 괜히 비께 부담을 주는 건 아닌지 많이 걱정했습니다. 그래서 저는 비께서 그 자리에 너무 부담 가지지 않으시기를 바랍니다. 황태자비가 아니라, 그냥 제 아내가 되어 주신다고 생각하면 안 되겠습니까."

"네, 전하. 그러겠습니다."

마리스텔라가 애써 웃으며 자비에르를 쳐다보았고, 그제야 자비에르는 안심한 듯했다. 그가 살짝 흐트러진 옷매무새를 정리해주다가, 나직하게 입을 열었다.

"지금 여기서 말해도 되는지 모르겠지만."

"……."

"저와 결혼해 주셔서 정말 감사합니다, 비."

"그런 말이 어디 있어요. 제가 정략혼을 하는 것도 아니고, 전하가 좋아서 자의로 결혼하는 건데요."

"그래도요. 사실 어제까지 믿기지 않았거든요. 비께서 정말로 제 비가 된다는 사실이 꿈같아서……."

"꿈인지 생신지는 앞으로 차차 알게 되실 겁니다."

마리스텔라가 배시시 미소 지으며 맞잡은 손에 좀 더 힘을 주었다.

"저도 결혼해 주셔서 감사해요, 전하."

"사랑합니다."

한 차례 고백이 지나가고 나니 더 강력한 고백이 다가왔다.

아, 벌써부터 이렇게 사람 감동시켜 놓으면 결혼식에서 정말 울어 버릴 것 같은데.

마리스텔라가 울상이 된 얼굴로, 하지만 미소 지었다.

"아주 많이요."

그래도 결혼식에서 이 말을 듣지 않아 다행이려나. 그럼 정말 빼도 박도 못 하게 울어 버렸을 테니. 그럼 화장은 전부 엉망이 되고, 부끄러움은 온전히 제 몫이겠지.

마리스텔라가 벌써부터 자극되는 눈물샘을 가라앉히며 말했다.

"저도 많이 사랑해요, 전하."

자신이 이렇게 감성적인 사람이었을 줄은 몰랐다.

하긴 이런 순간이 되어서야 다들 깨닫는 것이겠지만.

"이제 나오셔야 합니다, 전하."

대기실 바깥에서 들려오는 시녀의 목소리에, 자비에르와 마리스텔라는 서로의 눈을 지그시 바라보았다.

비로소 두 사람의 새로운 역사가 시작되려 하고 있었다.

"황태자 전하와 황태자비 전하 드십니다."

마리스텔라는 자비에르의 손을 꼭 붙잡은 채 대기실 밖으로 나갔다. 이미 수많은 귀족들이 홀 안에 모여 있었고, 가장 오른편과 왼편에는 각각 자신의 부모님과 헨리 14세의 모습이 보였다.

하객으로만 보아왔던 결혼식의 모습이었다.

마리스텔라는 이제 정말로 자비에르와 결혼한다는 사실에 심장이 뛰었고, 이내 천천히 고개를 돌려 옆에 있는 신랑을 쳐다보았다.

아니나 다를까, 자비에르 역시 자신을 쳐다보고 있었다.

그 우연의 일치에 그녀는 하마터면 웃음을 터뜨릴 뻔했지만, 요나스의 결혼식 풍습은 꽤 엄숙한 분위기에서 진행되었기 때문에 애써 속으로 소리를 삼켜냈다.

곧이어 따분한 주례사가 시작되었다. 주례는 황제의 먼 친척이라는 페수스 공작이 맡게 되었는데, 마리스텔라는 지금껏 들었던 어떤 주례사보다도 페수스 공작의 주례사처럼 긴 건 없으리라고 생각했다. 하지만 잘 들어보면 전부 좋은 이야기들뿐이었기 때문에, 마리스텔라는 애써 견뎌내며 이야기 하나하나를 귓속에 새겨 냈다.

하지만 그마저도 1시간을 넘기자 정신은 혼미해지고 다리가 저려왔다. 세상에, 누가 주례사를 1분도 아니고 1시간 동안이나 한단 말인기? 그러다 순간 마리스텔라가 저도 모르게 서 있는 상태에서 균형을 잃고 비틀거렸고, 그 사실을 빠르게 눈치챈 자비에르가 잔뜩 놀란 얼굴로 그녀를 재빨리 잡아 주었다.

"괜찮으십니까?"

속삭여오는 목소리에서 걱정하는 빛이 잔뜩 느껴졌다. 마리스텔라는 말없이 작게 고개를 끄덕였지만, 자비에르는 별로 안심하는 기색이 아니었다. 하지만 그렇다고 해서 페수스 공작에게 '당장 주례를 멈춰 주십시오!'라고 말할 수도 없어서 발을 동동 구르기만 했다.

그런 신랑신부의 속사정을 아는지 모르는지 페수스 공작의 주례사는 끝날 기미가 보이지 않았다. 페수스 공작이 주례를 한두 번 해 본 사람도 아니니 주례사가 길다는 소리도 분명 많이 들었을 것이다. 그럼에도 이러는 걸 보면 별로 개의치 않겠다는 뜻 같아서, 자비에르는 몹시 불쾌해졌다.

아무래도 결혼식이 끝나고 공작에게 한소리 해야겠다고 굳게 다

짐하면서, 자비에르는 혹시라도 마리스텔라가 너무 지치고 힘들어하는 건 아닌지 전전긍긍해 했다.

결국 페수스 공작의 주례사는 1시간 10분째에 정확히 끝이 났다.

계속 서 있었던 신랑, 신부는 물론이고 하객들도 전부 지친 눈치였다.

안 지친 사람을 한 명 꼽자면 주례사를 했던 페수스 공작 정도?

정말 타고난 입담꾼이었다. 어쨌든 이제 남은 건 결혼식의 가장 중요한 순서, 하나뿐이었다.

"황태자 전하께 묻겠습니다."

페수스 공작은 조금의 지침도 없는 목소리로 자비에르에게 물었다.

"마리스텔라 제니즈 라 벨플레어를 아내로 맞아, 그녀를 평생 아끼고 사랑하며, 아내로서 존중하고, 인생을 함께할 동반자로서의 예우를 다하겠습니까?"

당연한 말이었다. 그는 조금의 망설임도 없이 고개를 끄덕였다.

"물론입니다."

당연한 의례였지만, 옆에서 그 말을 듣는 마리스텔라는 심장이 두근거리는 것을 느꼈다. 이제 자신만 대답하면 자비에르와 자신은 정말로 부부가 되는 것이었다.

곧이어 페수스 공작은 그녀에게도 똑같은 질문을 해왔다.

"자비에르 카렐 리 요나스를 남편으로 맞아, 그를 평생 아끼고 사랑하며, 남편으로서 존중하고, 인생을 함께할 동반자로서의 예우를 다하겠습니까?"

그 질문이 자신을 향했을 때와 옆의 사람을 향했을 때 느껴지는 감정은 분명 다른 것이었다. 마리스텔라는 대답부터 하는 대신 떨리는 표정으로 제 손을 잡아 주고 있는 남자를 쳐다보았다.

자비에르는 빙긋 미소 짓고 있었다. 대답이 늦어지는 데에 조금의 불안도 없다는 것처럼 보여서, 그녀는 순간 마음이 뭉클해졌다.

마리스텔라는 마침내 입을 열고 대답했다.

"물론입니다, 공작님."

"이제부터 두 사람은 부부가 되었음을 엄숙히 선포하는 바입니다."

그 말과 동시에 뒤쪽에서 음악과도 같은 박수 소리가 들려왔다.

마리스텔라는 뒤를 돌아보지는 않았지만, 모두가 자신을 위해 축하해주고 있다는 사실을 쉽게 알 수 있었다. 그녀는 그 순간 벅차오르는 가슴을 느끼며, 맞잡은 자비에르의 손에 힘을 주었다.

그런 그녀의 감정이 손을 타고 전달되기라도 한 것처럼 자비에르는 미소 지으며 그녀를 바라보았다.

누가 봐도 신부에 대한 애정이 담뿍 느껴지는 시선에, 마리스텔라는 부끄러운 한편 눈물이 날 정도로 기쁜 기분이었다.

"사랑합니다, 비."

아까 한 번 들었음에도 다시 들으려니 너무나도 감동적인 한마디. 마리스텔라는 울지 않기 위해 입술 안쪽을 꾹 깨문 다음, 희미하게 미소 지으며 화답했다.

"저도 사랑해요, 전하."

두 사람의 시선이 천천히 얽혀 들어갔다. 서로에 대한 신뢰와 사랑이 깊이 느껴지는 눈빛. 굳이 말로 하지 않아도 알 수 있을 것 같아서, 두 사람은 아름답게 미소 지었다.

단언컨대 인생에서 몇 안 되는 최고의 순간 중 하나였다.

.

.

.

피로연은 저녁까지 계속되었다.

사교계에서 마리스텔라의 평판이 나쁘지 않았기 때문에 대부분의 귀족들은 그녀를 향해 진심어린 축하를 보냈다.

그들은 이제 남은 사람은 에스클리프 공작뿐이라면서, 과연 누가 에스클리프 공작부인이 될지 저들끼리 이러쿵저러쿵 떠들어 댔다.

마리스텔라는 이 결혼 피로연이 황태자비가 되고 맞는 첫 궁중 행사나 다름이 없다고 생각해서, 당장이라도 침대에 가 눕고 싶을 만큼 피곤했음에도 애써 정신을 차리며 귀족들과 시간을 보냈다.

새삼스럽게 이 세계의 귀족들이 참 대단하다는 생각이 들었다.

다른 귀족들은 전혀 이 상황을 피곤하게 여기지 않는 것처럼 보였기 때문이었다. 요나스에 온 이후 어느 정도 시간이 지나 꽤 적응을 잘했다고 생각했는데 아직도 먼 모양이었다.

"괜찮으십니까."

그때 달콤한 목소리가 귓가에 착 감겼다.

마리스텔라가 저도 모르게 미소 지으며 뒤를 돌았다.

"전하."

자비에르였다. 아까 다른 귀족들과 이야기하고 있는 걸 봤는데……. 마리스텔라가 놀라면서도 기쁜 표정으로 그에게 물었다.

"언제 오셨어요?"

"방금."

"깜짝 놀랐잖아요. 기별 없이……."

"그래서 싫으십니까?"

"아뇨."

그럴 리가. 마리스텔라가 빠르게 고개를 저었다.

"사실 지금 많이 피곤했는데, 전하 얼굴이라도 뵈니 좀 씻겨 내려가는 기분이네요."

"많이 피곤하십니까?"

"으음…… 견딜 만해요."

사실 '많이' 피곤했지만 그걸 사실대로 말했다가는 걱정할 테니까. 마리스텔라는 절레절레 고개를 저었지만, 그녀를 바라보는 자비에르의 표정은 약간 심각해 보였다.

그는 진지하게 고민하는 표정을 짓다 입을 열었다.

"지금 궁으로 돌아갈까요?"

"네? 무슨 궁……."

"밀즈궁 말입니다."

"……."

자비에르의 말에 마리스텔라는 순간 할 말을 잃고 어벙해진 표정이 되었다. 밀즈궁으로 가자는 말은…… 그러니까……. 말뜻을 알아차린 마리스텔라의 표정이 붉게 달아올랐다.

하느님, 맙소사. 그녀가 초점을 잃고 떨리는 눈동자로 자비에르를 쳐다보았다. 진심으로 말하는 거냐고 묻고 싶었는데, 굳이 질문하고 답을 듣는 과정 없이도 답은 이미 나온 얼굴이었다.

마리스텔라가 아까보다 작아진 목소리로 자비에르에게 말했다.

"지금 사라진다면 분명 귀족들이 수군거릴 텐데요."

"어떤 식으로요?"

그걸 굳이 말을 해야…… 알아? 마리스텔라의 얼굴이 완전히 붉어졌고, 그 모습을 바라보는 자비에르는 귀엽다는 듯 낮게 웃었다.

그제야 그가 자신을 놀렸음을 깨달은 마리스텔라가 자비에르를 슬며시 흘겨보았다. 자비에르는 여전히 웃는 얼굴을 취하다가, 잠시 후에야 그녀에게 속삭이듯 말했다.

"완전히 농담은 아닙니다. 정말 피곤하시다면 이만 밀즈궁으로 돌아가는 게 좋겠어요."

"안 돼요. 그래도 피로연은 끝까지 지켜야지요."

……라고는 말했지만, 사실 고민되는 게 사실이었다.

피로연용 의상으로 갈아입었다고는 하지만 여전히 화려한 차림이기는 마찬가지라 발이 욱신거리는 건 물론이고 한 것 없는 목까지 뻐근해 왔으니까. 그런 그녀의 복잡한 심경을 알아차렸는지 자비에르가 빙긋 미소 지으며 그녀를 회유하기 시작했다.

"몰래 빠져나간다면 모를 겁니다."

"……."

"어때요?"

젠장. 마리스텔라는 결국 악마의 유혹을 거부할 수 없었다.

밀즈궁으로 돌아온 마리스텔라를 시녀들은 조금 놀란 눈치로 맞아주었다. 다들 아무렴 지금 올 줄은 몰랐다는 표정이었다.

마리스텔라는 괜히 민망해져서 애써 피곤하다는 내색을 드러내며 시녀들의 도움을 받아 옷을 갈아입었다.

두꺼운 화장을 지워낸 다음 따뜻한 물로 목욕까지 마치고 나니 시간은 벌써 9시를 달리고 있었는데, 아마 1시간 정도 후라면 피로연도 마무리될 터였다. 특별히 휴식을 취한 것도 아니었지만, 무거운 드레스와 액세서리들을 벗고 목욕을 한 것만으로도 마리스텔라는 피로가 많이 풀린 듯한 기분을 느꼈다.

"긴장되시죠?"

머리를 말려주면서 메이시가 물어왔다. 그 말에 멍하게 있던 마리스텔라가 당황한 목소리로 물었다.

"……어째서?"

"곧 황태자 전하께서 밀즈궁으로 오실 테니까요."

"……."

정작 자신은 별생각 없이 있었는데, 메이시가 다시 한번 일깨워 주는 바람에 곧이어 닥칠 자신의 미래가 다시금 상기되었다.

메이시의 말뜻을 알아차린 마리스텔라가 어색하게 미소 지었다. 그녀가 말해주는 바람에 갑자기 긴장이 되는 것도 같았다.

"너무 긴장하실 필요 없어요. 두 분 서로 사랑하는 사이시니까 분명 기쁜 시간을 보내실 수 있을 거예요."

때마침 그런 말을 해줘서 고맙기는 했지만, 너무 덤덤하고 건조하게 말해서 정작 듣는 사람이 더 부끄러울 지경이었다.

마리스텔라는 어색하게 웃으며 아무 말도 하지 않았다. 그 상황에서 뭐라고 말하는 게 더 웃길 것이다.

"자, 다 됐습니다. 황태자 전하께서 오실 때까지 아로마 마사지라도 해드릴까요, 비전하?"

"아니, 괜찮아."

만약 마사지를 받는데 자비에르가 온다면 상당히 우스운 상황이 연출될 것 같아서, 마리스텔라는 그냥 가만히 앉아 명상이나 하기로 했다.

"황태자비 전하."

하지만 눈을 감기가 무섭게, 시녀가 그녀를 부르며 방 안으로 들어왔다.

"지금 황태자 전하께서 오셨습니다."

이렇게 빨리 올 줄이야.

자비에르가 온다는 소리에 메이시를 포함한 모든 시녀들이 방 바

밖으로 나갔고, 마리스텔라는 혼자 남겨졌다.

"비."

그리고 홀로인 시간을 느끼기도 전에, 자비에르가 안으로 들어왔다. 마리스텔라는 어색하게 웃으며 자비에르를 반겼다.

"전하."

그리고 이다음엔…… 어떻게 해야 하지?

마리스텔라가 빠르게 머리를 굴렸다. 사실 그다음에 일어날 일이야 사신도 알고 그도 알고 있을 테지만 그걸 마음속으로 알고 대비하는 것과 실행하는 건 또 다른 문제였다.

"오셨어요."

마리스텔라는 여전히 어색하기 짝이 없는 얼굴로 미소 지었다.

자비에르와 함께 있으면서 어색하다고 느꼈던 시간은 많이 없었다. 그는 친구처럼 다정한 연인이었기 때문에. 하지만 이런 상황은 처음이었고, 그래서 어색했다.

아, 하지만 이제는 부부니까 어색하다고 느끼면 안 되는데!

마리스텔라는 고민하다가 침대 위에서 벌떡 일어섰고, 그 순간 자비에르가 움찔하는 모습을 목격했다. 그러니까 지금 두 사람 모두 앞으로의 일에 대해 어색해 하고 있는 것이었다.

어색하다, 어색해. 마리스텔라는 속으로 그 말을 끊임없이 중얼거리면서, 바깥으로는 아무렇지 않은 척 태연하게 말을 건넸다.

"오늘 피곤하셨죠?"

하지만 어째 내뱉는 말이나 그걸 담는 목소리나 전부 연극처럼 어색했다. 본인도 그걸 느끼는데 상대라고 그걸 못 느낄 리가.

마리스텔라가 어색한 눈으로 자비에르를 쳐다보았다가, 어느 순간 그와 눈이 마주쳤다.

결국 두 사람은 참지 못하고 웃음을 터뜨렸다. 별로 웃긴 상황은 아니었지만, 아니 웃긴 상황인가?

어쨌든 두 사람은 정말 재미있는 광경이라도 목격한 구경꾼처럼 소리를 내며 웃었고, 한참 후에 먼저 입을 연 사람은 마리스텔라였다.

"아…… 죄송해요, 전하. 이럴 생각은 없었는데."

"아닙니다, 비. 그래도 덕분에 긴장이 많이 풀어졌네요."

웃음기가 섞인 유쾌한 목소리가 마리스텔라에게 말했다.

"그…… 뭘 생각하는지는 알지만, 너무 부담 갖지 않았으면 좋겠습니다."

어떻게 거기에 부담을 안 가지느냐는 말이다. 말도 안 되는 소리였지만 마리스텔라는 일단 고개를 끄덕였다.

자비에르가 다정하게 웃으며 마리스텔라 곁으로 다가왔다.

"여러 번 말하는 것 같지만, 진심입니다."

그러더니 그녀와 진득하게 눈을 맞추었다.

"내 아내가 되어줘서 고마워요, 마리스텔라."

"……."

"앞으로 멋진 남편이 되기 위해 노력하겠습니다. 잘할 수 있을지는 모르겠지만……."

"전하께서는 잘해내실 거예요."

마리스텔라는 확신에 찬 목소리로 대답했다.

"전하를 믿어요. 그리고 이미 충분히 멋진 분이신걸요."

그 말을 들은 자비에르의 입가에 잔잔한 미소가 스쳐 지나갔다.

그는 가만히 마리스텔라를 바라보다가, 이내 천천히 그녀에게로 몸을 숙여 흘러내린 머리카락을 귀 뒤로 넘겨주었다.

그 사소한 접촉에도 마리스텔라는 커다란 감각을 느꼈다.

그녀가 어색하게 미소 지으며 자비에르를 쳐다보는데, 그가 조심스럽게 제게 점점 가까워지는 것이 보였다.

아, 어색하다 어쩐다, 해도 결국 이렇게 무리 없이 시작하는구나.

그걸 다행스럽게 여겨야 하는지 생각하고 있는데, 차가운 손가락이 그녀의 뜨거운 볼 위로 닿았다.

갑작스럽게 느껴진 차가움에 마리스텔라가 저도 모르게 몸을 떨었다. 그걸 덮어주기라도 하려는 듯 자비에르가 조심스럽게 마리스텔라의 뺨을 감싸 쥐었다. 의도와는 다르게 마리스텔라는 아까보다 더욱 차가움을 느꼈지만, 이상하게도 그 차가움 속에서 한 줄기의 온기가 피어나는 듯한 기분이었다.

차가웠던 손가락은 마리스텔라의 뜨거움이 전달되어 점차 따뜻해지기 시작했고, 그녀는 무의식적으로 눈을 감았다. 곧이어 따뜻하고 부드러운 입술이 그녀를 덮치는 감각이 느껴졌다.

처음은 분명 어색하면서도 가벼운 입맞춤이었는데, 시간이 지나면 지날수록 키스는 어색함을 잃고 점차 자연스러워졌다.

장난처럼 보였던 움직임은 점차 노골적으로 변해갔고, 두 사람은 언제 서로 어색함을 느꼈냐는 듯, 이 상황을 걱정했냐는 듯 서로에게 밀착하기 시작했다.

마리스텔라는 자신의 심장이 물 위로 나온 물고기처럼 펄떡대는 것을 느꼈다. 동시에, 뜨거운 물에 몸을 담갔던 아까 전처럼 후끈하게 몸에 열이 올랐다. 그녀의 입속에서 자연스럽게 허덕거리는 소리가 튀어나왔고, 마리스텔라는 그것을 부끄러워하기도 전에 몸이 뒤로 넘어가는 것을 인지했다.

그녀의 심장은 처음과는 비교할 수 없을 정도로 거세게 뛰기 시작했는데, 거세기가 마치 처음 자비에르와 입맞춤을 나누었을 때와 같았다. 아니, 정확히는 그때와 비교할 수 없을 정도로 더 떨렸다.

그녀는 금방이라도 터져버릴 것 같은 심장으로 자비에르를 쳐다보았다. 처음 이 방 안으로 들어섰을 때를 기억할 수조차 없을 정도로 열망에 젖은 눈이 들어왔다.

그 모습이 어색하면서도 자연스러웠고, 마리스텔라는 문득, 그가 아주 오랫동안 이 순간을 기다려왔을지도 모르겠다는 생각을 했다.

마리스텔라는 무의식적으로 손을 들어 올려 자비에르의 얼굴을 쓰다듬었고, 그게 자극이 되었는지 자비에르가 그녀의 어깨로 입술을 옮겼다. 입을 맞추었을 때와는 또 다른 자극이 그녀를 덮쳤다.

파르르 몸을 떪과 동시에 그녀의 얼굴을 붙잡았던 그의 손가락이 점차 아래로 내려갔다.

마리스텔라의 심장은 이제 걷잡을 수 없이 뛰기 시작했다.

동시에, 자비에르의 목소리가 들려왔다.

"싫으면 지금 말하십시오."

탁한 목소리는 낮의 그것과는 비교할 수 없을 정도로 간질거리는 구석이 있었다. 마리스텔라가 저도 모르게 마른 침을 꿀꺽 삼켰다. 감각이 스쳤던 아까보다 지금이 더 야릇하게 느껴졌다.

"이제 돌이킬 수 없습니다."

물론 그럴 것이다. 마리스테라 역시 그걸 알고 있었다.

그걸 묻는 진심이 궁금하여 그녀는 물었다.

"제가 지금은 못 하겠다 말한다면 안 하실 건가요?"

"기다리겠습니다."

자비에르는 그렇게 대답했지만, 그것은 안 될 말이라고 마리스텔라는 생각했다. 바로 어제까지야 피하는 게 가능해도 이제 그녀는 그와 부부였다. 물론 마리스텔라라고 해서 생전 처음 겪는 이 상황이 걱정되지 않는 건 아니었지만, 영영 피할 수도 없는 노릇이었다.

더구나 상황이 이렇게까지 되었는데 멈춘다면 그 어색한 분위기를 어쩔 것인가.

그리고 홀로 견뎌내야 할 자비에르에게 너무 미안해질 것이다.

'아니, 사실…….'

앞의 건 다 번지르르한 핑계고, 가장 중요한 것은 바로 이것이었다.

'내가 그를 원해.'

그를 온전하게 다 가지고 싶었다.

정신도 육체도, 온전히 자신의 것이 되기를 바랐다.

마리스텔라는 떨리는 목소리로 입을 열었다.

"기다리지 마세요."

"……"

그 말에 자비에르는 가만히 마리스텔라를 쳐다보다가, 이내 짧게 숨을 내쉬었다. 그리고 마지막 관문에서, 그는 그녀의 귓가에 낮은 목소리로 속삭였다.

"조금…… 아플지도 모릅니다."

비로소 밤의 시작이었다.

.

.

.

잠을 깨운 것은 옅은 색의 커튼을 뚫고 들어오는 강렬한 햇빛이었다.

"으음……"

자비에르는 눈살을 찌푸리며 눈을 떴다. 그리고 한동안 정신을 차리지 못하는 듯 멍한 표정을 짓다가, 곧 품 안에서 느껴지는 따뜻함에 좀 더 뚜렷하게 정신을 차렸다.

그는 자연스럽게 미소 지은 그가 혹시라도 마리스텔라를 깨울까 봐 햇빛이 들어오는 부분을 손으로 가려 주었다. 그러다가, 문득 지난밤의 일이 떠올라 저도 모르게 얼굴을 붉혔다.

"……"

혹시라도 잠에서 깨어나면 고통을 호소하는 것은 아닌지 걱정스러워졌다. 그만큼 그는 어제 자제심이라고는 조금도 없는 사람처럼 그녀를 몰아세웠다.

사실 두 사람 모두 어젯밤이 처음이었기 때문에 어설프고 어색했지만, 열정에 관해서만큼은 초심자의 그것처럼 뜨거웠다.

"……전하?"

그때 나직한 목소리가 아래쪽에서 들려왔다. 자비에르의 고개가 빠르게 그쪽으로 돌아갔다. 잠에서 금방 깨어났다는 사실을 증명하듯 마리스텔라의 얼굴은 살짝 부어 있었지만, 자비에르는 그 모습조차도 아름답게만 보였다. 그의 입가에 걸렸던 미소가 좀 더 짙어졌다.

"마리."

어젯밤 수도 없이 불렀던 이름은 열락의 기억을 다시금 상기시켜주었다. 그녀는 잠에서 깨어난 지 얼마 되지 않았음에도 빠르게 얼굴을 붉혔다. 그래도 중간에 깊은 잠을 잔 후 마주하는 얼굴이라, 생각했던 것처럼 민망하지는 않았다.

"잘 잤습니까."

그 어떤 순간에도 제게 예를 갖추지 않은 적이 없는 남자. 심지어는 절정의 순간에서조차 그러했다. 그게 참 자비에르답다고 생각하면서, 마리스텔라는 저도 모르게 푸스스 웃었다.

그 모습을 본 자비에르가 장난조로 말했다.

"잘 잔 것 같군요."

"전하께서는요?"

"저도 그랬습니다."

사실 그렇게 움직였으니 피곤하지 않을 수가 없었을 것이다.

마리스텔라는 뒷말을 삼킨 다음 다른 질문을 했다.

"몸은 좀 괜찮으시고요?"

그 질문에 자비에르는 황당함을 느꼈다. 물어도 이쪽에서 물어야 할 질문이었는데.

어쩐지 자존심이 상하는 기분이긴 했지만, 그래도 자신을 걱정해 물어봐 주는 거였으니 그 또한 기쁜 일이라면 기쁜 일이리라.

그가 피식 웃으며 그녀에게 물었다.

"저 말고 비께서는 괜찮으신지."

"저……는."

마리스텔라가 잘 모르겠다는 표정으로 답했다.

"일어나봐야 알 것 같은데요."

사실 지금은 누워만 있었으니까. 조금 욱신거리는 것도 같았지만, 아마 두 다리로 직접 걷게 되면 고통은 더 심해지겠지.

마리스텔라의 대답에 자비에르가 장난스럽게 대꾸했다.

"혹시 너무 힘드시다면 제가 업고 다니겠습니다."

"……절대 안 돼요."

"제 책임도 있으니까요."

자비에르가 방긋 웃으며 대답했다. 확실히 반절은 그의 책임이었다. 마리스텔라가 빨개진 얼굴로 그에게 말했다.

"아침부터 이런 이야기 하지 말아요, 우리."

"이런 이야기요?"

그가 짓궂은 미소를 입가에 띠웠다. 평소의 자비에르에게서는 보기 힘든 미소였다.

"어떤 이야기요?"

"아니, 그……."

"그럼 이런 행동은 괜찮겠습니까?"

"아……!"

방심한 틈을 타 익숙한 감각이 그녀를 공격해왔다. 마리스텔라가 웃음과 당황이 섞인 목소리로 그에게 물었다.

"아침부터 이러실 거예요, 정말?"

"싫으십니까?"

그가 다정하게 물어왔고, 마리스텔라는 못 말린다는 듯한 눈으로 그를 쳐다보았다. 그녀가 결국 낮게 웃음을 터뜨리며 고개를 저었다.

"……아뇨."

대답과 동시에 그가 다시 그녀에게 입을 맞추었고, 마리스텔라는 잠에서 깨어난 지 얼마 안 된 몽롱한 기분으로 자비에르의 목을 끌어안았다.

밤은 끝났지만 신혼부부의 아침은 오랫동안 오지 않을 예정이었다.

외전. Life of the Court

한 제국의 황태자비로 산다는 건 분명 쉬운 일은 아니다.

"휴우……."

마리스텔라는 근래 그 사실을 뼈저리게 절감하는 중이었다.

"어렵다, 어려워."

두텁게 쌓인 서류들을 앞에 두고 마리스텔라의 눈동자가 바쁘게 움직였다. 오늘까지 처리해야 할 서류가 산더미다. 그녀는 얼마 움직인 것 같지도 않은데도 벌써부터 뻐근하게 느껴지는 손가락을 꾹꾹 눌러대며 서류를 한 장 한 장 꼼꼼히 살폈다.

조금의 실수도, 빈틈도 있어서는 안 된다.

"전하."

그때 문밖에서 익숙한 목소리가 들려왔고, 그것이 피곤해 보이는 마리스텔라의 표정을 조금이나마 풀어주었다.

그녀가 밝은 목소리로 대답했다.

"들어와."

그 말과 동시에 누군가가 안으로 들어섰다. 그녀는 입가에는 엷은 미소를 띤 채, 한 손에는 작은 쿠키들이 옹기종기 담겨진 접시를, 다른 한 손에는 홍차가 담긴 자기 잔을 들고 있었다.

마리스텔라가 눈에 이채를 띠며 물었다.

"뭐야?"

"간식 좀 가져와 봤습니다. 마음에 드셔야 할 텐데."

마리스텔라의 집무실 안으로 들어온 오델레타가 싱긋 웃으며 그녀의 책상 근처로 다가갔다. 한편, 마리스텔라는 저도 모르게 미간을 좁혔다.

"그 극존칭…… 안 써도 된다고 그렇게 말했는데."

"황궁에서의 예법과 법도가 있는데 그럴 수는 없다고 누차 말씀드린 것으로, 저도 기억합니다만."

오델레타가 단호하게 거절했고, 마리스텔라는 고지식한 오델레타의 답변에 더 말하지 않기로 했다. 한 번 세운 뜻을 결코 굽히지 않는 그녀의 성정을 누구보다 잘 알고 있었기 때문이었다.

오델레타는 마리스텔라가 자비에르와 결혼한 이후 얼마 지나지 않아 황태자비궁인 밀즈궁으로 입궁했다.

마리스텔라는 처음에는 그녀를 걱정하느라 우려를 표했지만, 오델레타는 생각해주었던 것 이상으로 자신을 잘 보필해 주고 있었다. 첫 황궁 생활에 만약 오델레타가 없었더라면 그녀는 아마 더 곤란한 심정이었을 것이다. 오델레타가 입궁하기 전으로 다시 돌아가야 한다면 마리스텔라는 버티지 못할 것이라고 생각했다.

정신적으로도 오델레타에게서 큰 힘과 도움을 받고 있었기 때문이었다.

"그보다 바빠 보이시네요."

"요즘은 늘 바빠."

마리스텔라가 푸념했다.

입궁 전부터 황태자비로서의 소양을 배우고 업무를 숙지하는 연습을 하긴 했지만, 워낙 양이 막대했기 때문에 입궁 전에는 아무리 몸을 혹사시켜도 다 숙지하는 것이 무리였을 것이다.

거기다 지금 요나스 황가에는 황후가 없었기 때문에 마리스텔라는 실질적으로 황후의 역할까지 다 해내야 했다. 그래서 공부해야 할 양이 더 늘어나게 된 건 놀랍지도 않은 사실이었다.

그래도 마리스텔라는 나름 잘해내고 있었다. 물론 그렇다고 해서 힘들지 않다는 건 절대 아니었지만……. 어느 정도 버틸 만은 하다는 이야기였다. 다행히 당장 눈앞에 닥친 막대한 궁중행사가 없어서 아직까지는 바쁘게 지내며 밤을 몇 번 지새우면 해결되는 수준이었다.

"고생하시네요."

"그래도 오델레타가 있어서 정말 다행이야. 내 맘 알지?"

"제가 무슨 도움이 된다고요. 다 황태자비 전하께서 다 하시는 일을."

"그런 말 하지 마. 오델의 존재 자체만으로도 나한테 얼마나 큰 도움이 되는데. 의지도 되고."

"그렇게 말씀해주시니 영광스럽네요. 하지만 요즘은 좀 걱정도 돼요."

"어…… 왜?"

"너무 무리하시는 것 같아서요. 신혼이시잖아요. 당장 어젯밤에도 집무실에서 밤을 새우셨다고, 플로린다에게 들었어요."

"그 부분은 뭐……."

마리스텔라가 어색하게 웃으며 한숨을 푹 쉬었다.

그나마 다행스러운 점이 있다면 부부가 쌍으로 바빠서, 둘 다 똑같이 집무실에서 밤을 지새운다는 사실이었다.

'아, 오늘 밤부터는 그냥 내가 서면궁으로 가서 일을 볼까.'

그래도 나름 신혼인데! 이렇게까지 두 사람 다 바빠도 되냐는 말이었다. 하긴 두 사람이 일반적인 신혼부부는 아니었기에 어쩌면 당연한 일이라고도 볼 수 있겠지만…….

"포기했어."

마리스텔라가 한숨을 폭 쉬며 대답했다. 사실 요즘 생활하는 모습으로만 보면 미혼일 때보다 서로의 얼굴을 더 못 보는 느낌이었다. 자신만 바빠진 게 아니라 자비에르 역시 이번 결혼과 함께 헨리 14세가 맡던 업무를 대거 가져오게 되면서 일어난 사태였다.

물론 황태자비로서는 남편의 능력이 인정받고 후계 구도가 더 굳건해진 일에 좋아하는 게 당연하겠지만, 마리스텔라 개인으로서는 전혀 좋은 일이 아닌 것이다. 신혼인데 전혀 신혼 같지도 않고.

"가끔은 황제 폐하께서 며느리가 아니라 아가시아 부인 대신 내궁을 맡아줄 집안사람을 구하신 것 같다는 생각이 든다니까."

아가시아 공작부인은 4년 전 자비에르의 친모인 파네타 황후의 사후 내궁의 업무를 총괄해오고 있는 사람이었다.

오델레타는 사교계에서 이미 오래전부터 유명한, 아가시아 공작부인의 깐깐한 성품을 떠올리고선 저도 모르게 낮은 웃음을 터뜨렸다.

"하하."

"웃을 일이 아니야, 오델. 아가시아 공작부인도 내가 얼른 내궁 업무에 적응해야 한다면서 아주 엄격하게 구신다구. 물론 그게 맞는 일이긴 하지만……."

"그래도 황태자비 전하께서 잘해내고 계시니 아가시아 부인께서도 그리 나오시는 것이겠지요. 아무렴 전하께서 아예 엉망이셨다면 내궁을 믿고 맡기셨겠어요? 황제 폐하께서도 좌시하지 않으셨을 것이고요."

그건 그랬다. 그게 위안이라면 위안이긴 한데…… 썩 위안이 되지 않는다는 게 문제라면 문제였다.

마리스텔라가 힘없이 미소 지으며 오델레타에게 말했다.

"어쨌든 나 때문에 오델레타도 고생하는 것 같아. 조금 시간 지난 뒤에 입궁하라고 할 걸 그랬나?"

"전하께서 편하실 때 옆을 지키는 게 무슨 의미가 있겠어요. 힘드실 때 고양이 손이라도 보태서 보필하는 게 진짜 시녀의 의무이죠."

"……."

오델레타…… 말하는 것 좀 봐.

마리스텔라는 가슴 깊은 곳에서 해일처럼 밀려오는 감동에 하마터면 눈물을 글썽일 뻔했다. 사회 생활할 때의 모범 답안이 무엇인지를 적나라하게 보여주는 대답이었다.

"분명 금방 적응하실 겁니다. 전하께서는 영특하신 분이시니까요."

"……."

멍청하다고는 생각한 적 없었지만 똑똑하다고도 생각해본 적 없어서, 마리스텔라는 오델레타의 말을 듣고 어색하게 웃어 보였다.

그때 바깥에서 플로린다의 목소리가 들려왔다.

"황태자비 전하."

"무슨 일이야, 플로린다?"

"아가시아 부인께서 오셨습니다."

그녀도 양반은 못 되나 보다.

마리스텔라가 작게 미소 지으며 플로린다에게 답했다.

"응접실로 모시도록 해."

"무슨 일로 오신 걸까요?"

"글쎄……."

마리스텔라가 잘 모르겠다는 목소리로 중얼거렸다.

그녀로서는 알 길이 없다.

'설마 내가 처리한 업무가 마음에 들지 않아서…….'

타박이라도 하기 위해 온 건 아니겠지?

황태자비가 되기 전에도 없던 일은 아닌지라 마리스텔라의 마음 속에서는 슬그머니 불안이 치켜들고 있었다.

.

.

.

곧바로 마리스텔라는 밀즈궁의 응접실로 이동했다.

"제국을 빛내는 별, 황태자비 전하를 뵙습니다."

아가시아 공작부인은 나이 어린 황태자비를 무시하거나, 입궁한 지 얼마 되지 않은 그녀를 업신여기는 사람을 결코 아니었다.

다만 조금 깐깐할 뿐.

'아니, 조금 많이.'

그 증거로 아가시아 공작부인은 엄격하게 예법을 지켜 마리스텔라를 대했다. 그런 태도를 유지하면서 자신보다 신분이 높은 이를 타박한다는 게 놀라울 정도였다.

"어서 오세요, 아가시아 공작부인."

마리스텔라는 '오랜만이다'라는 관용적인 인사를 건네지는 않았다. 오랜만에 보았다고 말하기에는 당장 어제 이 시간 즈음에도 만났으니까. 내궁 예산 분배 문제로.

"무슨 일로 오셨나요?"

"드릴 말씀이 있어 찾아뵈었습니다."

"어제 예산 분배 문제라면……."

"그 문제는 아닙니다."

"그렇다면 혹시 제 업무 처리에 문제가……."

"그것도 아닙니다."

아가시아 공작부인이 고개를 저었다.

"다음 달에 황제 폐하의 탄신일이 있습니다."

그 말을 듣고 마리스텔라는 당황한 표정을 지었다.

이, 완전히 잊어버리고 있었다.

핑계를 대자면 어쩔 수 없었던 게, 결혼 후 시아버지께서 처음 맞는 탄신일을 기억하고 있을 만큼 그녀의 머릿속이 여유롭지 않았기 때문이었다. 하지만 마음속으로는 그 사실에 대해 죄책감을 느끼면서, 마리스텔라는 애써 고개를 끄덕여 보였다.

"아시다시피 폐하의 탄신 연회는 작년까지만 해도 제가 주관했지요."

앞서 말했듯 아가시아 공작부인이 파네타 황후 사후 내궁 업무 총괄을 맡았으니 당연한 일이었다.

"하지만 이제는 내궁에 황태자비 전하께서 새로 들어와 계시니, 전하께서 총괄을 맡아 주셨으면 합니다."

"……물론이지요. 그렇게 하겠습니다."

마리스텔라가 애써 미소 지었다. 아, 지금 일도 벅찬데 탄신 연회까지 겹친다면 정말 당분간은 일과의 신혼을 즐겨야 하는 셈이었다. 마리스텔라가 조심스럽게 물었다.

"부인께서도 절 도와주시는 것이지요?"

"물론입니다. 요즘 무리하시는 것 잘 알고 있는데 전하께서 홀로 모든 짐을 다 짊어지게 둘 수는 없지요. 신하된 도리로서."

그나마 다행스러운 답변이었다. 물론 제 부탁을 거절하리라고 생각한 것도 아니긴 했지만.

"처음이심에도 잘하고 계십니다."

"……"

"제가 다소 엄격하고 까다로운 면이 있어 황태자비 전하를 많이 고생시키는 것을 압니다. 그래서 송구스럽다가도, 제 말에 귀를 잘 기울여 주시니 신하로서 매우 기쁘답니다."

"입궁 전 많이 배웠다고 생각했는데, 내 오산이었지요. 그래도 부인께서 잘 보필해 주시니 많은 도움이 됩니다."

그건 사실이었다. 어쨌든 아가시아 공작부인은 그녀에게 모든 걸 맡겨두고 나 몰라라 하는 무책임한 사람은 아니었다.

공작부인은 마리스텔라가 도움을 필요로 하는 순간 적절하게 도움을 주었지만, 그걸 고려하더라도 내궁 업무가 워낙 많은 것뿐이었다.

그건 다른 시선으로 보면 아가시아 공작부인이 그간 그 어마어마한 일을 홀로 잘 맡아 왔다는 걸 방증해서, 마리스텔라는 한편으로는 그녀가 참 대단하다고 생각했다.

"영광입니다, 황태자비 전하. 앞으로도 성심을 다해 모시도록 최선을 다하겠습니다."

아가시아 공작부인의 말에 마리스텔라가 저도 모르게 미소 지었다. 공작부인은 연회 준비에 필요한 서류들을 곧 보내드리겠다는 말을 남기고 응접실을 나섰고, 홀로 남겨진 마리스텔라는 바로 집무실로 들어가기가 싫어 앞에 놓인 차를 홀짝거렸다.

돌아가서 해야 할 일을 생각하니 벌써부터 머리가 지끈거렸다.

동시에, 지금 당장 보고 싶은 한 사람의 얼굴이 떠올랐다.

'자비에르는 지금 뭘 하고 있으려나……'

하지만 스스로 묻고도 참 어처구니없는 질문이었던 게, 아마 일을 하고 있을 게 뻔했기 때문이었다. 그 생각에 쓸쓸해진 마리스텔라가 이만 자리에서 일어서 집무실로 돌아가려던 때였다. 바깥에서 플로린다의 목소리가 들려왔다.

"황태자비 전하."

"보챌 필요 없어, 플로. 안 그래도 지금 집무실로 복귀하려고 해."

"그게 아니라……."

플로린다의 말이 채 끝나기도 전에 응접실의 문이 열렸고, 누군가가 안으로 들어왔다. 마리스텔라는 당연히 플로린다인 줄 알고 별 감흥 없는 눈으로 문가를 쳐다보았다가, 시야에 들어온 뜻밖의 인영에 깜짝 놀란 표정을 지었다.

"전하?"

자비에르였다. 정말 뜻밖의 등장에 마리스텔라는 표정 관리가 되지 않는 기분이었다. 그녀는 동공이 잔뜩 확장된 상태로 크게 벌어진 입가를 손으로 가렸다. 그런 아내의 모습을 본 자비에르가 다정하게 웃으며 그녀에게로 걸어왔다.

"놀라는 모습이 볼만하네요."

"여긴 어쩐 일로……."

"좋아할 줄 알았는데."

그가 살짝 서운하다는 듯 물었다.

"싫으십니까."

"……."

그럴 리가. 좋았다. 정말 좋았다.

다만 그 마음을 다 표현하기에 장소와 체면이 받쳐주지 않는 것뿐이다. 여긴 궁 안이고 자신은 황태자비니까.

당장 바깥에 대기 중인 시종들과 시녀들만 여럿이었다.

원래는 이런 것도 전혀 신경 쓰지 않았던 것 같은데, 궁에서 얼마간 생활하다 보니 조심스럽게 행동하는 게 몸에 배어 버렸다.

"……."

그 사실을 알아차리기라도 했는지, 자비에르의 표정이 묘하게 변했다. 그가 말없이 마리스텔라에게 성큼성큼 다가왔고, 자비에르의 갑작스러운 행동에 그녀는 아무 말도, 아무 행동도 하지 못하고 그 자리에 그대로 멈춰 서 있었다.

그리고 얼마 지나지 않아, 그가 그녀의 지척에까지 다가왔다.

자연스럽게, 옅게 느껴졌던 자비에르의 체향이 강하게 그녀의 품속으로 파고들었다. 그 감각이 느껴지는 것만으로도 마리스텔라는 머릿속에서 엔도르핀이 샘솟아 나오는 기분이었다.

그녀가 저도 모르게 미소 지으며 숨길 수 없는 행복감을 표현했다.

"저 안 보고 싶었습니까."

"그럴 리가요."

마리스텔라가 빠르게 고개를 저으며 말을 이었다.

"많이 보고 싶었어요."

그 말과 동시에 자비에르가 마리스텔라의 몸을 꼭 끌어안았다.

달콤한 온기와 따뜻한 체향. 농시에 느껴지는 사랑스러운 감각에 마리스텔라는 어쩔 줄 몰라 하며 좋아했다.

"아…… 살 것 같네요, 정말."

목 옆에서 들려오는 낮은 목소리가 그녀의 귓가를 간질거렸고, 마리스텔라는 키득거리며 대꾸했다.

"저 보고 싶어서 오신 건가요, 전하?"

"그럼 왜 왔겠습니까."

이어지는 목소리는 끊김 없이 달큼한 향을 냈다.

"견디다 견디다 못해 왔습니다. 비가 너무 보고 싶어서."

"……."

"더 참을 수가 없을 것 같아서요."

"와주셔서 기뻐요, 전하."

마리스텔라가 저도 모르게 입가에 미소를 걸며 말했다.

"저도 엄청 보고 싶었거든요. 근데 일이 너무 바빠서……."

"알고 있습니다. 많이 힘드시지요?"

솔직히 엄청 힘들다고 마리스텔라는 자부할 수 있었다.

하지만 사실대로 말하면 자비에르가 많이 걱정할 것 같아서, 마리스텔라는 선의의 거짓말을 했다.

"견뎌야죠."

차마 '괜찮습니다'라거나 '할 만해요'라고는 답할 수가 없었다. 그건 정말로 거짓말이었으니까.

"괜히 제가 고생시켜 드리는 것 같아 죄책감이 듭니다."

하지만 그녀가 깊게 고생하고 있다는 사실을 자비에르라고 모를 리가 없었다. 그래서 부황에게도 말해보고 아가시아 공작부인에게도 너무 고생시키지 말라고 부탁했지만, 두 사람 모두 하나같이 짜맞춘 듯 그의 말을 못 들은 사람처럼 구는 것이었다.

마음 같아서는 당장 다 그만두라고 말하고 싶었지만 그게 가능한 일도 아니었기에 근래 자비에르의 마음은 타들어 가고 있는 중이었다.

"아니에요, 전하. 무슨 그런 말씀을……."

마리스텔라가 살짝 당황한 목소리로 자비에르에게 말했다.

"물론 지금 상황이 제게 힘들게 느껴지는 건 맞지만, 그게 전하의 탓은 결코 아니랍니다. 그런 생각은 하지 않으셨으면 좋겠어요. 전 전하를 사랑하고, 그래서 제가 감수하기로 결정한 일인걸요."

"……."

"전하?"

상대 쪽에서 반응이 없자, 의아해진 마리스텔라가 자비에르를 쳐다보기 위해 몸을 살짝 떼 내려 한 순간이었다.

"아……!"

갑자기 자비에르가 아까보다 더 강한 힘으로 그녀를 품 안에 꼭 끌어안았고, 그 상황에 마리스텔라는 당황하면서도 가만히 그의 품 안에 안겨 있었다. 그가 느끼는 감정이 자신에게 그대로 전해져 오는 듯했다.

"그렇게 말해줘서 고맙습니다, 비."

"전하……."

"사실 많이…… 걱정했습니다. 지금 상황에 지쳐서 모든 걸 놓아 버리겠다고 말하면 어쩌나."

"그런 말씀이 어디 있어요."

마리스텔라가 황당하다는 듯 톡 쏘아붙였지만, 자비에르는 그저 천천히 미소 지을 뿐이었다.

"고작 이런 일로 전하와의 관계를 포기할 생각을 하지는 않아요. 이 자리에 앉은 사람이 제가 아닌 타인이었더라도 그랬을 거예요. 견뎌냈을 거예요."

"그렇게 말씀해 주시니 감사합니다."

"제가 이 힘든 생활을 버티고 있는 건 순전히 전하 덕분이에요. 그러니 그런 말씀 하지 마세요. 일은 처음이라 이렇게 힘들 뿐, 곧 익숙해질 테니까요. 누구에게나 처음은 있는 거잖아요. 그렇죠?"

자비에르가 천천히 고개를 끄덕였고, 마리스텔라는 여전히 그의 품 안에 안긴 채 물었다.

"전하께서도 처음 부황 폐하의 일을 넘겨받으실 때 저랑 비슷한 심정이셨겠죠?"

"전 비처럼 씩씩하고 영특한 사람이 못 되어서, 더 힘들었습니다."

"전하께서도 충분히 씩씩하시고 영특하세요."

"그때의 제겐 곁을 지켜주는 사람이 없었거든요."

"……."

"사랑하는 사람도 없었고. 그래서 더 힘들었습니다."

그 말을 듣고, 이번에는 마리스텔라가 자비에르를 꼭 끌어안아 주었다. 그는 마치 그 상황을 조금도 예상하지 못한 듯 낮게 웃으면서 그대로 그녀와 몸을 밀착시켰다.

아까보다 더 열이 오르는 느낌이었다.

"지금은 서로의 곁에 서로가 있으니까 덜 힘들어요. 그렇죠?"

"전 그렇습니다."

그가 부드럽게 마리스텔라의 뒷머리를 어루만지며 속삭였다.

"비의 존재 자체만으로도 제게는 큰 힘이 됩니다."

"마찬가지예요."

마리스텔라가 조용히 대꾸했다.

"제가 자처한 일이고, 많이 힘들긴 해도 지금은 분명 유익한 시간 이니까요."

"알겠습니다."

"그러니 그런 말씀 하실 시간에……."

자비에르를 품 안에서 느릿하게 풀어낸 마리스텔라가 천천히 고개를 들어 올렸다. 자신을 그윽한 시선으로 바라보는 남편의 얼굴이 눈에 들어왔다. 그녀는 저도 모르게 미소 지으며 속삭였다.

"키스해 주세요, 전하."

그 말이 끝나고 곧 마리스텔라의 입안으로 뜨거운 것이 얽혀 들어갔다. 그녀의 입술이 자연스럽게 위아래로 벌려졌고, 마리스텔라는 천천히 눈을 감았다. 주된 감각이 차단된 덕분인지 시각을 제외한 모든 오감들이 전부 평소보다 생생하게 자극을 받아들였다.

정신은 혼미해지고, 생각은 희미해졌다. 정신없는 위쪽의 움직임으로 갈 곳을 잃은 그녀의 작은 손이 애타는 듯 자비에르의 옷깃을 부여잡았다.

그 행동에, 자비에르는 마치 스위치라도 눌린 인형처럼 마리스텔라의 턱을 붙잡고 더욱 격렬히 입을 맞추었다.

마리스텔라는 점점 휘몰아치는 체내의 감각에 아찔한 감각을 느끼며 점점 균형을 잃는 것을 느꼈다. 다행히 자비에르가 그녀의 등 뒤를 단단하게 받쳐준 덕에 넘어지거나 하는 일은 없었다.

그러다 어느 순간, 마리스텔라의 등을 받쳐 들지 않은 자비에르의 다른 쪽 손이 천천히 그녀 쪽으로 이동하기 시작했다.

그의 손은 뜨겁다기보다는 차가웠고, 마리스텔라는 제 뜨거운 살결 위로 느껴지는 냉기에 저도 모르게 몸을 부르르 떨며 낮게 소리를 흘렸다.

"아……."

놀랐는지, 당황한 건지 모를 소리가 그녀의 입 밖으로 흘러나왔고, 자비에르는 그런 마리스텔라의 입술을 아이 달래듯 달랬다.

그러는 와중에도 손은 멈출 기미를 보이지 않고 움직임을 계속해서, 어느새 마리스텔라가 입고 있던 뷔스티에 드레스는 끈이 어깨 아래로 흘러내린 지 오래였다.

이제 자비에르는 손을 바꾸어, 그녀의 등을 받치고 있던 손으로 목 뒤의 끈을 풀기 시작했다. 그제야 상황이 점점 돌이킬 수 없는 쪽으로 치닫고 있음을 깨달은 마리스텔라가 당황한 소리를 냈다.

"저, 전하."

아, 너무 이르다. 마리스텔라는 그를 말리기 위해 입을 열었지만, 몇 마디 더 흘러나오기도 전에 그의 입술에 먹혀 버렸다.

한 음절이 나오면 먹히고, 다른 한 음절이 간신히 새어 나오면 또 먹혔다. 그 시간차가 너무 절묘한 게, 아무래도 그녀가 거절의 말을 할 줄 알고 있는 듯했다.

계속 제자리걸음을 반복하는 새, 마리스텔라의 드레스는 어느새 위쪽이 형체를 잃고 허물어지기 직전의 상태에 있었다.

그러는 와중에도 자비에르의 입술은 마리스텔라의 것을 놓아줄 생각이 전혀 없어 보였다.

어느새 계속 감추어져 있던 그녀의 하얀 등 위로 그의 차가운 손이 닿았고, 마리스텔라는 그 감각에 그제야 혼미해졌던 정신이 돌아오는 기분이었다. 그녀가 급하게 입을 열었다.

"전하…… 지금은 너무……."

"이르지 않습니다. 곧 저녁 시간입니다."

잔뜩 흐트러진 마리스텔라의 목소리와는 대조적으로 그의 목소리는 깔끔하기 이를 데 없었는데, 누가 이 순간 그에게 말을 걸어도 전혀 아무렇지 않게 대답할 수 있을 것만 같았다.

적어도 전초전 상태에서까지 그는 멀쩡했다.

그 사실을 알고 있어서, 마리스텔라는 그를 멈출 기회가 지금뿐이라는 사실을 계속 머릿속에서 상기시켰다.

"곧 밤인데, 그때……."

"지금은 안 되겠습니까."

"……"

유혹하지 말라고요.

누구는 신혼에 남편이 싫어서 이런 말 하는 줄 아나!

마리스텔라의 마음속으로 급하게 욱한 성질이 튀어나왔고, 그러는 새 자비에르의 입술은 어느새 그녀의 입술을 타고 아래로 이동하고 있었다.

아, 이제 이렇게 되면 정말로 멈출 수 없다.

마리스텔라는 안간힘을 써서, 마지막으로 키스하듯 그의 입술 아래를 부드럽게 머금었다. 그리고 그녀의 선제공격에 그가 멍한 상태로 있는 사이, 천천히 입술을 떼어 냈다.

'……맙소사.'

다시 본 자비에르의 눈빛은 누가 봐도 금욕적인 낮의 그것과는 거리가 멀었다.

마리스텔라는 순간 그 모습이 지나치게 위험하고 유혹적이라는 생각을 했다. 하지만 곧 정신을 차리고 천천히 입술을 열었다.

"지금은 안 돼요."

"……"

"다른 것보다, 저녁에 부황 폐하와 식사 자리가 있다고요."

시아버지와의 저녁 식사 자리에 온몸이 붉어진 채로 나타날 수는 없는 노릇이었다. 헨리 14세 이야기가 나오자, 흐트러져 있던 자비에르의 눈동자색이 조금은 원래의 빛을 되찾았다.

그만큼 참으로 현실적인 걱정이었다.

"밤에 만나요, 응?"

"……오늘은."

자비에르가 한숨을 푹 쉬며 입을 열었다.

"일찍 오겠습니다."

"……"

"지금 참은 것까지 전부 풀어낼 겁니다."

그 말이 이상한 쪽으로 해석되는 건, 제가 타락했기 때문일까.

마리스텔라의 얼굴이 천천히 달아오르는 사이, 자비에르가 마지막 키스를 남기듯 부드럽게 그녀의 입술 위로 입을 맞추었다.

"기대하고 있어도 좋아요."

그 말과 함께 자비에르는 아까 전의 일이 믿기지 않을 정도로, 그리고 지금 하는 말과는 전혀 어울리지 않을 정도로 순수한 미소를 지어 보였다.

◇◆◇

헨리 14세와의 저녁 식사는 오후 6시로 예정되어 있었다. 자신의 방으로 돌아온 마리스텔라는 준비를 마치고 시간에 맞추어 중앙궁의 정찬실로 이동했다.

"황제 폐하, 황태자비 전하 드셨습니다."

잠시 후 굳게 닫힌 문 너머로 출입을 허락하는 황제의 목소리가 들려왔다. 문이 열리자 마리스텔라는 우아하게 드레스 자락을 잡아든 다음 천천히 정찬실 안으로 들어갔다. 그 넓은 공간 안에는 헨리 14세만이 홀로 앉아 있었는데, 자비에르는 아직 도착하지 않은 듯싶었다.

마리스텔라는 익숙하게 시아버지의 앞까지 걸어가 그에게 예를 갖추어 인사를 올렸다.

"빛나는 태양, 찬란한 제국의 미래, 황제 폐하를 뵙습니다."

"오랜만에 보는구나, 비."

"그간 바빠 인사를 드리지 못했습니다. 송구합니다."

마리스텔라는 조용히 변명을 늘어놓으면서, 속으로는 '이게 다 누구 때문인데' 하고 작은 불평을 늘어놓았다. 물론 직접 입 밖으로 꺼낸 것은 결단코 아니었지만.

"많이 바쁘다고는 들었다. 아가시아 공작부인에게서 말이야."

"……."

"이런, 일단 좀 앉거라. 내가 너무 세워두었구나."

"감사합니다, 폐하."

황제의 허락이 떨어진 뒤에야 마리스텔라는 헨리 14세의 왼편으로 가 앉았다. 황제의 오른쪽 좌석이자 그녀의 맞은편 자리가 황태자인 자비에르의 것이었다.

자리에 앉은 마리스텔라에게 황제가 다시 물어왔다.

"그래, 요즘 비는 어떻게 지내고 있는가?"

"……"

헨리 14세의 물음에 마리스텔라는 순간 할 말을 잃었다.

아, 어떻게 지내고 있느냐고 물으신다면, 앞서 말했듯 정말 바쁘게 지내고 있다고밖에는 답할 도리가 없었다.

마리스텔라는 그 사실을 모르지 않을 텐데도 제게 그런 질문을 해오는 시부의 저의가 참 궁금해졌다. 하지만 그렇다고 해서 버릇없이 그에게 솔직히 되물을 수도 없는 노릇이었다.

"음, 저는 그냥……."

그래서 대충 듣기에 무난한 대답을 하려던 찰나였다.

바깥에서 시종의 목소리가 들려왔다.

"황제 폐하."

"무슨 일인가."

"황태자 전하께서 드셨습니다."

나이스 타이밍!

마리스텔라가 속으로 쾌재를 부르짖었다. 역시 부부는 일심동체. 이렇게 자신을 도와줄 줄이야.

환상적인 타이밍에 나타난 것을 기뻐하면서, 마리스텔라는 자연스럽게 입을 다물었다.

잠시 후, 문이 열리고 황태자가 정찬실 안에 모습을 드러냈다.

"제국의 위대하신 태양, 황제 폐하를 뵙습니다."

틀에 박힌 인사를 올린 자비에르는 아까의 모습은 상상할 수 없을 정도로 단정하고 금욕적인 모습이었다.

마리스텔라는 아까 밀즈궁의 응접실에서 있었던 일과, 그곳에서의 자비에르의 모습을 떠올리며 저도 모르게 얼굴을 붉혔다.

아, 왜 하필 지금 이 순간에 그런 게 생각나는 건데……!

"어서 오너라, 황태자. 네가 꼴찌로구나."

그 말에 자비에르의 시선이 헨리 14세의 왼편에 앉아 있던 마리스텔라에게로 향했다.

마리스텔라는 어색하게 미소 지으며 남편과 인사를 나누었다. 물론 그들 부부는 평소에 전혀 이런 식으로 인사하지 않았지만, 어른 앞이었으니까. 격식을 차릴 필요는 있었다.

그리고 헨리 14세는 눈치가 없는 것인지 아니면 그 사실을 인지하지 못하고 있는 것인지 그런 부부의 태도를 지적했다.

"부부 사이에 너무 정 없이 인사하는구나. 누가 보면 두 사람 정략혼한 줄 알겠다."

"아하하……."

할 말이 많았지만 차마 여기서 꺼낼 수는 없어서, 마리스텔라도, 자비에르도 서로 어색하게 웃음만 흘렸다.

곧 자비에르가 헨리 14세의 오른편에 자리를 잡고 앉았고, 자연스럽게 마리스텔라와 마주 보는 구도가 되었다.

마리스텔라는 제 맞은편에 앉은 남편의 모습만 봐도 팬히 기분이 좋아져서, 웃음이 실실 삐져나오려는 것을 애써 참아야만 했다. 어쨌든 시부이신 황제의 앞이었으니까. 격식을 차리고 황태자비로서의 품위를 지켜야만 한다는 생각이 그녀를 그나마 묶어두었다.

이는 사실 황태자도 마찬가지 상황이었으나, 그는 마리스텔라와는 비교할 수 없는 시간을 궁중에서 보낸 탓에 마리스텔라보다 훨씬 자연스럽게 그러한 본능 앞에서 대처할 수 있었다.

식사는 훌륭했다. 제국의 태양인 황제와 미래의 태양인 황태자, 그리고 미래의 달이 될 황태자비가 한데 모여 가지는 정찬이었으니 당연한 일이었다. 식사 자리는 비교적 조용했고, 마리스텔라는 이러한 정적이 불편하면서도 내심 편했다.

그녀는 그리 부담스럽지 않은 분위기 속에서 열심히 식사를 진행했고, 그러던 어느 순간에 시아버지 헨리 14세가 말을 걸어왔다.

"이번에는 황태자비가 내 탄신 연회를 준비한다면서?"

아아, 어쩐지. 왜 이 화제가 나오지 않나 싶었다. 마리스텔라는 지척에 구비되어 있던 냅킨으로 입가를 정리하며 고개를 끄덕였다.

"그렇습니다, 부황 폐하."

"아주 기대되는구나."

"너무 기대는……."

마리스텔라가 쑥스러운 듯 얼굴을 붉히며 말을 이었다.

"처음이라 잘할 수 있을지 많이 걱정스럽습니다. 모쪼록 부황 폐하께 실례가 되지 않아야 할 텐데, 부담이 많이 됩니다."

"부담 가질 필요 없다. 평소 하는 것처럼 하면 돼."

사실 그 말이 그녀에게는 꽤 부담으로 다가왔지만, 마리스텔라는 굳이 티 내지는 않았다. 그 딴에는 나름 신경 써서 건넨 격려라는 것을 그녀 스스로도 잘 알고 있었다.

"아가시아 부인에게 네 칭찬을 아주 많이 들었다. 초심자가 그 정도면 아주 훌륭하냐고 입에서 칭찬이 마르질 않더구나."

"너무 부담 주지 마십시오, 부황 폐하."

가만히 듣고 있던 자비에르가 조용히 끼어들었다.

"안 그래도 요즘 너무 심적 부담이 큰 것 같아 걱정스럽습니다."

"알았다, 알았어. 요나스 황가에 애처가가 또 한 명 났구나."

내용은 못마땅해 보였지만, 그 말을 하는 헨리 14세의 입가에는 어느덧 미소가 번지고 있었다.

그리고 자비에르는 거기에서 멈추지 않았다.

"그리고 내궁 업무량도…… 솔직히 너무 과도합니다. 부황 폐하께서 모쪼록 재고를 해주셨으면 하는데요."

"그 부분은 사실 내가 신경 쓰면 안 되는 부분인데."

헨리 14세가 한쪽 눈썹을 구기며 입을 열었다.

"엄밀히 말해 내궁의 일은 황궁에 황후가 없는 지금, 전적으로 황태자비의 소관이다. 만일 황태자비가 원한다면 다른 귀부인들에게 일을 더 위임해도 좋아. 원한다면 말이다."

그는 어느새 마리스텔라에게로 시선을 돌려 말하고 있었다.

"요즘 일에 치여 산다는 이야기는 숱하게 들었다. 너무 힘에 부치면 미련스럽게 다 떠맡는 것보다는 귀부인들의 도움을 받는 것도 좋을 게야. 신혼인데도 두 사람, 잘 만나지 못하고 있다고 들었다."

"감사합니다, 부황 폐하. 업무 부분은 저도 점점 한계를 느껴서⋯⋯. 제가 한 번 아가시아 공작부인에게 말씀드려 보겠습니다."

"아가시아 공작부인이 오랜 시간 내궁을 맡아 오긴 했지만, 엄밀히 말해 상급자는 너다, 며늘아가. 꼭 공작부인이 요구하는 대로 일을 다 맡을 필요는 없다는 소리다."

"무슨 말씀이신지는 알겠습니다. 다만 공작부인께서 절 미워하셔서 그러시는 건 아니에요."

"그야 모두가 아는 사실이지."

헨리 14세가 고개를 끄덕이며 말했다.

"아가시아 공작부인의 성정이 원래 그래. 네가 일을 빠르고 확실히 배우기를 바라고 지금 이렇게 고생을 시키는 것일 게다."

"⋯⋯."

"그래도 너무 힘들면 목소리를 내라는 소리다, 내 말은. 알겠니?"

"네, 부황 폐하. 걱정해 주셔서 감사합니다."

그렇게 대답한 뒤에, 마리스텔라는 조금 조심스럽게 입을 열었다.

"그런데 폐하, 아까 말씀하신 부분은 저만의 문제는 아니랍니다."

"아까 말한 부분이라니?"

"신혼인데도 함께 보내는 시간이 적은 것 말입니다. 황태자 전하께서 너무 일을 과중하게 맡기셔서……."

마리스텔라는 슬며시 헨리 14세의 눈치를 보면서도 꿋꿋하게 말을 이어 나갔다.

"조금 일을 줄여주십사 하는 바람이 있습니다, 폐하. 저와는 다르게 황태자 전하께서는 위에 누가 계신 상황이니까요."

며느리의 말에 헨리 14세는 참지 못하고 작게 웃음을 터뜨렸다. 하지만 워낙 고요했던 식탁 위인 지라 그 소리는 꽤 크게 들렸다.

마리스텔라는 짧은 시간 동안 들어본 시아버지의 웃음소리들로 판단하건대, 지금 그가 기분이 나쁘지 않다는 사실을 깨닫고선 속으로 안도의 한숨을 쉬었다.

어쩌면 오늘 그녀가 남편의 숨통을 조금 트이게 해줄지도 모른다.

"솔직히 지금은 신혼이라는 게 전혀 믿기지 않을 정도로 저와 전하 모두 바쁘답니다. 모쪼록 아량을 베풀어 주시기를 바라요."

"흐음……."

마리스텔라의 말에 매끈한 와인잔을 들고 있던 헨리 14세가 고민하는 표정을 지었다.

어쩐지 결과가 긍정적일 것 같은 예감에, 마리스텔라는 저도 모르게 미소 지으며 그의 입에서 다시 말이 나오기를 기다렸다.

자비에르 역시 내심 기대감을 가지고 아버지의 입이 떨어지기를 고대했다.

그렇게 한 1분 정도가 지났을 때, 헨리 14세가 고개를 끄덕였다.

"좋아. 돌아가는 대로 정무량을 조정해 보마."

"감사합니다, 폐하."

"감사합니다, 폐하."

부부의 입이 동시에 떨어졌다.

마리스텔라와 자비에르는 머쓱한 표정으로 서로를 마주 보다가, 결국 숨길 수 없는 미소가 입가에 스르르 번져 나갔다.

그리고 그 모습을 바라보던 헨리 14세는 흐뭇한 한편 살짝 아니꼽다는 표정을 지었다.

"혼자인 사람은 어디 서러워서 살겠나."

"신혼이니 너그럽게 봐주시지요, 폐하."

"신혼일 때만 이러면 안 되지. 앞으로도 계속 이래야지."

"물론입니다, 부황 폐하."

여부가 있겠냐는 듯, 자비에르가 답했다.

"그 부분은 너무 걱정하지 않으셔도 됩니다."

"그으래?"

아들의 말을 들은 헨리 14세가 의미심장한 미소를 지으며 물었다.

"그럼 손주도 한번 기대해 봐도 되는 거냐?"

"네……?"

마리스텔라는 순간 모든 행동을 멈추고 헨리 14세를 쳐다보았다.

지금 내가…… 뭘 들은 거지?

그리고 그녀의 얼빠진 표정에 헨리 14세는 너털웃음을 터뜨렸다.

"이런, 당황시키려 꺼낸 말은 아니었는데."

"충분히 그런 소지가 있는 발언이었습니다, 부황 폐하."

자비에르가 가장 먼저 정신을 차리고 헨리 14세에게 말했다.

"아직 결혼한 지 몇 개월도 안 되었는걸요. 너무 부담 주시지 않으셨으면 좋겠습니다."

"알았다, 알았어. 누가 부담 준다더냐? 그냥 농담 삼아 건넨 말 가지고……."

"부황 폐하께서는 농담이라고 생각하셨을지 모르겠지만."

자비에르가 진지하게 말했다.

"받아들이는 사람 입장에서는 부담스러울 수밖에 없으니까요."

"알았다, 알았어. 너도 참 어지간히 네 비를 챙기는구나."

결국 헨리 14세는 한층 수그러든 목소리로 말을 철회했다.

"절대 부담 주려는 의도는 아니었다, 아가. 내 맘 알지?"

"물론입니다, 폐하."

물론 악의는 없었다는 사실을 마리스텔라는 잘 알고 있었다.

그래도 부담스러운 건 부담스러운 거였다.

마리스텔라가 어색하게 웃었다.

'아니, 그런데 손주가 보고 싶으시면 양심적으로 업무량을 줄여주셔야 하는 것 아니야?'

그녀는 속으로 조용히 불평했다.

하늘을 봐야 별을 딸 텐데, 지금 일정은 하늘을 보려 창문을 열기도 빠듯한 실정이었다. 물론 입 밖으로는 최대한 괜찮게 들리는 대꾸를 쏟아 냈지만.

"하지만 노력해 보겠습니다. 후계에 대해 민감하신 부분은 저도 이해합니다. 황실에 적통 황자가 전하 한 분뿐이시니까요."

어쨌든 자비에르는 황제의 유일한 적남이었고, 그러니 헨리 14세의 농담 같은 저런 걱정이 이해가 가지 않는 것도 아니다.

마리스텔라는 그 점을 충분히 인지하고 있었고, 결혼 전부터 단단히 마음의 준비를 마친 지 오래였다.

"모쪼록 기대에 부흥할 수 있도록 노력하겠습니다."

"고맙다, 아가."

"그러니 폐하께서도 모쪼록……."

'아시죠?' 하고 마리스텔라는 눈을 찡긋거렸고, 그 모습을 본 헨리 14세는 결국 낮게 웃음을 터뜨렸다.

"알겠다. 남편 생각하는 네 마음도 아주 갸륵할 정도구나."

"건강을 위해서라도 지금 전하의 업무는 다소 과한 면이 있습니다."

"미안하지만 난 황태자의 1.5배 정도는 더 일하는데."

헨리 14세가 살짝 토라진 듯한 목소리로 마리스텔라에게 물었다.

"이 시아비의 건강은 영 염려되지 않는 것이냐?"

"물론 폐하의 건강 역시 염려하고 있지요. 당연히요."

마리스텔라가 싱긋 웃었다.

"폐하께서도 귀족들은 좀 더 믿어 보시는 게 좋을 듯합니다."

"믿는 데도 한계가 있는 법이라 그래. 나는 어쩔 수 없겠구나."

그가 피식 웃으며 어깨를 으쓱거렸다.

"어쨌든 그리 간청하니, 식사를 마치자마자 조치를 취해두마."

"감사합니다, 폐하."

신난 목소리로 대꾸하자, 그 모습을 보는 헨리 14세의 입가에 흐뭇한 미소가 번져나갔다.

그런 아버지의 모습을 똑같이 미소 지으며 바라보던 자비에르가 문득 입을 열었다.

"탄신을 기념하여 원하시는 선물은 없으시고요?"

"아까도 말했지만 손주를 원한다, 나는."

"그건 지금 당장 안겨드리기엔 좀 곤란합니다. 아시겠지만."

"흐음……."

아들의 단호한 대답에 헨리 14세는 깊게 고민하는 표정을 지었다. 그 모습을 본 마리스텔라 역시 진지한 표정으로 그의 입이 열리기를 기다렸다.

"그거 외에는 딱히 없는 것 같은데."

"그럼 저희가 뭐가 됩니까, 폐하."

"그도 그래. 하지만 정말로 원하는 게 없단다."

헨리 14세가 씩 미소 지었다.

"아들이 멋지게 장성했고, 이렇게 아름답고 현숙한 여인과 결혼까지 했으니."

"……."

"아비 된 자로서 더 바랄 게 없구나. 그게 내 솔직한 심정이다."

모범 답안 같은 대답에 마리스텔라는 저도 모르게 미소 지었고, 자비에르는 어쩐지 뭉클해진 눈빛이었다.

우리 남편 이러다 울겠다고 생각한 마리스텔라가 서둘러 입을 열었다.

"그렇게 생각해 주시니 더없이 기쁩니다, 폐하."

"사실인데 기쁘고 말고 할 게 뭐가 있나."

"그래도요."

마리스텔라는 빙긋 웃은 다음 말을 이었다.

"그래도 어쨌든 탄신일이시니, 원하시는 선물 하나쯤은 말씀해 주시지요. 자식 된 도리로서 챙기고 싶은 것이 저희 부부의 마음이랍니다."

"아무리 생각해도 비는 우리 황태자에게 아까워."

"전하께서도 충분히 멋진 분이신걸요. 과분하다는 생각이 들 정도로요."

"절대 그렇지 않습니다, 비. 오히려 제게 비가 과분하지요."

"전하 같은 다정하고 착한 남편도 요나스 안에 없을 거예요."

"마찬가지입니다. 비만큼 사려 깊고 아름다운 분도 이 제국 안에 없지요."

"……굳이 그런 식으로 내 앞에서 신혼인 걸 강조하지 않아도 된다."

결국 심기가 상한 헨리 14세가 조용히 두 사람을 제지했고, 그제야 마리스텔라와 자비에르는 머쓱한 표정을 지으며 입을 다물었다.

"내가 원하는 선물이 있다면, 앞으로도 계속 너희들이 이렇게 지내는 것밖에는 없다."

"……."

"진심이야."

하지만 그 말을 듣는 마리스텔라는, 결국 자기가 알아서 준비해야겠다며 속으로 결론을 내렸다.

저녁 식사를 마친 뒤에, 마리스텔라는 자비에르의 방에서 진지하게 토의를 시작했다.

"전하께서는 어떻게 생각하세요?"

"네?"

"부황 폐하께 드릴 선물이요."

"분명 아까 식사 자리에서 괜찮으시다고 거듭 말씀하시지 않으셨습니까?"

"물론 겉으로는 그렇게 말씀하셨지만, 속으로는 내심 기대하고 계실지도 몰라요. 그리고 남들 이목도 있는데, 결혼하고 처음 맞는 시아버지 탄신일에 빈손으로 참석할 순 없어요. 황가의 체통과도 관련된 일이라고요."

마리스텔라의 열변에, 자비에르는 일리가 있다는 듯 고개를 끄덕였다.

"그럼 역시 우리가 자체적으로 준비하는 게 낫겠군요."

"네, 전하. 그게 좋을 것 같아요."

마리스텔라가 곰곰이 생각하는 표정을 짓다 물었다.

"혹시 폐하께서 특별히 좋아하시거나 그런 건 없나요?"

"으음……."

자비에르는 머리를 굴려 헨리 14세가 선물을 받았을 때 좋아할 법한 것들을 떠올려 보았지만, 영 생각나는 것이 없었다.

그가 오랫동안 무심한 아들이었던 것도 한몫했지만, 헨리 14세가 특별히 물욕을 내보이는 사람이 아니었기 때문인 것도 있었다.

호불호도 잘 드러내지 않는 성정이라, 자비에르는 잘 모르겠다고 생각했다.

"워낙 속내를 잘 표현하지 않으시는 분이라……."

"그럼 역시 무난한 것으로 준비하는 게 좋을까요?"

"그게 좋겠습니다."

"혹시 생각해 두신 것 있으세요? 어차피 우리는 부부니까, 같이 선물을 드려도 무방할 듯해요."

"……."

그 말에 자비에르가 마리스텔라를 빤히 쳐다보았고, 그런 남편의 반응에 마리스텔라는 별안간 당황할 수밖에 없었다.

'뭐지?'

혹시 같이 선물하자는 거에…… 기분이 상했나?

'아니야. 그런 쪼잔한 남자는 아닌데…….'

영문 모를 응시에 마리스텔라가 속으로 당황하고 있는데, 자비에르가 별안간 미소를 지었다.

그 모습을 보고 마리스텔라는 더욱 더 당혹스러워졌다.

"왜…… 그러세요?"

"그냥."

그가 미소 지었다.

"좋아서요."

"네?"

"좋아서요. 부부라는 말."

"아……."

"'우리'라는 이름으로 한 데 묶이는 것도 기쁘고."

"결혼한 지 2개월 지났나요? 아직 실감이 안 나시기는 하지요?"

"순간순간 실감이 안 나서 기쁩니다. 비께서 정말로 제 아내가 되셨다는 사실이요."

"저도 문득문득 그래요. 일을 하다가도 '아, 내가 왜 여기서 이러고 있지? 맞다, 나 결혼했지' 이런 생각을 한다니까요. 실감이 잘 안 나고, 그러면서도 기쁘고……."

마리스텔라가 빙긋 웃으며 자비에르에게 말했다.

"새삼스럽지만, 저와 결혼해 주셔서 정말 감사해요."

"제가 드려야 할 말씀입니다, 비."

자비에르가 나긋한 음성으로 화답했다.

"저를 선택해 주셔서, 제가 매일 밤 얼마나 감사한 마음인지."

"……."

"비께서는 모르실 겁니다."

"전하의 태도로 보건대 충분히 미루어 짐작 가능한걸요."

마리스텔라가 빙긋 웃으며 덧붙였다.

"제게 그 마음이 충분히 전해져요. 그래서 더 감사하고요."

"……."

그 말을 듣고 자비에르는 마리스텔라를 가만히 응시했다.

그리고 마리스텔라는 갑작스럽게 그들 사이에 찾아온 정적과, 집중하는 남편의 시선에 살짝 당황해서 얼굴이 붉어졌다.

그러다 문득 시계를 보고 지금이 꽤 늦은 시간이라는 사실을 깨달은 뒤에는, 이만 일어나야겠다고 생각하며 천천히 몸을 일으키려던 찰나였다.

"아……."

하지만 바로 그 순간에, 따뜻하고 촉촉한 무언가가 그녀의 입술을 가볍게 머금었다. 마리스텔라는 순간 상황을 인지하지 못하는 듯하다가, 이내 익숙하게 눈을 감고 남편의 키스를 받아들였다.

"하아……."

처음에는 가볍고 수줍었던 키스는, 늘 그렇듯 어느 순간 그 색채를 달리 띠고 있었다. 아이의 입맞춤에서 어른의 키스로 탈바꿈한 자비에르의 움직임에, 마리스텔라는 조금 버거운 듯 숨을 흘리며 남편의 목을 꼭 끌어안았다.

자연스럽게 미소가 흘러나오며 행복의 쾌락이 그녀를 덮쳤다.

사랑하는 사람과 이렇게 입 맞추며 하루를 마무리할 수 있다는 건, 얼마나 큰 축복인지.

그녀는 기쁨에 겨워 남편에게 매달린 손에 좀 더 힘을 주었다.

"사실 아까부터 계속 참았습니다."

낮게 속삭이는 자비에르의 목소리가 마리스텔라의 귓가를 타고 아래로 떨어졌다.

"들어서자마자 너무 예뻐서……."

"……."

"입 맞추고 싶었거든요, 이렇게."

"큰일 날 뻔했네요……."

"부황께서 계셔서 억지로 참은 겁니다."

그리고 자비에르는 그 사실을 강조하고 싶어 하는 사람처럼 부사를 반복했다.

"억지로."

"이제 참지 않아도 돼요."

마리스텔라가 웃음기가 묻어나는 목소리로 말했다.

"우리 둘뿐이잖아요, 지금은."

"얼마나 이 순간을 식사 내내 고대해 왔는지 모를 겁니다, 비께서는."

"대충 눈치는 챘어요. 하아……."

살짝 숨이 가빠오는 것을 느끼며 마리스텔라가 깊게 숨을 들이마셨다.

"아무렴 제가 당신의 아내인데요."

"……."

"그런 것도 모를까."

"그럼……."

어느 순간, 마리스텔라의 몸이 뒤로 넘어갔다. 하지만 그녀는 당황하는 기색 하나 없이 여유롭게 미소 지을 뿐이었다.

"이것도, 예상하셨습니까."

"당연하죠."

그녀가 자신감에 찬 목소리로 대답했다.

"사랑해요, 전하."

"……."

"아주 많이."

그 말을 기점으로, 자비에르의 손이 바쁘게 움직이기 시작했다.

"그래서 진짜 어떻게 하실 건데요."

"뭘 말씀이십니까."

"아이참."

벌써 몇 번째 말하는 건지.

마리스텔라가 답답하다는 목소리로 말했다.

"부황 폐하의 탄신 선물이요."

"아아……. 아직도 그 고민 중이셨습니까."

"당연하죠. 얼마나 중요한 문제인데요, 이게."

"손주를 안겨 드릴 생각은 없으십니까?"

"……그게 제 마음대로 되나요."

마리스텔라가 잔뜩 빨개진 얼굴을 들어 올려 자비에르를 흘겨보
았다. 그런 아내의 모습을 보며 자비에르는 키득키득 웃었다.

"제가 좀 더 노력하겠습니다."

"……."

"다방면으로."

"여, 여기서 어떻게 더 노력을 해요."

마리스텔라가 기겁하며 고개를 저었다.

"그럼 쓰러질지도 몰라요."

"누가요? 저 말씀이십니까."

"전하는 둘째 치고, 저 말이에요."

"하지만 잘 버텨내 주시지 않습니까."

"……."

"아까도……."

"그만하시죠."

"네."

자비에르가 냉큼 입을 다물었고, 그런 남편을 빤히 바라보던 마리스텔라는 결국 참지 못하고 작게 웃음소리를 흘렸다.

　미쳐, 정말.

　"제가 입궁하기 전에는 선물을 어떻게 하셨어요, 전하?"

　마리스텔라의 물음에 자비에르는 퍽 당황한 표정을 짓다 조심스럽게 말을 열었다.

　"그냥……."

　"그냥……?"

　"형식적으로 드렸습니다."

　"형식적으로…… 이를 테면요?"

　"보석이나 유물."

　"……."

　"아니면 정무 성과로……."

　아, 너무 성의 없는데?

　마리스텔라가 고개를 절레절레 저으며 말했다.

　"전 그러면 안 될 것 같아요."

　"너무 부담 가지실 필요 없다는 말씀입니다, 비."

　"어떻게 부담을 안 가지겠어요."

　마리스텔라가 황당하다는 목소리로 자비에르에게 물었다.

　"만약 저희 부모님 생신 선물을 준비해야 하는 상황이라도 그렇게 말씀하실 건가요?"

　"당연히 아니지요."

"똑같은 마음이랍니다, 전하."

마리스텔라가 눈을 가늘게 뜨며 자비에르에게 말했고, 그는 알겠다는 듯 고개를 끄덕였다.

"비의 마음을 충분히 이해하겠습니다."

"그럼 같이 성심성의껏 고민해 주세요. 정 어렵다 싶으시면 저희 부모님 생신 선물을 고른다고 생각하시고요."

"흐음……"

깊게 고민하는 흔적이 매끈한 이마 위에 짙게 새겨졌다.

그 흔적을 손가락으로 가만히 매만지면서 마리스텔라는 설핏 웃었다.

그때 자비에르가 아까와는 달라진 목소리로 말했다.

"안 그러시는 게 좋을 겁니다."

하지만 긴 경고음에도 마리스텔라는 태연자약한 모습이었다.

"왜요?"

"위험하니까요."

"고작 이걸로도 위험해요?"

"네."

웃음기가 서린 목소리가 조용히 경고했다.

"자극을 견디는 역치가 꽤 낮은 편이라."

"견디지 마세요, 그럼."

"……안 됩니다."

잔뜩 억누르는 목소리가 그녀의 이마 위로 떨어졌다.

"지금 시작하면 자제할 수 없어요."

"……."

"그럼 오늘 일정에 무리가 갈 겁니다."

"아직 해가 뜨려면 멀었는 데도요?"

"가끔 저를 너무 과소평가하시는 부분이 있습니다, 비께서는."

"……알았어요."

기묘하게 끌어 올린 입꼬리에 진담임을 깨달은 마리스텔라가 재빨리 손동작을 멈추었다.

그런 그녀의 반응에 자비에르는 살짝 아쉬운 것도 같은 반응이었는데, 마리스텔라는 그 사실을 알아차리고 어이없어 했다.

"그만두라 하실 때는 언제고."

"해가 뜨기 전까지 결정을 내리려면 여기서 자제해야 합니다."

그렇게 말하면서, 자비에르는 진심으로 고민하는 얼굴을 했다.

"뭐가 좋을까요, 흠……."

사실 마리스텔라 역시 자비에르와 마찬가지로 이런 고민은 처음이었기에 더욱 난관이었다.

부부는 머리를 맞대고 긴 시간 침묵하며 고민했다.

그러다 결국 마리스텔라가 골치 아프다는 얼굴로 입을 열었다.

"아, 그냥 제가 손수 폐하의 의관을 지어 드릴까요?"

"……비께서 직접 말씀입니까?"

자비에르는 말도 안 된다는 목소리로 마리스텔라를 만류했다.

"지금 일정도 과하십니다. 그런 것까지 신경 쓰시는 건 무리예요."

"그래도 그게 가장 정성스러울 것 같아요. 진심도 담기고."

"정 의관을 선물하고 싶으시다면 시녀들을 시키시지요."

"그럴 수는 없어요. 그럼 아무 의미도 없다고요."

"부황께서는 비의 마음만으로도 기뻐하실 겁니다."

"걱정해줘서 고마워요, 전하."

마리스텔라가 생글생글 웃으며 자비에르의 입술 위로 가볍게 입을 맞추었지만, 자비에르의 표정은 아까처럼 밝지 않았다.

"걱정됩니다."

"일을 줄이면 돼요. 당장 해가 뜨자마자 아가시아 공작부인에게 말할게요. 명분이 명분이니만큼 그녀도 싫어하지는 않을 거예요."

"하아……."

자비에르가 고개를 절레절레 저으며 중얼거렸다.

"괜히 건강에 해가 되는 건 아닌지 걱정입니다. 그리고……."

"또 무슨 문제가 있어요?"

"그렇게 되면 제가 하는 일이 없어지니까요. 아시겠지만 저는 바느질에 소질이 없습니다."

마리스텔라는 알고 있다는 듯 고개를 끄덕였다.

그가 처음으로 제게 손수건을 선물해 주었을 때 발견했던 상처투성이의 손이 아직도 기억에 생생하다.

"그럼……."

마리스텔라가 의미심장한 목소리로 입을 열었다.

"다른 선물을 하시면 되겠네요, 전하께서는."

"무슨 선물 말씀이십니까."

"같이 만들 수 있는 선물이요."

"그런 게 있습니까?"

"아까도 말씀하셨지만."

그녀가 배시시 웃으며 답을 내놓았다.

"아이요."

"……."

"어때요?"

대답은 들려오지 않았다. 대신 뜨거운 입맞춤이 그녀를 찾아왔다.

"아……."

예상치 못한 자세에서 받아들이는 키스는 생각보다 불편했지만, 자비에르가 빠르게 자세를 변경하면서 이내 편해졌다.

"전하……."

물론 이제는 다른 쪽으로 불편함을 느끼고 있었지만.

마리스텔라는 저도 모르게 자비에르의 목을 팔로 감으며 생각했다. 아무래도 오늘 아침 일정은 평소보다 늦어질 것 같다고.

"……하."

"……."

"전하."

전하. 아직은 어색한 호칭이었다. 하지만 그것을 부르는 이의 목소리가 너무 익숙하여, 마리스텔라는 퍼뜩 눈꺼풀을 떠올렸다.

여전히 졸린 눈을 한 채, 마리스텔라는 영문을 모르는 얼굴로 고개를 들어 올렸다. 오델레타가 걱정스러워하는 얼굴로 자신을 바라보고 있었다.

"아……."

마리스델라는 빠르게 자세를 정리하며 물었다.

"무슨 일이야, 오델?"

"곤히 주무시는데 깨워 죄송합니다. 급한 서류라고 아가시아 공작부인에게서 전언이 와서요."

"아니야, 미안하긴. 깨워줘서 고마워."

마리스텔라는 무의식적으로 흐트러져 있을 머리카락을 정리한 다음 오델레타가 건네는 서류를 받아 들었다.

헨리 14세의 탄신 연회와 관련된 서류였다. 예상했지만.

"얼른 봐야겠네."

"……."

그리고 그런 마리스텔라의 모습을 바라보던 오델레타는 걱정하는 소리를 냈다.

"요즘 너무 무리하시는 듯해요."

"내가?"

"네."

"평소랑 다름이 없는걸."

"그렇지만 요즘 책상에서 자주 엎드려 주무시잖아요."

오델레타의 지적에 마리스텔라는 할 말을 잃었다.

그건 사실이다. 요즘 그녀는 자고 있다가 시녀들의 손길에 일어나는 경우가 잦았기 때문에.

"한두 번도 아니시고. 오늘만 해도 벌써 세 번째……."

"그냥 잠이 좀 부족해서 그래. 너무 걱정할 필요 없어."

"잠이 부족한 게 얼마나 건강에 안 좋은데요. 전 여러모로 걱정스러워요."

"하지만 일도 줄었는걸."

다행스럽게도 아가시아 공작부인이 양해해 준 덕에 마리스텔라의 업무 강도는 '살인적'이라는 형용사는 피하게 되었다. 물론 그래도 힘든 건 변치 않았지만…….

"날씨가 따뜻해져서 그래. 그래서 잠이 는 걸지도 몰라."

"여하튼 산책도 자주 다니시고요. 아셨죠?"

"역시 나 생각해 주는 건 오델뿐이라니까."

"무슨 그런 말씀을. 황태자 전하와 황제 폐하께서도 많이 신경 쓰고 계실걸요."

그 말까지 들으니 어쩐지 사랑받고 있다는 느낌이 물씬 나서, 마리스텔라는 기분이 좋아져 함박웃음을 지었다.

그 모습을 흐뭇하게 바라보던 오델레타가 물어왔다.

"잠 깨게 차라도 한 잔 드릴까요? 어제 마침 선물로 히비스커스

찻잎이 들어왔는데."

"좋아."

마리스텔라가 고개를 끄덕였고, 오델레타는 입가에 미소를 띤 채 차를 내오기 위해 바깥으로 나갔다.

오델레타가 가져올 차를 기다리면서 마리스텔라는 반쯤 감긴 눈으로 서류를 찬찬히 읽어 보았는데, 잠이 쏟아져 집중이 잘 되지 않았다.

'확실히 요즘 잠이 늘긴 했어.'

고개를 옆으로 돌리는 등 가볍게 스트레칭을 하면서, 마리스텔라는 최대한 잠을 깨기 위해 노력했다.

그게 효과가 있어 눈이 좀 맑아지려는 찰나, 오델레타가 조심스럽게 히비스커스 차와 달콤한 초콜릿 쿠키를 가지고 마리스텔라의 집무실 안으로 들어왔다.

"고마워, 오델."

"천만에요, 전하."

"이리 와서 같이 먹어. 나 혼자 먹기에는 너무 많아."

"그럴까요, 그럼?"

오델레타는 굳이 거부하지 않고 마리스텔라의 책상 가까이에 자리를 잡았다. 그리고 쿠키 하나를 베어 물면서, 문득 생각났다는 얼굴로 입을 열었다.

"그러고 보니 다음 주면 황제 폐하의 탄신일이네요."

"시간 정말 빨라."

탄신 선물로 무엇을 준비할지 고민했던 게 엊그제 같은데 말이지.

"황제 폐하의 의관은 거의 완성하셨나요?"

"응. 거의."

"직접 지으신다고 하실 줄은 몰랐어요. 확실히 폐하께서 받으신다면 감동받으시긴 하겠네요."

"내가 생각해도 그래. 없는 시간 있는 시간 다 쪼개서 만들었으니까."

마리스텔라가 미소를 지으며 덧붙였다.

"다 오델레타 덕분이야. 디자인하는 걸 많이 도와줬잖아."

"제가요?"

"혼자서는 그런 멋진 디자인 절대 생각 못 해내지."

"에이, 저는 그냥 살짝 의견만 보탠 수준이죠. 비교가 안 돼요."

"그래도. 혼자 했다면 많이 버거웠을 거야, 난."

마리스텔라가 살포시 오델레타의 손등 위로 손을 겹쳤고, 과자를 먹고 있던 오델레타의 시선은 자연스럽게 아래로 향했다.

어쩐지 금방이라도 감동의 물결이 흐를 것만 같은 분위기에, 오델레타가 민망한 듯 웃었다.

"항상 고마워, 오델. 내 마음 알지?"

"당연하죠. 그 마음 모르면 제가 이렇게 전하 곁을 지키고 있겠어요?"

"그런 의미에서…… 앞으로도 계속 내 옆에 있는 거다. 알았지?"

"그럼요."

"결혼해도 마찬가지야. 영원히 날 못 벗어나게 할 거야."

"그런 말은 황태자 전하께 하셔야 하는 거 아니에요?"

"괜찮아……. 그런 말은 내가 그분께 듣고 있거든."

마리스텔라가 키득키득 웃다가 오델레타에게 물었다.

"말 나온 김에, 딜튼 경과는 요즘 어때, 오델?"

"전하, 딜튼 경과는 그냥 친구예요."

……라고는 말했지만, 두 사람 사이에 무언가가 있다는 걸 마리스텔라도, 오델레타 본인도 알고 있었다. 결국 오델레타는 마리스텔라의 빤한 시선을 견디지 못하고 입을 열었다.

"……바빠서 만나지도 못해요, 요즘은."

그럴 것이다. 자비에르가 바쁜 만큼 딜튼 역시 바쁠 것이었기 때문에. 마리스텔라가 안 되겠다는 목소리로 오델레타에게 말했다.

"내가 황태자 전하께 말씀드려 볼까?"

"으아, 됐어요. 절대 말씀드리지 마세요. 아셨죠?"

오델레타가 순식간에 빨개진 얼굴로 마리스텔라에게 말했다.

"곧 연회가 끝날 거고, 그럼 좀 여유로워진다고 들은 것 같아요."

"그나마 다행이다."

"안 그래도 연회 때 제대로 에스코트 안 해주면 삐질 준비 하고 있어요."

"모쪼록 삐지는 일이 없기를 바라."

낮게 웃은 마리스텔라가 행복한 눈으로 오델레타를 바라보았다.

햇볕이 좋은 어느 오후, 탄신 연회 1주일 전의 대화였다.

마침내 헨리 14세의 탄신일이 되었다.

"전하, 드레스는 역시 기품 있게 차분한 색이 나을까요?"

"그래도 황제 폐하의 탄신일인데, 조금 화사한 색도 예쁘지 않을까요?"

"아니면 드레스는 그대로 두고, 액세서리를 화려하게 가는 것으로 해요. 어떻게 생각하세요?"

마리스텔라의 시녀들은 제 주인을 최대한 아름답게 치장해주기 위해 그날의 이른 시간부터 분주하게 움직였다.

"난 다 좋아."

정작 당사자인 마리스텔라는 그날까지도 줄어들지 않은 내궁의 업무 때문에 그리 신경 쓰는 눈치가 아니었지만. 그 모습을 보던 오델레타가 속상하다는 목소리로 마리스텔라에게 말했다.

"황제 폐하의 탄신 연회가 있는 날인데, 오늘만큼은 조금 여유로우셔도 좋지 않아요?"

"그렇지만 이 서류, 내일까지 처리해야 하는걸, 오델."

아아…… 맙소사.

마리스텔라의 말을 들은 오델레타의 미간이 잔뜩 좁혀졌다.

그 모습을 본 마리스텔라가 슬며시 오델레타의 눈치를 보며 읽고 있던 서류를 내려놓았다.

"여기서부터는 다녀와서 봐도 될 것 같아."

오델레타의 표정이 당황스럽게 굳어졌다.

"다녀와서 또 일을 하신다고요?"

"그래야 할 것 같은데."

"오늘 같은 날은 황태자 전하와 시간을 보내셔야죠. 전하께서 서운해하실걸요."

"그런가?"

"당연하죠. 하루쯤 미뤄진다고 어떻게 되지는 않을 거예요."

그렇게 말한 후에, 오델레타는 마리스텔라의 얼굴을 빤히 살피다 입을 열었다.

"거기다 요즘 피부가 많이 안 좋아지셨어요. 안색도 어두워지시고……."

"그래?"

"네. 많이 피곤해 보이세요. 요즘 잠도 느셨잖아요."

"일을 열심히 해서 그래. 그뿐이야."

"무리하셔서 그래요. 하여튼 오늘은 연회 끝나신 후에 무조건 쉬시는 걸로. 아셨죠?"

"으음……."

"대답해 주세요, 전하. 건강을 생각하고 일하셔야죠. 이제 일개 영애도 아니고, 황태자비 전하신걸요."

오델레타의 진심 어린 걱정에, 마리스텔라는 어쩐지 기분이 좋아지는 것을 느끼며 고개를 끄덕였다.

"알았어. 황제 폐하께 드릴 선물은, 준비됐나?"

"물론입니다, 전하. 아주 예쁜 상자에 잘 담아 준비했답니다."

오델레타가 기다렸다는 듯 대답했다.

여기서 말하는 선물은 물론, 마리스텔라가 긴 밤을 꼬박 새워 지은 헨리 14세의 의관을 의미했다.

"폐하께서 받아보시면 몹시 좋아하실 거예요."

오델레타는 오늘 황제에게 진상될 그 어떤 선물도 마리스텔라가 준비한 것보다는 정성스럽지 않으리라 자신할 수 있었다.

정성도 정성이지만, 그 모습 역시도 훌륭했기 때문이었다.

"그랬으면 좋겠다. 사실 마음에 안 들어하실까 봐 벌써부터 조마조마해."

"설마요. 다른 것도 아니고 전하께서 직접 지으신 의관인데요. 분명 마음에 들어 하실 거예요."

"꼭 그랬으면 좋겠다."

불안해하면서도 기대하는 기색이 마리스텔라의 눈빛에 서렸고, 오델레타는 그런 친구의 모습을 따뜻한 눈으로 바라보았다.

그러다 연회까지 남은 시간이 그리 넉넉하지 못함을 깨닫고선 퍼뜩 정신을 차리고 마리스텔라에게 말했다.

"자, 이제 그만 준비에 신경 쓰셔야 할 시간이에요. 결혼하시고 맞는 황제 폐하의 첫 탄신 연회에 늦고 싶지 않으시다면요."

헨리 14세의 탄신 연회는 오후 4시부터 시작되었다.

"탄신을 경하드립니다, 폐하."

"고맙네, 후작."

그리고 헨리 14세는 쏟아지는 귀족들의 축하 인사를 받으며 바쁜 시간을 보내고 있었다.

한 두세 시간 정도를 그렇게 보냈을 것이다.

그런데 덕담을 듣는 사람치고는 표정이 그리 좋아 보이지 않았는데, 아무래도 그 전날까지 있었던 야근의 여파인 듯했다. 하지만 내색할 수는 없었기에 애써 미소 지으며 귀족들과 대화를 나누고 있었다.

"부황 폐하."

그때, 반가운 목소리가 헨리 14세의 귓가에 꽂혔다.

"피곤해 보이십니다."

그의 유일한 아들인 황태자였다.

헨리 14세가 어색하게 웃으며 고개를 끄덕였다.

"요즘 워낙 잠을 못 잔 탓에."

"이제 슬슬 건강을 생각하셔야 할 나이시지요. 탄신일 전날까지 과로하시는 건 좋지 않다고 봅니다."

아들의 진심 어린 걱정에, 황제는 묘한 기분을 느꼈다.

분명 결혼 전까지만 해도 데면데면했던 아들과의 사이는 결혼 후 묘하게 개선되어 있었다.

'이게 다 황태자비 덕분이겠지.'

황태자비가 중간에서 두 사람의 관계 개선을 위해 알게 모르게 노력을 기울였다는 사실은 헨리 14세도 알고 있는 내용이었다.

그는 새삼 며느리의 존재에 기쁨과 감사함을 느끼며 아들에게 물었다.

"그보다 황태자비는 어디에 있느냐?"

"저도 아직 찾지 못했습니다, 폐하. 아마 어딘가에서 귀부인들과 이야기 나누고 있지 않겠습니까."

"나 못지않게 바쁘구나."

"요나스에서 제일 존귀한 여인이니까요."

대답을 하는 자비에르의 입가에 미소가 둥실 떠오르고 있었고, 그 모습을 본 헨리 14세는 저도 모르게 헛웃음 소리를 냈다.

"그렇게 황태자비가 좋으냐?"

"네?"

"말만 꺼내도 웃음이 나올 만큼?"

"……네, 폐하."

자비에르가 어쩐지 부끄러워하는 얼굴로 대답했고, 헨리 14세는 그런 아들을 흐뭇한 얼굴로 바라보았다.

그러다 어느 순간, 그의 시야로 익숙한 인영이 들어왔다.

"아, 저기 오는구나."

그 말에 자비에르가 빠르게 고개를 돌려 마리스텔라를 찾았다.

정말로 보랏빛의 드레스를 입은 마리스텔라가 환하게 웃으며 이쪽으로 걸어오고 있었다.

그 모습을 본 자비에르의 입가에도 짙은 미소가 걸렸다.

"전하, 폐하."

어느새 두 사람의 지척에까지 다가온 마리스텔라가 여전히 활짝 웃는 얼굴로 입을 열었다.

"여기 계셨군요."

"아름다우십니다."

그리고 자비에르가 뜬금없이 맞받아친 한마디에, 마리스텔라도 헨리 14세도 당황했다.

"네……?"

마리스텔라가 잘못 들었냐는 얼굴로 자비에르를 쳐다보았지만, 그의 표정은 여전히 꿈속을 걷는 듯 몽롱했다.

"아름다우십니다, 비. 오늘 정말……."

"……."

"눈이 부셔요."

"……폐하의 앞이에요, 전하."

뒤늦게 상황을 파악한 마리스텔라가 자비에르의 눈치를 주었지만, 그는 그녀의 말을 전혀 인지하지 못한 사람처럼 굴었다.

그리고 그 모습을 본 헨리 14세는 껄껄 웃음을 터뜨렸다.

"괜찮다, 비. 두 사람 사이좋은 것이 아주 보기 흡족하구나."

"……송구합니다, 폐하."

사과는 마리스텔라의 몫이었다.

그녀의 얼굴이 새빨개졌다.

"원래 이러시는 분이 아닌데……."

"부황 폐하, 제 생각이 틀린 것입니까?"

"그만 하세요, 전하."

"아니다. 네 말이 옳아."

헨리 14세가 흐뭇한 얼굴로 입을 열었다.

"오늘 정말 아름답구나, 비. 보라색이 이렇게 잘 어울릴 줄은 몰랐다."

"감사합니다, 폐하. 아, 탄신을 경하드립니다."

"고맙다. 네게 들으니 숱하게 들었던 말인데도 감회가 새롭구나."

헨리 14세가 여전히 흐뭇한 얼굴로 턱을 쓰다듬으며 물었다.

"결혼하고 맞는 첫 탄신 연회인가?"

"그렇습니다, 폐하."

마리스텔라가 빙긋 웃으며 헨리 14세에게 말했다.

"그래서 제가 특별한 선물을 준비했는데, 마음에 드실지 모르겠습니다."

"그게 뭐든 나는 이미 마음에 든단다, 비. 네가 준비한 거라는데 어찌 마음에 안 들겠느냐."

그렇게 말한 뒤에 헨리 14세는 자비에르를 쳐다보았다.

"황태자는 뭐 없느냐?"

"부부는 한 몸이라, 제 선물이 곧 전하의 선물입니다, 폐하."

마리스텔라가 눈치 있게 끼어들어 말하자, 헨리 14세가 황당하다는 얼굴로 말했다.

"이런 부분에서 편을 들다니."

"저희 부부가 같이 준비한 선물이에요, 폐하. 실제로도 그렇습니다."

"뭘 준비했기에?"

마리스텔라가 주변에 있던 시녀들에게 눈짓을 보내자, 시녀들이 빠르게 그녀에게로 다가와 준비한 선물을 건네주었다.

마리스텔라 대신 그것을 받아든 자비에르가 살짝 미소 띤 얼굴로 그것을 부황에게 긴넸다.

"모쪼록 마음에 드신다면 좋겠습니다."

"어디……."

기대 어린 얼굴로 선물 상자를 받아 든 헨리 14세가 천천히 상자를 열었다. 잠시 후, 그의 표정이 놀람과 환희로 물들었다.

"이걸…… 설마 직접 지은 것이냐?"

"네, 폐하."

"황태자비가 직접?"

"그렇습니다."

"……넌 뭐하고?"

자비에르에게로 다시 화살이 꽂히자, 마리스텔라가 작게 웃음소리를 내며 입을 열었다.

"전하께서도 도와주셨습니다. 다만 전하의 솜씨가 폐하께 선물 드릴 만한 정도는 못 되는지라……."

"내궁 일로 바빴을 텐데 언제 이런 걸……."

헨리 14세는 어지간히 감동한 얼굴로 활짝 웃었다.

"고맙다, 비. 아마 평생 동안 잊지 못할 선물이 될 것 같구나."

"마음에 드시나요?"

"물론이다. 내일부터는 이것만 입고 다녀야겠구나."

"그럼 금방 헤질 겁니다, 폐하."

"아, 그럼 전시만 해두어야 하나."

"편하게 입어 주시면 감사하겠습니다, 폐하. 그러라고 지어 드린 의관이니까요."

"내궁 일도 처음이라 벅찼을 텐데……."

"남는 시간에 틈틈이 지은 것이니, 너무 신경 쓰지 않으셔도 됩니다, 폐하."

"그래도. 쉬운 일이 아니니까."

그가 여전히 감동에 젖은 얼굴로 말을 이었다.

"사실 받고 싶은 선물이 따로 있었는데, 이제 필요 없을 것 같다."

헨리 14세의 말을 들은 마리스텔라가 깜짝 놀란 얼굴을 했다.

"아, 그러셨어요? 진작 말씀하시지……. 그게 뭔가요, 폐하?"

"큼, 크흠."

헨리 14세가 헛기침을 했고, 그제야 황태자 부부는 부황이 원하던 선물이 무엇이었는지를 알아차렸다.

마리스텔라의 얼굴이 붉어졌고, 자비에르는 진지해진 목소리로 헨리 14세에게 말했다.

"제가 노력하고 있으니, 비에게 너무 부담 주지 마셨으면 합니다,

폐하."

"누, 누가 부담을 준다고? 그냥 그렇다는 것이다."

헨리 14세가 말까지 더듬으며 빠르게 말을 돌렸다.

"그리고 이미 이런 선물을 받아서, 더 이상은 원하는 게 없구나."

"마음에 들어 하셔서 다행입니다."

"고맙게 받으마. 오늘 받은 선물들 중 제일 마음에 드는구나."

진심으로 기쁜 미소를 지어 보인 헨리 14세가 곧 너무 눈치가 없었다는 목소리로 말했다.

"이런, 그러고 보니 내가 신혼부부를 너무 붙잡고 있었군. 이제 두 사람끼리 시간 보내는 게 좋겠다."

"그럼 이만 가보겠습니다, 폐하."

자비에르가 빠르게 헨리 14세에게 인사를 남겼고, 그런 아들을 보는 헨리 14세의 얼굴은 황당함으로 물들었다.

며느리가 그런 말을 했으면 별문제가 없었을 텐데, 아들에게 그런 말을 들으니 어쩐지 묘해지는 기분이었다.

"그럼 또 뵙겠습니다, 폐하."

어쨌든 마리스텔라까지 어색하게 웃으며 인사하는 통에, 헨리 14세는 더 말하지 않고 두 사람을 보내주었다.

마침내 온전히 서로와의 시간을 보낼 수 있게 된 두 사람의 뺨이 붉게 물들었다.

◇◆◇

"오랜만에 뵙는 것 같아요."

마리스텔라는 어쩐지 쑥스러움을 느끼며 말했고, 자비에르는 그런 그녀를 보며 빙긋 미소 지었다.

"요근래 많이 바빴으니까요. 저희 두 사람 모두."

"그래도 오늘 밤은 여유로워요."

오델레타가 했던 말을 상기하면서, 마리스텔라가 대꾸했다.

그리고 그 말을 들은 자비에르는 기묘한 미소를 지으며 물었다.

"그럼……."

"전하와 함께 시간을 보낼 수 있다는 뜻이죠."

말을 하고 난 뒤에는 다시 부끄러워져서, 마리스텔라는 천천히 입을 다물었다.

그 모습을 사랑스럽게 바라보던 자비에르가 천천히 입을 열었다.

"그럼 일단……."

느릿하게 내밀어진 손은 마리스텔라를 향하고 있었다.

"춤부터 추시겠습니까, 비?"

"좋아요."

흔쾌히 대답한 마리스텔라가 자비에르의 손을 잡으려던 순간이었다.

'어……?'

예기치 못하게 머릿속으로 땅한 감각이 느껴져, 마리스텔라는 저도 모르게 주춤거렸다.

"왜 그러십니까."

그 모습을 본 자비에르가 당황한 목소리로 물었지만, 마리스텔라는 그를 안심시키기 위해 부러 차분한 목소리로 대답했다.

"아무것도 아닙니다, 전하. 괜찮아요."

"아무것도 아니긴요."

걱정하는 목소리는 진지한 색을 띠고 있었다.

"방금 안색이 하얗게 질리셨습니다. 어디가 안 좋으신 겁니까?"

"그냥 잠깐, 잠깐 어지러워서요."

"그럼 쉬시는 게 좋겠습니다. 춤은 다음에⋯⋯."

"아, 아뇨!"

마리스텔라가 다급하게 자비에르의 말을 끊고 끼어들었다.

"괜찮아요, 전하. 지금은 멀쩡해요."

하지만 자비에르는 아내의 말을 딱히 믿는 눈치가 아니었다.

"괜히 무리하지 않으셨으면 좋겠습니다. 요즘 과로하셔서 그래요."

"하지만 정말 순간 그랬던 것뿐이에요. 지금은 괜찮아요."

마리스텔라의 거듭된 주장에도 자비에르가 걱정하는 기색을 보이자, 그녀는 재빨리 그의 손목을 붙잡고 홀 가운데로 걸어갔다.

그 바람에 자비에르는 하는 수 없이 그녀에게 끌리듯 걸어가야 했지만. 하지만 춤을 추기 직전까지도 그는 마리스텔라의 상태를 걱정했다.

"혹시라도 또 어지러우면, 그땐 꼭 말씀해 주셔야 합니다, 비."

"물론이에요, 전하. 너무 걱정하지 마세요."

마리스텔라가 빙긋 웃으며 자비에르의 어깨 위로 손을 올렸고, 두 사람은 이내 천천히 음악에 맞추어 춤을 추기 시작했다.

그리고 자비에르는 춤을 추는 내내 마리스텔라에게서 시선을 떼지 않고 오직 그녀에게만 집중했다.

그 사실이 마리스텔라의 감정을 보다 고조시켰고, 그녀는 머릿속에서 모든 잡념을 지워내며 우아하게 춤을 추었다.

그리고 마침내 춤의 하이라이트 부분에서, 마리스텔라가 멋지게 몸을 돌리려던 찰나였다.

"아⋯⋯!"

순간적으로 느껴지는 강한 현기증이 마리스텔라를 비틀거리게 만들었다. 그녀는 이런 상황이 올 줄 조금도 몰랐다는 듯, 당황한 얼굴로 헛걸음질을 하기 시작했다.

"비!"

그리고 그런 마리스텔라의 모습에, 자비에르는 경악한 얼굴로 재빨리 그녀에게 다가갔다. 바닥으로 쓰러지기 직전 무사히 그녀를 안아든 자비에르가 잔뜩 놀란 목소리로 마리스텔라에게 물었다.

"비, 괜찮으십니까?"

"네, 전하. 저는 괜찮⋯⋯."

하지만 대답을 채 마치기도 전에, 마리스텔라는 까무룩 정신을 잃고 말았다.

"비, 비!"

그런 그녀의 모습에, 자비에르가 다급한 목소리로 시종들에게 명령했다.

"당장 궁의를 불러라, 당장!"

마리스텔라가 의식을 회복한 것은 그날 밤이 되어서였다.

"……."

그녀는 묵직하게 느껴지는 눈꺼풀을 천천히 떠올린 다음 천천히 깜빡거렸다. 한 5번 정도 깜빡임을 반복하자 정신이 드는 느낌이었다.

"아……."

그리고 가장 먼저 보이는 이의 모습에, 마리스텔라가 저도 모르게 그의 이름을 불렀다.

"자비에르."

"마리."

자비에르가 기뻐하는 게 분명한 얼굴로 그녀에게 물었다.

"정신이 드십니까?"

"네……. 제가 얼마나 이러고 있었나요?"

"4시간입니다. 괜찮으십니까?"

"아…… 시간이 많이 늦었네요."

마리스텔라가 슬며시 덧붙였다.

"연회는 끝났을 거고요."

"아직이요."

자비에르는 빠르게 덧붙였다.

"하지만 금방 끝나겠지요. 벌써 11시가 넘었으니까요."

"설마 계속 이곳을 지키고 계셨나요?"

"물론입니다."

그 대답에 마리스텔라의 얼굴에 미안함이 스쳐 지나갔다.

"저 때문에 괜히……."

"그런 말씀 마십시오, 비. 제가 여길 지키는 건 당연한 일입니다."

"……."

"비 없이는 연회장에 계속 있을 이유도 없고요."

"궁의는……."

마리스텔라가 조심스럽게 물었다.

"뭐라고 하나요? 단순 과로?"

당연히 빠르게 답이 나올 줄 알았던 단순한 질문이었다. 하지만 자비에르는 순간 울컥한 표정으로 말을 잇지 못했고, 그 모습을 본 마리스텔라는 슬며시 겁이 났다.

'뭐야……?'

설마 자신이 죽을병에 걸리기라도 한 걸까?

그 생각이 들자 마리스텔라는 갑자기 암울해졌다.

"제가……."

여전히 대답이 없자, 한참 후에 그녀는 조심스레 입을 열었다.

"제가 설마……."

"……."

"죽을병에……."

"아, 아닙니다, 비."

자비에르는 그녀가 오해하고 있음을 깨닫고 빠르게 말을 막았다.

"그런 게 아닙니다."

"하지만 그렇다면 왜…… 대답을 못 하시나요?"

"그건……."

자비에르가 속을 알 수 없는 얼굴로 마른침을 삼킨 다음, 천천히 입을 열었다.

"임신입니다."

그리고 듣게 된 뜻밖에 대답에, 마리스텔라는 어안이 벙벙해진 표정을 지었다.

"……네?"

"임신하셨습니다. 비께서요."

자비에르의 얼굴 표정이 좀 더 뚜렷해졌다. 환희와 황홀에 가득 찬 표정이었다.

"제가……."

"네."

그가 빙긋 웃으며 그녀에게 확인시켰다.

"우리의 아이를 가지셨습니다."

"저, 정말인가요?"

"물론입니다. 아무렴 이런 일로 거짓말을 하겠습니까."

자비에르는 눈물까지 글썽거렸고, 마리스텔라는 여전히 믿기지 않는 얼굴이었다. 그녀는 급하게 몸을 일으키려다 다시 느껴지는 현기증에 인상을 썼다.

"아……"

그런 그녀를 조심히 붙잡으며, 자비에르는 마리스텔라가 천천히 일어날 수 있게끔 도와주었다.

"천천히 일어나십시오, 비. 궁의 말로는 임신성 빈혈이라더군요."

아, 그래서 요즘 그렇게 잠이 많이 오고 현기증도 잦았나 보다.

풀리는 미스터리에 마리스텔라는 저도 모르게 고개를 주억거렸다.

"궁의가 약을 처방해 주었으니 이제 좀 덜하실 겁니다."

"믿기지 않아요. 제가 정말로…… 전하의 아이를 가진 건가요?"

"네."

자비에르가 빙긋 웃으며 고개를 끄덕였다.

"사실입니다, 비."

임신은 그녀와 평생 동떨어져 있던 단어라, 마리스텔라는 상당히 얼떨떨하고 당황스러운 기분이었다. 하지만 그것도 잠시, 마리스텔라는 곧 사랑하는 사람의 아이를 가졌다는 사실에 기뻐했다.

'진짜 임신이라니.'

그녀는 행복을 숨길 수 없는 얼굴로 미소 지으며 아직은 납작한 제 배를 만지작거렸다. 그리고 그 모습을 감격스러운 눈으로 바라보던 자비에르가 천천히 입을 열어 고백했다.

"고맙습니다, 비."

그 말에 마리스텔라의 시선이 제 배에서 남편에게로 향했다.

그는 금방이라도 울 것 같은 붉은 눈을 하고 있어서, 마리스텔라의 기분을 기묘하게 만들었다.

"정말로…… 고맙습니다. 지금 제가 얼마나 기쁜지 비께서는 상상도 못 하실 겁니다."

"그렇게 보이셔요, 전하."

자비에르 역시도 이 아이를 간절히 바라고 원해왔다는 사실이 방금 표정으로 전부 설명되어서, 마리스텔라는 좀 더 기뻐졌다.

"앞으로 제가 더 잘하겠습니다."

"여기서 더요?"

마리스텔라가 놀란 눈을 동그랗게 떴다.

"지금도 충분히 제게 다정하고 친절하신걸요."

"그래도 더요."

자비에르는 살짝 떨리는 표정으로 조심스럽게 마리스텔라의 손을 부여잡았다.

손으로 전해져 오는 온기에 마리스텔라가 살포시 미소 지었다.

"최고의 남편이 되기 위해 최선을 다할 겁니다. 약속할 수 있어요."

"기대해 봐도 될까요?"

"물론입니다."

자비에르가 설핏 웃으며 고개를 끄덕였고, 그 모습을 가만히 바라보던 마리스텔라는 천천히 입을 열었다.

"그럼 키스해 주세요."

하지만 그 말을 듣고 자비에르는 심각한 표정을 지었다.

"괜찮으시겠습니까."

"네? 왜요?"

"혹시라도 몸에 무리가 가면……."

"……고작 키스 가지고요?"

"혹시 모르니까요."

"제가 무슨 유리 인형이라도 되는 줄 아세요, 전하? 이 정도는 괜찮을 거예요."

"아, 그렇습니까."

마리스텔라의 말에 자비에르가 머쓱한 표정으로 변명했다.

"제가…… 아빠는 처음이라서요."

"……저도 엄마는 처음이에요."

그래도 키스 한 번으로 몸에 무리가 가지 않는다는 것쯤은 알았다.

'물론 수위 조절은 해야겠지만.'

지금 하는 태도로 봐서는 그런 게 필요 없을 정도로 조심스럽게 입 맞춰 올 것 같기는 하다.

그 사실에 살짝 김이 샜지만, 기저에 자신을 위하는 마음이 깔려 있다고 생각하면 많이 서운하지는 않았다.

"그럼…….."

자비에르가 조심스럽게 마리스텔라에게로 몸을 숙였고, 이내 느릿하게 입술을 겹쳐왔다. 메마른 입술 위로 닿는 촉촉한 입술이 마리스텔라가 오랫동안 품고 있었던 갈증을 해소시켜 주며 움직였다.

자비에르는 처음에는 유리 조각을 다루듯 조심스럽게 그녀에게 입을 맞추다가, 어느 순간을 기점으로 좀 더 과감해지기 시작했다.

자연스럽게 마리스텔라 역시 자비에르의 목을 끌어안으며 그의 움직임에 호응했다.

마리스텔라가 입고 있던 드레스가 바스락 소리를 내며 잔뜩 구겨졌고, 그것은 자비에르의 연미복 역시도 마찬가지였다.

그러다 어느 순간, 흥분에 휩쓸린 자비에르의 손이 그녀의 드레스 위로 향했다.

"아…….."

그때 그녀의 입속에서 흘러나오는 마른 소리에, 자비에르의 움직임이 거짓말처럼 뚝 멈추었다.

이다음을 기대하고 있던 마리스텔라로서는 당황한 얼굴로 그를 쳐다볼 뿐이었다. 자비에르는 눈을 질끈 감았다가, 이내 힘겹게 들리는 목소리로 입을 열었다.

"이 이상은…… 제가 주체가 안 될 것 같습니다."

"네?"

"초기에는 조심, 또 조심해야 한다고 궁의가 그랬거든요."

그제야 말뜻을 알아들은 마리스텔라의 얼굴이 붉어졌다. 하지만 기저에는 더 진행되지 못한 일에 대한 아쉬움이 깔려 있는 표정이었다. 그녀가 하는 수 없다는 듯 입술을 비죽거리자, 그 모습을 본 자비에르가 눈에서 꿀이 뚝뚝 떨어지는 얼굴로 마리스텔라를 쳐다보았다.

그는 부드럽고 조심스럽게 마리스텔라의 입술 위에 버드 키스를 남긴 다음, 잔잔한 목소리로 그녀에게 말했다.

"다시 한번 고맙고, 사랑합니다, 비. 진심으로요."

남편의 다정한 고백을 들으면서, 마리스텔라는 주체할 수 없는 미소를 지어 보였다.

사랑하고 사랑해주는 남편, 달콤한 결혼생활, 선물처럼 찾아온 아이까지.

이보다 더 행복할 수 있는지 의문이 드는 순간이었다.

마리스텔라의 임신 소식은 빠르게 전 제국에 퍼져 나갔다. 모두가 황태자비의 임신을 기뻐했고, 머잖아 황실에 아기 울음소리가 들린다는 사실에 환호했다.

"세상에 이런 일이 있다니."

그리고 누구보다도 이 소식을 기뻐한 사람은 마리스텔라의 시아버지인 헨리 14세였다.

"올해 받은 탄신 선물이 여태껏 받아온 것들 중 가장 으뜸이구나."

그는 자신의 탄신일에 손주를 보게 되었다는 소식을 듣게 된 것을 몹시 기뻐했다.

"가벼운 죄를 지은 죄수들은 전부 풀어 주라고 명령했단다. 혹시라도 태어날 아기에게 이로울까 봐 말이다."

아주 경사스러운 날에만 행하는 죄수 사면을 명한 것은 그가 얼마나 기뻐했는지 알 수 있는 대목이었다. 마리스텔라는 그런 시아버지의 기뻐하는 모습에 몹시 뿌듯해졌다.

"그렇게 기쁘십니까, 폐하?"

"물론이지."

헨리 14세가 여부가 있겠냐는 목소리로 답했다.

"비도 나중에 내 나이가 되면 알겠지만, 내 자녀가 자녀를 낳는 것처럼 설레고 기대되는 일도 없단다."

"이렇게 기뻐하시는 모습을 보니 저도 기쁩니다, 폐하."

"그리고 미리 말해두지만, 나는 황녀든 황자든 별 상관이 없단다."

그가 껄껄 웃으며 말을 이었다.

"성별과 관계없이 1년 후에 태어날 아이는 나와 네 남편의 대를 이어 요나스의 황제가 될 테니 말이다."

"감사합니다, 폐하."

그 말을 듣고 마리스텔라는 내심 안심할 수 있었다.

혹시라도 시아버지가 아들을 바라고 계실까 봐 딸이면 어쩌나 마음을 줄이고 있었기 때문이었다. 물론 자신을 위해 말만 그렇게 하시는 것일지도 모르겠지만, 어쨌든 말이라도 그렇게 해주시니 한결 마음이 편해지는 기분이었다.

"그보다 황태자는 네게 잘 대해주느냐?"

별안간 바뀐 화제에 마리스텔라는 저도 모르게 웃음을 터뜨렸다.

헨리 14세가 그런 그녀를 의아한 표정으로 바라보았고, 그녀는 그제야 시아버지의 앞이라는 사실을 자각하고선 얼른 입술을 다물었다.

"송구합니다, 폐하."

"아니다. 임산부는 많이 웃어야 태아에게도 좋다고 들었거든. 무슨 재밌는 일이라도 생각났나 보구나."

"네."

마리스텔라가 다시 새어 나오는 미소를 참으며 말을 이었다.

"황태자 전하께서는 제게 더없이 잘해주신답니다. 그러니 그 부분은 염려하지 않으셔도 돼요."

"혹시라도 무슨 문제가 생기면 작은 것이라도 내게 말하고. 알겠지?"

"네, 폐하. 그러겠습니다."

"내궁 업무는 1년 동안은 조금도 신경 쓰지 말거라. 아가시아 공작부인에게는 내 단단히 일러두었으니."

"안 그래도 부인께서 1년 동안은 태교에만 전념하라 말씀해주셨습니다."

"그래. 그래야지."

황가에 손이 귀한 탓에 어렵사리 생긴 아이에 대한 관심은 신분 고하 남녀노소를 막론하고 지대했다.

덕분에 마리스텔라는 차후 1년 동안은 이전의 삶이 믿기지 않을 정도로 한가로운 나날을 보낼 예정이었다.

.

.

.

"전하."

헨리 14세와의 티타임을 마치고 밀즈궁으로 돌아오는데, 오델레 타가 마리스텔라를 불렀다.

"응?"

"아까 중앙궁에서 웃으신 것, 며칠 전 그 일이 생각나서 그러신 것 이지요?"

오델레타의 물음에 마리스텔라는 다시 한번 웃음을 터뜨렸고, 거 기서 답을 낸 오델레타는 그럴 줄 알았다는 듯 입을 열었다.

"하긴, 그때 그 일은 너무 웃기긴 했어요. 전 전하께서 그렇게 적 극적이신 성격이신 줄은 처음 알았다니까요."

며칠 전, 마리스텔라의 밀즈궁으로 대량의 선물 상자가 도착했던 일을 말하는 것이었다.

"이게 도대체 다 뭐예요?"

"한 사람이 다 보낸 거 맞죠?"

"세상에, 이걸 다 언제 정리한담."

시녀들은 갑작스럽게 들이닥친 선물 상자에 우왕좌왕했고, 마리스텔라는 제게 이렇게 많은 선물을 보낼 이가 과연 누구인지 고민하다가 설마 하는 표정을 지었다. 그녀가 천천히 카드가 끼워진 선물 상자 앞으로 가 카드를 들어 올렸다.

'뭐가 좋을지 몰라서 일단 다 준비해 봤습니다.'

발신인은 적혀 있지 않으나, 특유의 필체와 어투로 마리스텔라는 그것이 제 남편이자 요나스의 황태자라는 사실을 빠르게 알아차리고선 숨을 내뱉었다.

맙소사, 도대체 무슨 짓을 한 거야.

"……일단 다 풀어 보는 게 좋겠어."

오델레타의 한마디에 시녀들은 능수능란하게 선물 상자를 풀기 시작했다. 워낙 양이 많아서 리본을 푸는 데만 엄청난 시간이 걸렸다.

"……이게 다 뭐야?"

그리고 선물을 다 풀었을 때 나온 내용물들에, 마리스텔라는 아연실색한 표정을 지었다. 상자 안에 들어 있는 것들은 아기 욕조, 젖꼭지, 아기용 드레스, 기저귀 등 아기용품들이었다.

도대체 왜 이걸 벌써부터 준비하는 건지 도통 모를 노릇이었지만……

심지어 아직 성별을 모른다는 이유로 같은 물건을 전부 분홍색과 푸른색으로 두 개씩 맞추었다.

그게 끝이 아니었다. 아기만 챙기면 자신이 서운해할 거라고 생각했는지, 임산부에게 좋다는 과일과 채소, 음식들이 잔뜩 들어 있었다. 거기에 온갖 화려한 보석과 액세서리들도 함께였는데, 아무래도 이건 감사의 표현 같았다.

어쨌든, 중요한 건 지금 이것들이 너무 과하다는 것이다.

마리스텔라는 눈앞에 펼쳐진 어마어마한 선물들에 순간 눈앞이 캄캄해졌다.

아니, 아이가 태어나려면 앞으로 8개월이나 더 남았는데 벌써부터 이런 걸 준비할 건 뭐란 말인가. 거기다 상자 안에 든 음식들은 그녀를 곰처럼 살찌울 생각이 아닌가 싶을 정도로 양이 많았다.

"과하네요."

그 모습을 같이 바라보던 오델레타가 한마디 평을 내렸고, 마리스텔라는 거기에 격하게 동의했다.

"그래도 황태자 전하께서 황태자비 전하를 정말 많이 사랑하시나 봐요."

그 또한 동의하는 바였다. 지나치다는 게 문제이긴 해도 말이다.

"아, 그때 정말 놀랐는데 말이야."

마리스텔라는 며칠 전의 기억을 떠올리며 작게 웃었다.

확실히 그때의 선물 폭탄은 예상치도 못한 것이었다.

그가 제 임신을 유달리 특별히 여긴다고는 생각했지만, 그저 첫 아이를 가지게 된 아버지의 마음이 다 그렇지, 하고 여긴 게 안일하다면 안일한 생각이었다.

"뭐, 관심 없으신 것보다는 훨씬 낫지요. 그렇지 않나요?"

그건 그래, 하고 마리스텔라는 중얼거렸다.

아이를 열 달 동안 품고 있다는 건 생각했던 것보다 훨씬 녹록잖은 일이었다. 마리스텔라는 새삼 자신을 낳아준 어머니에게 감사하면서, 하루하루 불러가는 배와 더불어 뻐근해지는 허리의 통증을 느껴야만 했다.

그 이외에도 남이 어떻게 해줄 수 없는 수많은 증상들이 동반하면서, 마리스텔라는 퍽 괴로운 시간들을 보냈다. 그럼에도 불구하고 하루하루 제 안에서 아이가 커간다는 즐거움과, 자비에르의 다정함이 그녀를 행복하게 만들어 주었다.

"전하."

출산을 3개월 정도 앞둔 어느 날, 태교를 위해 자수를 놓던 마리스텔라에게 손님이 찾아왔다.

"황태자 전하께서 오셨습니다."

그 말에 마리스텔라는 걱정스러운 표정부터 지었다. 그가 저를 찾을 때면 꼭 시종들을 대동해 그녀가 좋아하는 음식들을 바리바리가지고 왔기 때문이었다.

"비."

그리고 그녀의 예상은 늘 맞아떨어졌다.

이번에 자비에르가 가지고 온 것은 레몬타르트와 레몬주스, 설탕에 절인 레몬과 레몬 푸딩, 레몬 케이크였는데, 무려 다섯 가지 종류의 저 많은 양을 언제 다 먹을 수 있을까 벌써부터 고민되는 것이었다.

'……맛있겠다.'

물론 침도 고이기는 했지만.

레몬은 요즘 마리스텔라가 가장 좋아하는 음식이었다.

'임신 후반부에 들어서까지 이렇게 신 음식이 당길 줄은 몰랐지 뭐야.'

다만 지금 저 많은 양을 다 먹어 치울 수 있는지가 문제였다.

뭐, 너무 많으면 시녀들에게도 나누어 주면 되니까. 쓸데없는 걱정이긴 했다.

"제국의 작은 태양을 뵙습니다. 어쩐 일이세요?"

"보고 싶어서 왔습니다."

늘 그렇듯 직설적인 한마디였다.

'차갑게 툴툴대는 법 한 번이 없다니까.'

마리스텔라는 이제 익숙해질 법도 하다고 생각하면서도 변함없이 얼굴을 붉혔다.

자신 역시 아직은 그에게 완벽하게 적응하지 못한 듯했다.

"뭘 이렇게 많이 가지고 오셨어요."

마리스텔라가 낮게 웃으며 방 안으로 들어와 디저트를 내려놓는 시종들을 바라보았다.

그들은 제 할 일을 마치자마자 빠르게 그녀의 방에서 사라졌다.

마침내 두 사람만이 남게 되자, 마리스텔라는 테이블 위에 가득 올려진 디저트들을 바라보았다가 자비에르에게로 시선을 돌렸다.

"같이 들어요, 전하. 저 혼자서는 도무지 다 못 먹겠는걸요."

"요즘 레몬을 좋아하신다기에."

아니, 좋아하는 건 좋아하는 거고 들어가는 자리는 한정되어 있는데……!

마리스텔라는 순간 이렇게 말하려다가 - 임신의 여파 때문인지는 몰라도 감정 기복이 잦았다 - 진정하고 차분하게 입을 열었다.

"그래도 양이 너무 많아요. 다 먹다가는 체할지도 몰라요."

아플지도 모른다는 말에 자비에르의 눈이 번쩍 떠졌다. 매사 철두철미한 남자가 자신과 관련된 일이라면 이상하게 단순해진다.

마리스텔라는 그 사실에 썩 기분이 나쁘지 않다고 느끼며 설핏 미소 지었다.

"그보다, 정말 보고 싶어서 오신 거예요?"

자비에르가 썰어준 레몬 케이크 한 조각을 입에 넣고 씹으며 마리스텔라가 물었다.

"그럼 별다른 이유가 있겠습니까."

"국정도 바쁘실 텐데."

"비와 아이를 보러 올 시간 정도는 충분합니다."

'있습니다'도 아니고 '충분합니다'라니.

너무 거짓말 같았지만 모른 척해주기로 했다.

"아, 그리고 아이에게 아버지의 목소리를 들려주는 것처럼 좋은 태교도 없다더군요."

"그건 또 어떻게 아셨어요?"

"궁의에게 물었습니다."

그렇게 대답하면서, 자비에르는 마치 비밀 이야기라도 하는 사람처럼 마리스텔라에게 속삭였다.

"아직 이 대단한 비밀을 아는 사람이 많이 없다더군요."

그 모습이 귀여워서, 나는 참지 못하고 푸스스 웃음을 흘렸다.

그런 내 모습을 사랑스럽다는 듯 바라보던 자비에르의 시선은 어느새 내 배 쪽으로 향했다.

이제는 제법 불러온 배 위로 조심스럽게 볼을 가져다 댄 그가 듣기 좋은 중저음의 목소리로 속삭였다.

"아가, 건강하게 무사하게 나와야 한다."

그 달콤한 목소리를 들으면서, 마리스텔라는 저런 목소리라면 아이와 어떤 관계더라도 태교에 매우 좋을 것이라고 생각했다.

"엄마 너무 괴롭히지 말고."

"앗!"

그 말이 끝나기가 무섭게 마리스텔라가 작게 소리를 질렀다.

자비에르가 깜짝 놀라며 그녀에게 물었다.

"왜 그러십니까, 비."

"아기가……."

"아기가 왜요?"

"태동이 느껴졌어요."

마리스텔라는 무의식적으로 배를 쓰다듬으며 얼떨떨한 목소리로 중얼거렸다.

"아빠 목소리를 정말로 알아듣기라도 하나 봐."

"역시 우리 아이는……."

"우리 아이는……?"

"천재가 분명하군요."

"……아직 태어나지도 않았어요."

이런 호들갑이라니.

나는 미간을 좁히며 그에게 말했다.

"눈치 주지 말라고 발로 찬 것일 수도 있어요. 아주 우렁차게 차던데요."

태동이 잘 느껴지지 않는 편이라 마리스텔라는 진심으로 신기해했다. 정말 제 배 속에 아이가 있다는 사실이 실감 난달까.

"얼른 나와 준다면 좋겠어요. 처음 만나면 무슨 이야기부터 해야 할까……."

"그런 것도 고민하세요? 아직 석 달이나 남았는데."

"미리미리 준비해야 하니까요."

하여간 준비성 하나만큼은 알아줄 만했다.

그녀가 피식피식 웃고 있는데, 돌연 자비에르의 표정이 심각해졌다. 이번에는 또 무슨 일로 저런 표정을 짓는 걸까. 가끔은 그 역시 감정 기복이 매우 심해진다. 아무리 부부라지만 이런 것도 닮는 걸까.

마리스텔라가 물었다.

"갑자기 또 왜 그런 표정이세요?"

"갑자기 걱정이 되어서요."

"걱정이요?"

마리스텔라가 의아한 얼굴로 물었다.

"무슨 걱정이요?"

"마리스텔라."

그가 돌연 그녀의 이름을 불렀고, 마리스텔라는 변경된 호칭에 긴장했다.

"제가 좋은 아버지가 될 수 있을까요?"

그 질문을 듣고, 마리스텔라는 순간 말문이 막혔다.

"……그게 고민이신 건가요?"

살짝 김이 빠진 목소리였다.

자비에르가 고개를 끄덕였다.

"나름 준비하고 있다고는 생각하는데……."

그는 조심스럽게 말을 맺었다.

"잘하고 있는지는 모르겠습니다."

"당연히 잘하고 계시지요, 전하."

마리스텔라가 여부가 있겠냐는 목소리로 그를 안심시켰다.

"뭘 걱정하세요? 살면서 수많은 아버지들을 보아 왔지만, 전하처럼 준비성 철저하고 훌륭한 아버지는 많이 보지 못했어요."

"거짓말."

아이 같은 대꾸에 마리스텔라는 순간 어벙한 얼굴을 지었다가, 황당한 목소리로 반박했다.

"거짓말 아니에요."

"비는 너무 저를 과대평가하십니다."

"……다른 분들께 물어봐도 다 같은 소리 하실 텐데요."

"아니에요. 그럴 리가 없습니다."

"왜 갑자기 약한 소리를 하세요."

답지 않게 움츠러든 모습에 마리스텔라는 기분이 좋지 않아졌다.

그녀는 제 아이의 아버지가 언제 어디서든 당당하고 자신 있기를 바랐다.

제국의 황태자로서, 자신의 남편으로서, 아이의 아버지로서.

"저는 전하께서 그렇게 생각하시는 까닭을 모르겠어요."

"……제가 사랑을 받고 자란 사람은 아니니까요."

걱정의 원인이 그것이었나.

마리스텔라의 말문이 일순 막혔다.

"그건…… 중요하지 않다고 제가 거듭 말씀드렸잖아요. 전하의 유년 시절이 그렇다 해서 전하께서 그런 아버지가 되시란 법은 없다고요."

"그래도 걱정이 되는 건 어쩔 수 없습니다."

"으음……."

과거의 트라우마를 떨쳐 버리기란 여간 어려운 일이 아니다.

그걸 알고 있었기에 마리스텔라는 진지하게 이 문제에 대해 고민했다.

"어떻게 하셔야 전하께서 좀 안심하실까요?"

그녀는 천천히 자리에서 일어나 자비에르의 무릎으로 가 앉았다.

배 속의 태아까지 두 명이었기에 무거울 법도 하지만, 자비에르는 조금의 불평도 하지 않고 아내를 뒤에서 꼭 안아 주었다.

"같이 고민해 봐요, 전하."

"……."

"전 전하께서 그런 모습을 보이시는 걸 원치 않아요."

"비에게 스트레스를 주기 위해 꺼낸 말은 아닙니다. ……미안해요. 내가 괜한 말을 한 것 같습니다."

"전하, 사과를 받기 위해 드린 말씀이 아니에요."

마리스텔라가 속상하다는 목소리로 자비에르에게 말했다.

"저는 전하의 아내니까요. 충분히 같이 고민할 수 있습니다."

"……잘할 수 있을지 모르겠습니다."

자비에르가 어렵사리 속 이야기를 꺼냈다.

"훌륭하고 좋은 아버지가 되고 싶은데, 그래서 노력하고, 공부하고 있는데……."

"……."

"실전에서 잘할 수 있을지 모르겠어요."

"잘하실 수 있어요."

마리스텔라가 자비에르의 손을 꼭 부여잡으며 말했다.

"저는 전하를 믿어요. 전하께서는 벌써부터 이렇게 멋진 아버지의 자질을 보여주고 계신걸요?"

"……그런가요?"

"네에. 무엇보다도 전하께서는."

마리스텔라가 살포시 웃으며 자비에르의 가슴 위에 고개를 기댔다.

"제게 이렇게 다정하시니까요."

"……."

"꼭 그런 건 아니지만, 대개 좋은 남편이 좋은 아버지가 된답니다."

그러니까 너무 걱정하지 마세요.

속삭이듯 내뱉은 그 한마디에, 자비에르는 그나마 안심한 듯 보였다. 그 사실을 눈치챈 마리스텔라가 빙긋 웃으며 자비에르에게 말했다.

"쓸데없는 걱정은 하지 마시고."

"……."

"그 시간에 제게 입 맞춰 주세요, 전하."

그 말에 그가 머뭇거리다 천천히 마리스텔라와 입술을 맞부딪쳤다.

부드러운 입술이 허공에서 천천히 얽혀들어갔고, 달콤한 키스가 그녀를 기쁘게 만들었다. 자비에르의 무릎 위에 앉은 채 그를 꼭 끌어안으며, 마리스텔라는 미소 띤 얼굴로 그와 입을 맞추었다.

그녀가 말한 대로, 그가 다정하고 훌륭한 아버지가 될 것임을 믿어 의심치 않으면서.

3개월 후.

"아아악!"

밀즈궁에서 유례없는 비명이 울려 퍼졌다.

"전하, 조금만 더 힘을 주십시오!"

"전하, 조금만 더!"

"아악!"

산실 안에서는 아이를 낳으려는 움직임이 한참이었고, 그 안에서 마리스텔라는 거의 죽을 것 같은 표정으로 비명을 지르고 있었다.

아, 아이 낳는 게 어려운 일인지는 어렸을 때부터 알고 있었고, 첫아이니 훨씬 더 녹록지 않을 거라는 걸 알고는 있었지만…….

'이건 너무 힘들잖아!'

마리스텔라는 진심으로 자신을 낳아준 어머니에게 감사와 경의를 표하고 싶은 마음이었다. 어째서 그 옛날 많은 산모들이 아이를 낳다가 죽었는지 알 것 같다고 생각하다가, 마리스텔라는 부정적인 생각은 하지 말자고 생각하며 아랫배에 힘을 더 주었다.

"아악!"

하지만 아무리 힘을 줘도 아이가 나오려는 기미가 보이지 않았다.

주변에서는 계속 '조금만 더!'를 외치고 있는데, 자신이 느끼기에는 '조금만 더'가 아니었다. '아직 한참 더 남았어!'랄까…….

"으아악!"

지금 상태로 몇 시간을 보냈는지 모르겠다.

마리스텔라는 기진맥진해서 금방이라도 쓰러질 것 같은 모습을 보였다. 하지만 그러면서도 곧 태어날 자신의 아이를 위해, 젖 먹던 힘까지 짜내며 힘을 주었다.

"머리가 보입니다, 전하!"

그리고 얼마나 더 흘렀을까.

마침내 오델레타가 기다리고 기다리던 말을 해주었다.

"조금만 더 힘내세요, 전하!"

듣기로 아이 머리가 나오면 그다음부터는 조금 수월하다고 했다. 머리가 아기의 몸 중에서 가장 크기 때문에.

마리스텔라는 이 살을 가르는 고통을 머지않아 끝낼 수 있다는 생각에, 금방이라도 탈진할 것 같은 몸을 쥐어짜내 힘을 주었다.

"아아아아악!"

"으아아앙!"

어미의 비명과 더불어, 마침내 아이의 울음소리가 울려 퍼졌다.

"으아아앙!"

아이는 처음 보는 세상의 빛이 눈이 부신지 계속해서 울어 댔다.

마리스텔라도 그제야 온몸에서 힘을 뺄 수 있었다.

'아, 살았다……'

농담이 아니라 이대로 한 시간 정도 더 진통을 겪었다면 죽었을 지도 모른다.

그만큼 그녀는 손가락 하나 까딱할 힘도 없는 상태였다.

그리하여 마침내 마리스텔라는 그녀가 그토록 경외해 마지않던 어머니의 반열에 들어섰다.

"비!"

숨을 고르고 있는데, 갑자기 산실 안으로 웬 남자가 들어왔다.

"비, 비!"

저를 애타게 찾으며 부르는 이 남자는 그녀의 남편이었다.

마리스텔라는 박차오르는 감정에 주르륵 눈물을 흘렸다.

"비!"

초주검이 된 상태로 누워 울고 있는 마리스텔라를 발견한 자비에 르가 경악하며 그녀의 곁으로 가까이 다가갔다.

그리고 아이의 상태를 묻기 전 아내의 상태부터 확인했다.

"비께서는 무사하신가?"

"네, 전하. 무사하십니다."

오델레타가 너무 염려 말라는 듯 대답했고, 옆에서 산파가 아기 의 소식도 전해주었다.

"경하드립니다, 전하."

그제야 자비에르의 시선이 아기에게로 향했다.

그는 아내에게 온통 신경을 쓰느라 잠시 아기의 존재를 잊어버렸다는 사실을 깨닫고 머쓱한 표정을 지었다.

"아름다운 공주님이십니다. 제국의 보물이십니다."

"이 아기가……."

"네, 전하. 한번 안아보시겠습니까?"

"자, 잠시만……."

혹시라도 아기를 떨어뜨리기라도 할까 봐, 자비에르가 잔뜩 겁먹은 표정을 지었다.

그런 자비에르에게 괜찮다는 듯, 산파는 자애롭게 미소 지으며 아기를 아버지에게 안겨 주었다.

자비에르가 조심스럽게 아기를 안아 들었다. 혹시라도 다칠까 봐 조심하는 기색이 역력했다.

"……아가."

금방이라도 울음을 터뜨릴 것 같은 목소리에, 마리스텔라는 자신이 아픈 것까지 잊고 저 남자를 달래주어야 하는 건 아닌가 진지하게 고민했다.

"흑……."

결국 자비에르가 눈물을 터뜨리고 말았다.

정작 아기는 이제 울음을 그쳐 조용한데 말이다. 마리스텔라는 남편이 저렇게 눈물이 많았나 새삼 놀라면서 낮게 웃었다.

"전하, 아기에게 아비의 우는 얼굴부터 보여주실 생각이십니까?"

마리스텔라의 지적에 자비에르는 그럴 수는 없다는 듯 빠르게 눈물을 멈추었다.

그리고 억지로 미소 지으며 품 안에 안긴 아기를 바라보았다.

갓 태어나 쭈글쭈글했고, 아직 눈을 다 뜨지 못한 상태였다. 자신의 모습을 알아보려면 아마 꽤 시간이 걸릴 것이다.

아기들은 눈이 나쁘니까. 그래도 목소리는 듣겠지 싶어, 자비에르는 조용조용한 목소리로 아기에게 속삭였다.

"아가."

더없이 사랑스럽다는 목소리였다.

"좋은 아비가 되어 주마."

그 말을 듣고, 마리스텔라는 금방이라도 울어 버릴 것만 같았다. 하지만 그러기에는 너무 힘이 없어서, 그녀는 그저 빙긋 미소 지으며 천천히 눈을 감았다.

새 가족의 탄생이었다.

외전. Happy Birthday, My Princess

3, 2, 1……

"땡!"

로제스텔라가 신나게 외치며 손바닥을 짝-소리 나게 쳤다.

"오늘은 로제의 생일이에요!"

그러니까 오늘은, 요나스의 황녀이자 제2 황위 계승권자인 로제스텔라 니네트 리 요나스의 10번째 생일이었다.

"황녀 전하, 탄신을 진심으로 경하드립니다."

그 옆에서 꼬마 황녀가 빙그르르 원을 그리며 도는 모습을 웃음기 띤 얼굴로 지켜보던 오델레타가 넌지시 말을 건넸다.

"그런데 이만 주무셔야지요."

아까 로제스텔라가 소리를 지르며 손바닥을 쳤을 때가 정확히 자정이었다. 평소 황녀의 취침 시각이 10시인 것을 감안할 때 상당히 늦어진 셈이다. 물론 오늘은 특별한 날 –생일– 이었기 때문에 자정까지 깨어 있는 것을 눈 뜨고 지켜보았지만, 황녀가 잠자리에 드는 것이 이 이상으로 지체되어서는 안 되었다.

"이만 주무셔야 해요, 전하."

"히잉."

오델레타의 말에 로제스텔라가 입술을 비죽 내밀며 싫다는 뜻을 드러냈다.

"말했잖아, 오델. 나는 오늘 절대로 안 잘 거야."

"그러면 키가 안 크실 텐데요."

"하루 안 잔다고?"

"오늘 크실 키가 안 크시겠죠."

"그 정도는 괜찮아."

상당한 고집에 오델레타는 겉으로는 미소 지었지만, 속으로는 한숨을 쉬었다. 도대체 누굴 닮으셨기에 이리 고집이 세시지……?

'황태자 전하는 아닌 듯한데.'

그렇다고 황태자비 쪽도 아닌 것 같아서, 오델레타는 아마 조부인 헨리 14세 쪽일 거라고 결론 내렸다.

"오늘은 로제 생일이니까, 하루종일 깨어 있을 거예요."

그 말인즉, 오늘 자정까지도 깨어 있겠다는 사실을 의미했다.

오델레타는 걱정했지만 머지않아 안심했다. 오늘 파티에 참석한다면 피곤함에 젖어 열 시가 아니라 아홉 시에도 잠들 수 있었으니까.

"오늘은 밤늦게까지 깨어 계셔도 되는데, 지금은 주무셔야 해요."

"왜?"

"이따 파티에 가셔야 하니까요."

오델레타는 잠시 멈추었다가 다른 근거 하나를 더 댔다.

"그리고 황태자비 전하께서 좋아하지 않으실 거예요."

"……."

"황태자 전하께서도요."

"……알았어."

부모님 이야기가 나오자 로제스텔라는 빠르게 수그러들었다.

"잘게. 자면 되잖아."

"아유, 우리 전하 착하기도 하셔라."

로제스텔라는 그 나이 또래답지 않게 상당한 효녀였고, 부모가 싫어하는 행동은 일절 하지 않기 위해 노력했다.

그 모습이 제 아들과는 너무 대조적이라, 오델레타는 때때로 마리스텔라 부부가 부럽게까지 느껴졌다.

"황녀 전하께서는 왜 부모님이 하지 말라는 건 하지 않으세요?"

황녀는 별 고민 없이 답했다.

"그야 부모님은 언제나 옳으시니까."

……라는 대답을 들을 때면 솔직히 더 부러워졌고.

"그리고 나는 부모님을 사랑해."

이런 대답을 들으면 더 더 부러워졌다.

오델레타는 아기만큼이나 사랑스러운 외양을 가지고 있으면서도 또래에 비해 의젓한 황녀의 머리를 부드럽게 쓰다듬어 주며 사근사근한 목소리로 말했다.

"자, 그럼 이제 그만 침대로 가시는 게 좋겠어요."

"응!"

로제스텔라는 씩씩하게 캐노피가 드리워진 자신의 분홍색 침대 위로 걸어갔다.

누운 황녀의 몸 위로 따스하게 이불을 덮어 준 오델레타가, 마지막으로 그녀의 이마 위에 굿나잇 키스를 남겼다.

"자, 그럼 아침에 다시 뵈어요, 황녀 전하."

"유모도 잘 자!"

"황녀님도요."

싱긋 미소를 남기며, 오델레타는 황녀의 침실 불을 완전히 껐다.

깜깜한 어둠 속에서, 로제스텔라는 머지않아 완전히 잠에 빠져들었다.

그날 아침.

곤히 잠들어 있던 로제스텔라는 누군가가 옆에서 자신을 부드럽게 쓰다듬는 손길에 부스스 눈을 떴다.

"음……."

눈을 몇 번 깜빡이자 익숙한 미인이 자신을 미소 지은 채 내려다

보고 있는 모습이 눈에 들어왔다.

그게 누구인지 빠르게 알아차린 로제스텔라가, 환하게 미소 지으며 벌떡 자리에서 일어났다.

"엄마!"

"안녕, 로제."

여자가 방긋 웃으며 황녀에게 인사했다.

로제스텔라의 친모이자, 요나스의 황태자비인 마리스텔라였다.

서른 줄에 들어선 그녀는 로제스텔라를 낳은 10년 전과 비교했을 때 거의 달라지지 않은 미모를 간직하고 있었다.

"엄마가 깨워 버렸네. 우리 로제가 너무 예뻐서, 쓰담쓰담 해준다는 걸 그만."

"아냐. 로제는 많이 잤어요."

7시간이나 잤으니 적게 잔 건 아니었다.

로제스텔라는 아침에 눈을 뜨자마자 바로 보게 된 어머니의 얼굴에 신난 표정을 지었다.

"여기는 어쩐 일이세요?"

"우리 로제 보고 싶어서 왔다니까."

"아빠는요?"

"아빠는……."

"로제 아직 안 일어났죠?"

말을 끝맺기가 무섭게, 누군가가 아이처럼 해맑은 얼굴을 한 채 방 안으로 달려왔다.

그 목소리에 마리스텔라가 못 말린다는 듯 뒤를 돌며 대답했다.

"제가 깨워 버렸어요, 전하."

"이런. 아빠가 깨우려고 했는데."

자비에르가 안타깝다는 듯 탄식을 흘리며 빠르게 두 모녀에게로 다가왔다.

잠시 후, 로제스텔라의 침대 앞에 무릎을 꿇고 앉은 자비에르가 달콤한 음성으로 말했다.

"생일 축하한다, 우리 딸."

마리스텔라도 따뜻하게 한마디를 건넸다.

"엄마 아빠 딸로 10년 동안이나 기쁘게 해줘서 고마워."

"저도 엄마 아빠 딸로 태어나서 기뻐요."

따뜻하고 사랑스러운 말들이 서로 오감에 따라, 아침부터 로제스텔라의 방 안에서는 훈기가 돌았다.

어린 로제스텔라는 안락한 가정이 가져다주는 행복함을 느끼며 방긋 미소 지었다.

"이렇게 일어나자마자 엄마 아빠 얼굴 봐서 좋아요."

"이런. 앞으로 자주 와야겠습니다, 비."

"그러게요, 전하. 로제가 이렇게 좋아할 줄은 몰랐어요."

마리스텔라가 까르르 웃으며 로제스텔라에게 물었다.

"우리 딸, 받고 싶은 선물 없니?"

"그거 저번에도 물어보셨잖아요."

"그것만으로는 부족한 거 같아서 그렇지."

자비에르가 어림도 없다는 목소리로 끼어들었다.

"원하는 게 있으면 뭐든 말하렴. 다른 날도 아니고 로제의 10번째 생일이잖니?"

"그래. 아주 특별한 날이란다. 로제가 태어난 지 무려 10년이나 된 날이잖아."

"그게 뭐든 말하기만 하려무나."

"으음……."

부모님의 재촉에 로제스텔라는 진지하게 고민했다.

'뭘 달라고 해야 하지……?'

요나스의 하나뿐인 황녀로 살면서 특별히 원하는 게 없었던 그녀였다. 할아버지의 손녀 사랑이 지극해 원하는 게 생기기도 전에 선물이 안겼기 때문이기도 했고.

하지만 눈치를 보아하니 부모님이 제게 뭘 주고 싶어 안달이 난 듯해서, 로제스텔라는 자신이 가지고 싶었던 것들을 전부 다 쏟아 내기 시작했다.

"요즘 토파즈가 예쁜 것 같아요."

그 한마디에, 자비에르와 마리스텔라의 눈이 반짝거렸다.

"토파즈? 토파즈가 예쁘단 말이지?"

"네."

"알았다, 로제."

자비에르가 흐뭇한 얼굴로 옆에 있던 마리스텔라에게 말했다.

"당장 토파즈로 만든 액세서리를 준비하라고 해야겠어요."

'액세서리를'과 '준비하라고' 사이에 '잔뜩'이라는 부사가 생략된 것을 알아차리고, 마리스텔라는 작게 웃었다. 하지만 그녀 역시 남편의 뜻에 동의하는 터라, 가만히 고개를 끄덕이며 답했다.

"제가 준비할게요, 전하."

자비에르에게는 불안해서 맡길 수 없다. 이이에게 맡긴다면 토파즈 산을 알타궁 앞에 쌓아 둘지도 모른다.

자비에르는 아내 바보와 더불어 훌륭한 딸 바보였고, 종합하자면 팔불출이었는데, 선물에 있어 정도를 모르는 사람이었다.

로제스텔라를 임신했을 때도 어렴풋이 짐작은 하고 있었는데, 로제스텔라가 돌을 맞았을 때 건강과 장수, 부귀를 상징하는 보석인 진주를 알타궁이 미어터질 정도로 보낸 것을 보고 마리스텔라는 그가 팔불출이라는 사실을 확신했다.

마리스텔라 자신의 탄신일 때도 사정은 별반 다르지 않았거니와, 추후 살아가면서 부부의 결혼기념일도 꽤 스펙터클하게 챙기는 그였기에 마리스텔라는 아끼는 사람들에게 유감없이 발휘되는 그의 낭비벽이 이제는 곤란하게 느껴질 정도가 되었다.

"우리 딸, 또 가지고 싶은 건 없니?"

"전하, 이제 그만 하세요."

마리스텔라가 조용히 눈치를 주자, 비슷한 문제로 이미 몇 번 타박을 받은 적 있던 자비에르가 빠르게 입을 다물었다. 물론 그 부분에 대해서는 10살 먹은 어린 황녀도 충분히 알고 있었기 때문에, 로제스텔라는 키득키득 웃으며 한 마디를 남겼다.

"제게는 부모님이 최고의 선물인걸요."

그 한마디에 젊은 부부의 얼굴에 환희가 차올랐다.

"우리 로제는 어쩜…… 말도 이렇게 예쁘게 할 수가."

"우리가 천사를 낳은 게 분명해요, 전하."

그리고 마리스텔라 역시도 심각한 딸 바보라는 건, 본인 빼고 다른 사람은 다 알고 있는 사실이었다.

요란한 아침이 지나가고, 로제스텔라는 유모와 시녀들의 도움을 받아 파티에 참석할 준비를 했다.

"우리 황녀님, 오늘 드레스는 뭘로 입으시는 게 좋을까요?"

"아까 토파즈가 갖고 싶다고 하셨다면서요? 토파즈 목걸이를 할까요?"

"머리카락은 리본으로 묶어드릴까요?"

"나는 다 좋아!"

로제스텔라는 해맑게 대답하며 시녀들의 움직임에 제 몸을 맡겼다. 황녀의 탄신일을 기념하는 탄신 연회는 오후 3시부터 시작이었고, 로제스텔라는 제 생일을 기념하여 평소보다 화려하게 제공된 점심 식사를 마친 뒤에 연회에 갈 준비를 했다.

"맞다, 유모."

그때, 로제스텔라가 제 머리를 예쁜 리본으로 묶어주던 오델레타를 불렀다.

오델레타가 온화한 목소리로 모시는 분의 부름에 답했다.

"네, 황녀 전하."

"오늘 막스도 와?"

막스는 오델레타와 딜튼 사이의 적장남이었다.

오델레타가 당연하다는 듯 고개를 끄덕였다.

"그럼요."

"……"

"왜 그러세요?"

"……아무것도 아니야."

로제스텔라가 살짝 붉어진 목소리로 답했다.

"리본 예쁘게 묶어줘."

"네? 아…… 네."

새삼스러운 부탁을 하는 로제스텔라가 의아해져서, 오델레타는
잠시 고개를 갸웃거렸다.

황녀의 탄신 연회는 요나스에서 열리는 거대한 연례행사 중 하나
였다. 그에 따라 각지에서 로제스텔라의 생일을 축하하기 위해 황
궁으로 모여들었다.

"보세요, 전하."

오델레타가 흥분한 목소리로 로제스텔라에게 말했다.

"다 황녀 전하의 탄신일을 경하드리기 위해 각지에서 모여든 귀족들이랍니다."

"정말?"

"정말이죠, 그럼."

오델레타가 빙긋 웃으며 로제스텔라의 이마 위에 입맞춤을 남겼다.

"이번이 열 번째 생일이시라, 분명 예쁘고 멋진 선물들을 잔뜩 받으실 거예요."

"난 딱히 그런 거에 관심 없는데……."

황녀의 반응이 기대와는 딴판이라, 오델레타는 당황할 수밖에 없었다.

"그, 그럼 뭐에 관심이 있으신데요, 전하?"

"그냥, 음……."

로제스텔라는 짐짓 고민하는 척하다가 천천히 입술을 열었다.

"친한 친구만 있으면 돼."

"친한 친구요?"

"막스라든가."

"……막스."

로제스텔라의 대답에 오델레타가 슬며시 미간을 좁혔다.

'아까부터 계속 막스 이야기를 하시더니 설마…….'

오델레타의 머릿속으로 어떤 가정 하나가 떠올랐다. 그녀가 진지한 표정으로 생각을 계속했다.

'거의 태어나면서부터 유일한 친구였으니까, 불가능한 일은 아니지.'

로제스텔라가 갓난아이일 때부터 오델레타는 황녀의 유모였다.

결혼 후 임신 기간과 출산 기간 등을 제외하면 대략 8년을 꼬박 황녀의 곁을 지킨 것이다.

자연스럽게 그녀의 친아들인 막스와는 젖 친구가 되었는데, 마리스텔라가 로제스텔라와 막스가 함께 노는 것을 좋아하는 눈치라 두 사람이 붙어 있을 기회는 자연스럽게 많아졌다.

'맙소사, 또 이런 상황이 올 줄은 몰랐네.'

오델레타는 황당해 하면서도 재미있다는 표정으로 로제스텔라에게 말했다.

"막스는 오러스 백작님과 함께 올 거예요."

"언제?"

"아마…… 두 시간 뒤요."

"너무 오래 기다려야 하는데? 좀 더 일찍 오라고 할 수는 없어?"

"왜요, 전하?"

오델레타가 은근한 목소리로 로제스텔라에게 물었다.

"막스가 보고 싶으세요?"

"아니, 그냥……."

그제야 대화의 분위기가 이상하게 돌아간다는 사실을 알았는지, 로제스텔라는 진심 어린 대답을 피했다.

"안 보이니까 심심해서."

"아아."

"그게 다야. 진짜야."

"네, 알겠어요."

"무슨 일이야, 오델?"

그때 뒤쪽에서 마리스텔라가 등장했고, 로제스텔라는 언제 막스를 찾았냐는 듯 까르르 웃으며 어머니의 품으로 가 안겼다.

"엄마!"

"로제."

마리스텔라가 익숙하게 로제스텔라를 안아 들었다가, 이내 버겁다는 표정을 지었다.

"이런. 우리 로제 하루가 다르게 쑥쑥 크는구나. 이제 직접 안아 들기에는 너무 무거워."

"그럼 로제가 살을 뺄까요?"

"뭐?"

아이의 입에서 나온 황당한 결론에, 마리스텔라가 기겁하며 고개를 저었다.

"아냐, 로제. 엄마가 말을 잘못했다. 절대, 절대 그런 뜻으로 한 말이 아니란다. 알겠지?"

성장기 어린이가 다이어트라니.

심지어 로제스텔라는 비만도 아닌데 말이다.

마리스텔라는 순간 눈앞이 아찔해지는 것을 느끼면서, 앞으로 좀 더 말조심을 해야겠다고 다짐했다.

"엄마가 운동을 더 할게."

아직 어린아이는 그것이 성장하면서 자연스럽게 무거워지는 과정이라는 것을 완전히 이해하지 못하는 모양이었다.

"그보다, 유모와는 무슨 이야기를 하고 있었니?"

"아무 이야기도 안 했어요."

"정말?"

"네!"

로제스텔라는 당당하게 대답했지만, 마리스텔라는 그 대답이 어쩐지 거짓말 같다는 느낌을 지울 수가 없었다. 그녀가 슬쩍 오델레타를 바라보자, 나중에 이야기해주겠다는 신호가 돌아왔다.

아무래도 사실대로 말하지 못하는 비밀 이야기가 있나 보다.

그게 뭘지 궁금해 하면서, 마리스텔라는 자연스럽게 화제를 돌렸다.

"저쪽에 마티나 이모와 대부님이 와 계신단다, 로제. 마리에타도 있어. 네가 한번 그분들께 직접 가보겠니?"

"와, 대부님도 오셨어요? 마리에타도?"

"그래."

"신난다!"

마리스텔라는 까르르 웃는 로제스텔라를 흐뭇하게 바라보다가 플로린다에게 말했다.

"로제를 부탁해, 플로린다."

"네, 전하. 염려하지 마세요."

잠시 후 로제스텔라가 플로린다의 손을 잡고 저쪽으로 사라졌고, 마침내 오델레타와 마리스텔라 두 사람만 남게 되었다.

그제야 마리스텔라는 아까 황녀의 앞에서는 하지 못했던 이야기를 들려달라고 재촉했다.

"자, 이제 말해줘. 도대체 무슨 일이야?"

"황녀 전하께서 막스를 좋아하는 거 같아요."

"막스를? 세상에."

마리스텔라가 귀엽다는 듯 환하게 웃으면서, 믿기지 않는다는 목소리로 탄성을 내질렀다. 그 모습을 본 오델레타가 키득키득 웃으며 마리스텔라에게 물었다.

"왜요. 제 아들이 마음에 안 드세요?"

"그럴 리가. 두 사람이 맺어진다면 나는 두 팔 벌려 환영이야."

마리스텔라는 생각만 해도 기쁘다는 듯 함박웃음을 지으며 말했다.

"아직 두 아이 다 결혼을 논하기에는 너무 이르지만."

"너무 일러요, 전하. 황녀 전하야 열 살이시라 쳐도, 제 아들은 고작해야 일곱이라고요, 일곱."

"알고 있어, 오델. 더구나 또 사람 마음이 어떻게 변할지는 아무도 모르니까."

"그런데 귀여우시더라고요. 연회장에 오시기 전부터 오신 후까지 계속 저한테 막스가 언제 오냐고 물으시는 거 있죠? 두 시간 후에 온다니까 엄청 서운해 하셨어요. 그 귀여운 모습을 직접 보셨어야 했는데!"

"아, 이런. 놓쳐 버렸네."

마리스텔라가 안타깝다는 소리를 흘렸다가, 이내 상관없다는 듯 말했다.

"이따가 한번 더 놀려 보지, 뭐."

"짓궂으시긴."

"하하."

신나는 흥분이 고조됨에 따라 마리스텔라는 결국 낮게 웃음을 터뜨렸다. 어느 순간부터 황태자비답게 웃음을 터뜨릴 때조차 우아한 모습을 보여주는 그녀였다.

"그보다 황녀 전하의 동생을 만들어 주실 생각은 아직 없으시고요?"

"그게 내 뜻대로 되나."

마리스텔라가 절레절레 고개를 저으며 말했다.

"생기려면 진작 생겼겠지."

로제스텔라가 태어난 후 10년 동안, 마리스텔라는 한 번도 임신하지 못했다.

동생을 간절히 바라는 로제에게는 조금 미안하긴 했지만, 마리스텔라나 자비에르 둘 다 그 사실에 썩 유감스러워하지는 않았다.

"어쨌든 첫째는 로제니까."

"그게 무슨 말씀이세요?"

"그런 게 있어. 오늘 로제의 생일 선물로 조금 큰 걸 준비했거든."

"토파즈 준비하시는 거 아니셨어요?"

"그건 기본 선물이고, 지금 말한 건 특별 선물."

그렇게 말한 후에, 마리스텔라는 아리송한 목소리로 중얼거렸다.

"그런데 본인이 선물이라고 생각하지 않을 수도 있어."

"그럼 선물이 아닌 거죠."

"그럼 뭐, 내가 힘써 봐야지."

의미심장한 한마디를 중얼거리던 마리스텔라가 이내 말을 돌렸다.

"어쨌든 로제의 동생이 생기는 건 나로서도 바라 마지않는 일이지만, 이제 나이도 있어서 별로 기대는 안 돼."

"아직 서른 초반이신데. 전 쉰에 출산하는 산모 이야기도 들었어요."

"맙소사. 그런 건 적어도 나는 못 할 것 같아."

마리스텔라가 고개를 절레절레 젓다가 설핏 미소 지었다.

"그래도 노력은 해보지."

"대부님!"

우렁차고 해맑은 목소리에, 클로드의 시선이 저도 모르게 옮겨졌다. 잠시 후, 자신을 향해 달려오는 로제스텔라를 부드럽게 안아 든 클로드가 다정하게 미소 지었다.

"황녀 전하."

"로제의 생일을 축하해 주러 오신 건가요?"

"그렇답니다."

클로드가 빙긋 웃으며 로제스텔라에게 말했다.

"선물도 준비했는데. 아마 연회가 끝나고 알타궁으로 돌아가시면 받아보실 수 있을 겁니다."

"선물이 뭔데요, 대부님?"

"그건 비밀입니다. 미리 말씀드리면 재미가 없지요."

"황녀 전하."

그때 익숙한 목소리가 로제스텔라의 귓가에 스쳤고, 클로드는 자연스럽게 몸을 돌려 황녀가 자신을 부른 이를 확인할 수 있게 도왔다.

"이모님!"

목소리의 주인은 마티나였다. 올해로 다섯 살이 된 딸 마리에타와 함께 등장한 그녀는 10년의 시간이 지나 어머니까지 되었음에도 변함없이 맑고 순수한 외모를 가지고 있었다.

클로드를 발견한 마티나가 빠르게 그에게 인사했다.

"에스클리프 공작님과 함께 계셨군요. 오랜만에 뵙습니다, 공작님."

"네. 오랜만에 뵙습니다."

"여전히 에스클리프 가문의 안주인 자리는 비어 있나요?"

클로드는 아직까지 미혼이었다.

그가 머쓱하게 웃으며 답했다.

"그래도 대녀는 있으니까요."

10년 전, 로제스텔라 황녀를 출산한 마리스텔라는 클로드에게 그녀의 대부가 되어 줄 것을 부탁했고, 클로드는 기꺼이 수락했다.

처음에는 자비에르가 다소 못마땅해 하긴 했지만, 10년이 지난 지금 두 사람의 사이는 그래도 처음과 비슷한 수준으로까지 회복된 상태였다. 물론 10년 전에 가지고 있었던 치기 같은 것도 많이 사라졌고.

나이가 듦에 따라, 두 사람은 가장 친밀한 정치적 동반자로 지내고 있었다.

마리스텔라가 클로드를 황녀의 대부로 지목했던 것도 그런 상황의 연장인 듯했다.

"공작님께서는 좋은 분이시지요. 모쪼록 좋은 분을 아내로 맞아들이셨으면 하는 바람이 큰데⋯⋯."

"그러기엔 이미 너무 늦었습니다."

하긴. 그건 그랬다. 클로드의 나이 어언 서른여섯이었으니.

과부가 아니고서야 이제 결혼은 어려울 것처럼 보였다.

"지금 생활도 만족하고요."

"전 공작님께서 독신으로 지내게 되실 줄은 정말 꿈에도 몰랐다니까요."

한때는 자비에르와 함께 요나스의 미혼 여성들이 가장 탐내는 신랑감 1, 2위를 다투었으니 말이다. 그 이야기를 들은 클로드는 민망해 하면서도, 한편으로는 씁쓸한 표정으로 미소 지었다.

"잠깐 중대한 발표를 하도록 하지."

그때, 홀의 연단에서 자비에르의 목소리가 들려왔다.

중대한 발표라는 말에 모두의 시선이 자비에르에게로 쏠렸다.

그러나 자비에르는 능숙하게 발언권을 그 옆에 있던 황제, 헨리 14세에게로 넘겼다.

예순의 나이를 넘긴 지 한참 되었음에도, 헨리 14세는 10년 전과 크게 다름없는 외양을 보여주고 있었다.

"다들 알고 있겠지만, 오늘이 로제스텔라 황녀가 태어난 날이지."

그 말을 하면서, 헨리 14세는 그의 사랑스러운 손녀에게 시선을 주었다.

할아버지를 부모님 다음으로 좋아하는 로제스텔라는 할아버지가 자신을 바라보자 멋도 모르고 까르르 웃기만 했다.

"그래서 오늘 짐은 이 자리에서 로제스텔라 황녀를 황태손으로 책봉할 것을 선포하는 바이다."

그 말에 홀 안에 모여 있던 귀족들이 술렁였다.

로제스텔라가 자비에르의 적장녀이기는 했으나, 아직 마리스텔라의 출산 가능성이 남아 있는 상태에서 황녀에게 황위 계승권을 부여한 것이 자칫 성급하게 느껴졌기 때문이었다.

요나스의 황위는 적자 계승이 원칙이었고, 아주 특수한 경우에만 적녀에게도 계승이 이루어졌기에 사람들의 반응은 당연한 것이었다.

"정식 책봉은 올해 안에 하도록 하지."

하지만 헨리 14세가 너무나도 확고한 태도로 책봉을 선포하고 있어서, 그곳에 있던 어떤 귀족도 그 갑작스러운 결정에 반박할 수 없었다.

"황태손 책봉이라니."

홀 안에서 듣고 있던 오델레타가 당황한 얼굴로 마리스텔라를 쳐다보았다.

태연한 얼굴을 보니, 이미 알고 있었던 것이다.

당연한 일이었지만.

"전하께서 말씀하신 선물이 이건가요?"

"좋아할지 모르겠어."

"그걸 알기에는 너무 어린 나이시지요……."

오델레타의 말대로, 로제스텔라는 사방에서 축하를 보내오는 사람들에게 둘러싸여 있었다. 하지만 자신이 오늘 태어났다는 사실 이외에 어떤 일로 축하받는지는 모르는 듯했다.

로제스텔라가 결국 궁금하다는 목소리로 클로드에게 물었다.

"대부님."

"네, 전하."

"황태손이 뭐예요?"

용케 사람들이 하는 말을 알아들은 로제스텔라가 물었다.

클로드는 잠시 미소 짓다가 입을 열었다.

"황녀 전하께서 황태자 전하의 뒤를 이어 황제가 되신다는 의미입니다. 경하드립니다."

로제스텔라는 그제야 이해한 듯했지만, 여전히 자신과는 동떨어진 이야기를 듣는 것처럼 알쏭달쏭한 모습이었다.

그 모습을 본 클로드가 결국 낮게 웃음을 터뜨렸다.

"아마 지금 하고 크게 달라질 건……."

"공작님."

그때 뒤쪽에서 익숙한 목소리가 들려왔다. 클로드는 저도 모르게 말을 멈추고 뒤를 돌았다. 그의 친우가 이제 일곱 살 된 아들의 손을 잡고 서 있었다. 클로드의 입가에 자연스럽게 미소가 피어올랐다.

"아아, 이게 누군가. 오러스 백작 아니신가."

"오랜만에 뵙는 것 같습니다."

딜튼이 환하게 웃으며 아들의 손을 잡고 클로드와 로제스텔라에게로 다가왔다.

"무슨 일이 그렇게 바쁘십니까."

"자네도 들었겠지만 이번에 내가 새 관직을 얻게 되었어. 폐하께서는 분명 나를 황태자 전하와 함께 과로사시킬 속셈이시네."

"하지만 잘하고 계신다고 들었습니다."

딜튼이 뿌듯한 얼굴로 대답했다가, 이내 잊고 있었다는 듯 옆에 있던 소년에게 말했다.

"아, 막스. 공작 전하와 황녀 전하께 인사드려야지."

그 말에 딜튼의 뒤에 숨어 있던 소년 하나가 조심스럽게 앞으로 나왔다. 그 모습을 본 로제스텔라의 얼굴에 환한 미소가 걸리는 것을, 클로드가 빠르게 눈치채고 웃었다.

'이런.'

천하의 황녀님께서 짝사랑이라니.

클로드는 어쩐지 지난날의 자신을 보는 듯하여 씁쓸하게 웃었다.

"인사드립니다, 황녀 전하, 공작 전하. 막스 메이너스 라 오러스입니다."

"안녕, 막스."

클로드가 낮게 웃으며 막스의 인사를 받았다.

"아버지와 어머니를 정확히 반씩 닮았구나."

우월한 외모를 가지고 있다는 소리였다.

"감사합니다."

막스가 꾸벅 인사했다.

그렇게 알아들었는지, 아니면 어른의 말이라 그런지는 몰라도.

"황녀 전하, 탄신을 경하드립니다."

막스의 다음 타깃은 로제스텔라였다.

로제스텔라는 막스의 축하 인사에 저도 모르게 얼굴을 붉히며 고개를 끄덕였다.

"고마워, 막스. 근데 말 편하게 해도 되는데……."

"그럴 수는 없습니다, 전하. 황궁의 법도에 어긋나는 일입니다."

그 대화가 어쩐지 마리스텔라와 오델레타의 그것을 보는 듯해서, 보고 있던 딜튼과 클로드는 소리 죽여 웃고 말았다.

"저기, 백작님."

그때 로제스텔라가 새침하게 딜튼을 불렀다.

"죄송한데 잠시 자리를 비켜주실 수 있으실까요?"

"저…… 말입니까?"

"네. 막스와 단둘이 시간을 보내고 싶어서요."

그 말 뒤에, 로제스텔라는 절대 오해하지 말라는 듯 단단히 덧붙였다.

"소꿉친구이자 젖 동무로서요! 절대 다른 마음이 있는 게 아닙니다."

"네. 알겠습니다."

딜튼은 속으로 쿡쿡 웃으며 대답했다. 아무래도 이 부분은 자비에르를 닮은 듯했다.

"그럼 즐거운 시간 보내시지요, 전하. 저는 오러스 부인에게 가보겠습니다."

그 말을 끝으로 딜튼은 물러났고, 클로드는 홀로 덩그러니 남았다. 혹시나 하고 로제스텔라의 눈치를 보는데, 로제스텔라가 예외는 없다는 듯 클로드에게 말했다.

"대부님께서도……."

"……."

딸자식 키워봐야 아무 쓸모 없다는 소리는 이럴 때 쓰는 것이리라.

◇◆◇

"황녀 전하 말입니다."

결국 자비에르의 곁으로 쫓겨난 클로드가 슬픈 목소리로 말했다.

"좋아하시는 분이 있는 것 같습니다."

그 말에, 자비에르의 눈썹이 소리 없이 치켜 올라갔다.

"……그게 누구지?"

"전하께서도 아실걸요?"

"그러니까 누구냐고."

"막스요."

클로드의 대답에 자비에르가 경악한 표정을 지었고, 클로드는 그 모습을 보며 꽤 신기하다고 생각했다.

자신이야 그렇다 치더라도 자비에르는 알 법도 한데.

마리스텔라가 전혀 언질을 주지 않은 건가.

"……아무래도 당분간 오러스 영식의 황궁 출입을 금해야겠어."

"맙소사, 전하."

클로드가 경악한 얼굴로 그를 말렸다.

"소용없습니다."

"무슨 뜻이지?"

"저도 방금 쫓겨났거든요. 황녀 전하께요."

"……."

"막스와 둘만 있고 싶으시답니다."

그 말에 자비에르가 멍한 표정을 지었다.

때때로 친부인 자신보다 대부인 클로드를 더 따르는 듯하여 질투하는 자비에르였다. 그런 그마저 내쫓아낼 정도라니.

자비에르의 표정이 심각하게 변했다.

"일찌감치 포기하셔야겠습니다."

"안 돼. 그럴 수는 없어."

"아시잖습니까. 사람 마음처럼 마음대로 안 되는 게 없다는 걸."

클로드가 쓸쓸하게 웃었고, 그 모습을 본 자비에르가 순간 멈칫했다. 그러다가 눈을 가늘게 뜨며 중얼거렸다.

"아무리 그래도 막스 같은 놈한테……!"

"제 아들이 뭐가 어때서요, 전하?"

뒤쪽에서 딜튼의 황당한 목소리가 들렸다.

두 사람이 고개를 돌리자, 딜튼 부부와 마리스텔라가 이쪽으로 오는 모습이 보였다. 분명 지금 부하 아들의 험담을 하다 걸린 상황이니 당황하는 게 맞는데도, 자비에르는 마리스텔라의 등장에 저도 모르게 미소가 지어졌다.

"비."

"전하, 제가 우선입니다. 어떻게 제 아들을……! 제 눈에는 황녀 전하 부럽지 않은 보물이라고요!"

"알았어, 경. 내가 실언했군."

"……진심 같으시던데."

"다들 진정하세요. 어릴 때는 누구나 다 그렇잖아요."

보고 있던 오델레타가 결국 키득키득 웃으며 끼어들었다.

"그리고 황태자 전하께서는 황녀 전하를 마음에서 조금 내려놓으셔야 할 필요가 있습니다. 황녀 전하를 너무 좋아하세요."

"동의해, 오델."

마리스텔라가 고개를 절레절레 저으며 한마디 했다.

"그리고 막스라면 저도 찬성이에요. 막스가 얼마나 귀엽고 착한데."

"아니! 제가 반댑니다, 전하!"

"그만해, 딜튼. 황태자 전하 앞에서 이게 무슨 추태야?"

"우리 아들을 욕하잖아! 오델, 화도 안 나?"

"사실 황녀 전하께서 무지막지하게 귀엽고 깜찍하신 건 맞으니까. 저는 황태자 전하의 마음을 이해할 수 있어요."

"맙소사. 그 말 막스가 들으면 정말 서운해할 거야."

"당신만 말 안 하면 돼."

"다들 그만 해요. 좋은 날에."

결국 마리스텔라가 다시 한번 끼어들었고, 그들은 서로를 한 번씩 쳐다보다가 결국 웃음을 터뜨리고 말았다. 어언 서른 줄에 들어섰는데도 가끔 보면 이렇게 다들 소년 같을 때가 있었다.

"엄마!"

그때 누군가가 이쪽으로 와다다 소리를 내며 달려왔다.

모두의 시선이 그들을 향해 달려오는 로제스텔라를 향했고, 오델레타는 경악해서 황녀에게 뛰쳐나갔다.

"전하, 다치면 어쩌시려고……!"

"로제는 안 다쳐, 유모. 걱정하지 마."

"이제 황태손까지 되실 몸이신데 언행을 방정히 하셔야지요."

달려오느라 헝클어진 머리를 단정히 정리해주면서 오델레타가
로제스텔라를 타박했다.

로제스텔라가 입술을 비죽이며 하는 수 없다는 듯 입을 열었다.

"지금도 나름 방정해."

"여긴 어쩐 일이니, 로제?"

마리스텔라가 따뜻하게 묻자, 로제스텔라는 언제 그랬냐는 듯 환
하게 웃으며 말했다.

"저 소원이 있어요, 엄마!"

그 말에 마리스텔라가 기쁜 듯 환하게 웃으며 물었다.

"그게 뭐니, 로제?"

하지만 그다음 튀어나온 대답에, 마리스텔라는 당황할 수밖에 없
었다.

"동생이요."

"……어?"

"저도 막스 같은 동생 갖고 싶어요."

때마침 황녀를 뒤쫓아 달려온 막스가 모여 있는 다섯 어른들을
향해 꾸벅 허리를 굽혔다.

그리고 당황한 마리스텔라 대신 자비에르가 딸에게 물었다.

"갑자기 웬 동생?"

이전까지 로제스텔라가 동생을 직접적으로 요구한 적이 단 한 번도 없어서, 자비에르는 꽤 의아해졌다.

"사실 '갑자기'는 아니에요. 예전부터 생각하고 있었는데, 오늘 막스를 보니까 동생이 갖고 싶다는 마음이 더 강해졌어요."

"막스야 너와 3살 차이지만, 네 동생은 내년에 태어난다고 해도 11살이나 차이가 나는걸."

"그래도 괜찮아요!"

황녀는 고집을 굽히지 않을 것처럼 보였고, 자비에르는 난감한 얼굴로 마리스텔라를 쳐다보았다.

그러다가 이내 결심했다는 듯 입을 열었다.

"좋아, 로제. 네가 정 원한다면 한번 노력해보마."

"정말요?"

"그래."

자비에르가 빙긋 웃으며 옆에 있던 마리스텔라에게 말했다.

"이만 가시지요, 비."

"……어디를요?"

"그야……."

자비에르가 의미심장하게 웃으며 대답했다.

"로제의 동생을 만들러요."

……미쳤어, 진짜.

마리스텔라의 얼굴이 순식간에 달아올랐다.

의미를 아는 어른들은 헛기침만 하며 침묵했다. 하지만 사정을

모르는 아이들은 까르르 웃으며 '동생 생긴다'만 연신 중얼거릴 뿐
이었다. 당황한 마리스텔라가 자비에르를 진정시켰다.

"……아직 저녁입니다, 전하."

"그게 왜요?"

……별 효과는 없는 듯하다.

"저녁에는 동생을 못 만들어요?"

로제스텔라와 막스가 순진무구한 얼굴로 입을 모아 물어왔고, 자
비에르는 여전히 의미심장한 얼굴을 한 채 고개를 저었다.

"아니? 그럴 리가. 마음만 먹는다면 아침에도, 낮에도 만들 수
있……."

"전하!"

미쳤나 봐, 진짜!

마리스텔라가 경악한 얼굴로 자비에르의 입을 막았다. 물론 로제
스텔라와 막스는 영문을 모르는 얼굴이었지만.

"따라오세요."

더 이상 여기 못 있겠다고 판단한 마리스텔라가 자비에르를 데리
고 연회장을 나가 버렸다. 남겨진 어른들은 두 사람이 자리를 뜨자
마자 배를 잡고 웃어댔다.

"정말 못 살아. 애들도 있는 데서 그런 말씀을 하시면 어떻게

해요?"

마리스텔라가 걸음을 옮긴 곳은 연회장에서 그나마 더 가까운 밀즈궁이었다.

자비에르가 머쓱한 표정으로 변명 아닌 변명을 했다.

"아마 알아듣지도 못 했……."

"어른들은 알아듣잖아요!"

"아아."

난 또. 그걸 걱정한 거였어?

자비에르가 태연자약하게 웃으며 말했다.

"알 거 다 아는 사람들은 상관없잖습니까?"

"……."

답지 않은 뻔뻔함에 마리스텔라는 할 말을 잃었다.

자비에르가 나이를 먹으면서 늘어난 건 어째 뻔뻔함밖에 없는 것 같다는 생각이 절로 들었다.

"그보다 갑자기 동생이라니. 깜짝 놀랐지 뭡니까."

자비에르가 살벌한 분위기를 환기하기 위해 부드럽게 말을 걸었고, 마리스텔라는 빠르게 걸려들었다.

"……평소에 동생 이야기는 꺼내지도 않다가."

"오늘이 생일 아닙니까. 나름 노린 것이겠죠."

"전하께서는 그 노림수에 걸려드실 생각이시고요?"

"비께서만 동의하신다면?"

그가 환하게 웃으며 천천히 마리스텔라에게 다가왔고, 침대 위에 앉아 있던 마리스텔라는 당황한 얼굴로 팔을 뻗어 그를 밀었다.

"아직 저녁이에요."

"무슨 상관입니까?"

"……우리가 사라진 걸 알면 다들 뭐라고 떠들어 대겠어요?"

"남의 시선 따위."

그가 피식 웃으며 천천히 침대 위로 무릎을 올렸다.

마리스텔라가 움찔하며 뒤로 물러났지만, 그 좁은 침대 위에 제대로 도망칠 곳이 충분할 리 없다.

그녀는 금방 포위되었다.

"상관하지 않습니다."

"……저는 상관해요."

"제가 막아 드리지요."

"전하!"

"사실 연회장에서부터 많이 참았답니다."

그 말과 동시에, 자비에르가 천천히 마리스텔라의 얼굴을 붙잡고 입술을 겹쳐왔다. 그 순간, 마리스텔라는 어쩐지 이 상황이 길게 유지될 것 같다는 느낌을 받았다.

"비께서 너무 아름다우셔서."

"……아."

"어찌나 견디기가 어렵던지."

나른하게 속삭이면서, 자비에르는 느릿하게 상대의 입속을 유영했다.

10년 동안 갈고 닦은 건 오로지 그 기술밖에 없는 사람처럼, 전초전이나 다름없는 키스부터 마리스텔라는 진이 다 빠질 지경이었다.

"하아……."

그녀가 숨을 헐떡거리며 거의 쓰러질 것 같은 표정을 지었다.

몸은 이미 반쯤 눕혀진 상태였지만, 등 뒤를 자비에르가 단단히 받치고 있었던 탓에 완전히 눕지는 못하고 있었다.

그는 자신을 올려다보는 아내의 지친 눈을 사랑스럽게 바라보면서 천천히 그 위에 키스했다. 그의 아내는 10년 동안 단 한순간도 제 눈에 아름다워 보이지 않았던 적이 없었다.

"여기도 예쁘고."

그의 입술이 눈에서 코로 옮겨갔다.

"여기도 예쁘고."

코에서 입술로.

"여기도……."

입술에서 목 위로.

"내려갈수록 더 예쁘네요."

"앗!"

목에서 쇄골로 내려왔을 때 마리스텔라는 당황스러운 소리를 뱉어냈다. 하지만 자비에르로서는 더없이 익숙한 소리였던 탓에 놀라는 기색조차 보이지 않았다.

입술이 점점 더 아래로 내려왔고, 마리스텔라는 당황한 얼굴로 침대 시트를 꽉 붙잡았다.

아, 정말로 밤이 되기도 전에 일을 치를 생각인 것이다, 제 남편은.

그녀가 못 살겠다는 얼굴로 여전히 제 아래에 위치한 남편을 향해 말했다.

"……로제가 찾으면 어쩌죠, 전하."

"알 거 다 아는 어른들이 잘 돌봐줄 겁니다, 비."

"……"

그 말이 그녀를 더욱 부끄럽게 만들었다.

어쩌면 이 남자는 그걸 노린 것일지도 모르겠다고 생각하면서, 마리스텔라는 침대 위에서 유독 능글맞게 변하는 남편의 머리칼을 조심스럽게 휘어잡았다.

그리고 그 상태로 오랜 시간의 예열이 끝난 후에 자비에르는 기쁘게 미소 지으며 천천히 마리스텔라가 입고 있던 드레스를 벗겨냈다. 마치 페이스트리의 껍질을 벗기듯 조심스럽게, 천천히.

"사랑스러운 딸이 원하는 건 꼭 들어주고 싶어서요, 비."

"아!"

"비께서도 같은 마음이시죠?"

그가 낮게 웃음소리를 내며 다시 마리스텔라의 입술을 능숙하게 헤집었다.

"하아……"

어쩌면 정말로 오늘 황녀의 소원이 이루어질지도 모른다,

그녀는 한숨인지 다른 것일지 모를 숨을 내쉬며 그렇게 생각했다.

◇◆◇

"엄마 아빠는 어디 갔어요?"

로제스텔라가 그렇게 물은 것은 저녁 8시가 되었을 즈음이었다.

'알 거 다 아는 어른' 중 한 명인 딜튼은 순식간에 당황했다.

"……네?"

"엄마 아빠는 어디 갔냐고요."

"……."

아직 진실을 알기에는 너무 어린 황녀 앞에서, 딜튼은 자신이 알고 있는 사실을 어떻게 전체연령가로 바꿀지 고민했다. 그 모습을 보고 있던 오델레타가 한심하다는 듯 대신 답해 주었다.

"두 분 전하께서는……."

하지만 막상 자신도 말하려고 보니 '이미 다 알고 있는 사람'으로서 입이 떨어지지가 않는 것이었다. 하지만 오델레타는 곧 능숙하게 답변을 마쳐냈다.

"황녀 전하의 소원을 들어주고 계신답니다."

"내 소원?"

"동생이 갖고 싶다고 하셨잖아요."

로제스텔라가 고개를 끄덕였다.

"그래서 지금, 음…… 그러고 계신답니다."

"아기는 륌스강 다리 밑에서 주워오는 거 아니었어요?"

"……어, 그러니까."

오델레타는 잠시 생각하는 표정을 짓다 입을 열었다.

"아마 지금 룁스강으로 가셨나 봐요."

"그럼 내일이면 내 동생이 생기는 거야?"

"전하께 그렇게 말씀드리면 어떻게 해, 오델."

딜튼이 황당한 목소리로 말했다.

"황녀 전하께서 당장 내일이라도 동생이 나타나는 걸로 이해해 버리셨잖아."

"……."

일리가 있는 말이라 오델레타는 당황스러워졌다. 그녀는 고민 끝에 자신의 대답을 정정했다.

"내일 당장 생기는 건 아니고요, 전하…… 아무리 빨라도 열 달은 기다리셔야 해요."

"왜?"

"황태자비 전하의 배 속에서 열 달을 자라셔야 하니까요."

나름 잘 대답해 냈다는 사실에 오델레타는 뿌듯함을 느끼며 미소 지었다. 하지만 로제스텔라는 여전히 의문이 풀리지 않은 얼굴이었다.

"그러니까, 그 열 달 동안 엄마가 배 속에 품고 있을 아기가."

"……."

"어떻게 생기느냐고."

"그건……."

아직 아시기에는 좀…… 이르신데.

"막스, 너는 알아?"

타깃이 막스로 바뀌었다. 근처에서 클로드와 이야기를 나누고 있던 막스가 의아한 얼굴로 로제스텔라에게 다가왔다.

"네?"

"아기가 어떻게 생기는지 아느냐고."

컥.

그 소리를 들은 클로드가 저도 모르게 헛기침을 했고, 얼굴을 붉힌 건 그 자리에 있던 딜튼 부부였다.

"막스도 모르……."

"저 알아요, 전하."

의외의 대답에 그 자리에 있던 세 어른이 당혹스러운 눈을 했다.

"안다고?"

"네."

"어떻게?"

"하녀들이 이야기하는 걸 들었어요."

오델레타는 불안에 떨면서, 당장 저택의 하녀들을 전부 교체해야겠다고 백만 번쯤 생각했다.

"아기는 엄마랑 아빠가 같이 자면 생긴대요."

그리고 막스의 입에서 나온 대답은 꽤 평범한 편이었다. 물론 그 중의적인 의미는 어른들만 알고 있었지만.

"그래?"

"네."

"그럼 엄마 아빠는 지금 같이 자고 계시겠네?"

"그렇지 않을까요?"

"그럼 나도 가면 안 돼? 나도 동생이 생기는 거 보고 싶어."

"아아, 황녀 전하."

상황이 좋지 않게 돌아가자, 클로드가 빠르게 대녀를 붙잡았다.

"거기 황녀 전하가 난입, 아니 가시게 되면."

"안 좋은 일이 생기나요, 대부님?"

"그……러니까."

클로드는 빠르게 머리를 굴려 최대한 단순하게 대답해 냈다.

"아기가 생기지 않는답니다."

"왜요?"

"두 분 전하께서 단둘이 주무셔야만 아기가 생기거든요."

그 말을 하면서, 클로드는 남몰래 진땀을 빼냈다.

그리고 로제스텔라는, 대부의 설명이 영 이해 가지 않는 듯하면서도 일단은 알겠다는 듯 고개를 끄덕였다.

"제가 방해하면 안 된다는 거군요."

"정확합니다, 전하."

황녀의 빠른 이해력에 감탄을 보내면서, 클로드가 안도의 한숨을 쉬었다.

"그러니 아무래도 오늘은 황녀 전하께서 두 분 전하를 찾지 않는 것이 좋겠습니다."

"알겠어요, 대부님."

"오늘은 대신 오러스 백작부부와 함께 시간 보내시지요."

"그럴게요. 그래도 지금은 막스랑 놀래요."

"원하시는 대로요."

클로드는 그제야 완전히 안심했고, 그의 깔끔한 마무리를 본 딜튼이 저도 모르게 소리 죽여 박수를 쳤다.

오델레타는 진이 빠진 얼굴로 중얼거렸다.

"……저희가 이렇게까지 노력했는데. 모쪼록 머지않아 좋은 소식이 들려오면 좋겠네요."

"전하, 플로린다입니다."

바깥에서 들려오는 목소리에, 마리스텔라는 서서히 눈을 떠올렸다. 몇 시간 자지 못했다는 것을 확연하게 보여주듯 그녀의 얼굴에는 피곤함이 덕지덕지 붙어 있었다.

"무슨 일이야, 플로?"

"그게……."

하지만 플로린다의 말은 끝맺어지지 못했다.

곧바로 누군가가 문을 벌컥 열고 들어왔기 때문이었다.

그 돌발 상황에 당황한 마리스텔라가 반사적으로 이불을 끌어당겨 자신의 나체를 가렸다.

"엄마!"

난입의 주인공은 그녀의 하나뿐인 딸이었다. 사실 그녀가 아니라면 이렇게 행동할 수 있는 간 큰 사람이 없긴 했다.

마리스텔라는 애써 당황한 표정을 숨기며 옆에서 잠든 자비에르를 깨웠다. 도통 일어날 기미가 보이지 않는 게 문제였지만.

"아기는 잘 만들었어요, 엄마?"

순진무구하게 물어오는 로제스텔라 때문에, 마리스텔라는 저도 모르게 딸꾹질을 했다.

그녀가 최대한 침착하게 고개를 끄덕이며 부드럽게 타일렀다.

"노크는 하고 들어와야지, 로제. 예의가 아니라고 배우지 않았니?"

"죄송해요. 엄마가 너무 보고 싶어서 그만……."

로제스텔라가 시무룩하게 말하자 – 심지어 핑계도 자신을 보고 싶어서였다 – 마리스텔라는 딸을 더 혼내지 못하고 부드럽게 안아주었다.

여전히 이불로 몸을 가린 채였는데, 로제스텔라는 그 모습을 보고 의아한 목소리로 물었다.

"왜 아무것도 안 입고 잤어요, 엄마?"

"……그래야 아기가 더 잘 만들어진다고 들었거든."

태연하게 대답한 마리스텔라가 어색하게 웃으며 로제스텔라의 이마 위에 키스했다.

"잠시 후에 보면 안 될까, 로제? 엄마 옷 좀 입고 싶은데."

착한 로제스텔라는 고개를 끄덕인 뒤 빠르게 어머니의 침실에서 나갔다. 다시 둘만 남게 되자, 마리스텔라는 안도의 한숨을 쉬며 자비에르를 깨우려고 했다.

"으앗!"

바로 그때, 자비에르의 손이 마리스텔라를 끌어당겨 품에 안았다. 그제야 남편이 아까부터 깨어 있음을 깨달은 마리스텔라가 황당한 목소리로 물었다.

"언제부터 깨어 계셨어요?"

"……로제가 왔을 때부터?"

자비에르가 민망한 목소리로 말했다.

"차마 일어날 수가 없었습니다."

나름 현명한 선택이었다.

마리스텔라가 작게 웃으며 그에게 말했다.

"이만 일어나셔야 합니다."

"조금만 더 이러고 있으면 안 되나요?"

"우리 엄청 오랫동안 이러고 있었는데요."

"이상하죠. 그래도 저는 부족하다고 느낍니다."

자비에르가 나른하게 웃었고, 마리스텔라는 못 말린다는 얼굴로 똑같이 웃음을 터뜨렸다가 천천히 눈을 감았다.

'다행히 오늘 아침 일정은 없는데…….'

어쩌면 조금만 더 이러고 있어도 괜찮을 것 같다는 생각이 들었다.

"사랑해요."

그때 옆에서 작게 속삭이는 소리가 들려왔다.

마리스텔라는 순간 말문이 막힌 사람처럼 말을 잇지 못하다가, 잠시 후 작게 미소 지으며 자비에르의 볼에 키스했다.

"저도 사랑합니다, 전하."

느지막한 아침의 행복한 사랑 고백이었다.

외전. Marry off

로제스텔라는 눈을 말똥말똥 뜬 채 침대 위에 누워 있었다.

잠에 들기 위해 온갖 노력을 다했지만, 이상하게 정신은 점점 더 또렷해지기만 했다.

이러다가 이 밤을 전부 뜬눈으로 지새우게 될지도 모른다.

'안 돼. 그럴 수는 없어.'

로제스텔라가 고개를 저었다.

그렇게 되면 내일 어떤 불상사가 일어나게 될지 모른다.

'결혼식 앞두고 이게 도대체 무슨 일이야.'

왜냐하면 내일은 그녀의 결혼식이기 때문이었다.

"황녀 전하."

그때 바깥에서 시녀의 목소리가 들려왔고, 로제스텔라는 빠르게 대답했다.

"무슨 일이지?"

"황태자비 전하께서 오셨습니다."

"엄마가……?"

전혀 예상치 못했던 상황에 로제스텔라의 큰 눈이 동그래졌다.

"안으로 모시도록 해."

잠시 후 문이 열리고 간단한 차림의 마리스텔라가 안으로 들어왔다.

불혹을 넘긴 나이였음에도 그녀는 여전히 아름다웠는데, 조금 과장해서 말하자면 딸인 로제스텔라의 언니처럼 보일 정도였다.

한편, 로제스텔라는 갑작스러운 어머니의 방문에 몹시 기뻐하는 모습을 보였다.

"엄마."

"이제 어머니라고 불러야지, 로제."

마리스텔라가 눈을 가늘게 뜨며 미소 지었다.

"내일이면 너도 완전히 어른이잖니."

그 말에 로제스텔라가 입술을 비죽이며 불만을 표했다.

"전 아직 고작 스무 살인걸요."

"그 정도면 다 큰 거야. 거기다 결혼까지 하는걸. 그럼 완전히 어른이지."

마리스텔라가 사랑스러운 눈으로 딸을 쳐다보며 물었다.

"그런데 새 신부가 왜 아직까지 안 자고 있는 거니? 그러다 화장 잘 안 먹힌다."

"잠이 안 와요."

로제스텔라가 곤란한 목소리로 답했다. 그리고 마리스텔라의 얼굴이 걱정으로 물드는 것을 보면서, 그녀는 빠르게 덧붙였다.

"무슨 일이 있어서 잠이 안 오는 건 아니고요."

"그래. 그렇다면 다행이구나."

마리스텔라가 부드럽게 딸의 손을 어루만지며 말했다.

"사실은 나도 네 아버지와 결혼하기 전날 밤에 잠을 못 잤거든."

"어머니도요?"

그렇다면 역시 이건 집안 내력이었던 것이다. 로제스텔라가 의외라는 목소리로 말했다.

"처음 들어봐요."

"그야 네게 말했던 적이 없으니까."

마리스텔라가 싱긋 미소 지으며 말했다.

"원래 결혼 전날 밤에는 잠이 잘 안 오는 게 보통이란다. 오델이나 마티나도 그랬어."

"왜요?"

"음……. 이유는 잘 모르겠지만."

마리스텔라가 곰곰이 생각하다 입을 열었다.

"아무래도 새로운 시작에 대한 긴장감이 커서 아닐까? 지금 생각해보면 그랬던 것 같구나. 적어도 나는 말이야."

"아……. 저도 약간 그런 이유 같아요."

로제스텔라가 이해한다는 목소리로 입을 열었다.

"과연 결혼 생활을 잘할 수 있을지 걱정되고, 새로운 가족들과도 잘 지낼 수 있을지 걱정되고……."

"……."

"물론 다들 익숙한 사람들이지만요. 그래도 같이 사는 건 또 다른 문제잖아요."

태어났을 때부터 봐왔으니 사실 가족이라고 봐도 무방했다.

마리스텔라가 빙긋 웃으며 딸을 안심시켰다.

"너무 걱정할 필요 없단다, 로제."

"정말요?"

"그럼. 혹시라도 그 집에서 널 못살게 굴거나 하면, 그런 낌새가 보이기도 전에 아버지가 널 황궁으로 다시 납치해 올지도 몰라."

"……."

"물론 진담이야."

표정 하나 바꾸지 않고 마리스텔라가 말했다.

그리고 로제스텔라는 정말 그럴 거라고 생각했다.

반년 전, 자신이 소꿉친구인 막스 메이너스 라 오로스와 결혼하겠다고 말했을 때 아버지의 표정이 아직도 기억났다.

'물론 내가 누구랑 결혼한대도 아버지는 기꺼워하지 않으실 테지만…….'

그 상대가 가족 같던 시종의 아들이었기 때문에 자비에르는 좀 더 싫어하는 것 같았다.

그래도 아예 친분 없는 사람을 사돈으로 두는 것보다는 나을 텐데 말이다. 로제스텔라는 아버지를 이해할 수 없었다.

"아빠 뭐 하고 계세요?"

"어제부터 계속 우울해하시는 상태란다. 너도 예상했겠지만."

"황궁에 자주 올 텐데요, 뭐."

"정무를 보러 오는 것과 거주하는 건 엄연히 다르다고 하시더구나."

아무래도 진즉 위로하려던 시도가 막힌 듯했다.

'하지만 아버지가 즉위하시면, 어차피 황태녀로서 다시 입궁하게 될 텐데.'

로제스텔라가 고개를 절레절레 저으며 중얼거렸다.

"아빤 날 너무 좋아해요."

"아마 네 동생이 결혼할 때도 그러실걸."

"사실 아빠는 가족을 너무 좋아하시죠. 엄말 포함해서요."

"싫어하시는 것보다는 낫잖니."

물론 그랬다. 로제스텔라가 허탈하게 웃었다.

"너무 극단적인 선택지 아니에요?"

물론 로제스텔라도 아버지의 애정 어린 관심을 나쁘게 여긴 적은 결코 없었다. 당연히 무관심한 것보다는 백 배 나았다.

'가끔은 꽤 지나쳐서 문제지만……'

"우리한테 하시는 거에 비하면 할아버지한테는 퍽 냉정하시단 말이죠."

"으음…… 그게?"

마리스텔라가 떨떠름한 목소리로 입을 열었다.

"지금이 되게 나아지신 거란다."

"정말요?"

"원래는 더 사이가 안 좋으셨어."

"생각도 못 했어요."

로제스텔라가 퍽 놀랍다는 목소리로 물었다.

"두 분 사이에 무슨 일이라도 있었던 거예요?"

아버지의 소년 시절을 궁금해 하는 딸의 모습을 보자 기분이 묘해졌다. 마리스텔라는 그녀를 지그시 쳐다보다 입을 열었다.

"결혼 전야에 말하기에는 부적절한 이야기인 듯싶구나. 얼른 자야지?"

"치이."

"치이는 무슨 치이? 내일 가장 아름다워야 할 신부님인데. 늦게 자면 피부도 다 망가져요."

"너무 떨려서 잠이 안 와요."

"그래서 같이 자려고 이렇게 왔잖아."

"정말요?"

로제스텔라가 눈을 빛냈다.

"정말 오늘 저랑 같이 주무시려고요?"

"그럼, 로제."

마리스텔라가 딸의 이마 위에 키스하며 속삭였다.

"오늘이 아니면 언제 너랑 같이 또 잘 수 있겠니."

"그런 말씀은 하지 마세요."

로제스텔라가 우울한 목소리로 말했다.

"그럼 제가 정말 먼 곳으로 떠나는 것 같잖아요. 사실은 그게 아닌데."

"분명 네가 내 딸이고 제국의 황녀이자 황태손이라는 건 변함이 없지."

마리스텔라가 부드럽게 딸을 안아주며 말했다.

"그래도 결혼을 하게 되면 분명 달라지는 게 있을 거야."

"알아요. 그래서 이렇게 떨리는 거고."

마리스텔라가 엷게 웃었다.

"자, 이제 잡담은 그만두고 정말 자는 게 좋겠다."

시계를 보니 벌써 자정을 넘긴 시각이었다.

더 늦어지면 정말 곤란하다.

마리스텔라는 어린아이를 억지로 재우려는 어머니처럼 로제스텔라를 눕힌 뒤 이불을 덮어주었다. 그런 다음 불을 끄고 로제스텔라를 토닥여주면서 그녀가 잠에 빠져들도록 유도했다.

그런 어머니를 쳐다보면서, 로제스텔라가 조용히 입을 열었다.

"어머니."

"응?"

"왠지 지금 말씀드려야 할 것 같아요."

"뭘?"

"지금까지 저 키워주셔서 감사하다고요."

"……."

뜻밖의 고백에 마리스텔라가 입을 다물었다. 놀람의 침묵이었다.

"그리고 잘 키워주신 것도요."

"……별소리를 다 하는구나, 로제. 자녀를 잘 양육하는 건 부모의 의무란다."

"그래도요. 엄마는 저를 너무 잘 키워주셨으니까."

로제스텔라가 싱긋 웃으며 마리스텔라의 입술 위에 키스했다.

"제가 많이 사랑하는 거 알죠?"

"알지, 그럼."

마리스텔라는 금방이라도 눈물이 흐를 듯 붉어진 눈으로 딸에게 고백했다.

"엄마도 너 많이 사랑해."

"……."

"아주 많이."

어느새 훌쩍이는 소리가 들려왔다. 로제스텔라가 울고 있었다.

그 소리를 들으면서 마리스텔라도 울고 싶었지만, 그녀는 애써 감정을 억누르며 대신 로제스텔라를 꼭 끌어안아 주었다.

자신의 어머니도 저를 시집보낼 때 이런 기분이셨을까.

'이런 상황이 오더라도 절대 안 울 것 같다고 생각했는데.'

도무지 안 울 수가 없었다. 슬픈 일도 아닌데 말이다.

마리스텔라는 결국 또르르 눈물 한 방울을 떨어뜨렸다.

◇◆◇

"……신부님 얼굴이 왜 이래요?"

다음 날 아침, 로제스텔라의 얼굴을 본 플로린다가 경악한 얼굴로 물었다.

그녀의 얼굴은 퉁퉁 부어 있었다.

"어제 황태자비 전하와 함께 주무신 건 알고 있었지만……. 설마 우셨어요?"

로제스텔라가 머쓱한 목소리로 대꾸했다.

"시집가기 전 딸의 마음을 좀 헤아려 줘, 플로."

"아니, 헤아리지 못하는 건 절대 아니지만……!"

플로린다가 황당한 얼굴로 말했다.

"오늘은 결혼식이잖아요! 그건 그거고, 이건 이거라고요."

"어떻게 안 될까?"

"……일단 시녀들에게 얼음을 가져오라고 했어요. 그걸로 어떻게든 해봐야죠."

어쨌든 플로린다의 피나는 노력으로, 일어났을 때는 퉁퉁 부어 있었던 로제스텔라의 얼굴은 어느 정도 평소대로 돌아올 수 있었다.

그녀는 아주 긴 시간에 걸쳐 화장을 하고 웨딩드레스를 입었다.

그리고 대략 정오 즈음이 되었을 때, 준비가 끝마쳐졌다.

"자, 이제 대기실로 가시면 될 것 같아요."

로제스텔라의 가슴이 쿵쿵 뛰기 시작했다.

.

.

.

"전하, 준비 다 끝나셨어요?"

마리스텔라는 신부 어머니다운 우아한 모습으로 서먼궁에 들어섰다. 그녀의 남편은 중년의 매력을 뽐내면서, 대단히 우울한 표정을 짓고 있는 중이었다.

"부모로서 맞는 첫 결혼식인데 그런 표정 지으실 거예요?"

"믿기지 않습니다, 비."

그가 피폐한 목소리로 중얼거렸다.

"로제가, 우리 로제가 결혼을 한다니⋯⋯!"

"계속 끼고 사실 수는 없잖아요. 이제 그만 단념하시죠."

마리스텔라가 익숙하게 대꾸하며 물었다.

"설마 저보다 로제를 더 아끼시는 건 아니죠?"

"⋯⋯물론 내 1순위는 언제나 비입니다."

자비에르가 언제 우울한 표정을 지었냐는 듯 빠르게 표정을 바꾸었고, 마리스텔라가 까르르 웃음을 터뜨렸다.

"그 말씀은 참 영광스럽네요."

"오늘 정말 아름다우십니다."

"그 말씀은 참 질리지도 않고 하시고요."

"아름다우신 분께 아름답다고 말하는데, 뭐가 잘못되었나요?"

"아뇨."

마리스텔라가 다시 한번 웃음을 터뜨렸고, 자비에르는 천천히 일어나 그녀의 허리를 부드럽게 감았다. 그것을 이상한 쪽으로 오해한 마리스텔라가 당황한 목소리로 말했다.

"지금은 안 돼요. 아시죠?"

"이런."

자비에르가 의미심장한 얼굴로 중얼거렸다.

"그런 걸 의도한 건 아니었지만."

"……."

"그것도 나쁘지 않은 것 같네요."

"……식이 끝난 뒤에요."

마리스텔라가 다급하게 시계를 쳐다보며 말했다.

"늦을지도 몰라요. 신부 측 부모님이 늦어서야 되겠어요?"

"오래 안 걸릴 자신 있는데……."

"오래 안 걸리는 건 제가 싫어요. 그러니까 얼른 가시죠."

그 말에 함박웃음을 지은 자비에르가 그대로 그녀와 함께 서면궁을 나서 식이 열리는 로즈궁으로 갔다.

로제스텔라의 신분이 신분인 만큼 결혼식은 황궁에서 진행되었고, 전국 각지에서 황태손의 결혼을 축하하기 위해 몰려들었다.

마리스텔라는 자비에르와 함께 따로 지정된 좌석으로 가 앉았다.

주례는 특별하게도 시아버지이자 제국의 황제인 헨리 14세가 보게 될 예정이었다. 머지않아 칠순을 앞둔 그는 그 나이가 믿기지 않을 정도로 여전히 정정한 모습이었다.

"지금부터 로제스텔라 황태손 전하와 오러스 공자의 결혼식을 시작하겠습니다."

마침내 사회를 맡은 클로드가 결혼식의 시작을 알렸고, 머지않아 신랑과 신부가 입장할 차례가 되었다.

"황태손 전하와 오러스 공자 드십니다."

그 말과 동시에 화려하고 달콤한 오케스트라 연주가 온 홀 안에 가득 울려 퍼졌다.

마리스텔라의 두 눈에 신랑인 막스의 손을 꼭 붙잡고 설레는 표정으로 버진 로드를 걷는 로제스텔라의 모습이 눈에 들어왔다.

그 모습을 보고 있자니 금방이라도 눈물이 흐를 것 같은 기분이었다.

그녀가 천천히 옆을 돌아보자, 자비에르 역시 상황은 별반 다르지 않은 듯했다. 그 모습에 아이러니하게도 피식 웃어 버린 마리스텔라가 다시 딸이 입장하는 모습에 집중하고 있는데, 옆에서 누군가가 조용히 그녀의 손을 잡아 왔다.

예상치 못한 스킨십에 당황한 마리스텔라가 옆을 쳐다보자, 자비에르가 촉촉이 젖은 눈으로 자신을 쳐다보고 있었다.

"비."

그러더니 조용히 자신을 부르는 것이었다.

"고맙습니다."

무엇에 대한 감사인지는 굳이 듣지 않아도 알 듯했다.

마리스텔라가 빙긋 웃으며 고개를 끄덕였다.

"저도요."

"그리고……."

사랑합니다.

그 말과 함께 자비에르가 조심스럽게 마리스텔라에게 입을 맞추었다. 다행스럽게도 신랑과 신부에게 이목이 전부 쏠려 있어서, 그 두 사람을 처다보는 사람은 없었다.

마리스텔라는 자연스럽게 미소 지으면서, 느릿하고 달콤하게 자비에르와 입을 맞추었다.

앞으로도 영원히

이 순간만 같기를.

외전. Farewell, My King

"전하."

자신을 부르는 다급한 음성은 오러스 백작부인인 오델레타의 것이었다. 서류를 보고 있던 마리스텔라가 의아한 표정으로 고개를 돌렸다. 잔뜩 흐트러진 머리카락과 빠르고 거친 숨소리. 급히 이곳으로 달려왔음을 여실하게 보여주는 증거들이었다.

마리스텔라는 본능적으로 좋지 않은 일이 생겼음을 눈치챘다.

"무슨 일인가, 오러스 백작부인."

"폐하께서……."

고작 말문을 뗐을 뿐이다. 그럼에도 마리스텔라는 불길한 예감에 사로잡혔다. 마리스텔라가 저도 모르게 고개를 저었다.

"폐하께서 쓰러지셨습니다, 황태자비 전하."

◇◆◇

그리 놀라울 일은 아니었다. 황제는 고령이었으니까.

사실 지금 상황에서는 언제 죽어도 호상 소리를 들을 나이였다. 그럼에도 불구하고, 마리스텔라는 지금 상황이 당황스럽기 그지없었다.

그녀가 다급한 발걸음으로 헨리 14세의 병실 안에 들어섰다.

"전하."

그녀의 시야에 가장 먼저 보이는 이는 남편인 자비에르였다.

아내의 목소리에 자비에르가 뒤를 돌아보았다. 어두워진 표정이 눈에 띄었다.

마리스텔라가 안타까워하는 얼굴로 자비에르에게 다가갔다.

"괜찮으십니까."

"……아직 의식이 없으십니다."

"전하께서는요."

"……."

아내의 질문에 남편은 대답하지 못했다. 마리스텔라가 말없이 자비에르를 꼭 안아 주었다.

"무사하실 겁니다, 폐하께서는."

그러나 그 말을 하는 사람도 듣는 사람도 진지하게 그럴 거라 믿지는 않았다. 그들의 아버지는 고령이었고, 병이 없어도 자연사가 이상하지 않았으니까. 남편을 다독거려준 마리스텔라가 낮은 목소리로 궁의에게 물었다.

"폐하께서는 지금 어떤 상태신가."

"……임종을 준비하셔야 할 듯싶습니다."

궁의는 몹시 머뭇거리는 모습을 보인 끝에 대답했다.

마리스텔라가 저도 모르게 마른 침을 삼켰다.

"심장에 잠깐 무리가 오셨는데, 워낙 고령이신 탓에 쉽게 회복하시기가 어려울 듯합니다. 설령 무사히 깨어나신다 해도 현실적으로 본다면 예전 같은 생활을 더 이상 영위하시기는 힘들 겁니다."

"……알았네."

결과를 예상만 하는 것과 실제로 들어 확인하는 것에는 상당한 차이가 있었다.

마리스텔라는 작은 침음성을 흘린 다음 자비에르에게 말했다.

"전하."

"……."

"침착하시기 어려운 상황인 건 알고 있습니다만."

마리스텔라가 마른 침을 꿀꺽 삼킨 다음 말했다.

"그래도 차분히 대처하셔야 합니다."

헨리 14세는 고령의 나이에도 성실하게 정무에 참여했으나, 이미 상당수의 정무는 그 아들인 자비에르 황태자에게 넘어가 있었다. 자비에르가 황태자로 있은 지 20년이 훌쩍 넘었으니 자연스러운 일이기는 했다.

그러나 그 전권을 완전히 떠맡는 것은 또 다른 문제라고 할 수 있었다. 마리스텔라는 자비에르가 잘 해낼 거라고 믿었지만, 심리적인 문제는 또 다른 이야기였다.

"로제를 입궁시킬게요."

"……그러세요."

자비에르가 힘겹게 입을 열어 대답했고, 마리스텔라는 그런 남편을 여전히 신경 쓰이는 눈으로 바라보았다. 그러다 곧 몸을 돌려 자신의 일을 하기 위해 발걸음을 옮겼다.

마리스텔라의 연락을 받고, 이제는 오러스 소백작 부인이 된 로제스텔라는 빠르게 입궁했다.

"그게 무슨 말씀이세요, 어머니?"

로제스텔라가

"할아버지가 쓰러지셨다뇨! 지금은 의식을 차리셨나요?"

"진정하렴, 로제."

"어떻게 진정할 수가 있겠어요. 제가 결혼할 때까지만 해도 천년만년 사실 것처럼 건강하셨는데……!"

로제스텔라가 충격을 이기지 못하고 손바닥에 얼굴을 묻었다.

딸애의 흐느끼는 소리에 마리스텔라는 자연히 마음이 안 좋아졌다.

기다리던 첫 번째 손주가 딸이었음에도 그녀의 시아버지는 로제스텔라를 한 번도 홀대한 적이 없었다. 늘 그녀를 귀애했고, 요나스의 미래라고 추켜세웠다.

둘째이자 첫 손자인 제러드가 태어난 뒤에도 헨리 14세의 로제스텔라에 대한 애정은 변함없었다. 그러니 로제스텔라가 헨리 14세에게 똑같은 양의 사랑을 가지게 되는 것은 지극히 당연한 일이었다.

"엄마도 믿기지 않아. 이렇게 갑자기 쓰러지실 줄이야……."

"궁의는 뭐라던가요?"

"마음의 준비를 해야 할 것 같다고 하더구나."

"아……."

로제스텔라가 탄식하더니 이내 흐느끼는 소리를 냈다. 아주 깊은 슬픔에 잠식되어 버린 사람처럼, 그녀는 한참 동안 얼굴을 들지 못했다. 마리스텔라는 그런 딸을 꼭 끌어안은 채 토닥거려주는 것밖에는 할 수 있는 일이 없었다.

한참 후에야 로제스텔라는 눈물을 그쳤다. 여전히 얼굴을 어머니의 가슴에 묻은 채였다.

"제러드는 이 사실을 알고 있어요?"

제러드는 마리스텔라 부부의 올해로 9살이 된 아들 이름이었다.

그는 현재 전염성이 있는 열병이 쉽게 낫지 않아 수도 근교의 섬에서 요양 중이었다.

"……아니. 아직."

마리스텔라는 그 대답을 한 뒤 막막함을 느껴야 했다.

로제스텔라는 나이라도 있지. 아직 지인의 죽음을 겪어보지 못한 어린아이에게 어떻게 할아버지가 곧 돌아가실 거라고 말할 수가 있 단 말인가.

마리스텔라가 지끈거리는 머리를 애써 무시하며 말을 이었다.

"제러드의 병이 거의 다 나은 상황이니 지금 황도로 불러들일 생 각이란다. 이런 상황에서 제러드가 황성을 비우는 건 말도 안 되는 일이지."

"네……."

"어쨌든 당분간은 황궁에서 지내려는 게 좋겠구나."

"물론이에요, 어머니."

대답하는 목소리가 평소와는 다르게 무거웠다. 마리스텔라는 어 떻게 로제스텔라의 마음을 위로해야 할지 고민하다가, 지금은 그 어떤 말로도 서로를 위로할 수 없음을 깨닫고 조용히 어깨를 토닥 여만 주었다.

그날 밤이 되었을 때, 마리스텔라는 지친 표정으로 자비에르와 재회했다.

마리스텔라도 마리스텔라지만, 자비에르는 갑자기 쓰러진 헨리 14세를 대신해 모든 일을 처리해야 했기 때문에 말로 표현할 수 없 을 정도로 바빴다. 거기에 심적인 스트레스까지 더해져서, 자비에 르는 아무 일도 없었던 아침보다 훨씬 더 수척해진 모습이었다.

"마리."

자비에르는 마리스텔라를 보자마자 그녀의 품에 안겨들었다. 오랜 부부 생활을 함께하면서, 자비에르가 온전히 믿고 의지할 수 있는 단 한 사람은 오직 마리스텔라만이라고 봐도 좋았다.

마리스텔라는 특별한 설명 없이도 그가 지금 힘든 상태라는 사실을 눈치채고 남편을 꼭 안아 주었다.

"오늘 정말 수고했어요."

"……당신도."

"궁의 말로는 폐하의 상태에 조금 차도가 있다나 봐요. 아마 머잖아 깨어나실 거예요."

"……마리."

그때, 자비에르가 조용히 마리스텔라를 불렀다. 마리스텔라는 자신을 부르는 목소리에서 드러나는 힘들어하는 감정을 읽고 부드럽게 대답했다.

"네, 전하."

"뒤늦게 후회가 됩니다."

"뭐가 말씀이세요?"

"부황과 좀 더 가깝게 지내지 못한 것이요."

그가 담담한, 그러나 울컥거림이 느껴지는 목소리로 운을 뗐다.

"나는 그분을 오랫동안 미워했죠. 사실 아직도 그분과의 앙금을 다 풀었다고는 생각 안 합니다."

"……."

"그분께서 아주 오래 사실 줄 알았습니다. 내 아이가 아이를 낳고, 그 아이가 또 아이를 낳을 때까지……."

"전하……."

"그게 아니라는 걸 빨리 깨달았어야 했는데."

그가 괴로워하는 음성으로 중얼거렸다.

"왜 나는 그러지 못했을까요."

"자책하지 마세요, 전하."

마리스텔라가 가만히 자비에르를 보듬어 주며 속삭였다.

"저는 전하께서 아주 오래 노력하셨다고 생각합니다."

"내가 말입니까?"

"물론이에요. 저는 이래 봬도 20년 넘게 전하의 곁을 지키지 않았습니까."

마리스텔라가 부드럽게 미소 지으며 말했다.

"물론 결혼 뒤에 제가 노력한 것도 있지만, 전하께서 먼저 마음의 문을 열고 다가가려 하신 것, 저는 충분히 알고 있습니다."

"……."

"지금까지 잘하셨고, 또 앞으로도 잘하실 예정이셨어요."

"하지만 이제 시간이 없습니다."

그가 슬픈 표정으로 고개를 돌렸다.

"나는 그게 후회가 됩니다."

"시간을 돌려 과거로 돌아간다 해도, 그것이 전하께서 하실 수 있는 최선이었을 겁니다."

마리스텔라는 어떻게 해서든 자비에르를 위로해 주기 위해 노력했다.

"끝이 좋으면 과정도 아름답게 변하는 법이지요. 분명 폐하께서도 그렇게 기억하실 겁니다. 무엇보다……."

마리스텔라가 부드럽게 자비에르의 손을 맞잡으며 말을 이었다.

"아버님께서는 전하께서 자책하시는 걸 원치 않아 하실 거예요."

"……."

"두 분의 관계가 이렇게 된 건 전부 당신의 탓이라 생각하는 분이시니까요."

"……정말 그럴까요?"

"네."

"어떻게 그렇게 확신하십니까."

"전하께서도 알고 계실 텐데요."

마리스텔라가 옅게 미소 지으며 대답했다.

"부모님이시잖아요, 이제는."

"……."

"로제스텔라를 생각해 보세요. 그 아이가 전하와 같은 마음을 가지고 있다고 생각해 보세요."

"아……."

그러자 답이 나왔다. 자비에르의 몸이 완전히 무너졌다.

그가 괴로워하는 표정으로 마리스텔라에게 매달렸다.

"비, 나는……."

"……."

"나는……."

그는 차마 말을 잇지 못했다. 잠시 후 그의 입속에서는 말소리가 아닌 흐느끼는 소리가 들려오기 시작했다. 마리스텔라는 더 위로의 말을 건네는 대신 조용히 그를 토닥여만 주었다.

자비에르가 지금 어떤 마음일지, 얼마나 괴롭고 혼란스러울지는 결코 전부 다 헤아릴 수 없을 테니까.

며칠 후가 되었을 때 두 가지 소식이 마리스텔라에게 찾아왔다.

"어머니!"

첫 번째는 제러드가 황궁으로 돌아왔다는 것.

"제러드."

마리스텔라는 해맑게 웃으며 달려오는 어린 아들을 평소처럼 품 안 가득 안아 주었다.

제러드는 완치된 것을 증명하듯 몹시 건강하고 밝은 모습이었다.

그가 청량한 웃음소리를 내며 마리스텔라와 인사했다.

"그간 잘 지내셨어요, 어머니?"

곧 10살이 된다며 의젓하게 인사하는 제러드의 모습을 보면서, 마리스텔라는 잠시 지금 상황의 괴로움을 잊을 수 있었다.

"그래, 제러드. 몸은 좀 어떠니?"

"이제 다 나았어요. 진짜로 완전히 정말로 괜찮아요!"

자신의 건강함을 드러내 보이기 위해 부사를 남용하는 아들을 보면서, 마리스텔라는 저도 모르게 미소 지었다. 그녀가 제러드에게 간만에 차를 마시며 시간을 보내자고 말하려던 때였다.

중앙궁의 시종 하나가 마리스텔라에게 다가와 그녀를 불렀다.

"전하."

자신을 부르는 목소리에 마리스텔라가 반사적으로 고개를 돌렸다.

"무슨 일이지?"

마리스텔라에게 찾아온 두 번째 소식은 바로.

"폐하께서 깨어나셨습니다."

헨리 14세가 의식을 회복했다는 것이었다. 마리스텔라의 눈이 동그랗게 커졌다.

마리스텔라는 제러드를 플로린다에게 맡긴 다음 곧바로 중앙궁으로 달려갔다. 아직 자비에르는 오지 않은 듯 병실에는 로제스텔라뿐이었다. 인기척을 느낀 로제스텔라가 뒤를 돌았다.

"어머니."

"로제, 폐하께서는⋯⋯."

"우리 황태자비가 왔구나."

그 목소리를 듣는 순간 마리스텔라의 가슴은 쿵 떨어지는 기분이었다. 그녀가 떨리는 표정으로 침대에서 몸을 일으킨 헨리 14세를 향해 다가갔다.

"부황 폐하."

"그래, 며늘 아가."

그는 마치 지난 시간 아무 일도 없었다는 듯 태연하게 미소 지으며 마리스텔라를 대했다.

"오랜만에 보는 것 같은 기분이구나."

"오랫동안 누워 계셨습니다."

마리스텔라가 울먹이는 얼굴로 헨리 14세의 마른 손을 힘주어 잡았다.

"괜찮으십니까."

"괜찮지, 그럼."

하지만 대답하는 목소리는 그리 힘 있게 들리지 않았다. 마리스텔라가 저도 모르게 마른 침을 삼켰다.

"황태자 전하께서 많이 걱정하셨습니다."

"그랬느냐."

"후회도 많이 하셨고요."

"후회."

그가 씁쓸한 표정으로 중얼거렸다.

"후회할 사람은 그애가 아니라 난데……. 아비가 못나는 바람에 자식에게 쓸데없는 짐을 너무 오랫동안 지워주었구나."

"……."

"네가 잘 위로해 줄 거라고 믿는다."

"······제가 위로할 일이 없도록 해주세요."

마리스텔라가 파르르 떨리는 목소리로 말했다.

"부탁드립니다, 폐하."

"이만하면 나는 오래 살았다. 더 살고자 하는 것도 욕심이야."

"아직 젊으신걸요."

그 말에 헨리 14세가 뜻 모를 웃음소리를 냈다. 마리스텔라의 마음이 불편해졌다.

"할아버지."

그때, 로제스텔라가 울먹이면서 헨리 14세를 붙잡았다.

"아직 돌아가시면 안 돼요."

"이런, 로제."

헨리 14세가 낮게 웃으며 손녀를 아련하게 바라보았다.

"내가 너에게 20년 동안 좋은 할애비였다면 좋았을 텐데."

"최고의 할아버지셨어요."

로제스텔라가 고개를 끄덕이며 속삭였다.

"제가 얼마나 할아버질 사랑하는데요. 아시죠?"

"물론이지, 로제. 내가 널 얼마나 사랑하는지도 알아야 할 거다."

"제가 아이를 낳고, 그 아이가 또 아이를 낳을 때까지 사셔야 해요, 할아버지."

하지만 이렇게 말하면서도 로제스텔라는 직감했다. 헨리 14세가 곧 떠날 거라는 걸 말이다. 그래도 애써 내색하지 않으면서, 로제스텔라는 할아버지에게 매달렸다.

"건강하게 오래 사셔야 한다고요, 할아버지. 약속해 주세요."

"로제."

헨리 14세가 엄중한 목소리로 로제스텔라를 불렀다.

로제스텔라는 금방이라도 울음을 터뜨릴 것만 같은 얼굴로 헨리 14세를 보았다.

헨리 14세가 다정하게 웃으며 자신의 손녀딸을 쳐다봤다.

"만남이 있으면 헤어짐도 있기 마련이란다. 너도 그걸 알잖니?"

"……고작 20년의 만남이었는걸요."

"하늘에서 널 지켜보마, 로제."

헨리 14세가 따스하게 웃었다.

"널 항상 지켜줄 거야, 내가."

마지막을 예감하는 말에 로제스텔라는 결국 울음을 터뜨리고 말았다.

그녀가 소리 내어 엉엉 울자 헨리 14세의 표정도 씁쓸하게 변했다. 마리스텔라는 차마 로제스텔라를 진정시킬 생각도 하지 못하고 눈시울을 붉혔다.

"그런 말 하지 마세요. 살아서 저를 지켜주셔야죠."

"로제, 나는……."

"폐하."

그때 떨리는 목소리가 두 사람 사이를 파고들었다. 마리스텔라가 고개를 돌리자, 거기에는 자비에르가 서 있었다.

"깨어나셨습니까."

"황태자가 왔구나."

헨리 14세가 미소 지었다.

"나 때문에 그간 바빴겠군."

"……그걸 말씀이라고 하십니까."

욱한 감정이 그대로 드러나는 목소리에, 마리스텔라는 견디기가 어려워졌다.

그녀는 부자간의 시간을 마련해야겠다고 생각했는지 울고 있는 로제스텔라의 어깨를 감싸고 자리를 피해주었다. 그렇게 두 사람만이 병실에 남게 되었고, 자비에르는 다소 상기된 얼굴로 헨리 14세를 바라보았다. 두 사람 사이에는 잠시 침묵만이 감돌았다.

"네게 항상 미안했다."

그것을 먼저 깬 것은 헨리 14세였다. 자비에르가 헨리 14세를 응시했다.

"아비 노릇을 제대로 못한 것도 미안하고."

"……."

"네 어미를 그렇게 잃게 한 것도 미안하고."

"그 이야기는 안 하시면 안 되겠습니까."

자비에르가 헨리 14세와의 관계 회복을 하려는 데 있어 가장 걸림돌이 되었던 부분이 바로 모후의 죽음이었다. 하지만 헨리 14세는 고개를 저었다. 마치 그것이 꼭 필요한 이야기라는 것처럼.

"네게는 꼭 말하고 싶었다. 그러니까 아주 오랜 시간이 흐른 뒤에야, 네 어미가 간 뒤에야 알게 되었지만……."

"……."

"내가 정말로 사랑했던 건 결국 네 어미뿐이야."

그 말을 듣고 자비에르는 저도 모르게 손을 꾹 말아 쥐었다.

"그 말씀을 굳이 지금에서야 하시는 까닭이 뭡니까."

"그만큼 내게는 중요한 이야기라."

헨리 14세가 담담한 목소리로 대답했다.

"너무 늦은 것 같긴 해도, 꼭 말하고 죽고 싶었다."

"폐하를 너무 원망하지 말라고 말씀하시는 겁니까."

"그런 이야기가 아니야. 네 마음이 조금이라도 편하기를 바란다."

"……."

"내가 네게 씻을 수 없는 죄를 지었다는 것도, 그게 황태자비와의 사랑에 걸림돌이 되었다는 것도 미안해. 그리고 네가……."

헨리 14세는 잠시 머뭇거리다 말을 맺었다.

"네가 새로 생긴 가족을 위해서라도 나와 잘 지내보려 노력했던 것까지 전부 알고 있다. 고맙게 생각하고 있고. 너는……."

여기서 헨리 14세는 잠시 뒷말을 길게 이었다.

"나와 다른 사람이지. 아주 현명하고 똑똑하거든."

"……."

"20년이 넘는 시간 동안 훌륭한 가장으로서, 다정한 남편과 아버지로서 살아온 것 같더구나. 그 모습 하나만큼은 네게서 본받아야 한다는 생각이 들 정도로 말이야."

자비에르는 아무 말도 하지 못하고 헨리 14세를 응시했다. 부친에게 이런 식으로 인정을 받는 것은 몹시 기분 이상한 일이다. 그가 복잡한 표정을 지었다.

"나처럼 크지 않아 줘서 고맙다. 그리고……."

"……."

"많이 표현하지 못해 미안하구나. 널 많이 사랑했단다."

그 마지막 말에, 자비에르는 순간 울컥해 저도 모르게 입술을 짓이겨 씹었다. 그 모습을 본 헨리 14세가 씁쓸해 하는 표정으로 말했다.

"다시 돌아간다면 네가 로제와 제러드에게 그랬던 것처럼 다정한 아버지가 되고 싶구나."

하지만 그렇게 말하기에 그는 죽음을 앞두고 있었고, 너무 늦은 뒤였다. 헨리는 후회했다.

그나마 그의 마음을 편안히 만드는 것은 죽기 전에나마 진심을 고백할 수 있다는 사실이었다.

그는 그것만이라도 다행이라고 여기자고 생각하며 하나뿐인 아들을 응시했다.

"훌륭한 성군이 되어다오, 자비에르. 너라면 그럴 수 있을 거라고 믿는다."

"……폐하."

"이만 나가다오. 좀 누워 있어야겠구나."

그가 지친 표정으로 아들을 물렸다.

자비에르는 그런 아버지의 모습을 가만히 바라보다가 조용히 병실에서 나섰다.

"……."

그리고 나가자마자 예상치 못한 인물과 마주했다.

"에스클리프 공."

클로드였다. 급히 왔는지 살짝 흐트러진 머리카락과 상기된 얼굴이 눈에 띄었다.

자비에르는 말없이 그를 바라보기만 할 뿐, 더 말을 걸지 않았다.

"제국의 작은 태양, 황태자 전하를 뵙습니다."

충실하게 예부터 차린 후에, 클로드는 곧바로 용건을 밝혔다.

"폐하께서 깨어나셨다는 소식을 듣고 달려오는 길입니다."

유소년기와 청년 시절에는 자주 다투며 티격태격했지만, 이제 나이를 먹을 만치 먹은 두 사람은 서로를 경쟁 상대보다는 일종의 파트너처럼 여기고 있었다. 클로드는 자비에르의 훌륭한 정치적 동반자이자 충실한 신하였고, 자비에르는 클로드에게 믿고 섬기는 주군이었다.

영원히 친해질 수 없을 것 같았던 연적은 시간이 흘러 둘도 없는 동지가 되어 있었다. 그 시절에는 상상조차 할 수 없었던 일이었다.

"내가 방금 알현을 끝나고 나오는 길이네."

자비에르가 덤덤한 목소리로 말을 이었다.

"그대가 왔다는 소식을 알면 폐하께서도 좋아하시겠군."

"아무렴 친아들을 본 것보다 좋아하시겠습니까."

클로드가 고개를 저으며 대꾸했다.

"저보다 전하를 먼저 보셔서 다행입니다."

"……그런가."

"상태는 좀 어떠십니까."

"우리 모두 마지막을 준비하고 있어."

자비에르의 목소리는 처음과 다름없이 담담했다. 담담한 척하는 것인지, 정말로 담담한 상태인지는 모르겠으나, 겉으로 듣기에는 완벽히 그런 듯했다.

"쉽지는 않겠지만."

"……."

대답을 듣고 클로드는 아무 말도 하지 못했다. 그건 자비에르도 마찬가지였다.

그러다 한참 후에 자비에르가 먼저 입을 열었다.

"내게 미안하다고 말씀하시더군."

"폐하께서 말씀이십니까."

"사랑한다고도 하셨어."

자비에르는 그 사실을 입에 담으면서도 믿기지 않는다는 표정을 지었다.

"처음 듣는 건 아닌지 의심이 될 정도로 아주 오랜만에 듣는 말이었지."

"……본래 표현에 인색하신 분이시니까요."

"로제에게는 잘만 하셨지만, 아무래도 내게는 쉽지가 않으셨겠지."

자신이 아버지를 어려워하는 만큼이나 아버지도 자신을 어려워했다는 걸 자비에르는 알고 있었다. 만약 중간에 낀 마리스텔라와 로제스텔라가 아니었다면 부자간 거리는 20년 전과 그대로일 것이다.

"생전 가장 사랑하신 분이 어머니셨다, 그런 말도 하시더군."

자비에르의 말에 클로드가 움찔했다. 자비에르가 쓸쓸한 표정으로 중얼거렸다.

"마지막에라도 그런 말을 들어서 다행이라고 여겨야 하는 건가."

"……."

"마음이 복잡하군, 공."

"당연히 그러시리라 생각합니다, 전하."

클로드가 조용히 자비에르를 위로했다.

"그 마음은 오랫동안 진심이셨을 겁니다. 하지만 말을 꺼내기가 어려우셨을 테지요."

"……."

"전하에 대한 미안함과 죄책감으로 평생 고통 속에 사셨으니까요."

"공, 나는……."

"전하께서 꼭 폐하를 완전히 용서하실 필요는 없습니다. 저라도 그러기는 힘들 것 같거든요. 비록 전하께서 20년 넘는 시간 동안 폐하와의 관계 진전을 위해 노력하셨더라도, 그분을 완전히 용서하는 것은 또 다른 문제 아니겠습니까."

"……."

"저는 모쪼록 전하께서 마음이 편해지셨으면 좋겠습니다. 그리고 그것이 폐하께서도 진정으로 원하고 계시는 단 한 가지일 겁니다."

클로드의 말을 들은 자비에르는 아무 말도 하지 못하고 그 자리에 우뚝 서 있기만 했다.

그런 그에게 조용히 묵례한 클로드가 자비에르를 지나쳐 헨리 14세의 병실 안으로 들어갔다.

"……."

그는 한참 동안 꼼짝하지 못하고 그 자리에 가만히 서 있었다.

무언가를 아주 깊이 생각하는 사람 같은 표정을 지으면서.

"할아버지 만나러 가면 안 돼요?"

이 질문을 듣고 마리스텔라는 제러드에게 할아버지의 상태를 알리는 것을 더는 지체할 수 없음을 깨달았다. 그녀는 헨리 14세의 현 상황을 알리기 위해 상당히 애를 먹어야 했다.

마리스텔라는 할아버지가 곧 돌아가실지도 모른다는 소식을 접했을 때 충격을 받을 아들이 몹시 걱정되었다. 로제스텔라 만큼이나 할아버지를 잘 따르던 제러드였기 때문이었다.

평소 건강했던 헨리 14세였기에 설명해준다고 아들이 알아들을지도 의문이었다. 하지만 어쨌든 그녀는 최대한 제러드의 눈높이에서 죽음에 대해 설명하기 위해 애썼다.

"잘 들으렴, 제러드. 실은 널 급하게 부른 건…… 할아버지께서 지금 많이 편찮으시기 때문이란다."

"저처럼 아프셨던 거예요?"

"그래. 그런데……."

여기서부터가 중요했다. 마리스텔라가 긴장으로 한 번 마른 침을 삼켰다.

"할아버지가 나이가 있으셔서, 아마 곧 돌아가실지도 몰라."

"돌아가신다고요?"

"그래."

"그럼 할아버지를 영영 못 보게 되는 건가요?"

죽음을 겪어본 적은 없어도 그게 뭔지는 알았다. 제러드가 겁에 질린 표정으로 묻자, 마리스텔라가 힘겹게 고개를 끄덕였다. 어머니의 대답에 제러드는 울먹이기 시작했다.

"흑…… 할아버지를 이제 못 보는 거예요? 다시는?"

"그러니 마지막으로 할아버지를 뵙고 인사를 드려야 한단다."

이 말을 하면서 마리스텔라는 마음이 찢어지는 듯했다.

"의젓한 모습으로 할아버지와 인사할 수 있지, 제러드?"

"못하겠어요, 어머니."

제러드가 자신 없다는 얼굴로 고개를 저었다.

"전 울어버리고 말 거예요."

"힘들면 그래도 괜찮아."

마리스텔라가 그런 제러드를 다독거렸다.

자신에게도 힘든 일이 이 어린아이에게 쉬울 거라고는 생각하지 않았다.

"중요한 건 네가 할아버지와 후회 없는 인사를 나누는 거란다. 알겠니?"

"네……."

제러드가 금방이라도 눈물을 떨굴 것 같은 눈을 한 채 고개를 끄덕였다.

"안 울려고 노력할게요. 마지막, 이니까요."

"그래, 제러드."

마리스텔라가 고개를 끄덕인 다음 아들에게 물었다.

"지금 할아버지를 만나 뵈러 갈까?"

그 시각, 헨리 14세는 클로드와 면회 중이었다.

"줄줄이 찾아오는구만."

"힘드시면 내일 찾아뵐까요?"

"됐다. 언제 죽을지 모르는데."

가볍게 던진 말이었지만 듣는 사람에게는 몹시 무겁게 들렸다. 클로드의 표정이 어두워지자, 그 모습을 본 헨리 14세가 왜 그런 표정을 짓느냐는 목소리로 물었다.

"왜 그렇게 심각한 표정이냐."

"폐하께서 너무 태평하신 겁니다."

클로드가 서운하다는 목소리로 그에게 말했다.

"지금 저와 황태자 전하의 마음이 어떠할지 모르지 않으실 텐데요."

"알지. 너희 두 사람 모두 너무 심성이 착하지 않으냐."

헨리 14세가 빙긋 웃었다.

"하지만 사실 나는 그 정도로 슬퍼해 줄 가치가 없는 사람이란다."

"……"

"나는 네게도 죄를 지었지."

"저를 상처 입히신 것은 황태자 전하께 하셨던 일에 비하면 아무것도 아닙니다. 그러니 제게까지 사과하실 필요는 없습니다."

"그러고 보니 들어오면서 황태자를 만났겠구나."

"네."

"내가 죽으면 그 애를 잘 부탁한다, 클로드."

"황태자비 전하께서 그 말씀을 들으셨다면 서운해 하셨을 겁니다."

"그런 말이 아니야. 내게도 아내가 있었지만 친구는 또 다른 느낌이니까."

"……"

"네 아버지가 내게 정말로 좋은 친구였던 것처럼, 너 또한 그러기를 바란다."

"황태자 전하께서 허락하신다면 저는 평생 황가의 검으로서 헌신할 생각입니다."

"결혼을 안 했으니 망정이지, 공작부인을 두고서 그런 말을 했다면 한마디 했을 거다."

그렇게 말한 뒤에, 헨리 14세는 짧게 한숨을 내쉬며 한탄조로 말했다.

"네가 결혼하는 모습은 보고 죽나 했는데."

"계속 살아 계신다면 생각은 해보겠습니다."

"됐다. 20년 동안 못한 결혼을 앞으로 할 일이 있을 리가."

헨리 14세가 기대도 안 한다는 목소리로 대꾸했다.

"독신의 삶도 괜찮지. 정말로 사랑하는 사람이 이미 가정을 꾸려버렸다면야."

"……."

"나는 네가 행복하기를 바란다, 클로드."

"저는 이미 행복합니다, 폐하."

클로드가 담담한 목소리로 말을 이었다.

"두 분 전하와 그분의 자녀들 덕분에요. 외람된 말씀일지 모르나, 이제는 그분들을 제 가족처럼 여기고 있습니다."

"그래. 그렇게 생각해주면 나는 더없이 고맙지."

헨리 14세의 입가에 은은한 미소가 걸렸다.

"네 아버지에게 하늘에서 전해드리마. 아들이 얼마나 훌륭히 장성했는지 말이야."

"……네."

그 말에서 클로드는 머잖아 닥칠 헨리 14세의 죽음이 와 닿는 것을 느꼈다. 그의 목울대가 한 번 출렁였다.

"그동안 고마웠다, 클로드."

"……저 또한 감사했습니다, 폐하."

"그래."

여전히 미소 띤 얼굴로, 헨리 14세가 고개를 끄덕이며 말했다.

"이만 가 보거라. 정말로 쉬어야겠구나."

"……네. 쉬십시오, 전하."

더 있는 것은 클로드에게도 고역이었다.

그는 힘겹게 자리에서 일어난 다음 황제의 병실을 나섰다.

"아."

그리고 헨리 14세를 찾은 마리스텔라 모자와 마주했다. 그는 가장 먼저 인사부터 올렸다.

"제국의 달과 별을 뵙습니다."

"에스클리프 공."

마리스텔라가 반가운 표정으로 그의 인사를 받았다.

"오랜만에 뵙습니다. 폐하를 만나 뵙고 나오시는 길이군요."

"네, 전하. 의식을 회복하셨다는 말씀을 듣고 바로 입궁했습니다."

"대부님!"

제러드가 언제 훌쩍였냐는 듯 해맑은 얼굴로 클로드에게 달려갔다. 클로드는 로제스텔라뿐 아니라 그 동생인 제러드의 대부이기도 했다.

클로드 또한 애써 미소 짓는 얼굴로 어린 제러드를 안아 주었다.

"황자 전하, 요양지에서 돌아오셨다는 소식은 들었습니다."

"네. 제러드는 이제 건강해요."

"다행이군요. 무사히 나으셔서 기쁩니다."

"저도 그래요. 그런데 할아버지가 안 건강하시대요."

"……."

클로드의 낯빛에 순간 난처함이 스쳐 지나갔다.

"전하, 폐하께서는 그저 긴 여행을 홀로 떠나시는 것뿐이랍니다."

"하지만 다시 돌아올 수 없는 여행이잖아요."

제러드가 다시 침울해진 얼굴로 말했다.

"영영 제러드의 곁을 떠나시는 거예요."

"하지만 어딘가에는 계시는 것이니까요."

클로드는 침착한 목소리로 말을 맺었다.

"그렇게 생각하면 조금도 슬프지 않답니다."

정작 스스로는 그렇게 생각하지 못해 슬퍼하면서 어린 황자에게 이런 생각을 강요하는 것이 몹시 웃기다는 걸 클로드도 알고 있었다. 머리로는 그렇게 생각하려 해도 가슴으로는 납득할 수 없는 것이 사람이다. 황자라고 안 그럴 리가 없다. 제러드의 표정은 여전히 어두웠다.

"마지막 인사를 잘하고 오신다면, 적어도 후회가 되시지는 않을 겁니다."

그것 하나만큼은 스스로도 인정할 수 있었다. 제러드가 고개를 끄덕인 뒤 씩씩하게 말했다.

"알았어요. 할아버지와 마지막 인사 잘하고 나올게요."

"네, 황자님. 의젓하십니다."

그 말에 황자가 눈물로 얼룩진 눈으로 씩 웃었다. 마리스텔라가 그런 황자를 안쓰러이 바라보는 모습이 보였다. 그런 마리스텔라를 바라보던 클로드가 입을 열었다.

"저는 이만 가보겠습니다, 전하."

"황태자 전하께서 많이 힘들어 하십니다."

마리스텔라가 걱정스러워 하는 목소리로 말했다.

"아무래도 심란하시겠지요. 모쪼록 그분의 곁에서 힘이 되어 주세요, 공."

"저보다는 전하께서 더 힘이 되어드리지 않으시겠습니까."

"제가 알지 못하는 전하의 시간을 공께서는 알고 계시니까요."

마리스텔라가 쓸쓸하게 미소 지으며 클로드에게 말했다.

"모쪼록 부탁드립니다, 공. 이번 일이 전하께 너무 큰 상처가 되지 않았으면 좋겠어요."

"전하께서는 괜찮으십니까."

"제 슬픔이야 황태자 전하나 공의 그것과 비할 바가 못 되지 않겠습니까."

"······."

"어쨌든 후회 없는 마무리를 하기 위해 노력 중입니다."

"……네, 전하."

"그럼 이만 들어가 보겠습니다. 대부님께 인사드리렴, 제러드."

"다음에 또 뵈어요, 대부님."

"네, 황자 전하."

씩씩한 제러드의 인사를 마지막으로 셋은 헤어졌다.

마리스텔라와 제러드가 떠나고 홀로 남겨진 뒤에도 클로드는 한참 동안 그 자리를 지킨 채 꼼짝도 하지 않고 있었다.

아까의 자비에르가 그랬던 것처럼.

걱정했던 것과 다르게 제러드는 헨리 14세의 앞에서 울고불고 소리를 지르지는 않았다. 그저 닭똥 같은 눈물을 뚝뚝 흘리면서 헨리 14세가 얼마나 제러드에게 좋은 할아버지였는지, 제러드가 얼마나 헨리 14세를 사랑했는지를 침착하게 말할 뿐이었다.

예상치 못한 차분함에 마리스텔라는 놀랐고, 헨리 14세도 그런 듯했다. 앞서 다른 가족들과의 면회에서는 표정 하나 꿈쩍하지 않고 부동의 감정 상태를 보여주었던 그가 처음으로 눈물을 흘릴 정도였으니까.

마지막을 앞두고 눈물을 흘리는 시부를 보면서 마리스텔라는 자연스럽게 눈물을 훔쳐야만 했다.

"제러드는 좀 어땠습니까."

그날 밤 침실에서 자비에르가 물었다.

"걱정했는데."

"의외로 의연한 모습이어서 놀랐어요."

마리스텔라가 조용히 아까 전의 일을 회상했다.

"부황 폐하께서도 놀라셨더라고요. 어린아이가 그렇게 침착할 줄 모르셨나 봐요."

"제러드가 나보다 낫군요."

"……전하."

"내일은 저도 부황께 제 진심을 다 내보여 드리려 합니다."

"네, 전하."

"부황을 위해서가 아닙니다. 그저 제 마음이 편해지기 위해서……."

그때, 마리스텔라가 조용히 자비에르를 끌어안았다. 자연스럽게 자비에르의 말이 끊겼다.

자비에르의 가슴 위로 얼굴을 묻은 채, 마리스텔라가 조용히 속삭였다.

"어떤 이유에서든 다 괜찮습니다."

"……."

"저는 전하께서 괴로워하지 않으시길 바라요."

"……고맙습니다, 비."

자비에르가 천천히 마리스텔라를 안은 뒤, 눈꺼풀을 아래로 내렸다.

"과거의 상처로 당신을 포기했다면, 난 정말 후회했을 겁니다."

다음날의 아침이 되었을 때, 자비에르는 일찍부터 헨리 14세의 병실을 찾았다.

"폐하께서는 아직 주무시고 계시나?"

"네, 전하."

"잠시 얼굴만 뵙고 올 테니 고하지 말게."

그는 조용히 병실 안으로 들어섰다. 고요한 병실 안에서 헨리 14세가 자고 있었다.

그는 조심스럽게 아버지가 누워 있는 침대로 걸어가 그 앞에 자리를 잡고 앉았다.

"원망하기도 하고, 젊었을 때는 증오도 했지만, 그래도 절 사랑하셨다는 건 알고 있었습니다."

"……."

"……아버지."

자비에르가 힘겹게 말을 토해냈다.

"너무 늦게 불러 드려 죄송합니다."

그가 조심스럽게 앙상한 아버지의 손을 잡았다. 그가 잡은 손에 힘을 주며 속삭이듯 말했다.

"그래도 살아생전 한 번쯤은 불러드릴 수 있어서 다행……."

툭.

그 순간, 자비에르의 손에서 힘없이 쥐고 있던 손이 빠져나갔다. 그리고 침대 아래로 손목이 뻣뻣하게 꺾였다. 그 모습을 본 자비에르의 표정이 어둡게 굳었다.

"아버지."

"……."

"아버지……."

자비에르가 새파랗게 질린 얼굴로 헨리 14세를 흔들어 깨웠다.

그러나 그는 일어나지 않았다. 미동조차 없었다.

"아버지, 아아……."

침대 위에서 싸늘하게 굳은 아버지의 손을 부여잡으면서, 자비에르는 하염없이 눈물만 흘렸다. 어제의 그 만남이 마지막이 될 줄 그 누가 알았을까.

"사랑했습니다, 저도……."

닿지 못할 고백만 읊으면서, 자비에르는 계속 눈물 흘렸다. 붙잡은 손 위로 서글픈 눈물이 뚝뚝 떨어져 내리고 있었다.

외전. They Lived Happily Ever After

"오늘 보실 서류입니다."

그 말과 함께 마리스텔라의 책상 앞으로 어마어마한 두께의 서류가 떨어졌다.

펜을 잡고 있던 마리스텔라가 저도 모르게 펜을 떨군 다음 인상을 찌푸렸다.

"……농담이라고 해줘, 오델레타. 이게 정말로 오늘 내가 하루에 다 봐야 하는 양이라고?"

"유감스럽게도 그렇습니다, 폐하."

대답하는 오델레타의 목소리는 몹시 진지했다.

"참고로 오늘 황제 폐하께서는 황후 폐하의 두 배를 보셔야 한다고 제 남편이 그러더군요."

"……제발 꿈이라고 해줘."

"그러기엔 현실이 너무 다급하네요. 어서 펜을 다시 드시지요, 폐하. 오늘은 제대로 주무시면 좋겠습니다."

"이런 양의 서류를 주고 나더러 제대로 자라는 건 말도 안 되는 일이라고 생각하지 않나, 오러스 백작부인?"

마리스텔라는 계속 불평했다. 하지만 그러면서도 결국 펜을 잡았다. 어쨌든 그녀가 오늘 끝마쳐야 하는 일이라는 사실은 변하지 않을 터였다. 그렇다면 빨리 정신을 차리고 끝내 버리는 수밖에. 마리스텔라가 깊은 한숨을 내쉰 다음 다시 서류로 눈을 돌렸다.

지긋지긋한 활자들. 허락해준다면 제발 하루 정도는 아무것도 안 읽고 싶었다. 하지만 그렇게 되면 제국이 굴러가지 않겠지. 황제와 황후가 없다고 제국이 멀쩡히 굴러가지 않는다니. 군주제의 폐해였다.

"참, 그리고."

오델레타가 깜빡할 뻔했다는 듯 덧붙였다.

"제러드 황자님의 생일 선물을 고르셔야 합니다."

"……벌써 제러드의 생일이야?"

"다음달이잖아요."

오델레타가 조금 놀란 표정으로 물었다.

"잊고 계셨어요?"

"……잊고 있었지."

마리스텔라가 면목 없다는 얼굴로 말했다.

"알다시피 요즘 좀 바빠서."

"……그러시긴 했죠."

오델레타도 수긍했다.

지난주에 카스타 제국에서 방문한 사신단 때문에 마리스텔라는 몹시 바쁜 나날을 보내야만 했다. 그런 상황 속에서 아들의 생일을 제대로 기억하는 게 쉬운 일일 리 없다.

"황제 폐하께도 여쭈어봐. 분명 기억 못 하고 계실걸."

"그럴 리가요. 제 남편 말론, 황제 폐하께서는 이미 2주 전에 황자 전하의 생일 선물을 골라 놓으셨다고 합니다."

"……내겐 아무 말도 없었는데?"

"당연히 폐하께서 어련히 알아서 잘 챙기시겠거니 하셨나 보죠."

"……어째 나만 나쁜 부모가 된 기분이군."

"제가 폐하의 고충을 아니까 괜찮습니다. 변호해 드릴게요."

"아니, 황태자비로 있을 적에도 내궁 업무는 내가 다 맡았는데."

마리스텔라가 이해할 수 없다는 목소리로 물었다.

"왜 1년 전보다 지금이 훨씬 더 바쁜 거지?"

헨리 14세의 서거 이후 자비에르가 황제가 된 지도 어느덧 1주년 이 다 돼가고 있었다.

그리고 지난 1년 동안 자비에르 부부는 신임 황제와 황후답게 매우 바쁜 나날을 보냈다. 이미 10년 남짓한 시간 동안 거의 황제와 황후처럼 일을 맡아왔음에도 그랬다.

새삼 돌아가신 시아버지의 대단한 업무 능력에 감탄을 표하면서, 마리스텔라는 지끈거리는 표정으로 서류를 넘겼다.

"제러드가 요즘 관심 가지고 있는 게 뭔가, 오러스 부인."

"제가 알기로 전하께서는."

이어지는 대답이 꽤 충격적이었다.

"요즘 동생을 그리 원하고 계신다 합니다."

마리스텔라는 자신이 잘못 들었느냐는 얼굴로 오델레타를 쳐다보았다. 하지만 오델레타는 잘못 말하지 않았다는 듯 어깨를 으쓱이며 덧붙였다.

"……라고 유모가 그러더군요."

"내 나이가 몇인지는 알지, 부인?"

마리스텔라가 아연실색한 표정으로 자문자답했다.

"마흔이 넘었는데 애를 가지라니. 말도 안 돼."

"엄밀히 말해 아주 불가능한 일은 아닌……."

"그대는 날 죽일 셈인가?"

마리스텔라가 어이없다는 표정으로 오델레타를 응시했다.

"아이를 가지면 당장 내궁 업무가 마비될걸?"

"그야 황태녀 전하께 일임하시면 되지요."

"……그렇긴 한데."

마리스텔라가 미간을 좁히며 오델레타에게 물었다.

"그, 그래서 지금 나더러 정말로 아이를 가지라고?"

"아뇨, 폐하. 그러니까…… 말이 그렇다는 겁니다."

오델레타가 빠르게 말을 정리했다. 마리스텔라는 고개를 절레절레 저었다.

"왜 우리 집 애들은 열 살 생일만 되면 다들 동생이 갖고 싶다고 그러는 건지."

로제스텔라 때는 성공하긴 했지만 제러드는 영 무리였다. 노산도 이런 노산이 없을 것이다. 마리스텔라가 고개를 절레절레 저었다.

"차라리 조카를 기대하는 게 현실적으로 빠를 거야."

"모르겠습니다. 황자 전하께서 조카는 별로 관심이 없으신 듯해서요."

"……것 참 유감이군."

"일단 무난하게 새 옷으로 준비해 두라고 일러두겠습니다."

"그렇게 해줘, 오르스 부인. 아무리 봐도 동생은 좀 아닌 거 같군."

"혹시 모르니 폐하께 말씀이나 드려 보시지요."

"……어이없어 하시지 않을까?"

"모르죠. 내심 원하고 계실지도?"

그 말에 마리스텔라가 황당하다는 표정으로 말했다.

"이 나이에 임신이라니. 다른 사람 보기 부끄러워."

"쓸데없는 말씀을 하십니다. 다른 분도 아니고 제국의 달이신데요. 누가 감히 그러겠습니까."

"……."

마리스텔라는 대답하지 않고 서류로 눈을 돌렸다. 오델레타는 그런 그녀의 모습을 미소 띤 얼굴로 바라보다가 이내 황자의 생일 선물을 준비하기 위해 조용히 마리스텔라의 집무실에서 나갔다.

◇◆◇

그날 밤.

'미치겠네.'

일이 해도 해도 안 끝났다. 그날따라 이상하게 능률이 좋지 않았다. 마리스텔라의 팽팽한 이마에 주름이 잡혔다. 아무래도 오늘은 꼼짝없이 밤을 새워야 할 듯싶었다.

"이번 분기 예산으로 이건 무리……."

"폐하."

한창 일에 열중하던 그때 바깥에서 시녀의 목소리가 들려왔다. 마리스텔라는 책상 위에서 시선을 떼지 않은 채로 대답했다.

"무슨 일이지?"

"황제 폐하께서 드셨습니다."

그 말을 듣고 나서야 마리스텔라의 시선은 문가로 향했다.

"……안으로 모시도록 하렴."

잠시 후 자비에르가 안으로 들어왔고, 마리스텔라는 자리에서 일어나 그에게 예를 갖추었다.

"제국의 태양을 뵙습니다."

"인사나 받으려고 온 것은 아닌데."

자비에르가 빙긋 미소 지으며 아내에게 다가왔다. 그는 책상 위에 쌓인 서류들을 흘끗 바라보더니 말했다.

"일이 많아 보이시는군요."

"폐하께서도 그러시다 들었는데요."

마리스텔라가 눈썹 사이를 좁히며 물었다.

"설마 벌써 다 하신 겁니까?"

"그럴 리가요. 포기하고 왔습니다."

"이런. 급하게 하실 말씀이 있으신가 보군요."

"아뇨. 그런 게 아니라."

자비에르가 천천히 다가오더니 마리스텔라를 예고 없이 안았다.

갑작스러운 포옹에 그녀가 눈을 동그랗게 떴다. 이내 낮은 속삭임이 귓가에 스쳤다.

"보고 싶어서요."

"……."

"당신은요?"

"저도 그랬습니다."

……만 일이 너무 많아서 차마 보러 갈 수 없다는 게 문제였다.

그런 그녀의 속마음을 알아차렸다는 듯 자비에르가 낮게 웃으며 말했다.

"하루쯤 미뤄도 큰일이야 나겠습니까."

"큰일은 안 나지만 줄줄이 밀리겠지요."

"어쨌든 오늘 더 일하는 건 무립니다."

그렇게 말하면서, 자비에르가 마리스텔라의 어깨 위로 얼굴을 기댔다.

"이제야 좀 살 것 같네요. 하루 종일 얼마나 이러고 싶었는지."

"이런 게 힘이 되어 드린다니 기쁩니다."

"다른 것도 하면 더 힘이 날 것 같은데."

"네?"

그게 무슨 뜻인지 파악하기도 전에, 자비에르가 부드럽게 마리스텔라의 입술을 삼켰다.

마리스텔라는 처음에 놀란 사람처럼 눈을 동그랗게 떴다가 이내 태연하게 그와 입술을 맞부딪쳤다. 20년 넘게 산 부부에게 이 정도는 일상과도 같은 행위였다.

잠시 후 키스의 농도가 짙어졌고, 두 사람의 몸은 빠르게 달아올랐다. 자연스럽게 숨소리가 거칠어지고 발걸음은 침대로 향했다. 어느 순간, 마리스텔라의 등이 침대 위로 닿았다.

"아……."

마리스텔라가 눈을 게슴츠레 뜨며 저를 내려다보는 남자를 응시했다. 열망에 서린 눈동자는 청년 시절의 그것과 다름이 없었다. 그녀가 멍한 표정으로 제 얼굴과 목, 어깨에 자잘하게 키스하는 자비에르의 머리칼을 잡아 쥐었다.

"제러드의 생일 선물을 미리 준비하셨다지요? 뭘로 하셨습니까?"

"장난감 장인에게 최고급 장난감을 부탁했습니다."

"겹치지 않아서…… 다행이네요."

마리스텔라가 조금 몽롱해진 목소리로 말했다.

"사실 전 오늘 오델레타가 말해주어 겨우 알았답니다. 급하게 지시했죠."

"황자가 가지고 싶다고 한 게 따로 있었습니까? 내게는 말하지 않아서요."

"아직 저도 황자에게 직접 듣지는 못했습니다만."

마리스텔라가 힘겹게 말을 이었다.

"아…… 듣기로는 동생이 갖고 싶다더군요."

그 말에 자비에르가 낮게 웃는 소리가 들려왔다.

"우리 아이들은 꼭 10살 생일만 되면 동생을 원하는군요."

"그러게나 말입니다……."

마리스텔라가 낮게 웃으며 고개를 저었다.

"이 나이에 셋째는 어려울 거 같아서 과감하게 포기했습니다."

"왜 포기해요?"

"네……? 아!"

그 순간, 자비에르의 손이 마리스텔라가 입고 있던 드레스를 부드럽게 벗겼다. 자비에르를 쳐다보니 느른하게 웃는 얼굴이었다. 마리스텔라가 설마 하는 표정으로 물었다.

"폐하께서도 바라십니까?"

"아직 젊지요, 황후께서는."

"……농담하지 마세요."

마리스텔라가 붉어진 얼굴로 말했다.

"다들 남사스럽다고 우릴 욕할걸요."

"그렇게 말하는 자들이 있다면 다 목을 베어 버리겠습니다."

답지 않은 과격한 언사에 마리스텔라가 살포시 눈살을 구겼다.

자비에르가 낮게 웃으며 말했다.

"누가 감히 제국의 달게 그런 무례를 저지르겠습니까. 중요한 건 황후의 의사입니다."

"……뭐, 애가 갖고 싶다고 생기는 그런 건가요."

싫지는 않다는 투였다. 자비에르가 씩 웃은 다음 자신이 입고 있던 셔츠의 단추를 하나씩 풀기 시작했다. 툭, 툭 단추가 연결 부위에서 떨어지는 소리가 야릇하게 들렸다.

"그건 내 노력 여하에 따라 달린 일이겠죠."

"……."

"생길 때까지 하면 되지 않겠습니까."

"……밤새 하시겠다는 걸로 들리네요."

"황후만 괜찮으시다면요."

그가 빙긋 웃으며 마리스텔라에게 상체를 굽혔다. 그리고 부드럽게 턱을 잡아 그녀의 입술에 키스하기 시작했다. 마리스텔라가 미소 지으며 자비에르의 목을 끌어안았다.

"밤은 길잖아요. 그렇지 않습니까?"

그리고 자비에르는 정말로 그 밤 내내 마리스텔라를 안았다.

두 사람의 세 번째 아이가 생긴 날 밤의 이야기였다.

완벽하게 닫히지 않은 커튼 사이로 새하얀 햇빛이 쏟아져 들어왔다. 처음에는 침대 주변만 간질거리던 햇빛은 점점 위로 올라가다가, 어느새 마리스텔라의 얼굴까지 도달했다.

"……음."

햇빛의 공격을 받은 마리스텔라가 눈살을 찡그렸다. 그녀는 몇 번 몸을 뒤척이다 눈을 떴다. 벌써 아침인 듯했다. 그녀는 한참을 멍하니 그 상태 그대로 있다가 시선을 옆으로 옮겼다. 자비에르가 눈을 감은 채 잠들어 있었다.

'……잘생겼어.'

쉰이 가까운 나이였음에도 자비에르의 미모는 감탄할 만한 수준이었다.

역시 미청년은 미중년의 수순을 밟는 것인가.

아직 한참 미래의 일이기는 했으나 마리스텔라는 그의 노년 모습이 몹시 기대되었다. 자비에르는 와인처럼 해를 거듭할수록 그 매력이 더 증폭되는 남자였다.

무엇보다 그는 30년에 가까운 결혼 생활 내내 한 번도 다른 여자에게 눈길을 준 적이 없었다.

황제라는 신분의 특성상 그가 설령 바람을 피운다 해도 어쩔 수 없었다.

하지만 마리스텔라의 그런 걱정을 비웃기라도 하듯 자비에르는 다른 여자에게 대단히 무관심하고 금욕적인 태도를 취했다. 결혼하고 한 해 두 해가 흘렀을 때 내심 걱정했던 마리스텔라는 어느 순간부터 그를 완전히 신뢰하게 되었다. 그는 단 한 번도 자신의 신뢰를 배신한 적이 없었으니까.

'그보다 지금 몇 시지?'

오늘은 아주 중요한 일정이 있었다. 마리스텔라가 열린 커튼 사이로 들어오는 햇살 한 줄기를 보고 시간을 추측했다. 햇빛이 강렬한 걸 보니 이른 아침은 아닐 것이다.

마리스텔라가 조금 더 자도 되는지 고민하고 있던 찰나였다.

"황후 폐하."

바깥에서 시녀의 목소리가 들려왔다.

"깨어 계십니까."

"그래. 무슨 일이지?"

"이만 일어나셔야 할 시간입니다."

"몇 시인데?"

이어지는 대답이 꽤 충격적이었다.

"곧 정오입니다, 폐하."

"……뭐?"

마리스텔라는 그 대답을 듣자 없던 잠도 달아나는 기분이었다.

"정오라니, 말도 안 돼."

완전히 지각이었다. 마리스텔라가 빠르게 옆에서 잠들어 있던 자비에르를 깨웠다.

"폐하, 일어나 보십시오. 폐하."

"으음……."

"폐하, 늦었습니다."

몇 번을 흔들어 깨운 뒤에야 자비에르는 눈을 떴다. 그가 눈을 게슴츠레 뜨더니 마리스텔라를 바라보았다. 아내의 얼굴을 눈에 담은 자비에르가 무의식적으로 빙긋 웃었다.

"마리."

"……어젯밤 일로 기분 좋으신 건 알겠는데."

마리스텔라가 짧게 한숨을 내쉬며 말을 맺었다.

"늦었습니다, 우리. 벌써 정오래요."

"……뭐라고요?"

그 말을 듣고 그제야 자비에르도 상황의 심각성을 깨달았다. 그가 침대에서 몸을 일으켜 마리스텔라에게 물었다.

"오늘 일정이 몇 시부터였죠?"

"……3시요."

"미루면 되겠군."

"폐하."

그가 간단하게 내린 답에 마리스텔라가 황당해 했다.

"뒤의 일정이 다 꼬입니다. 저 일해야 해요."

"일하는 모습을 초상화에 담는 건 어떻습니까."

"……."

"농담입니다."

자비에르가 곧바로 꼬리를 내렸다. 그렇다, 오늘은 가족 초상화를 그리는 날이었다. 문제는 화가가 3시에 오기로 했는데 지금이 정오에 가까운 시간이라는 거다. 준비만 하기에도 벅찬 시간이었다.

"왜 진작 깨우지 않았지?"

"저희 둘이 같이 있는데 시녀들이 어떻게 함부로 들어옵니까."

"아, 참 그랬지."

그래서 마리스텔라는 중요한 일정을 앞두고서는 자비에르와 각방을 쓰는 편이었으나, 어제는 예상치 못한 유혹에 그 원칙을 깨고 말았다.

"지금부터 준비하면 늦지는 않을 거야."

"그렇겠죠……."

마리스텔라가 천천히 자리에서 일어난 다음 옷가지를 챙겨 입었다.

그리고 자비에르 역시 옷을 챙겨 입는 사이, 어느새 준비를 마친 그녀가 자비에르의 옷매무새를 정리해주었다. 그러다 무심코 속마음이 나와버렸다.

"어째 나이가 드실수록 더 멋있어지시는 거 같아요."

"저 듣기 좋으라고 그냥 하는 말은 아니죠?"

"전 그런 거짓말을 안 해요, 폐하."

마리스텔라가 단호하게 말했다.

"다른 건 몰라도 이런 부분은 엄격하다고요."

"내가 당신 마음에 드는 외모라 다행입니다."

"누구 마음에라도 드는 외모죠, 폐하께서는."

마리스텔라가 씩 웃으며 자비에르의 볼 위에 부드럽게 입을 맞추었다.

"자, 이만 가보세요. 늦지 않으시려면 지금 일어나셔야 해요."

"여기 더 있고 싶은데."

답지 않은 투정이었다. 마리스텔라가 설핏 웃으며 이번에는 그의 입술 위에 가볍게 키스했다.

"이따가 밤이 또 있잖아요. 여기서 더 지체하시면 안 됩니다."

"알겠습니다."

그 대답이 퍽 마음에 드는 사람처럼 자비에르는 느른하게 웃었다.

"그럼 이따 뵙겠습니다."

"네, 폐하. 이따 뵈어요."

그렇게 자비에르를 보내고 난 뒤에, 본격적으로 마리스텔라의 하루가 시작되었다.

그녀는 일어나고 처음 한 시간을 급한 일부터 처리하는데 보냈다. 점심까지 거르고선 말이다.

사실 초상화를 그리기 전이었기에 원래도 안 먹을 예정이기는 했지만. 그리고 단장을 시작하면서부터는 오델레타에게 보고를 받았다.

"황태녀 전하께서는 방금 로제궁에서 정치학 수업을 마치시고 단장 중이십니다. 물론 오러스 영식도 그러고 있고요."

"황자는?"

"황자 전하께서도 수업을 마치신 후 단장 중이세요."

"그럼 우리 황녀는 뭘 하고 있지?"

"황녀 전하께서는 뭐, 놀고 계십니다."

5년 전 태어난 마리스텔라의 딸을 이름이었다.

"보러 가시겠어요?"

"그럴까?"

마리스텔라는 거부하지 않고 자리에서 일어났다. 그녀의 다섯 살배기 딸은 황후궁에서 그리 멀지 않은 궁전에서 지내고 있었다.

도보 13분 거리의 릴리궁에 도착한 마리스텔라가 기대 어린 표정을 한 채 안으로 들어섰다.

"우리 릴리 어디 있니?"

"어마마마!"

유모인 플로린다와 함께 장난감을 가지고 놀고 있던 릴리스텔라는 어머니의 목소리가 들려오자 재빨리 자리에서 일어섰다. 그리고 오도도도 소리를 내며 마리스텔라에게 달려갔다.

"어마마마!"

어머니가 가장 좋을 나이 다섯 살이었다. 마리스텔라가 낮게 웃으며 어린 딸을 꼭 끌어안아 주었다. 5년 전 마리스텔라는 결국 제러드의 바람대로 동생을 낳아 주었다.

"오늘 초상화를 그리는 날인데 알고 있지, 릴리?"

"네! 플로린다가 이야기해줬어요!"

릴리스텔라가 씩씩하게 대답했다.

"그래서 오늘은 식사도 입가에 안 묻히고 깨끗하게 했어요!"

그러니 어서 칭찬해 달라는 소리에, 마리스텔라가 낮게 웃으며 릴리스텔라의 이마 위에 키스했다.

"잘했어요, 황녀님. 아주 기특해."

"폐하."

그때 오델레타가 마리스텔라를 부르며 안으로 들어왔다.

"이만 가보시는 게 좋겠습니다. 황태녀 전하와 황자 전하께서 준비를 다 마치셨다고 합니다."

"그래?"

그럼 이제 정말 가볼 시간이었다. 마리스텔라가 릴리스텔라를 사랑스러운 눈으로 바라보며 물었다.

"우리 언니랑 오빠 보러 갈까, 릴리?"

"조아여!"

릴리스텔라는 자신의 언니 오빠를 부모님 다음으로 좋아했다.

그녀가 신난 표정으로 자리에서 벌떡 일어났다. 그런 딸에게서 시선을 떼지 않은 채, 마리스텔라는 릴리스텔라의 손을 잡고 오늘의 약속 장소로 발걸음을 옮겼다.

"으앙, 으앙!"

"어휴, 황태손 전하. 왜 이렇게 우시는 거예요."

로제궁의 시녀가 난감한 표정으로 아기를 품에 안고 어르고 있었다. 그 모습을 본 로제스텔라가 이상하다는 얼굴로 시녀에게 물었다.

"앨버트가 아직도 울음을 안 그치나?"

"어휴. 네, 전하."

시녀가 난처한 얼굴로 말했다.

"갑자기 왜 그러시는지 모르겠어요. 한 번도 이런 적이 없으셨는데."

"열이 있는 건 아니고? 배가 고프다거나, 배변을 했다거나."

"전부 아니에요. 다 체크했습니다."

"그럼 정말 이상하네."

로제스텔라가 고개를 갸웃거리며

"황태손을 이리 줘. 내가 안아보지."

"네, 전하."

시녀가 냉큼 앨버트 황태손을 로제스텔라에게 넘겼다.

그러자 놀랍게도 황태녀의 품에서 아기는 빠르게 울음을 그쳤다.

황당할 정도로 빠르게 조용해진 상황에 두 사람 모두 어이가 없다는 반응을 보였다.

"아무래도 아기가 엄마 품이 그리웠나 봐."

"그러셨나 봐요. 세상에, 그래도 이렇게 빨리 울음을 그치실 줄은 몰랐네요."

"내 말이 그 말이야."

"로제."

그때 어머니의 목소리가 들려오자, 로제스텔라는 빠르게 고개를 돌렸다. 마리스텔라가 릴리스텔라의 손을 잡고 방 안으로 들어서고 있었다. 로제스텔라의 입가에 빠르게 환한 미소가 스쳐 지나갔다.

"어머, 릴리 왔구나."

"언니!"

릴리스텔라가 쪼르르 로제스텔라에게 달려갔다. 로제스텔라는 마음 같아서는 릴리스텔라를 안아주며 인사하고 싶었지만, 유감스럽게도 지금은 아기를 안고 있는 중이었다.

이따가 안아줘야겠다고 생각하면서, 로제스텔라가 마리스텔라에게 물었다.

"아버지께서는 어디 계신가요?"

"곧 오시겠지. 워낙 바쁜 분이시잖니?"

마리스텔라가 어깨를 으쓱이며 덧붙였다.

"우리 둘 다 오늘 정오쯤에 일어나서 아주 바빴단다."

"이런. 아슬아슬하셨겠네요."

"그랬단다. 네 남편은 어디 있니?"

"조금 늦을 거 같아요. 어제부터 감기 기운이 있어서 약을 먹고 있거든요."

"막스가? 저런. 어쩌다가?"

"요즘 무리를 좀 해서요. 백작가 업무를…… 시아버님 대신 막스가 거의 다 보고 있거든요."

엄밀히 말하자면 그건 딜튼의 온전한 잘못은 아니었는데, 그 역시 자비에르에게서 과중한 업무를 넘겨받았기 때문이었다. 마리스텔라가 이해 간다는 표정으로 고개를 끄덕였다.

"제러드는?"

"저 여기 있어요!"

어느덧 열다섯이 된 제러드가 숨을 헐떡이며 안으로 들어섰다. 그는 열다섯의 발육이라고는 믿기지 않을 정도의 키와 체격을 가지고 있었다.

마리스텔라는 과연 자비에르도 이랬을지 궁금해 하다가 유전이 아니고서야 이렇게 자라주기는 어려울 거 같다는 결론을 내렸다.

"늦었네요. 죄송해요, 어머니."

"아냐. 너희 아버지도 아직 안 오셨는걸."

"나도 왔습니다, 황후."

그 말이 끝나기가 무섭게 자비에르도 도착했다. 그는 빠른 걸음으로 이곳까지 달려온 듯 살짝 숨이 빨라져 있었다.

"아슬아슬하게 꼴찌로 도착했군요."

"꼴찌는 아니에요, 아버지. 그건 제 남편이거든요."

"막스가? 어쩌다가?"

"감기에 걸렸대요."

"이런. 하긴, 요즘 백작가 업무를 아들이 다 보고 있다고 딜튼 경이 그러더군."

"일 좀 적게 해주세요, 아버지."

"그건 누구보다도 내가 가장 바라는 일이란다."

자비에르가 포기했다는 표정으로 웃었다.

"그리고 이건 네 미래이기도 한걸."

"……제러드에게 자리를 넘길까 진지하게 고민 중이에요."

"난 됐거든, 누나."

"저 왔습니다."

그리고 마침내 로제의 남편, 막스도 등장했다.

"늦어서 죄송합니다, 황제 폐하, 황후 폐하. 제국의 영광이 두 분께 있기를."

"어서 오렴, 막스."

"어서 오세요, 매형."

전부 다 모였으니 이제 남은 건 초상화를 그리는 일뿐이었다.

잠시 후 화가가 방 안으로 들어와 모두에게 자리를 알려주었다.

"황제 폐하와 황후 폐하께서 나란히 앉으시고, 그 앞으로 황태녀 전하께서 황태손 전하를 안은 채 앉아 주십시오. 그 옆에는 황녀 전하께서 앉으시고…… 황자 전하께서는 황제 폐하의 옆에, 오러스 영식께서는 황후 폐하의 옆에 서주시면 됩니다."

모두가 화가의 지시대로 움직였고, 곧이어 화가가 붓을 들어 일곱 사람의 모습을 화폭에 담기 시작했다. 마리스텔라는 멍한 표정으로 꼼짝도 하지 않고 앞을 바라보다가, 문득 어느새 꾸리게 된 대가족의 모습을 눈에 담고 미소 지었다.

곁에 있는 한 명 한 명이 모두 그녀의 보물이자 행복이었다. 하지만 역시 그중에서도 제일은…….

"마리스텔라."

자비에르. 남편.

"안 힘듭니까?"

제 손을 다정하게 잡아주며 물어오는 남편과 눈을 맞추면서, 마리스텔라가 고개를 저으며 속삭였다.

"괜찮아요."

"힘들면 언제든 말하십시오. 중단시킬 테니까."

"네, 폐하. 그럴 일은 없겠지만, 말씀만으로도 감사해요."

마리스텔라가 미소 띤 얼굴로 자비에르를 바라보았다. 자비에르 또한 앞으로 고개를 바로하지 않고 계속 아내의 얼굴만 쳐다보았다. 그런 상황이 지속되자, 앞에 있던 화가가 난감한 표정으로 조심스럽게 입을 열었다.

"저 두 분, 실례지만 앞을 봐주셔야……."

"아."

"미안하군."

두 사람의 시선이 빠르게 다시 앞으로 돌아갔다.

옆에 있던 두 사람의 자녀들이 익숙하다는 듯 웃는 소리가 들려왔다. 그 상황 전부가 이상스럽게도 행복해서, 마리스텔라의 입가에는 여전히 미소가 떠나지 않고 있었다.

그들은 앞으로도 오래오래 행복할 예정이었다.

〈끝〉

작가 후기

안녕하세요, 무소입니다.

벌써 세 번째 작가 후기로 찾아뵙게 되었어요. 첫 번째 도서의 작가 후기를 작년 겨울에 쓴 기억이 나요. 첫 책을 내고 벌써 1년 남짓한 시간이 흘렀다니 믿기지가 않네요.

《디어 마이 프렌드》(이하 '디마프')는 작년 봄부터 쓰기 시작했던 글이랍니다.

컴퓨터 안에 있는 수많은 시놉시스를 둘러보다 눈에 띄어 충동적으로 글을 시작한 기억이 나요. 1화를 쓰는데 술술 잘 써져서 '계속 써도 되겠구나' 하는 확신을 얻었습니다. 그때 개인적으로 조금 힘든 일이 있었는데, '디마프'를 쓰며 많이 위안을 얻었던 기억도 나네요.

'디마프'는 본편 완결 자체도 작년 이맘때에 했던 기억이 납니다. 그때의 순간을 다시 떠올리기 위해서 완결화를 쓰며 계속 들었던 노래를 듣고 있어요. 대만 영화 '나의 소녀시대'의 OST로, 제목은 '小幸運'이랍니다. 저때 수백 번은 들었던 탓에 '디마프' 완결 이후로는 지금 처음 들어요. 개인적으로 지금같이 차가운 겨울에 잘 어울리는 노래라고 생각합니다.

'디마프'는 살아가면서 한 번쯤은 보셨을 이기적이고 제멋대로인 친구에서 모티프를 얻었답니다. 개인적으로 지나치게 자기중심적이고 이기적인 사람은 함께 지내기 어렵다고 생각해요. 또 이로운 관계도 아닌 것 같고요. 관계에 정답은 없지만, 자신을 힘들게 하는 사람과는 너무 길고 깊은 관계를 맺지 않는 게 좋은 것 같아요.

저는 지금 연재 중인 작품들을 마무리 짓고 새 작품에 들어가기 전 휴식기를 가지고 있습니다. 올해 너무 쉼 없이 달려오기도 했고, 내년에도 열심히 글을 쓰려면 조금 쉬어야 할 것 같아서요. 작년보다 건강이 많이 안 좋아져서 운동도 시작해보려고 합니다.

푹 쉬고 열심히 준비해서 재미있는 이야기로 찾아뵙도록 하겠습니다. 다음 종이책은 〈집사님은 폭군 사육 중?!〉이 될 것 같아요. 2020년 상반기에는 출간될 예정입니다.

모쪼록 '디마프'를 통해 잠시나마 일상의 고단함을 잊고 즐거움을 느끼셨다면 더없이 기쁘겠습니다. 다시 인사드릴 때까지 건강하시고, 늘 행복하시기를 바랍니다.

감사합니다.

2019년의 겨울,
작가 무소 드림

디어 마이 프렌드 3

초판 1쇄 인쇄 2019년 11월 27일　**초판 1쇄 발행** 2019년 12월 4일

지은이 무소
펴낸이 연준혁

웹소설분사 이사 이진영
책임편집 오가진
디자인 김준영

펴낸곳 (주)위즈덤하우스미디어그룹　**출판등록** 2000년 5월 23일 제13-1071호
주소 경기도 고양시 일산동구 정발산로 43-20 센트럴프라자 6층
전화 031-936-4000　**팩스** 031)903-3893
홈페이지 www.wisdomhouse.co.kr

값 16,000원
ISBN 979-11-90427-15-9 04810
　　　979-11-90427-12-8 (세트)

※이 도서의 국립중앙도서관 출판예정도서목록(CIP)은 서지정보유통지원시스템 홈페이지(http://seoji.nl.go.kr)와 국가자료종합목록 구축시스템(http://kolis-net.nl.go.kr)에서 이용하실 수 있습니다. (CIP제어번호 : CIP2019046119)